猎衣扬 著

四川文艺出版社

老话儿说得好：「人不辞路，虎不辞山。」

世上走一遭，活的就是一分「意气」。

然世事无常，偏不遂人愿。

一旦人离了倚靠，虎离了山林，这分「意气」还在不在？

看官您上眼，且瞧书中这八位！

目录

【卷一】

车夫 /001

【卷二】

木匠 /067

【卷三】

镖师 /109

【卷四】

屠户 /165

【卷五】

探花 /209

【卷六】

厨子 /287

【卷七】

乞丐 /335

【卷八】

刀客 /385

卷　一

车夫

他那里发甩头打某的左膀，

也是某心大意就未曾提防，

大丈夫仇不报枉在世上，

岂不被天下人耻笑一场。

饮罢了杯中酒换衣前往，

这封书就是他要命阎王，

众贤弟且免送，

在这山冈瞭望！

闯龙潭入虎穴某去走一场！

——京剧《盗御马》

楔子

1899年，农历己亥，是为光绪二十五年。

彼时的大清朝，遭列强环伺，鲸吞蚕食。《南京条约》《五口通商章程》《虎门条约》《望厦条约》《黄埔条约》《北京条约》《天津条约》《马关条约》等一系列不平等条约签订，中华大地处处哀鸣。

除了外患，还有内忧。

一月，皖北之地已连旱三年，"涡河两岸，十室九饥"，"十人之中，几无一人能度残冬"，再加上"地方官毫无抚恤，追呼银粮，枷打锁押，日甚一日"，安徽涡阳县私盐贩子刘疙瘩伙同曹市集牛汝秀、魏德成等人率众起事，号曰"大汉盟主刘"。其乱北至顺德府，南至蒙城、阜阳，东至宿州，西至亳州、太和，从者两万余众。

三月，朱红灯创义和拳，与本明和尚广收门徒，习武结社，传授"持符念咒、神灵附体"之法。其旗号曰"扶清灭洋"，并于天津卫设"坎"字总坛。然义和拳民，龙蛇混杂，良莠不齐，多有"素不安分之徒，或投坛附和，或仿效装束，鱼肉良善"，更有甚者"奉教者皆扮成假义和拳会，各处寻仇杀人"。

六月，清廷决定以新式战法操练军队，"今日事势，练兵为第一大政，练洋操尤为练兵第一要著"，成立武卫军拱卫京畿，以聂士成之武毅军为前军，驻芦台，扼守北洋门户，兼顾大沽、北塘海口；宋庆之毅军为左军，驻山海关内外；袁世凯新建陆军为右军，驻小站，扼天津西南之孔道；董福祥部甘军为后军，驻蓟县；荣禄另募万人为中军，驻南苑。

咱们这故事，便从天津卫说起。提起天津卫，当先溯其源。1400年，也就是明建文二年，燕王朱棣在此渡大运河南下争夺皇位，成功坐上了龙椅。1404年，即永乐二年，朱棣为纪念"靖难"，将此地命名为"天津"，即"天子津渡"之意，并在此筑城设卫，是为"天津卫"。1860年（清咸丰十年），英法联军长驱直入渤海湾，僧格林沁以敌军不善陆战为由，专守大沽，尽弃北塘，使得英法联军顺利登陆，攻占天津，兵发京师，僧格林沁临战脱逃，城门失守，洋人大肆劫掠，圆明园被付之一炬。咸丰帝逃亡热河，令恭亲王奕訢留守北京，与洋人议和，除割地赔款外，还需增开天津为商埠。

天津之地，九河交融，自古为南北船运之要冲。自开埠之后，不到二十年间，华洋并居的社会结构、龙蛇混杂的江湖格局、帮派林立的码头势力、好勇斗狠的街头风气逐渐成形。自古以来燕赵大地多悲歌慷慨、勇武任侠之士。天津为屯兵之卫所，无论军民，皆好武成风。彼时恰逢乱世，无论是混混打架争胜，还是贼匪杀人越货，抑或帮派持械砍杀、街头喋血，都需学些武艺傍身。天津卫戍守皇城，武职从一品的直隶总督就驻守于此。有道是"学成文武艺，货与帝王家"，许多南北拳师汇集于此，为的就是：进可登堂入室、博个一官半职，退可扬名立万、广收门徒。生逢乱世，无人不是为了一口饱饭奔波，再高的高手，饿上三天，也不过是一堆骨肉罢了。天津卫的地界就这么大，武行的饭碗里就这么多米，都想吃饱是不可能的，你想多吃，我就得挨饿，毕竟"物竞天择、适者生存"是这世界的普遍规律。

什么叫规律？客观存在，且不以人的意志为转移。也就是说，你躺在家里胡思乱想是没有用的，想不被"劣汰"，你就得做到"优胜"。所谓"文无第一，武无第二"，"优胜"是怎么来的？一拳一脚打出来的！你说你拳脚好、功夫深，想开馆、要收徒，打算吃这碗武行饭，对不起，你得露一手，得有真东西才能留下！

然而，除了能打，还有不少拳脚师父一身武艺全在"嘴上"，会说会讲会交际，门路上到达官贵人，下到街头混混，总之人场钱场两不亏，倒也混个风生水起，赚得盆满钵满。这些师父手底下专门雇了不少"徒弟"，这些徒弟人能打，手又黑，专门处理踢馆之事。只不过，这"师父说、徒弟打"的套路用得多了，慢慢也就烂了，学拳的总看不见师父出手，心里也暗自嘀咕。这些"嘴上"师父为了赚钱糊口，实在没办法，只能硬着头皮上场"打擂"，天津城内大大小小的擂台多如牛毛，这里边有的是官家办的，有的则是地下见不得光的营生。官办最大的便是法租界紫竹林附近的老万国舞台，地下最大的则是老城外西南边儿的"五柳大街"。

老万国舞台是官办的打擂台，一年也打不了几场，上去比斗的要么是名盖南北的大拳师，要么是权贵撑场攒起的大赌局。故而寻常百姓的民间比斗大多都在五柳大街。这五柳大街，名字里带"大街"俩字，但是却不是一条街道，而是城外一段已经干涸的老河道。风水方位里有讲究：东南为阳、西北属阴。故而天津城的坟地多在城外以西，有钱人家出殡大操大办，看时辰、选棺椁，坟地要背靠山、面望水，讲究的繁文缛节多了去了，而穷人就没那个条件，找个草席一裹，挖个坑直接埋了就是。旧时天津老城外，就有这么一片旷野，专埋"穷鬼"和"路倒儿"（流浪的饥民，因走着走着就饿死在路边儿了，故而得名）。

这地儿怎么找呢？出了城一直奔着西走，直到见到一条干涸的老河道，顺着河道再向南，等你瞧见了五棵并排生长的大柳树，便到地儿了。这片乱葬岗子，尸体大多浅埋，一到晚上便有些个土贼带着锹四处乱刨，在死人身上搜刮，扒些衣物、烂鞋，甚至连草席都顺走，有时好几拨人同时在此出现，弯着腰挖来刨去，甚是热闹，故名"大街"。

1889年，即光绪十五年，有人称"大虎爷、二虎爷"的翟虎臣、翟虎胜兄弟二人带着手下的一伙儿人马，于五柳大街设了一处打黑拳的擂台，每月初一、十五开台，设赌抽水。以前来这儿打拳的人，有穷困潦倒的苦哈哈，有想在天津卫扬名立万的拳师，还有些身背人命的通缉犯在此打拳赚钱，可近几年，不少帮派里的金牌打手、军营里的兵痞将校，乃至洋人船上的外国水手也来凑热闹，一时间将五柳大街的这处黑拳场烘得极为热闹。于此地打拳，生死勿论，赢了的拿钱走人，输了早已魂归天外，直接就地掩埋。要知道，打黑拳没有点到为止，招招拳脚都是搏命的路数，哪天晚上不打死几个？可凡事总有例外，偏有这么个奇人，在此打了十年的黑拳，虽然时输时赢，却从不曾伤筋动骨。

此人姓名不详，白日里以拉车为生，因其所拉黄包车上有"甲组零四"的标号，故而人皆称他"甲四"。

天津卫的江湖人都知道，甲四是大虎爷和二虎爷的"拳托儿"，是个打假拳的骗子！

壹

《诗经》有云：七月流火，九月授衣。农历七月末，天气渐渐转凉，天津卫到了雨季，细密的雨丝白天落，晚上停，早上阴，傍晚晴。傍晚时分，正值乌金西坠，玉兔东升，遥望天边，依稀能见大火星从西方落下。

三更天，五柳大街。

十七根手臂粗细的桩子楔在地上，用拇指粗的麻绳捆扎围拦，圈出了一个三丈方圆的场子，煤渣垫底，上铺黄土。

场子周围是一圈长条的马凳，每两条马凳边上摆了一方破旧的小茶几，茶几上有烟有茶有瓜子、有酒有肉有点心。这是看客的座位，"座子钱"十五个铜板。在最粗的那颗柳树底下竖着两根竹竿，扯着一面白布，白布上写着今晚若干场黑拳的拳师名号和下注赔率。竹竿底下摆着大大小小若干酒坛，酒坛上贴着数字标记，酒坛后有小桌一张，桌子边上坐了个识文断字的秀才，操着一支笔、一本账。柳树后头有两扇立起的草席，充作屏风，屏风后头是大虎爷、二虎爷以及若干拳师休息的地方——满是蝇虫的草地上胡乱地扔着几只麻布蒲团。

马脸络腮胡的大虎爷和满面横肉的二虎爷相对而坐，大虎爷在抽烟，二虎爷在磨刀。

"老二，怎么把刀还带来了？"大虎爷皱了皱眉头。

"最近码头靠泊了好几艘英吉利的货轮，那些船上的洋水手上了岸，吃喝玩乐地在天津城里乱逛一通，不知怎么搞的，摸到咱这儿赌钱来了。一个个喝得烂醉，寻个由头便要滋事。我弄了把好刀，镇镇场子。"二虎爷闷声闷气地哼道。

"洋人……洋人可厉害啊，咸丰十年，正蓝旗蒙古都统僧格林沁带着手底下八千马队、两万步兵，在八里桥被英国人和法国人打得尸横遍野，当年我也才十二岁，战后那血流成河的场面，我至今都忘不了，这洋人……还是少惹为妙吧。"大虎爷掐灭了烟头，长叹了一口气。

"大哥，你休要长他人志气，灭自己威风，依我看，那洋人倚仗的不过是火器犀利，倘若白刃放对儿，白刀子进红刀子出，都是一颗脑袋，两条臂膀，老子未必怕他……"二虎爷话音未落，远处乱草中骤然传来一阵脚步响动。

一个鬓角斑白、细眼薄嘴的汉子小跑到了树下，大虎爷掐灭了烟头，起身迎了上去，一招手将那汉子叫到了旁边的无人处。

"甲四！你怎么才来？"大虎爷面带不悦。

原来此人，便是天津卫著名的假拳骗子——甲四！

"岁数大了，记性不好了。"甲四搓了搓掌心，讪讪地笑了笑。

"你这岁数……都五十多了，还能打吗？"大虎爷伸手敲了敲甲四的胸膛。

"能啊！给钱就能打，我在您这儿打了小十年了，我打拳，您放心，甭管什么对手，我都能伺候好。"

大虎爷点了点头，指了指不远处一个在树下热身的长衫老头儿，小声说道：

"瞧见那个人没？他叫崔慎，练的是崔氏太极。"

"太极……还有崔氏？我怎么没听过？"

"听没听过不重要，人家已经搭好了线，你看到台子底下左手边凳子上的那个胖子没有？那人姓苏，是南边一个大茶商，水运了不少货物，在天津换马队往口外贩运，想在天津寻些厉害的武师保镖，他虽知这位崔慎崔大师的名头不小、门徒不少，但却不知道真打起来顶不顶用。崔慎贪那苏老板聘请武师的银钱丰厚，故而想出了这么个主意，请他来这黑拳的场子观战，好瞧他如何大杀四方。前日里，崔慎已经找到我这里，提前使了钱，让咱们好好安排，你是第一个，今晚儿我一共找了六个人跟他打，记住一条……"

"我明白，输要输得够真。"甲四抢着答道。

"这场活儿，要是干得好了，我多给你这个数。"大虎爷伸出了左手，缓缓地立起了四个指头。

甲四哈哈一笑，随即皱起了眉头：

"大虎爷，我打了这么多年拳，名声早就臭了，场子里熟人不少，万一……"

"无妨，江湖上的规矩他们都懂，我已经交代下去，谁敢乱说就拔谁的舌头！"

"如此甚好。"甲四咧嘴一乐。

三声锣响，崔慎和甲四分别上了土台。

坐在方桌后头的记账秀才站起身，两手一摆，将写有甲四和崔慎姓名的酒坛用红布盖上了坛口，唱了一个花腔：

"赌筹买定，诸位离手——"

意思就是说：下注时间结束，比赛马上开始。

"Stop——"

突然，人群中传来一阵叫喊，三个膀大腰圆的男子分开人群，走到了柳树底下。

这三人里，两个是洋人，一个是华人。站中间的洋人西装革履，大腹便便，头上戴一顶圆呢帽，手上提一支文明棍，颔下一蓬黄褐色的大胡子。

"当当当——"大胡子洋人用手里的文明棍敲了敲桌子上的酒坛子，从怀里掏出一锭银子，在手心儿里掂了掂。

管账的秀才皱了皱眉头，朝着洋人拱了拱手，笑着说道：

"这位爷，本场下的注已经封坛了，您要是想玩儿，不妨押下场。"

秀才话音未落，站在大胡子洋人边上的那个华人两眼一瞪，冲上前来，抬手一个大嘴巴扇在了秀才的脸上，将他打倒在地。

"不长眼的东西，知道这是谁吗？这是马修先生，泰晤士轮的船长，英租界的董事，正宗的不列颠人，British people！"

[英租界董事会：天津英租界内的最高决策机构，成立于清

同治元年（1862），由五名英籍董事组成。］

　　这个满口洋文的华人，天津的老少爷们儿大多都认识他。此人姓韩，早年在船上做水手，吃喝嫖赌无一不精，有钱时眠花宿柳，无钱时流落街头。每遇秋冬时节，船运渐稀，无人雇他做工，一遇刮风下雨，此君无片瓦遮头，只能抽着两条青白的鼻涕，瑟瑟发抖，故而街上人都唤他作：韩鼻涕。韩鼻涕在洋轮上做工时，学了一口好英文，近几年，也不知走了什么运，搭上了这位英租界工部局董事，摇身一变，成了英国洋行里的买办，因嫌自己这"鼻涕"二字过于难听，特地找了个算命的先生，给自己取了个"卿侯"的字号，逢人递名帖，便以"韩卿侯"落款。

　　"你……敢打人？"秀才捂着高高肿起的脸颊，在地上爬了起来。

　　"打你？是给你脸！"韩鼻涕啐了一口痰，将脑后的辫子盘在了脖子上，将手里的扇子插在了颈后，挽起绸裳的袖口，攥了攥拳头，劈手抓住了秀才的脖领。

　　与此同时，照看赌场的众多打手也围了过来，坐在树后看场的二虎爷一个箭步冲了出来，大声骂道：

　　"干什么？砸场子吗？"

　　"你这场子值几个铜板，砸上一趟都不够爷搭的工夫钱！实话告诉你吧，马修先生听说你这儿打拳，感兴趣，来玩玩儿，没想到你这么不给面子。"韩鼻涕和英国人马修面颊通红，一身的酒气，显然是刚刚在城里大醉了一场。

　　"玩儿有玩儿的规矩！"二虎爷扶起了秀才。

　　"屁！什么规矩？洋大人就是规矩！"韩鼻涕一拍胸口。

"韩鼻涕，你可是来寻晦气的吗？"

"说对了，我偏要来寻晦气，你能怎的？"韩鼻涕缓缓抬起了左手，他的左手小拇指齐根而断，仅剩四根指头。

二虎爷闻听此言，气得怒发冲冠，伸手就去摸腰后的尖刀，刚拔了一半，一只冷冰冰的手死死地按住了他的手腕。按住他手腕的正是大虎爷。

"大哥？"

"来者都是客，出来玩儿，无非图个乐，莫要伤了和气！"大虎爷拍了拍二虎爷的肩膀，让他将秀才扶到一边，自己站到了桌子后头，掀开了酒坛子上的红布，沉声说道：

"看韩兄弟的面子，老哥为你们加上一注，买定离手。"

韩鼻涕冷哼了一声，转过头去，将腰弓成了一个虾米，向马修解释着赌拳的规则。马修摸了摸额下的大胡子，指了指台上的崔慎和甲四，意带问询地看了看身后的那个男子。

那男子是个剃着光头的白人，一身虬结的肌肉将一身水手服撑得鼓胀，鹰钩鼻淡眉毛，双目如游隼，锋芒毕露。

韩鼻涕搓了搓手，轻声问道："汤普森先生，Which one？"

汤普森眯着眼，目光向崔慎和甲四身上扫去。

先看了一眼崔慎，一脸嘲讽地摇了摇头。

又看了一眼甲四，其瞳孔骤然一缩。

"This one？"韩鼻涕顺着汤普森的眼光，指了指甲四。

"Yes！"汤普森点了点头。

马修想都不想，就将手里的银锭扔进了写有甲四名字的酒坛子里。

大虎爷晃了晃两个酒坛子。甲四那个酒坛里明显比崔慎这个酒坛要重。场内众人，新客居多，好些个人马都是那姓苏的富商带来看拳的生面孔，崔慎生得高高瘦瘦，文质彬彬，不像拳师，反而像个教书先生。打架讲究个"一胆二力三功夫"，甲四生得体格高壮，四肢有力，眼缘上比崔慎不知高了多少个台阶，故而场内新客多数都押甲四。大虎爷扭头瞥了一眼竹竿上挑着的白布，押注给崔慎的十几个人都是来这儿赌拳的熟客，这些人定然晓得甲四惯打假拳，此番对阵，定然有鬼。大虎爷看了看酒坛里马修的那只银锭，皱了皱眉头，心中暗道：

"洋人不知这里做了局，倘若输了钱，胡搅蛮缠……又该如何是好？"

心念至此，大虎爷一声长叹，看着马修，轻声说道：

"这位爷，您是第一次来玩儿，我可以给你行个方便，你再想想，想明白了再下注！"

马修愣了一下，韩鼻涕赶紧给翻译了一遍，马修有些茫然地看了看汤普森，汤普森的眼光极为坚定，看着马修用力地点了点头，马修会意，朝着大虎爷摆了摆手，示意自己不再更改。大虎爷不好明说，只得暗地里叹了一口气，用红布盖上了两个酒坛，向台上使了个眼色，示意这二人可以开始了。

台上的崔慎一袭白衣，长衫胜雪，三缕美髯英姿勃发，抬手使了两路太极的式子，向左使了一个高探马，向右打了一个撇身捶，算是向台下的众人亮了个相。和崔慎相比，破衣烂衫、灰头土脸的甲四显然卖相不佳。他长吸了一口气，向四方做个团揖，从地上捞起了半块青砖，左手托底，右手攥拳直击。

"砰——"青砖碎屑横飞，场子众人发出了一阵稀稀拉拉的喝彩，随即又将目光投向了崔慎。

"这位师傅，不知您练的哪家的拳？"崔慎幽幽一笑。

"野路子，东拼西凑，不值一提。"甲四脱下身上的短衫，细细叠好，放在了场子边上，他只有这一身衣裳，不得不仔细些。

崔慎瞧了一眼赤着上身的甲四，暗道了一句："好一个虎背熊腰的汉子！"

何谓虎背，肩宽背厚如扇！

何谓熊腰，腹粗腰宽如磨！

在中国古代，形容将领勇武无匹，多用此四字。如若不信，诸君可查阅古时传下的武将画像，凡项羽、关公、秦琼、岳飞之形象，均为膀大腰圆，而非高瘦清癯、肌肉健美。究其原因，便是因为冷兵器战争时代，拉弓、抢刀、扎枪、摔角等对抗运动将背部肌肉开发到了极致，古人以"开弓之石数"评较气力，背部无力，便开不得硬弓。同时，腰部作为人体承上启下的关键部位，无论是灵活周转还是承载重量都离不开它，所以它必须粗壮厚实，使中盘有力。将士上阵要骑马着甲，背部无力就撑不起铠胄，腰部无力就坐不住马。而且，除了手上的长兵器，腰间还要挂着很多其他装备。以唐代为例，据《新唐书》记载，唐代士卒单兵装备有：弓一、矢三十、胡禄（箭囊）一、横刀、砺石、解结锥、毡帽、毡裘、人均携麦饭九斗、米二斗。试想将这些东西全部挂到身上奔跑并作战，细窄薄瘦的腰显然是无法承担的。长途作战，挨饿受冻是家常便饭，故而储备脂肪和热量的腹部，不必形状优美，但必须孔武有力。

甲四长呼了一口气，右腿上步屈膝，右手坐腕外翻展悬于膝上，左手向外上方画弧架于头顶，掌心向上，掌指向前。

狮子大张嘴！小洪拳的架子！

崔慎一眯眼，重心落右脚，右手逆缠上架护门脸，左手逆缠下按守丹田。

太极拳起手式，懒扎衣！

两人对峙了三个呼吸，脚下开始挪步移动，崔慎趁着两手换掌的工夫，趁着左手在面前一晃的瞬间，偷偷地递了一个眼神给甲四。

甲四明白，崔慎这是让他先手抢攻。

"哼——"甲四会意，骤然前冲，右手变爪斜抓崔慎脖颈，左手横臂当胸，肘尖直扎崔慎心口，整个人动如脱兔，如平移一般瞬间便到崔慎眼前，崔慎吓了一跳，下意识地向后仰了一下头，脚底下退了半步。只这一下，甲四便知道此人根本没打过架！

人之身体有四肢八节，四肢指人体的左右上肢和左右下肢；八节指上肢以肘关节为中一分为二，下肢以膝关节为中一分为二，上四下四之和恰为满八之数。这些部位正好构成了各门搏击术攻守进退的基础单位。人体是有构造规律的，常打架的街头混混都知道：往前冲永远比往后退快，手上的速度永远比摆头的速度快。敌我相对，最忌步步后退，敌人来拳当用手脚封拦，而不是往后仰，用脑袋躲避。

"唰——"甲四的手眼看就要抓住崔慎的脖颈，崔慎知道甲四不会抓实，稍一愣神便回过神来，左手在胸前一绕搭住甲四抓来的虎爪，轻飘飘地耍了一个云手，将甲四的虎爪顶在了他的胸前，同时右手向上一托，将甲四顶来的肘尖儿轻轻挑起，整个人横身一靠。甲四的手脚看似劲力十足，实则沾衣就收，他本想着崔慎这一靠肯定能将他撞出去，奈何崔慎瘦弱无力，这一靠压根儿没什么力道，甲四暗骂了一句：送佛送到西，索性自己脚跟一蹬地，整个人向后倒去。

"呼——"甲四原地飞起，摔出了四五步远。

这一切都发生在电光石火之间，台下人只见气势汹汹的甲四被仙风道骨的崔慎轻描淡写地摔了出去，崔慎本就形象清癯，愈发显得这一式云手高妙莫测。

"好——好——"台下的多数看客，巴掌拍得震天响。

唯有那名唤汤普森的洋人抿着嘴，沉默不语。

甲四吸了一口气，一个鲤鱼打挺跳了起来，脚尖刮地扬起一蓬黄土，崔慎提起袖子掩了一下双眼，甲四趁此机会右脚�地，抬左脚，屈膝甩踢崔慎腰胯。这一招蝎子摆尾为小洪拳中的杀招，阴狠毒辣，出手隐蔽，再加上甲四踢土遮眼，更加令人防不胜防。崔慎眼睛虽然一花，但耳朵仍然听得到风声，下意识地一弯腰侧身，将右臂外翻垫在了身侧，想去捞甲四的腿。

甲四见他此举，愁得满脑门子都是汗，俗语说得好："胳膊拗不过大腿。"一来是胳膊的力气没有腿大，在一下换一下的情况下，拳打肯定不如脚踢，二来崔慎接腿的手，关节外翻，这一下要是踹在肘关节上，崔慎的胳膊当时就得断。甲四这一脚原本是想踹他的屁股，屁股肉厚，最能吃劲儿。老拳师教拳，有一句俗话：起腿不过膝。在没有必胜的把握下，随便抬腿扫踢，在抬脚的一瞬间，便丧失了前后左右移动的能力，与此同时，重心也无可避免地从两腿中间变换到支撑腿上。"起腿半边空"，崔慎只要前进半步，就能钻进甲四的里怀，是摔是打，全凭心意。可崔慎哪里懂得这些变化，想都不想就把胳膊挡在了身侧，甲四赶紧收住劲道，并将踢出去的腿向下挪了半寸，刚好将脚腕塞进了崔慎的手里。此时甲四背对台下看客，眼神偷偷一瞟，向脚底下一扫，示意崔慎扫踢自己支撑腿的脚跟。崔慎会意，手上一抓，刚好捞住了甲四"绵软无力"的脚腕，左腿后退半步，屈膝变拗步，顺势使了一记"揽雀尾"向斜后一拉，将甲四的腿顺着肋下引了出去，随后左脚从右脚后面画弧前扫，"砰"的一下踢在了甲四支撑腿的脚跟儿上。虽然这一脚疏松无力，无异于搔痒，但甲四仍旧"应声而倒"，滚落在地。

"好——"场下又传来了一阵雷鸣般的呼喊。

苏老板左手端着一杯热茶，瞧见崔慎这两招"神技"，激动地浑身乱抖，滚烫的茶汤洒了一身也浑然不觉。旁边伺候局的两个小厮是崔慎的徒弟，瞧见苏老板两眼放光，连忙凑到他耳边，小声说道：

"苏老板，这大汉一身蛮力，但是根本沾不到我师父的衣角，这便是我师父自创的崔氏太极，此等神妙变化，用意不用力，最能以巧破拙，四两拨千斤。"

"哦？厉害！真是厉害！"苏老板挑着拇指不住地称赞。

崔慎侧目一瞟，看了看苏老板的神色，嘴角微微一抿，右脚向前跟步，上半身稍左转，两手抱球后分开，右手上提至额前，左手按至左胯。

白鹤亮翅！

躺倒在地的甲四双手一拍，两条腿螺旋向上，使了个乌龙绞柱的招数，腾身而起，抱拳束身，左臂护胸，右肘立在耳边护头，两脚一实一虚，侧对崔慎。

"来！"崔慎轻哼了一声。

甲四眼睛一眯，深吸了一口气，幽幽说道："这回你先手！"

台下的苏老板将茶碗放在桌上，小声嘀咕道："正常拼斗，以先下手为强，而这太极拳最擅长后发制人，如此岂不是……"

崔慎耳尖，听到了苏老板言语，当下豪声一笑，对甲四喊道：

"先手后手你都无有半点胜算！"

甲四心里一苦，暗自嘀咕道："狗屁！让你先手还不是因为你这厮的拳法实在太差，差到我都没法配合……"

"看好了！"崔慎双眼一瞪，向甲四逼来，甲四右腿不动，抬左腿提膝，似盾牌一样逼住了崔慎的来势，左拳向下画弧，荡开崔慎来掌，右拳竖起，自头顶右前侧向左下挥击，虎口和掌根直砸崔慎耳后。

侧耳炮！小洪拳的杀招。

耳朵后面有个穴位，在耳垂后方的凹陷处，唤作翳风穴，为三焦经与胆经之交会，轻轻用手按压都会有明显的酸、胀、麻，倘若用力击大，轻则直接可置耳鸣、耳聋、晕眩、昏迷，重则可致耳内薄层骨板破裂，甚至死亡。

甲四的拳虽未到，但崔慎已听到了风声。

"嘶——"崔慎倒吸了一口冷气，眼睛里满是惊恐，甲四眼珠微微一闪，示意他无须惊慌。崔慎将信将疑，两手一上一下，分别架住了甲四的双手。

果然，甲四奔雷一般的拳头在接触到崔慎手掌的一瞬间力道全消，崔慎心头一喜，一个云手将甲四的双拳缠到胸前，左手撺住甲四右腕，右臂一展，插入甲四右腋之下，转腰横胯，迈步前冲，脚尖一横，钩住甲四脚跟，肩膀在甲四肋下一顶。

"咳——"甲四架子一软，整个人被横着撞了出去，跃过土台的绳拦，滚落到了台外的泥地。

"当——"一声锣响，崔慎胜出。

"好——好——"苏老板猛地站了起来，满面红光地直拍手，崔慎云淡风轻地抱了抱拳，一撩长衫下摆走下了土台。

"崔师傅神技了得，此番运茶，若得崔先生带人护卫，定然万无一失。"苏老板伸手架住了崔慎的胳膊。

崔慎淡淡一笑，从容地说道："口外山高路远，我这武馆无人照看……"

崔慎话音未落，苏老板的手已经伸进了崔慎的袖筒，攥住了他的三根手指。

"我出这个数……"

崔慎一眨眼，轻轻地拍了拍苏老板的手，点头答道：

"此地人多眼杂，回去说，回去说！"

二人相视一笑，在众多徒弟的簇拥下，转身离去。

此时，大柳树下的小桌边上，秀才站起身来，举手呼道：

"崔师傅胜，十五赔一，庄赢！"

言罢，大虎爷打开酒坛的红布封口，清算赌资和抽水。突然，一只大手从人群里伸出，狠狠地攥住了大虎爷的手腕。大虎爷一抬头，看到那个名叫汤普森的洋人正狠狠地盯着他。

"你要干什么？"

"That man is a fraud！Fraud！"汤普森指着甲四大声叫喊。

韩鼻涕推开两个挡路的赌客，拎着大虎爷的领口大喊：

"骗子！汤普森先生说他是个骗子！你们打假拳！出千诈赌！你们……你们敢坑洋大人的银子！"

二虎爷是个暴脾气，见韩鼻涕伸手推搡大虎爷，顿时怒上心头，上前一抓，攥住了韩鼻涕的大拇指，向外一掰，扭开了他的手腕，飞起一脚，"咚"的一下就踹在了他的胸口。

"哎哟——"韩鼻涕仰面跌倒。汤普森见韩鼻涕挨揍，扭腰缩身，拳头在半空中画了一道弧线，直奔二虎爷的颈下，二虎爷瞳孔一紧，伸手自腰后一摸，掏出了那把尖刀，在汤普森的拳头顶在自己喉结的一瞬间，将刀刃抵在了汤普森的脖子上。

"呸——"二虎爷一口浓痰啐在了韩鼻涕的脸上。用刀刃拍了拍汤普森的脸颊，梗着脖子骂道：

"跟我玩儿浑的是吧？大不了就是个死，不服咱就试试，看看到底是你的拳快，还是你老子的刀快！"

大虎爷整理了一下领口的褶子，走上前，一手攥住了二虎爷拿刀的手，一手攥住了汤普森的拳头。

"这位……汤爷，下注前，我劝过你的，愿赌服输，我开的是赌场，不能坏了规矩。"

韩鼻涕扑了扑土，站起身走到汤普森身边，给他一句句地翻译大虎爷的话。

汤普森舔了舔嘴唇，向四周望了望，十几个持着短柄斧头的打手正死死地盯着这边，只要大虎爷一声令下，便冲过来群殴。

汤普森缓缓收回了拳头，大虎爷轻轻地卸下了二虎爷手里的刀。马修全程没有动，只是抱着两手，看了看大虎爷、二虎爷以及倒在地上的甲四，淡淡地说了一句：

"I have kept you in mind！"

"马修先生说了，他记住你们了，你们给我等着！"韩鼻涕一撸袖子，分开人群，引着马修和汤普森快步离开。

大虎爷把刀塞回到二虎爷手里，略带惆怅地说道：

"老二啊！咱们算是彻底给洋人得罪了……"

"怕什么？兵来将挡，水来土掩。"

大虎爷摇了摇头，没有搭理二虎爷，转身拉起了甲四，揽着他的肩膀，将他拽到了树影深处。

"大虎爷，我是不是……"甲四嗫嚅了一下嘴唇。

"没事，今儿这事不怪你，你打得很好……洋人办事睚眦必报，绝不会善罢甘休。你这段时间先别来了，在家躲着，避避风头。"大虎爷伸手，从怀里掏出了一个小布袋，在手心里掂了掂，扔给了甲四。

甲四伸手一抓，接过了布袋，用手指扒拉着数了数袋子里的铜钱。

"大虎爷，这钱……给多了！"

"不多！里面有二十文是给魏傻子的，你这个小徒弟皮鞋擦得好，该赏！"大虎爷摆了摆手。

"我替孩子谢谢您。回头我把浆洗的衣服给您送来。"甲四朝着大虎爷鞠了一躬。

"生逢乱世，都是为了糊口，讨生活不易，谁也甭说谢。你最近别露面，衣服……不着急……你一定记住了，千万别露面，别让那洋人找上你。"

"那您……要不要避避？"

"我避个屁，这场子后头的东家是谁，别说你不晓得。我们哥俩儿就是帮东家收钱的力把（苦力），我要是敢跑路，明儿早上就得横尸街头……不说了，你赶紧走吧，记住我的话，最近别露面！"

大虎爷推了一把甲四，甲四重重地一点头，消失在了夜幕深处。

贰

大胜寺后巷，弯曲狭窄的胡同积水没膝，甲四将米袋子扛在肩上，挽起裤腿，将脚上的草鞋塞在裤腰里，深一脚浅一脚地向巷子深处蹚去。

巷子两旁的砖墙斑驳破落，挂满了青苔，阴湿潮腐的味道混着浓稠的水雾，伴随着呼吸渗入肺腑，让人没由来地一阵烦闷。

"当——当——当——"大胜寺的钟响了起来。

暮打鼓，晨敲钟，此时已天光渐亮。

大胜寺，原名大悲院，由原天津守备曹斌捐资，修建于顺治十五年（1658），康熙八年（1669）重修，更名大悲禅院。同治十一年（1872），直隶总督李鸿章率麾下淮军驻扎寺内，又改寺名为大胜寺。

大胜寺墙内，有描金漆画的镇海楼，里面供着白玉雕凿的佛经碑，达官毕至，香火鼎盛。

大胜寺墙外，是鬻儿卖女的贫民窟，里面住着食不果腹的老幼病残，风雨如刀，专割穷苦。

光绪二十四年（1898），军机大臣、礼部尚书裕禄任直隶总督，此人每到天津，必先到大胜寺参拜，塑金身大佛，祈福烧香做法事，豪捐千金，号称"为民求福"。甲四至今不明白，墙里的佛像又不用吃饭，当官的凭什么捐那么钱？墙外的穷人，天天都有饿死的，却为什么不肯给上半个铜板？

［同治九年（1870）李鸿章任直隶总督、总理洋务大臣常驻天津，在位于三岔河口附近的三口通商衙门办公，故而清廷定下了直隶总督在保定、天津两地办公的制度，总督府仍在保定，天津的衙门称为总督行台。］

胡同尽头，一间低矮的草房上头袅袅地冒着白烟，这是一间开水铺。天津人为了节省柴煤，早晨不点炉火，需要热水便去水铺"打水"，水铺赚的是辛苦钱，天蒙蒙亮时就点火烧水，所需的煤炭柴草都需要去到极远的地方，用扁担一趟趟地挑。

甲四和魏傻子的师徒缘分，便是自这水铺而起。

五年前，拉洋车的甲四经过大胜寺后墙，正遇上挑柴的魏傻子。

　　魏傻子生在西沽盐店街的麻酱胡同，他娘生下他没多久就闹了一场风寒，一命呜呼，他爹靠着在码头做苦力拉扯他长大。这孩子到了五岁还不会说话走路。去看中医，郎中说他这叫"五迟"，立迟、行迟、齿迟、发迟、语迟。乃因父母气血虚弱、先天有亏导致的筋骨软弱，齿不速长，行步艰难，坐不能稳。他爹急得满嘴燎泡，又带他去洋人的诊所瞧病，洋大夫说他这叫"脑瘫"，婴儿出生前到出生后一个月内脑发育早期，由于多种原因导致的非进行性脑损伤，造成了智力障碍、感知障碍和语言能力低下。魏傻子他爹受不了这个打击，喝了一场大酒，趁着烂醉，找了跟麻绳往树上一挂，上吊归西，魏傻子就此成了吃百家饭的孤儿。十三岁那年，开水铺的王磕巴夫妇瞧他可怜，让他帮水铺挑柴，虽然没有工钱，但是三餐管饱。魏傻子脑子虽然不好，但是心眼儿不坏，手脚又勤，更难得的是他脾气出了名地好，街上有小痞子欺负他呆傻，常常戏弄于他，可他却从不吵叫，只是呵呵傻笑。

　　旧时天津有一伙儿地痞，名曰"锅匪"，也称"混星子"，文龙绣虎、青裤蓝袜，辫子上插着花，走路一步三晃，身上藏着砍刀、斧把、棍棒、扎枪等长短家伙，专门从事讨债包娼、争行夺市、抄手拿佣等营生。

　　那天夜里，风雨甚急，魏傻子挑着两筐煤渣在胡同里穿行。胡同口有一二层小楼，楼内是粉帐红灯的娼寮，锅匪头子窦山青喝美了酒，敞着胸膛坐在窗边哼曲儿，三五个手下围坐桌边，簇拥一圈，推杯换盏。

"呦呵，这个倒霉天儿，还有人瞎溜达？"窦山青一探头，正瞧见贴着墙根挑担的魏傻子。

"这不魏傻子吗？"众地痞久混街头，最能认人。

"哕——那傻子！叫你呢！傻子！哕——"窦山青趴在窗台上，伸长了脖子，往魏傻子脑袋上吐瓜子皮。

魏傻子摸了摸后脖子，张着大嘴抽了抽鼻涕，歪着脑袋回过头来。

"瞧你那傻样，哈喇子都淌到脚面上了！"窦山青抓起一把糖炒栗子劈头盖脸地砸向了魏傻子。

窦山青手劲儿不小，魏傻子被砸疼了，捂着脑袋蹲在泥水地里抽冷气。二楼窗内，窦山青一众锅匪拍手大笑，四五个汉子争抢着去蜜饯盘子里抓拿干果蜜饯砸打魏傻子。魏傻子蹲在泥水里一动也不敢动。

突然，他伸手从泥里抠出了一颗蜜枣，端详一阵塞进了嘴里。

"甜……甜……"魏傻子泛着泪花的眼睛眯成了一条缝。

窦山青呷了一口酒，止住了手下人的哄闹，冲着魏傻子喊道：

"傻子！甜吗？"

"甜……"魏傻子的口齿不甚清晰，费了好半天力气，才从唇齿间吐出了一个字。

"还想吃吗？"

"吃……吃……想吃……"魏傻子拍了拍自己的胸脯，朝着窦山青咧嘴傻笑。

"你呀，帮我个忙，看到你边上那胡同没？对，就是那！路口大树底下有个草棚，里面拴着一匹马，那是我的马，它饿了，你把这个馒头喂给它，喂完了馒头，我给你吃蜜枣。"窦山青从桌子上抓起了一个大馒头，"嗖"的一下扔出了窗外，滚落到了魏傻子的脚边。

魏傻子就算再傻，也知道这是馒头，是人吃的东西。

"咕噜——"魏傻子咽了一口唾沫，弯腰捡起了那个大白馒头，凑到眼睛前面晃了晃。魏傻子很饿，饿得胃里泛酸，馒头还是热的，虽然沾着泥水，但掩盖不住淡淡的面香。他虽然很想咬上一口，但是他知道，这馒头不是给他的，而是给那匹马的。

"不是给你吃的东西，你千万不能吃。"开水铺的王磕巴不止一次告诫过魏傻子。

魏傻子时刻不敢忘王磕巴的话，看着馒头摇了摇头，随即使劲地勒了勒裤腰带，迈步走到了旁边的那条窄胡同，一伸手，将手里的馒头喂到了雨棚下的马嘴里，随后在衣服上擦了擦被马舌头舔得湿漉漉的手，扭头往回走。

窦山青目不转睛地看着魏傻子背对着马走出了十几步。

"嚓——"窦山青划一根洋火点着了一串炮仗，顺着窗户扔了出去，正落在草棚上，棚里的马听见鞭炮响，瞬间就惊了，两腿一蹬，人立而起，挣开缰绳就蹿了出去。狭窄的胡同只有一个半人的宽度，受惊的奔马直奔魏傻子冲去，嗒嗒的马蹄敲在地上，宛若细密的鼓点。魏傻子闻声回头，霎时间吓得魂飞魄散，两腿弹琵琶一样地乱抖，嘴里啊啊乱喊，身上提不起一丝力气。

"扑通——"魏傻子脸白如纸，滚落在泥地里乱爬。

二楼的窦山青等人拍手叫好，乐得前仰后合。

就在那迅疾如雷的奔马即将踏过魏傻子的一瞬间，一道人影从墙头跃下，两腿急行快成了一条线，从奔马后方蹿出，后脚蹬地，腿开马步，前脚在落地的一瞬间，一跺、一踮，整个人借着奔行的惯性，向前闯动，左手自身前向上抱头，手掌挂在肩背，肘尖立起，整条胳膊盘在身侧，右手攥拳平伸，犹如一只前撞顶角的羚羊，在触碰到奔马的一瞬间，他腹腔一鼓，发出了一声嗡嗡作响的"哼"。

"咚——"那人硬碰硬地撞在了奔马的侧面，将那高头大马横向撞倒，奔马倒地，在地上滑出十几步远，四蹄在空中一阵蹬刨。那人劈手一抓，揪住了魏傻子的后颈，将他提起，夹在肋下，飞快地跑出了那条胡同。

这一系列动作说起来繁复，实则尽数发生于电光石火之间，以至于窦山青一口酒还没来得及咽，便惊得喷了出去。

"噗！咳咳……咳咳……咳……"

窦山青一阵猛咳，定睛看去，不远处的雨幕中停着一辆黄包车，车上有白色油漆涂写的编号：甲组零四。

此人，正是甲四！

"单羊顶，八极拳。"窦山青也是练家子，街头喋血十几年，大小百场硬仗，都是一拳一脚打出来的。

"傻子你都骗，不怕遭雷劈吗？"甲四的草帽压得很低，窦山青居高临下，看不到他的脸。

"谁说我骗他了？"窦山青呵呵一笑，拉过一条擦汗的毛巾，将桌上的一盘蜜枣包了进去，随手一抛，丢向了窗外。甲四伸手一抓，将其捞在了掌中。

"他帮爷喂马，爷请他吃枣！两清了！"窦山青抓起一只烧鸡，咬了几口，朝着窗外吐了吐骨头，伸手一捞，关上了窗。甲四攥着那包蜜枣，恨恨地骂了一句"王八蛋"，转身扶起魏傻子，将蜜枣放在了他的手里。

"回家去！"甲四拍了拍魏傻子的肩膀。

二楼上，窦山青拄着酒桌，眼睛里泛着幽幽的冷光。

"大哥！怎么个意思？要不要弟兄下去给他办了？"

"对！办他！大哥，兔崽子太嚣张了，咱爷们儿什么时候受过这个啊！"

"弄他个狗娘养的，看他还神不神气！"

"砰——"窦山青一巴掌拍在桌子上，止住了众人的叫喊。

"都乱哄哄个屁！要是能办，爷我早办他了。你们不懂，他要是动手，咱们几个一起上都不是敌手。"

"啊？那……咱就忍了？"

"君子报仇，十年不晚，山水有相逢，今儿这场子，咱早晚找回来……"

这便是甲四和魏傻子的相逢始末。

自那晚之后，魏傻子便缠上了甲四，早上起来给他挑水，晚上给他擦车，夏天给他扇风，冬天帮他扫雪，王磕巴的开水铺不忙的时候，魏傻子便颠颠儿地跟在甲四后头帮他推车。无论甲四怎么赶他，他只是呵呵地笑，不气也不恼。

就这么过了小半年，眼看着到了年关，王磕巴是武清人，腊月二十八便关了铺子，带着老婆回乡去了。魏傻子无处可去，裹着一身破棉袄，在河边跟着乞丐凿冰窟窿捞鱼。

正月初三，天降大雪，甲四早起出车，刚一推门，便瞧见缩在墙根底下傻笑的魏傻子，他的脸冻得通红，满是冻疮的手上提了一尾草鱼。

"鱼……你吃……给吃鱼……给你……"魏傻子晃着脑袋，将手里的鱼塞给了甲四。

甲四捏了捏魏傻子的棉袄，喃喃说道："太薄了……"

"鱼……你吃……"

甲四的眼圈儿红了，嗓子里仿佛哽住了什么东西，他皱着眉头，仿佛在做着什么决定。默立半晌，他长吐了一口气，拍着魏傻子的肩膀说道：

"你可愿给我做个徒弟？以后你跟着我，虽不能衣食无忧，但至少有片瓦遮头。"

"鱼……你吃……"魏傻子听不懂甲四的话，仍旧使劲地往他怀里塞鱼。

"我拿了你的鱼，便是收了你这个徒弟。"甲四接过那草鱼，揽着魏傻子的肩膀，将他拽进了屋内，烘着了土炉里的炭火，让他凑过来取暖。

那个冬天格外漫长，大雪成灾，开水铺的王磕巴夫妇回乡后再也没回来，有人说是害了无药可医的急病，有人说是遭了杀人越货的匪贼，还有人说夜降大雪压塌了草屋，一家老小一个都没跑出来……

甲四给魏傻子寻了活计，教他擦皮鞋、洗衣服，魏傻子脑子虽然不好，但是手脚勤便，生意虽然时好时坏，但是多少是个营生。

家里多了一个人，可就不单是一口饭的事了，取暖、穿衣、瞧病都得用银子，甲四光靠拉洋车挣钱，常常捉襟见肘，迫于无奈，他只能去五柳大街打拳，且不管真打假打，总之是把铜板赚到了。

魏傻子自幼体弱，再加上十几年来挨饿受冻，身体的底子特别差。甲四为了能让这个徒弟壮实起来，日日教他练拳。奈何这魏傻子头脑实在是不灵光，无法给他讲解精深的拳理、拆解复杂的招法。甲四思量再三，索性将祖上传下的八极拳，化繁为简，只让他苦练四个式子。

两仪桩、冲天掌、贴衫靠、搓提。

甲四的草房后有一片土垫的小院儿，院内有一棵牛筋树。

牛筋树也叫假死柴，壳斗科树种，木质稠密，不易开裂，弹力极强，最高能长到八米，其果、叶可入药，能治中风、气喘。

甲四不是郎中，种树也不是为了药用。

明代枪法大家吴殳于其著作《手臂录》中曾言：枪材，以徽州牛筋木者为上，剑脊木次之，红棱劲而直，且易碎，白蜡软，棍材也。古老传习的各门拳法，虽然在考证上各有各的源流，但其都有一个共同特质——脱胎于冷兵器战场。中华大地有着数千年的冷兵器战争史。

无论什么时代，用兵打仗都没有空手对战一说！

哪怕是农民造反，手里也得攥着一把锄头！

与传统农耕民族作战最多的就是北方的游牧民族，双方在历史上的诸多朝代频繁碰撞。

枪！长而尖锐，可刺可斩，可格可挡，可攻可守，兼能远攻投射。从大规模集团作战的角度来讲：一来枪的制造成本低、锻造周期短、有利于大规模装配；二来枪的用法多样，便于结成阵形，配合对敌；三来枪天生就有长度优势，能破穿重甲，对抗游牧民族的骑兵冲击。

故此，枪成了中华大地冷兵器时代大面积装备士兵的军械。

从古代兵役政策和土地制度的角度来讲，长期以来，农民和士兵看似两个职业，实则是同一批人，太平时种地，作战时当兵，有仗打时农民要上阵拼命，没仗打时士兵要垦荒屯田。此谓之：寓兵于农、兵农合一。作为军械，枪是受到严格管控的，长枪制作简单，功用巨大，历朝历代无不忌惮。秦始皇的"收天下之兵，聚之咸阳，销锋镝，铸以为金人十二"，元朝禁止汉人持有兵器，"朝廷疑汉官甚，禁止中国人不得置军器，凡有马者皆拘入官"，此类律令不做赘述。

然而，禁止军械也带来了一个极大的弊端，那便是：闲时无法练兵，突遇战事，士兵作战素质严重不足。战争的爆发具有突然性，几乎不会给你留出数年的时间锻炼士兵。基于此项原因，很多带兵的将领想出了一个办法——练拳。让这些务农的兵源和暂时解甲的现役士兵，通过在种地的同时训练徒手技能，锻炼身体，强健体魄，保持战斗力和对敌意识，以便在战争到来，被征调入伍后，瞬间进入战斗状态。就这样，许多行伍里的技击高手将长枪的用法化为拳法，开始在民间传习，此番缘由有个名故，唤作——脱枪为拳！

练拳的人，多通枪术，练枪的人，亦知拳理。

枪，由三部分组成——枪头，枪缨，枪杆。

金属枪头、马尾枪缨、硬木枪杆。其中枪头的铸造数量、枪杆的种植数量都是受官府严格把控的，民间私藏私种，乃重罪。

（需要注意的是，枪杆是枪杆，木杆是木杆，二者判若云泥。明代程冲斗《长枪法选》中有言："其木色有稠木、有檀木、有检栗木，皆大木取小劈刨而成，多不坚牢易断。必选生成者为上，有欜条木，有牛筋木，有茶条木，有米枯木，有拓条木，有白蜡条木。各处土产不同，各名其异。惟取坚实体直，无大枒枝节疤者为上。"）

明清以后，火器渐兴。顺治六年（1649）三月甲申，世祖谕兵部曰："曩因民间有火炮甲胄、弓箭刀枪、马匹，虑为贼资，戕害小民，故行禁止。近闻民无兵器，不能御侮，贼反得利，良民受其荼毒。今思炮与甲胄两者原非民间宜有，仍照旧严禁。其三眼枪、鸟枪、弓箭刀、枪马匹等项，悉听民间存留，不得禁止。"自此后，枪杆飞入寻常百姓家，许多练拳的拳师都在自家种枪杆。

种枪杆的树，不允许生出任何侧枝，长到一米高下就要不断修剪，为了限制其生长速度，使树干笔直、木质稠密，只保留树顶的几片叶子。更需要时时照看，万不能有虫蛀使其留疤，树与树之间不可过密，以免影响光照，偌大一片向阳地，只能种上几十根，历时十几年才能成材，而这之中合乎标准的，又是寥寥无几，说是百里挑一，绝不为过。成材后，三九天伐树，留死节，去活节，或是埋在马粪堆里温养，开春起出，捶打掉皮，或是用酒糟熏蒸去皮阴干，撸核桃油包浆……总之，一根上等的枪杆是练家子的宝贝，好的杆子可以代代相传。

甲四这枪杆的树种是他三十岁时向一个老拳师求来的，悉心照料了十几年，才长成今时模样。有道是"内行看门道，外行看热闹"，甲四院子里这根牛筋树，知道的多，但识货的少，唯一一个眼毒的行家，是个木匠，姓田，名器，在城北开了一家棺材铺。

光绪二十一年（1895），田木匠从甲四的草屋后院经过，只看了这树一眼便再也没舍得将目光移开。从那天起，田木匠开始了对甲四的软磨硬泡，三天不来，五天必到，烦得甲四牙根痒痒。

有一日，天朗气清，甲四坐在门槛上，一手端着水碗，一手拎着藤条。

院子里，魏傻子正在练拳。反反复复，一共就四个式子，一桩、一掌、一提、一靠。

八极拳，起源之说有三：一曰明代行伍巴子拳；二曰河南焦作月山寺；三曰云游高人癞道士。其拳法刚猛暴烈、朴实无华、挨膀挤靠、硬打硬开，一身拙力如疯魔，疯牛惊象龙虎形，最能打熬气力，锤炼筋骨。

甲四教给魏傻子的桩功，名唤两仪桩，乃八极拳发力的基础，八极拳讲究"大形过位"，即：在技击移动和敌我对抗的过程中，身体要呈固定结构移动，身形的框架不能软不能散。而这个框架就是两仪桩——头上虚灵顶劲，腰腹气沉丹田，沉肩坠肘左右撑开，头脚和两臂一横一竖的撑劲，一展一束，便是十字劲。站桩就是为了让筋骨、皮肉、呼吸形成固定记忆，在对敌之时瞬间找到状态，调整好整个人的攻防结构。

蹲上两年桩，再学冲天掌，左手自上向下画弧，右手自腰下斜向上击出，五指平伸，高与头齐，拧腰转胯，上步并脚，打垛子攒气，以身体中线为轴，将右半扇身子甩出去，直闯敌方里怀。

冲天掌练熟后，可学搓提，此腿法吸收了戳脚的技法，用时身体重心前压，右手右腿齐出，脚跟刮地搓蹍对方脚趾，经脚背向上直踢小腿迎面骨，动上踢下，发力隐蔽短促。甲四教拳极严，魏傻子稍有出错，抬手就是一藤条，春夏秋冬，四季勤练，一年过后，魏傻子这一脚下去至少"搓"断方砖四块。

八极拳发力刚猛，讲究顶、抱、掸、提、胯、缠，其中以身体向八方冲撞，谓之曰：顶！贴衫靠，便是一式冲撞之招法。民间拳师，一来文武兼通的全才稀少，罕有人著书立说。二来拳脚妙义以亲身体会为上，远非眼观文字便能会意，故而祖师演武教拳，多为口传心授。三来天南地北，口音纷杂，许多名词招法在读音转文字上便存有了误差。这一招，有人叫铁山靠，有人叫贴山靠，也有人叫贴衫靠。甲四曾对魏傻子言道："傻徒弟，这一式冲撞，讲究极多，讲法纷繁。我的师父说，拳法是打架用的，不是做诗文用的，招法名目越简单直白越好，铁山是什么？他没见过！贴山是怎么个贴法，他也想象不出来。但是贴衫二字最好理解，那便是：贴着衣裳衣衫冲撞。意思就是说，这一式是贴身冲撞，发力距离要短要急，双脚催腰胯，腰胯催肩背，肩背如圆盾，向敌人顶出，去势舍身无我、摧枯拉朽。"

虽然甲四的拳理讲得深入浅出，却奈何魏傻子脑袋不甚灵光，活似鸭子听雷，每当甲四停了手里的藤条和他说话，他都以为是要开饭了，于是乎咧着个大嘴，将两手放在胸前一捧，笑着喊道：

"吃……吃……饭吃饿……"

每到这时，甲四的心里便好似有一万头野马疾驰而过，愁得他直皱眉头。

就这样，师徒二人在这小院儿里教拳练拳，转眼便过了五个年头。

叁

从五柳大街回来后，甲四已经整整十一天没有出门了。

甲四是个拉车的苦力，怎敢去触洋人的霉头？

"傻徒弟！说了多少遍了，五脏气攻到，皮肉筋骨合。发力要摒气，气要入丹田！不要只是在鼻腔里、嗓子里、胸腔里，而是要往下走，走到丹田里。这不是什么玄而又玄的东西，你弯腰去把院子里那个水缸抱起来，去！"

魏傻子呆呆傻傻地瞥了一眼自己这位暴跳如雷的师父，一步三晃地走到了院子角落的水缸边上。

"看我干什么啊？抱起来！"甲四将手里的藤条甩得啪

啪响。

魏傻子吓得直打哆嗦，一抿嘴，弯下腰抱住了半人高、盛满水的大缸，两腿扎马步，两眼一瞪，向上一拔，瞬间将二百多斤的水缸抬起了一寸有余，习拳五年，魏傻子的筋骨早非昔日可比。甲四眯眼，两手一抓缸沿儿，猛地向下一压，将魏傻子刚刚抬起的水缸压了下去。

"抬起来！使劲！"甲四恶狠狠地冲着魏傻子大喊。

魏傻子夹臀提肛缩腹，腰胯向上拔，脸颊憋得通红。他深吸了一口气，紧紧地抿住了嘴，随着他陡然发力，这口刚吸进来的气顺着喉咙、胸腔、瞬间到了小腹，腹腔里"嗡"地一震，下意识地发出了"哼"的一声，与此同时，大水缸陡然一动，被魏傻子直接抱到了胸口。

"放下吧，放下！记住了，就是这个感觉，这就是气攻五脏到，在这一瞬间，你筋骨的爆发力达到了顶峰，这个时候无论是击打，还是抗击打，你都是最佳状态。若是练到深处，每一拳你都能打出这个力道，便是练成了！"

甲四絮絮叨叨地说了好长一串，魏傻子根本没有听进去，他一屁股坐在地上，使劲地抓挠着自己的肚皮，他想知道，自己的肚子里是不是跑进了什么东西，如若不然，这肚子怎么会发出声音呢？

"扑哧——"墙外传来一声嗤笑。

甲四扭过头去，只见一个瘦高的黄脸汉子正趴在墙头看魏傻子的笑话。

"甲四啊甲四，真传一句话，假传万卷经，拆开淡如水，包藏贵如金。人家压箱底的真东西，你就这么教给了一个傻子？"

此人正是田木匠。

"按照江湖规矩，偷拳窃技，可是要挖眼珠子的！"甲四恶狠狠地瞪了田木匠一眼。

"行啊！要不这样，你把你院子里这枪杆儿给我，我拿眼珠子换，一手挖眼，一手交杆，公平交易，童叟无欺。"

"滚蛋！"甲四捡起一块土疙瘩向墙头掷去，田木匠歪头躲过，张口说道：

"甲四，洋人雇了不少走狗，四处寻你……认识你这么多年，我万万想不到，你甲四这么个面团捏的货色，也敢去捋洋人的虎须。"

"用你管？别告诉我说，你是在担心我。"

"担心你？你想得美！我是担心你院儿里这根枪杆儿，别好死不死地再落在洋人手里。说真的啊，你把这枪杆送我，我安排你跑路，出了天津城直奔沧州，顺沧州奔山东，山东地界都打成一锅粥了，你一身拳术，昼伏夜出，谁也寻不着你。过山东去苏州，我在那儿有个开酒楼的表哥，你可以去投奔他。"

"滚！"

"你再考虑考虑！"

"考虑个屁，滚不滚，再不滚我就揍你。"

"今儿个没带家伙，空手和你打，我心里没底，也罢，改日再来。"田木匠嘿嘿一笑，轻轻一翻，跃下了墙头，唱着曲儿慢慢走远。甲四默立良久，走到徒弟身边，捧起了他的大脑袋，一字一句地说道：

"徒弟啊徒弟，我就你这么一个徒弟！你师父我虽然打了十几年的假拳，但是教给你的都是真东西，我不是个骗子，不是骗子！你知不知道啊？知不知道啊？唉，你是个傻子，我跟你说这些又有什么用呢？可是……我不跟你说，还能跟谁说呢？咱们练武的，活的就是一口气，我的这口气已经消磨殆尽了，你呀你，你……你得给师父争口气啊！记住啊！"

"吃……饿饭……饿……"

"唉，还是浑浑噩噩。"

"吃……饿饭……饿……"魏傻子不知道什么时候站了起来，蹲到甲四旁边使劲地拽他衣袖。

"唉！吃！就知道吃！你想吃什么啊？"

"吃……糖，糖甜，想吃……吃桂花糖。"

"我看你像个桂花糖！千金不换的东西白送给你，你倒好，天天就知道吃吃吃，你什么时候也能给你师父我买包桂花糖吃吃！"甲四狠狠地搓了搓脸，用手指头轻轻戳了戳魏傻子的脑门儿。

入夜，微风习习，甲四披衣而起，整理了一下衣物干粮，将睡地铺的魏傻子叫醒。

"徒弟？徒弟！别睡了！"

魏傻子揉了揉惺忪的睡眼，爬起身来。

"徒弟，胳膊拗不过大腿，咱们还是得跑路！早跑也是跑，晚跑也是跑，索性早点儿跑！"

甲四家徒四壁，本就没什么家当，稍一收拾，便打好了包袱。

"走！咱们趁着黑出城。"甲四拉起魏傻子，帮他穿好衣服，迈步出门。

魏傻子好像想起了："洗……鞋啊……大老虎。"

甲四明白，魏傻子说的是大虎爷，大虎爷知道魏傻子是个苦难的孩子，平日里对他多有照拂，擦鞋洗衣总是赏钱，逢年过节还总给魏傻子买些糖墩儿、糕干之类的小吃食。魏傻子虽然人傻，但是最讲信用，大虎爷交代的这批衣服皮鞋已然洗擦妥当，尚未送还，魏傻子说什么也不肯走。

"我的傻徒弟，咱们这不是遛弯儿，是跑路！跑路你懂不懂！这是要性命的事，顾不上这些个了！"甲四夺过魏傻子怀里抱着的皮鞋扔到地上，拽着他就走，魏傻子一跺脚，挣脱了甲四的手，扑在地上拾起皮鞋，用衣袖蘸着口水就去擦抹上边的尘土。

这傻子要是犯起了倔劲，当真让人绝望，任凭甲四又是哄又是吓，磨破了嘴皮，说哑了嗓子，可那魏傻子坐在地上，仍旧抱着皮鞋纹丝不动！

甲四拗不过他，皱眉说道："也罢，把东西给大虎爷送还，咱们再跑！"

魏傻子一咧嘴，呵呵地傻乐。

"也不知道你是真傻，还是假傻！"甲四抡起巴掌，高高举起，轻轻落下，在魏傻子脑门上抽了一记。

甲四飞快地将大虎爷的衣服皮鞋包好，推门刚要出去，突然身子一顿，脑袋里暗自思忖道："大虎爷让我万万不可露面，此时那洋人正四处派遣走狗寻我麻烦，倘若我在大虎爷处露面，万一被别人看到，岂不是给他平添麻烦。"

思量再三，甲四叫过了魏傻子，把大虎爷的衣服皮鞋塞进了他的怀里。

"徒弟，你跑一趟，给大虎爷送过去！大虎爷，你记得吗？就是给你买糕干那人。"

魏傻子伸手在额头上晃了晃，比量了一下大虎爷的身高，踮起脚来，向西南方向指了指。

"行，我这徒弟傻是傻了点，但好歹还认路！"甲四嘀咕了一句。

"哎呀——"魏傻子推开了院儿门，刚要迈步，甲四一把拽住了他的胳膊：

"快去快回，我在家等你。"

"等——我——"魏傻子指了指甲四，又拍了拍自己的胸脯，转身消失在了夜色之中。

五柳大街，两伙人马正举着火把，不下百名壮汉各持刀枪对峙。

左边一伙儿带头的是汤普森和韩鼻涕，右边一伙儿带头的是大虎爷和二虎爷。

"这位汤爷！咱们往日无怨，今日无仇，你屡次寻衅，怕是不合道义吧！"

"Fraud！"汤普森冷哼一声。

韩鼻涕一身狐假虎威的架子，抱着胳膊走到了大虎爷的面前，幽幽说道：

"大虎爷，天津卫黑白两道，单说明事理这一条，您算是排着字号的。洋大人今儿个来您这里，就一件事——那个叫甲四的打假拳，不但害得汤普森先生输了银子，更在马修老板面前丢了面子。此事绝不能干休，你把他交给我，我保你平安。"

大虎爷一皱眉，还没说话，旁边的二虎爷早已按捺不住，大声喝道：

"别看做赌的营生捞的是偏门，但义字当先的理儿，我们也是知道的。甲四在我们的场子打拳，我们就得保他周全，要是这么随随便便就交了出去，我们哥俩儿的字号可就在天津卫臭大街了，谁还来我们这儿打拳？再说了，愿赌服输，这洋人的尿性真他娘的王八蛋。"

汤普森虽然听不懂，但瞧着二虎爷的面色也能猜出他肯定没说什么好话。

"Shit！"汤普森上去一拳打在了二虎爷的胸口，二虎爷向后一仰，险些栽倒，站在他身后的弟兄赶紧上前扶住了他，两边的人马各发了一声大喊，抢着斧头刀把推搡到了一起。

"砰——"韩鼻涕抽出一把手枪，朝天放了一枪，两边的人马瞬间停住了动作，齐刷刷地看向了他。

二虎爷在腰后一摸，拽出了尖刀，汤普森带的人马里有好几个洋人，见状也纷纷掏枪。

"慢慢！慢！慢！别冲动！"韩鼻涕高举双手，将手枪扔给了汤普森，沉声喊道：

"大虎爷，可否借一步说话！"

"大哥别去，狗日的八成有诈！"二虎爷拽住了自己的大哥。

"不怕！我倒要听听他要说什么。"

"大虎爷，您这边请——"韩鼻涕分开人堆，将大虎爷引到了柳树底下。

"大虎爷，抽烟吗？"韩鼻涕从上衣兜里摸出了一个烟斗，用手指紧了紧烟丝，点着火嘬了一口。

"有事说事，直接点。"大虎爷看向了韩鼻涕。

韩鼻涕吐了一口烟圈，歪头凑到了大虎爷的耳边，轻声说道：

"大虎爷，你我都是天津人，家乡人如手足，我不瞒你。其实汤普森抓这甲四是个幌子。你就算把甲四交给他，他过不了多久还得找下一个由头为难你。根儿上的缘由，在于……汤普森的老板马修看中了你这个场子……"

"场子？洋人想做赌场？"

"赌个毛场啊！马修做的是这个！"韩鼻涕撅了一根柳条，横在嘴边，摆了一个吸鸦片的动作。

"烟土？"大虎爷一眯眼。

"对喽，马修是做烟土买卖的，这烟土漂洋过海地运过来不是当摆设的，它不仅要卖，还要多多地卖，最好能把市场垄断。如今，天津卫的烟馆、娼寮、茶馆、汤池、戏园子，大大小小几十家都在销马修的货，做买卖图的就是个人气儿，人气儿越旺，越好做生意。天津城做赌场行当的，你们兄弟是魁首，除了这五柳大街的黑拳场子，你们还有八处赌场……都是人气儿兴旺的好地方，若是马修先生的烟土能进你的场子……鸦片烟一本万利，他可以让你抽三成的纯利。"

"我有我的规矩，道上的人都知道，我们兄弟不沾烟土。"大虎爷冷声说道。

"规矩？这年头，规矩再大能大过银子去？只要银子到位了，规矩是可以随时变通的……"

"规矩要是能变通，还是规矩吗？这事儿没得商量。"大虎爷摇了摇头，打断了韩鼻涕的话。

韩鼻涕讪讪地摸了摸鼻子，也不生气，转身走回到了场内，对大虎爷说道：

"大虎爷，别敬酒不吃吃罚酒啊！"

言罢，韩鼻涕拍了三声巴掌，从人堆儿里应声走出了一个文龙绣虎、青裤蓝袜、辫子上插着花的中年汉子。

"窦山青？"二虎爷一眼就认出了他。

"二位虎爷，吉祥！"窦山青一甩辫子，假模假样地打了个千儿。

"韩鼻涕，你这是什么意思？"大虎爷问道。

"没什么意思，马修先生说了，三条腿儿的蛤蟆不好找，两条腿儿的人多的是，你们要是不肯合作，从往后，你们的位子，就由窦爷来坐，你们手底下的赌场，明儿起，通通改姓窦。"

"韩鼻涕，你也不怕风大闪了舌头，你当我们兄弟是吓大的吗？想夺我们的场子，你有几条命？"二虎爷伸手去抓韩鼻涕，窦山青一撩衣摆，飞起一脚，使了个蝎子摆尾，蹬开了二虎爷的手腕。

"怎么茬儿，练练？"二虎爷一瞪眼，两手一分，犹如一只老熊下山，摆了个摔角的起手势。

"嗒嗒嗒——嗒嗒嗒——"

一阵清脆的马蹄响从远处传来，夜色深处一驾挑着橘红色灯笼的马车缓缓地停在了柳树边上，马车的门帘从里面掀起一角儿，一只戴着翠绿扳指的手探出车外，朝着大虎爷轻轻一招。

大虎爷按住了二虎爷的肩膀，穿过人群，钻进了马车里。

马车内，一个头戴黑纱斗笠的中年人轻摇折扇，从袖口里掏出了一条白色的丝绸帕子掩在嘴上，轻轻地咳了两声。

"陶叔……"大虎爷面上极为恭敬，低着脑袋，两眼看着自己的鞋尖儿。

这名叫陶叔的人乃直隶总督裕禄府上的大管家，名曰陶玉楼，专司打理天津卫的各色买卖，其中有黑有白，既有绸缎、酒楼、粮米等产业，也有做赌、放贷、私盐等勾当。大虎爷管理的赌场，背后的靠山就是这位陶玉楼。

陶玉楼终日戴着一顶斗笠，斗笠下垂着黑纱，无人见过他的真容。

"翟虎臣……你在我手底下，干了多少年了？"陶玉楼轻轻地拍了拍大虎爷的后颈。

"十年了，若没有您提携，我们兄弟早就横死街头了。"

"知不知道今天我为什么来？"

"这……小的不知。"

"烟土的买卖，我是同意了的。"陶玉楼轻叹了一声。

"什么？"大虎爷猛地抬起了脑袋，眼中满是震惊。

"利润分三份，我占五、你占三、洋人占二。官府这边你无须担心，我早已打点妥当，你只管销货。"

"可是……"大虎爷千言万语堵在胸口，一时间竟说不出口。

"没什么可是，虎臣啊，咱们相识多年，我不妨给你交个实底。马修的烟土买卖，上边很多老爷都投了银子，我是管家……不是当家，这事你做也得做，不做也得做。你不做，我就换了你，我不做，上边也会换了我。咱们在那些老爷们的眼中，都是些贱命……如同蝼蚁。"

"陶叔，大不了我们兄弟俩离开天津……"

"离开？这里头的秘密已被你知晓，你还想离开？"

"陶叔，我对天发誓，此事我定当保守秘密……"

"只有死人……才能保守秘密。"

"陶叔……念在我们兄弟鞍前马后，为您赴汤蹈火多年的情分上……"

"你若念着情分，便应承下来，只要你答应，你我的情分，不会变。"

"我爹就是抽大烟抽死的，我要是再做沾鸦片的营生，没法向老娘交代。"

"交代！哈哈哈哈，你个混街头的痞子……狗屁的交代！"

陶玉楼仿佛听见了一句笑话，仰着脖子大笑不止。

就在大虎爷和陶玉楼在马车内密谈的当口上，愣头愣脑的魏傻子来到了五柳大街。魏傻子眯着眼在人堆里趔摸了好一阵，才找到二虎爷的身影。他将裹好的皮鞋和衣服抱在怀里，在人堆里一阵乱拱。

"这谁啊！挤什么？"

"我给你说话呢！你是聋子啊？"

"瞅着样子，该不会是个傻子吧？"

"荒郊野岭的，哪来的野傻子？"

人群里传来阵阵恶骂，魏傻子埋着头，用一只胳膊挡在脸前，挤开挡路的人，跑到了二虎爷的面前，看着他呵呵傻笑。

二虎爷瞧见魏傻子，吓了一跳，赶紧左右看了看。

"还好，还好，甲四没来。"二虎爷暗地里长出了一口气。

"鞋……鞋……擦完……"魏傻子将怀里的包裹塞给了二虎爷，二虎爷从怀里掏出一把铜板，数也不数，胡乱地塞进了魏傻子的腰中，扭过他的身子，照他屁股轻踢了一脚，沉声喝骂道：

"赶紧滚蛋！"

魏傻子揉了揉屁股，也不生气，吸了一口嘴角的口水，扭头就往外走。

突然，人堆里猛地伸出了一只大手，"啪嗒"一声攥住了魏傻子的胳膊。

"慢着！"此人正是窦山青。

二虎爷一横肩膀，挑开了窦山青的手腕子，指着他鼻子骂道：

"姓窦的，你他娘的干什么？"

"我叫这傻子，与你何干？"窦山青皮笑肉不笑地看向了二虎爷。

"你为难个傻子算什么爷们儿，有本事咱俩练练。"二虎爷一撸袖子，推开了窦山青。

窦山青拂了拂胸口，指着魏傻子转身对韩鼻涕说道：

"这傻子别人不认识，我却认识，甲四为他出过头！"

"哦？"韩鼻涕眼睛一亮，霎时间来了兴致。

"放你妈的屁，他是个傻子，什么都不懂，还不是你说什么便是什么？你说他认识甲四，我还说你娘是我的姘头呢！空口白牙乱攀咬，谁不会呀？"

"你……"窦山青被二虎爷劈头盖脸的痛骂惹动了肝火，攥着拳头就要上去厮打，韩鼻涕眼珠一转，抱住了窦山青，笑着走到了二虎爷的面前，伸着脖子去看魏傻子，二虎爷一侧身，将他挡住，呼喝道：

"你干什么？"

韩鼻涕伸手在袖筒里摸索了一阵，掏出了一包桂花糖，拆开外面的油纸包，捧在手心儿里递到了魏傻子面前。

"这本来是我给家里孩子买的，送你了！"

微风吹过，香油炒酥米，蚀糖蘸芝麻的桂花糖散发出一股淡淡的甜香气，魏傻子的眼睛一下子就直了。

"傻子，咱不要，二虎爷领你回家，路上给买十包。"

然而，此时魏傻子所有的注意力都被这包桂花糖吸引了，脑袋里一片空白，根本就听不见二虎爷在说什么。

"吃吧，送你的。"韩鼻涕露出了狐狸一般的笑容，将手里的桂花糖又向前凑了凑。

"傻子，咱不要，想吃二虎爷给你买！"二虎爷伸手就去抢韩鼻涕手里的桂花糖，却被斜刺里的窦山青攥住了胳膊。

"你干什么？"二虎爷喊道。

"一包桂花糖罢了，你怕什么？"

"谁……谁说我怕了！"

韩鼻涕向前走了一步，将手里的桂花糖往魏傻子的手里塞去，魏傻子突然好像想起了什么，脑袋摇得拨浪鼓一般。

"怎么了？不好吃？"

"好……好吃……我……我不吃……"

"为什么不吃？"

"陌生人给……师父……不让……不让吃。"

"我不是陌生人，我是甲四的朋友，来，吃吧，吃完告诉我你师父在哪儿。"韩鼻涕轻轻地将桂花糖塞在了魏傻子的手里。

"朋友……师父的！"魏傻子虽然记住的人名不多，但师父的名姓却是刻在他的骨子里的。

"哦哦哦，甲四是你师父？"

二虎爷扭腰一甩，推开了窦山青，一把将韩鼻涕手里的桂花糖打翻在地。

"你不是找他师父吗？我就是他师父！如假包换！"

"你会收个傻子当徒弟？"窦山青大喊。

"用你管，老子愿意干吗就干吗！老子不但是他的师父，还是你的便宜爹咧。"

"翟虎胜，我和你拼了！"窦山青恼羞成怒，一个膝撞直冲二虎爷胸口，二虎爷后闪半步，躲开膝撞，在窦山青落地的一瞬间，左手抓他小袖，右手封他左手，侧背向前贴近，左手向下拖拉，右手擢撩他小腿内侧，一绊、一拉、一掼，窦山青瞬间头重脚轻，脑袋朝下，摔倒在地。

乌龙出水，保定府快跤的技法。

"哟，就这两下子，还出来走江湖？现在的混混儿真他娘的一代不如一代。"二虎爷一击得手，刚要骑到窦山青的身上揍他，站在一旁的汤普森猛地动了起来，脚下一蹿，冲到了二虎爷侧面，一个勾拳击向他的下巴。

有道是双拳难敌四手，二虎爷两手撑地，向后一滚，闪开了这一击，站起身来骂道：

"二打一吗？"

韩鼻涕蹲下身，从地上捡起了一块桂花糖，看着魏傻子，魏傻子下意识地伸出手，去接韩鼻涕手里的糖，就在魏傻子的手指触碰到桂花糖的一瞬间，韩鼻涕故意大喊了一句：

"甲四是个骗子！下作的骗子！打假拳的骗子！"

魏傻子脑子里"嗡"的一声响，他眼前猛地闪过了一幅画面，那是他和师父生活的小院儿里，他的师父甲四，捧着他的脑袋，一字一句地说道："徒弟啊徒弟，我就你这么一个徒弟！你师父我虽然打了十几年的假拳，但是教给你的都是真东西，我不是个骗子，不是骗子！我的这口气已经消磨殆尽了，你呀你，你……你得给师父争口气啊！记住啊！"

"不是！"魏傻子一摇头，缩回了手。

"什么不是？"

"我师父……不是……"

"你师父是谁？不是什么？"韩鼻涕追问。

"他不是……不是……"魏傻子口齿不清，说话很是费劲。

"他就是！他就是个骗子！你的师父甲四是个打假拳的骗子！骗子！"韩鼻涕揪住了魏傻子的领口，在他眼前大喊。

"不是！我师父……甲四不是骗……真东西，他教我……是真东西……一口气。"魏傻子急红了眼。

韩鼻涕奸计得逞，指着魏傻子大喊："他自己说的，他是甲四的徒弟，这是他自己说的。"

言罢，韩鼻涕扶起窦山青，在他耳旁小声说道："逮住这傻子，扣下他，引甲四出来，拿甲四当人证，当众揭发翟家兄弟打假拳，让他们声名扫地，墙倒众人推，那些在他们赌场输了钱的，肯定全部力挺你，正好为你窦山青上位铺路。"

窦山青激动得直打摆子，伸手一招，七八个打手冲了上来，直奔魏傻子扑去。

当先一人，左手出掌，遮掩魏傻子双眼，右手攥拳，打他下颚。

"呼——"魏傻子突然神色一凛，仿佛换了一个人一样，身子以左脚为轴，逆时针旋转九十度，躲开了对方甩眼的一掌，后脚提，前脚蹿，落地一跺，直接闯进了对方的怀里，左臂小肘向下内翻，挂住了对方的来拳，右肘竖起向后一别。"咔嚓"一声脆响，对方的胳膊被魏傻子应声掰断，整个人软塌塌地瘫在地上哀号，众人被魏傻子的辣手彻底镇住了，齐齐地收住脚步，没一个敢上前。

魏傻子懵懵懂懂地看了看自己的手脚，十趾抓地头顶天，膀根塌下气内含，怀抱婴儿肘顶山，两臂抱圆颈上拔。

标准的八极桩功——两仪桩。

甲四教拳，从不让徒弟原地不动站死桩，而是亲自手持裹着棉布的木棍，换着角度、绕着徒弟抽打，让徒弟在这个动态的对抗中，站出两仪桩格挡反击，初时要用两肘"挂"开木棍，其后便需用两臂将木棍别住，这里头的打法变化有十几种，哪种练不好，甲四便专挑薄弱处用木棍狠抽，就为这一个桩功，甲四便抽了魏傻子三年，直到魏傻子完全不需要思考，下意识便能根据对方的攻势用出两仪桩不同的用法。

甲四说过，学拳之道至简，绝非玄而又玄。

练一个拳架，一日打百拳，百日打万拳，小成矣！

魏傻子虽然傻，但却不懒。数年苦工，何止万拳？

"怕什么？一个傻子而已，一起上，谁擒下这个傻子，赏银十两！"窦山青振臂一呼，人群里顿时传来一阵骚动。

重赏之下必有勇夫，刚刚逡巡不前的几个打手，此时也兴奋得红了眼，发着闷喊，向魏傻子扑来。

魏傻子愣住了，他不明白这些人都是怎么了。

"噌——"人群里一只大脚飞来，蹬踹魏傻子小腹，魏傻子的脑子还没反应过来，他的手脚已经动了。

旋身，抢胳膊磕开对方脚腕，横移近身，抽臂上撩，手背抽裆，肘尖扎胸。

练拳不练功，到老一场空。同样的一拳，有的开砖劈石，有的绵软无力，无他，其功深浅耳。何谓功？速度！力量！若不谈体能，只谈松柔意念，则纯属荒谬。对敌拼斗，拳脚相交，精神高度紧绷，血流加快，筋骨高度亢奋，体力跟不上，很快就脱力。整个人都累虚了，还怎么打？魏傻子的拳脚，是用"三靠臂"打桩，一下一下练出来的，死皮老茧不知蜕了多少层。

"咚——"来人应声而倒，两截肋骨断裂。

魏傻子顾不上发呆，左手自外向内画弧，拍开一把捅到胸前的短刀，一个跟提步，蹿到对手面前，拧腰送胯，震脚拔身，右手自腰侧向上击出，掌根斜推，连推带打，"啪"的一下打在了对方的下颚上，对方颈椎断裂，仰头后倒，魏傻子吓了一跳，他平时练手都是和甲四对打，甲四招沉势大，逼得他必尽全力。这是他第一次和甲四以外的人动手，谁料他还没使劲儿，对面就先倒下了。

"我抓住他了！"趁着魏傻子发愣，一个胖子俯身一抱，搂住了魏傻子的腰。

"一起上啊！"窦山青在人群里发喊，鼓动着手下人上前。

魏傻子两手在外，左手从胖子颈下插进去，搂住了他的下巴，右手从他腋下穿进去，扳住了他的肩膀，身子向前一拱，右脚跟刮地，"嚓"的一声搓中他的脚趾，顺着脚趾向上发寸劲，直接踢断了他的迎面骨。同时两手一翻，小腿已经断裂的胖子直接原地转了一百八十度。人的小腿迎面骨，即胫骨的内侧面（胫骨的主体呈三角形，分为内侧面、外侧面、后侧面），如果没有经过长期的抗击打锻炼，是非常脆弱的，而且其外面只有一层筋膜、脂肪和皮肤覆盖，可以在体表很清楚地触摸到，一脚蹬上去，非裂即断，最难愈合。

"哼——"魏傻子双臂一张，肩膀重重地顶在了胖子的胸口上，震脚搐气，伴随着他腹腔里"嗡"的一响，胖子二百多斤的身子横着就飞了出去。

贴衫靠，八极拳中有名的杀招。

与此同时，动手打架的人群渐渐扩散，由三五个人的小范围厮打，变成了双方二百多人的大型殴斗，砍刀短斧漫天乱飞。

大虎爷坐在车里，冷眼瞧着陶玉楼，幽幽说道：

"你别逼我！"

"我偏要逼你，你能怎样？你还想凭着手下的一百多人翻盘不成，实话告诉你，马修的洋枪队就在左近！"

大虎爷闻听此言，冷汗瞬间浸透了脊背，他掀开门帘，向外望去，只见马车外，人影纷乱，鲜血横流。二虎爷的刀捅在一个大高个儿的肚子里拔不出来，二虎爷一着急，直接弃了刀，脱了褂子，赤着上身扭头和汤普森厮打。

"Fire！"汤普森一拳砸开了二虎爷的扑抓，冲着韩鼻涕一声大喊。

韩鼻涕手忙脚乱地从怀里摸出了一支花炮，用打火机点着了引线，朝天一举。

"嗖——当——"一蓬火红色的烟花在半空中炸开。

三分钟后，一支五六十人的洋枪队从夜色中钻了出来，带队的是个金发碧眼的英国人，名叫哈登，此人本是英格兰的一个海盗，被马修重金聘用，哈登笼络了一批亡命徒，这里面有美国人、丹麦人和挪威人，以及少许的印度人，给他们装配武器，训练射击。哈登带领的这只洋枪队，装配的是美国产的温彻斯特1866型步枪和德国产的1871年式11毫米口径毛瑟步枪，射程约在300码（一码约等于0.9米，300码约为270米）。

"砰砰砰——"洋枪队人未到，枪先响，密集的子弹穿过黑夜向人群打来，酣斗正浓的双方人马割韭菜一般地倒了一片。

韩鼻涕和汤普森一伙早有准备，枪声一响，便从怀里掏出一块白布系在左臂上，以便让洋枪队分清敌我。

二虎爷抱着脑袋滚到一个土堆后头，伸手一抹大腿，掌心全是血。

"火把！都熄了！快！把灯笼和火把都熄掉，敌暗我明，别当活靶子！"

二虎爷手下的人马多为街头出身，虽然抡刀砍人是好手，但是对阵洋枪没有丝毫经验，混乱中人仰马翻，前后踩踏，无头苍蝇一般满地乱爬。

二虎爷伸头一瞅，懵懵懂懂的魏傻子还木桩一样地站在原地。

"傻子！过来！"二虎爷朝着魏傻子大喊，魏傻子一扭头，正看到二虎爷一头尘土混着汗，脏成了一个大花脸。

"哈哈哈——呵呵——大花脸——"

"脸你姥姥啊！"二虎爷顾不上危险，手脚并用，蹿到了魏傻子身侧，一手拽他脚脖子，一手抱他腰，将他扯倒，魏傻子知道二虎爷是自己人，没有动手，老老实实地被二虎爷压在了身下。

"砰砰砰——砰砰——"枪声越来越近，魏傻子一捂耳朵，抱着脑袋瑟瑟发抖。

"雷……打雷……"

"傻子！傻子！不是打雷，这他娘的是打枪！你听话，爬！跟着我爬！爬到那土堆后头去。"二虎爷一边爬一边揪着魏傻子的脖领子，拖着他往土堆后面移动。

突然，魏傻子身子一僵，脖子一甩，挣开了二虎爷的手。

"傻子！你干什么去？"

魏傻子没有搭理二虎爷，原地蹦了起来，跑了两步弯下腰，从地上捡起了一块被踩得稀巴烂的桂花糖。

"呼——呼呼——"魏傻子小心翼翼地吹了吹上面的土，用袖子垫着攥在手心儿里。

"傻子！蹲下！过来！"二虎爷急得用拳头直砸地。

"桂花糖……师父吃……我给师父吃……"魏傻子咧嘴一笑。

"砰——"一声枪响，魏傻子的胸口炸开了一蓬血花。

他右手攥着桂花糖，左手摸了摸自己，低头咳出了一口血。

"傻子——"二虎爷顾不上夺枪，向前一扑，接住了倒地的傻子。

魏傻子一直在咳嗽，血沫子顺着下巴淌满了半张脸。二虎爷知道，傻子的肺叶已经被打穿了，华佗再世，怕是也救不得他。

"傻子，傻子……"

"咳……疼……疼！"魏傻子眼睛里全是泪水，哗哗地往下淌，一边抽搐一边哑着嗓子号哭。

"不疼，不疼。"二虎爷不知道该说些什么，只能用手用力地按着魏傻子的枪伤处。

魏傻子抬起手，将沾着血的那块桂花糖塞进了二虎爷的手里。

"糖……糖给师……"言罢，他脖子一歪，再没了呼吸。

二虎爷伸手在魏傻子脸上一抹，盖住了他的眼睛，抬起头举目四望，整片五柳大街全是断肢鲜血，枪弹横飞之下，无处不闻哀号。

马车内，陶玉楼"哗啦"一声打开了折扇，清了一口嗓子，开腔唱道："我正在城楼观山景，耳听得城外乱纷纷。旌旗招展空翻影，却原来是司马发来的兵。你休要胡思乱想心不定，你就来、来、来，请上城楼，司马你听我抚琴。"

"陶玉楼，外面在死人……"

"笑话，这世道哪里不死人？"陶玉楼一声嗤笑。

"买卖归买卖，人命是人命，沾了血的银子您不嫌晦气吗？"

"一帮子穷鬼，也能叫命？我再教你个理儿，银子就是银子，不管沾了什么，它都是银子，只要能赚银子，怕什么晦气！"

"既然如此，您别怪我！"大虎爷一瞪眼，缓缓地将弓着的腰直了起来。

"反了你了，你能吃几两饭，我还不清楚吗？一对一放对儿，你那点儿拳脚道行能在我手下走几招？"陶玉楼屈指一弹扇骨，发出了一声金铁的铮鸣。

"我知道您是朝廷的高手，艺高人胆大。但是，您再厉害，有这东西厉害吗——"大虎爷骤然一喝，扯开了大褂的前襟，在他的胸前腰间，密密麻麻的绑了一圈儿炸药，大虎爷一手攥住了陶玉楼的手腕，一手掏出火折子，用牙咬开了盖子。

"你要做什么？"陶玉楼吓了一跳。

"实话告诉你，从洋人上次来这儿搅局起，这火药我就没离身。你让洋枪队停手，否则咱们一起死，反正我贱命一条，有你陪葬，值了！"

言罢，大虎爷扯着陶玉楼，跳下了马车，扯着嗓子大喊：

"陶玉楼在我手里，停止射击。"

"砰砰砰——"黑夜中乱枪不断，陶玉楼唯恐自己被误伤，双手高举，大声叫道：

"马修先生，是我，停手——"

"Stop——"枪声来处传来一声洋文指令，枪声暂歇，几十个举着枪的洋人从掩体后面走出，将大虎爷和陶玉楼围在了正中。

马修在两个枪手的保护下走了过来，韩鼻涕连滚带爬地蹿过来充当翻译。

大虎爷吹了吹火折子，将其凑到了引线面前，看着韩鼻涕说道：

"姓陶的是什么身份，你们比我清楚，他要是死了，你们麻烦就大了。现在，让出一条路来，放我的弟兄们离开。你们也是为了做生意，不是为了和我们玩儿命！"

韩鼻涕不敢迟疑，连忙将大虎爷的话翻译给了马修，马修扭过头，和带队的哈登耳语了一阵，哈登一抬手，洋枪队让开了一个缺口。

"老二，带着弟兄们走。"

"大哥，你呢？"

"我断后，陶玉楼陪着我，他们不敢怎么样。脱身后，老地方见。"

"好！"危机当头，二虎爷顾不上矫情，带上还能喘气儿的手下，头也不回地迅速离开。

大虎爷一手抓着陶玉楼，一手攥着火折子，面对着几十杆枪，向二虎爷离开的反方向移动。

陶玉楼不急不慌，跟着大虎爷的脚步慢慢挪动。

一炷香后，陶玉楼脚步一停，轻轻地拍了拍大虎爷的胳膊。

"你干什么？别耍花样。"

陶玉楼微微一笑，轻声说道：

"你呀你，混混儿就是混混儿，跟了我这么多年，还是上不了台面。你的脑子怎么一点儿也不灵光。"

"你什么意思？"

"这么大的事，我怎能单刀赴会？"

"什么！"

"事出机密，要么你我合作，兵合一处，要么你死我活，杀人灭口。内外两张网，内围是洋枪队，外围还有游骑一百，都是弓马精锐。这买卖……事关多位大老爷，马虎不得啊。"

"二虎？二虎！"大虎爷眦眦目裂，万念俱灰，伸手就去点那火药的引信，就在火折子凑到引信边上的一瞬间，陶玉楼动如脱兔，闪电一般向大虎爷右外侧上左足，左掌上挑，架起大虎爷右肘，拧身上右步出右掌，穿过大虎爷右手臂内侧直插其咽喉部，大虎爷下意识地向后一仰，陶玉楼左手中折扇"呼啦"一张，精铁的扇骨画弧，直接挑断了大虎爷的手筋。

大虎爷手一抖，火折子掉落，被陶玉楼用扇面一兜，扫出了十几步远。

推窗望月！八卦掌！

"我和你拼了——"大虎爷不顾手上的伤，单手抓住陶玉楼左边领口向后侧牵引，随着陶玉楼下意识地迈出一步左脚，大虎爷瞬间用右脚背抵住陶玉楼左脚跟斜向上勾提。

这招叫搓窝儿，大虎爷祖传的保定府快跤跤法。

陶玉楼重心一晃，心中暗道一声不好，连忙右手穿击大虎爷头面，左掌持铁扇从右肘下穿出，用扇骨当撬棍，利用扇骨和手腕的夹角别住大虎爷脉门，左脚外旋，膝盖外张，撞开大虎爷的勾提，同时疾走"蹚泥步"，落脚插于大虎爷右足后侧，扭腰向左翻身。

怪蟒翻身！八卦掌也有摔法。

大虎爷一只手被挑断了手筋，战力大损，被陶玉楼一招得手，摔倒在地，刚坐起上半身，"砰砰砰"三声枪响，马修手枪击发，三发子弹尽数打在大虎爷胸口，大虎爷的身子颤了一颤，瞪着一双圆眼僵直地躺倒在地。

"你……"陶玉楼语气里现出了一丝愠怒。

"What's up？"马修满面不解。

"马修先生问，您怎么了？"韩鼻涕蹦出来翻译了一句。

陶玉楼默立良久，掏出一条锦帕，蹲下身盖住了大虎爷的脸，涩声说道：

"练武的人，不该死在枪炮下……"

"您说什么？"陶玉楼的声音太小，韩鼻涕没有听清。

"没什么……"陶玉楼在绸衫的下摆上擦了擦手，眼中露出的神光不知是悲是喜。

半个小时后，一骑快马飞奔而至，马上骑士一勒缰绳，翻身跃下，走到陶玉楼身边小声说道：

"陶叔，全都杀了，唯独跑了翟虎胜！"

"什么？"

"他手下的那些混混儿拼死保他，拿着血肉挡箭，硬是冲到了河边，翟虎胜身中四箭七刀，滚下激流，料来也活不成了……"

"事关机密，生要见人，死要见尸。你将手下人分两队，一队顺着河水搜，一队收敛死尸，送到白骨塔。明日我会上请总督大人知会天津知府，发下告示，就说乱匪刘疙瘩遭顺德贼众入天津卫作乱，现已悉数正法，将人头斩下，于白骨塔示众。那翟虎胜是个义气汉子，若是他命大没死，咱们拿他哥哥尸身做饵，就不愁他不上钩。"

［乾隆十五年（1750），天津知府熊绎祖于城外斩首犯人的地界立塔一座，收掩无主尸首，其塔高八米，砖土结构，八层八角形，坐北朝南，塔内供奉泥塑地藏王菩萨像。后来白骨越来越多，多到塔里根本存不下，乾隆三十六年（1771），天津名绅华龙藻上书官府，呈请拨城西南官地两顷余，立掩骨社，于白骨塔左近设立义地三处，葬埋无茔地棺木。每年春、秋二季，着人各处捡取暴露骨骸。］

"这些混混儿都是街面上的熟脸，咱们说他们是乱匪，怕是老百姓不信啊……"

"哼，枪和刀都在咱们手里，咱们说谁是贼，谁就是贼，说谁是匪，谁就是匪。一群饭都吃不饱的苦哈哈罢了，他们信不信，重要吗？"

"小的受教了。"

"去办差吧。"陶玉楼摆了摆手，自己走回到了马车内。

"啪——"马夫舞动长鞭子，在半空里抖了一声脆响。

肆

翌日清晨，大雨将至。

白骨塔前的空地上立起了一片竹竿，每根竿子上都吊着一颗脑袋，白骨塔的雨檐底下立着一张告示：兹有涡阳巨寇刘疙瘩遣顺德贼众入天津卫作乱，纠集内应歹人若干，图谋防火烧仓，遇守备官兵不敌，尽数授首。

落款处，还盖着天津知府的印信。

甲四坐在家里，等了魏傻子一夜，没等到徒弟回来，却在街巷里听闻了白骨塔的事。他在院子里拉磨一般乱转，脸色白得像一张纸。

"不会的，肯定没事儿，没事儿的，我徒弟是个傻子，傻子怎么可能是乱匪呢？对对对，肯定没事。"

甲四顾不上大虎爷不能露面的嘱托，一跺脚出了院门，踉踉跄跄直奔白骨塔，这一路上他两条腿弹琵琶一般乱抖，脚跟如同踩在了棉花上，腾云驾雾地乱飘。

"不是！不是！肯定不是，我徒弟那么傻，哪个乱匪会收他当同伙，他就知道吃，成事不足败事有余……"

"咔——轰隆隆——"天边浓云翻滚，雷声轰鸣。

甲四跑到了白骨塔前的广场，抬头第一眼便从竹竿子上挑着的百十颗人头里找到了两个熟悉的面孔—— 一个是大虎爷，一个是魏傻子。

"啊——咳——咳咳咳——"甲四好像有什么东西哽在喉咙里，咳不出来，又咽不下去，他的脑子乱成了一锅糨糊，四肢百骸冷得像冰。

"咚咚咚——咚咚咚——"甲四很清晰地听到了自己的心跳，一下一下如重槌一般敲击着他的胸口。

他使劲地捶了一下胸膛，想用疼痛刺激一下自己，妄图将这一切当作一场梦。

可是，这不是梦，这是活生生、血淋淋的现实。

"咔——轰——"一道闪电划破长空，大雨倾盆而下，看热闹的老百姓纷纷抱头便跑，甲四鬼使神差地迈开了脚步，逆着人流，直奔挑着魏傻子脑袋的那根竹竿冲去。

突然，一只冰凉的手扯住了甲四的手腕，四散奔逃的人群里，一个戴着蓑衣草帽的汉子缓缓抬起了头。

是二虎爷！

"二……"

"赶紧走，这是个套儿，谁收尸抓谁！"二虎爷不容分说，死死地拽着甲四，把他拖到人群里，埋着头往外走。

"我徒弟……我徒弟……"甲四一步三回头，红着眼睛看着魏傻子的脑袋，哑着嗓子低吼。

"别出声，你要是栽了，谁给他报仇！"二虎爷拖着甲四在胡同里一阵拐绕，大雨越下越密，小巷里的声音嘈杂得紧，除了雨滴敲打屋檐"滴答"乱响，还有几十号刀手"嗒嗒"的脚步声。

"吱呀——"二虎爷拉开了一间茅屋的木门，推着甲四躲闪进去，抓着甲四的肩膀低声说道：

"甲四，我把老娘送回沧州了，老子已经没什么顾虑，今儿个来白骨塔，本想着杀一个够本，杀两个算赚，我知道这是个套，但是我不怕，扔了这半条命，去找我大哥和手底下弟兄……舍得一身剐，皇帝拉下马。刚才……就在我要现身拼命的时候，我看到了你。你得活着，害我大哥、杀魏傻子的仇人，他们今天都没在，我就是死了也不甘心！但是现在不一样了，我看到了你，你竟然还在天津，老天开眼，甲四！你得把他们一个个都杀了，这事我只能托付给你了。你要记得，这些人有英国人马修、哈登、汤普森，买办韩鼻涕，锅伙头子窦山青，还有直隶总督府的管家陶玉楼，他们要在我们的赌场卖鸦片，我大哥不答应，他们就借着你打假拳的由头找碴儿，杀人清洗，再立山头。魏傻子命不好，正赶上……"

二虎爷的话还没说完，门外胡同里传来了一声断喝：

"就在这附近，搜！"

"二虎爷……"

"啥都别说了，我受的伤太重，咱俩绑一块儿，你也逃不掉，你活着，我们的仇，才有希望！我向北冲到大街上引开追兵，你混在人堆里逃生。对了，这是你那傻徒弟给你的……这是他用命换的……"

二虎爷从怀里掏出了一个布包,冲着甲四一抱拳,将他踹倒在地,肩膀一顶,撞开了木门,顺着胡同往北跑。甲四倒在地上,拆开布包,发现那里边包着的,赫然是一块染着血的桂花糖。

"他在那儿!追!"五十几个提刀的官兵在一个百长的带领下紧紧地咬住了二虎爷。

胡同口两旁是天津城西的一大片贫民窝棚,里面密密麻麻地住着乞丐、苦力、盐丁等形形色色的穷苦人。这几十号官兵提刀追砍,吓得他们人仰马翻,哀号不已。

"扑通——"二虎爷身上的伤口崩开,他吃不住痛,一个趔趄跌倒在地,众官兵瞬间将他围在了正中。

二虎爷掀开了头上的草帽,抹了抹脸上的雨水,四下一望,只见不远处的人堆里,手攥拳、牙紧咬的甲四正红着眼眶,死死地盯着他。

二虎爷不露痕迹地摇了摇头,故意偏过脸去,不看甲四。

"翟虎胜,还不束手?"

二虎爷深吸了一口气,使劲一拽腰带,勒紧了身上淌血的伤口,狞声喝道:

"困兽犹斗,想让老子认怂,做不到!各位父老,且看我翟虎胜给大家使上一套拳脚!"二虎爷向四周拱了拱手,随后双手四指并拢,拇指内扣,掌指向前,掌心含空,掌背隆起,两脚一前一后,一掰一扣,前腿稍屈,脚尖正直,后脚斜外展。

夹剪步,牛舌掌,这是八卦掌的起手式,翟家兄弟在陶玉楼手下多年，对他的独门功夫颇有见识，陶玉楼对翟家兄弟祖传的跤法极为欣赏，曾和二虎爷换过艺，虽然双方都没教杀招，但基础的拳理却没藏私。

"竖形立势掌如拳，当按阴阳次第间。挺去牵来脚管硬，勾搬裹挽削劈连。"二虎爷一声断喝，眼光尤为沉重地向甲四的方向瞥了一眼。甲四明白，这是二虎爷在给他演示仇家的拳法手段。

"唰——"一官兵抽刀抡砍，劈剁二虎爷面门，二虎爷速向对方左后侧上左步外摆，闪开刀锋后穿左掌反手抓对方左臂下，随即上右步，右掌推击对方下颌，经脸颊过鼻梁，手钩眼眶，腰向右转，将对方直接扯倒，提膝一磕对方手腕，夺下了他的手中刀。

"金丝抹眉手缠腕，拿住敌手向下按。玉女穿梭双手托，一来一往走开合。"二虎爷朗声念了一段歌诀，身体重心后移至左脚，右腿屈膝提起，勾脚尖外撇，右手持刀挑于肩上，左手从后斜向上走弧形绕行附于右手腕。

"八卦掌，取法刀术，砍、磨、挂、劈、撩、扎、截、剁。"

带队的百长面无表情，打个手势，命部下继续上前。

二虎爷后退半步，手中单刀不停，左脚向左活步，身体向右拧腰转体，低头含胸下压，右手撩刀一架一绞，挑飞一个官兵手里的刀。

"狮子摇头似雷奔，撩刀之式亦为单换掌之法！"二虎爷口中不停，手中招式变幻又劈倒数人。

"砰——"一声枪响从雨中传来，正是带队的百长将背上的燧发枪握在手中（枪机上安有燧石，利用撞击时发出的火星点燃火药，故名燧发），用钥匙将转轮上满弦，扣动扳机。

　　这一枪射穿了二虎爷的右肩，鲜血从他身上涌出，淌到地上，染红了一片水洼。二虎爷刀交左手，在地上一支，跃起身来，大声吼道：

　　"野马撞槽猛又凶，手脚齐进肩撞胸。"二虎爷牙关紧咬，右足向前落下，左足跟进。左手抢刀隔开对方横劈，下压刀锋，刀柄前送，另一只手握拳，双臂同时内旋，向对方腹前撞出。借着对方倒地的工夫，夺了他的刀咬在口中，甩手一掷，将手里的刀射向了百长。百长正在给燧发枪填弹，听到耳边风响，想都不想就向旁边滚去。

　　"啊——"二虎爷掷出的刀正中百长身边一个官兵，刀刃齐根入腹。二虎爷一击不成，继续直冲百长。两名官兵冲上来阻挡，二虎爷单手提刀，使了个缠头裹脑，格开两人。

　　"提腹落胯横开肘，缠头裹脑护身走。"

　　"砰——"枪声又响，二虎爷小臂中枪，手中单刀"当啷"一声落在了地上。一个鬼头鬼脑的官兵觑准机会，绕到二虎爷背后双手持刀捅他后腰。

　　"金蝉脱壳插花手，双手分开左右抖。"二虎爷放声豪笑，硬提一口气，迅速掰右足出左掌，托截对方右肘，上右足内扣转身，欺身右侧与对方右侧贴近，上右步出左掌下插对方腰部，右掌回抽对方面部，一个大嘴巴将对方抽倒。

　　"砰——"又是一声枪响，二虎爷左边大腿霎时间血肉模糊。

二虎爷咬牙站起，一步步朝百长走去，身上的鲜血在大雨的冲刷下，在他脚边汇聚成了一片火红。他这疯魔一般的拼命架势镇住了在场众人，围住二虎爷的官兵个个逡巡不前，眼中闪烁着犹疑的神色。一个个只是发喊，却无人向前。

百夫长填装好了弹丸，拨开人群，将枪口顶在了二虎爷的心口上，二虎爷流了太多的血，手脚一软，缓缓地坐倒在了地上，背靠着半边土墙，抬起头看着那百长："爷这一生，杀过人，放过赌，享过福，也吃过苦。生前没能给俺大哥报仇，不甘！但好在宁死也没向你们这些王八蛋认怂，不枉！"

"砰——"百长扣动扳机，二虎爷脖子一歪，登时丧命。

入夜，城北棺材铺，田木匠刚刚锁好店门。

大雨下了整整一天，堆满了棺材的铺子里，一股木料霉湿的潮气如附骨之疽一般弥漫在空气之中。

田木匠关好了门，坐到了柜台边的躺椅上，拎起方桌上的茶壶正要喝一口高沫。突然，他耳朵一动，整个人瞬间绷紧，袖手一抄，捞起了柜台后的一根长杆。

"谁——"他一声断喝，长杆贴腰外翻，发力上掤，直接挑飞了摆在东北角一只棺材的盖子。

棺材里"腾"的一下，坐起了一个人。

"甲四？"田木匠满脸惊恐。

卷一

木匠

列位王爷休阻扭，
雄信言来听根由。
铁壁铜墙难经久，
大丈夫怎免丧荒丘。
一人拼命众难当，
霸王独战五诸侯。
纵然战死唐营内，
落得芳名万古留。
辞别王爷出帐口，
马来！

——京剧《锁五龙》

楔子

光绪十四年（1888），因朝廷怠政，河道不修、水利荒废，北运河在通州平定决口数十丈，永定河在下游东安、卢沟桥、武清、霸州等处先后决口。九月，黄河在开州（今河南濮阳）决口，黄流横决，两岸饿殍数百万。朝廷恐流民作乱，命曾国荃、裕禄各回两江、湖广总督本任，以资防范。十月，户部从各省洋药（鸦片）加征厘税取得白银十万，着甘军前营管带赫青鸿押往开州。

赫青鸿，甘军第一高手，光绪二年（1876）丙子科武状元。一杆大枪，二十年无敌手。有道是：文无第一，武无第二。哪个习武的人，不是冬练三九夏练三伏！汗珠子落地摔八瓣，一身本事全是用血汗换来的，谁肯屈居人下？故而大江南北学枪的高手，都以挑落赫青鸿这面金字招牌为目标，登门动手者如同过江之鲫，然而，赫青鸿自枪法艺成以来，大小一百三十二战，无一败绩。

田器也是学枪的，他练的是家传的六合大枪，他老爹教枪极为严格，稍有差池便劈头盖脸给他一顿好打。田器天赋好、心气儿高，二十五岁那年，他提着一杆大枪，打遍了黄河两岸。

这一年，黄河决口，田器的老爹病死在了逃难的路上，田器除了大枪，还会木工，本想着去洛阳做工，却不想半路遭了兵灾，奉命剿匪的官军杀良冒功，要不是田器跑得快，怕是已成了刀下鬼。彼时河南之地，灾荒不断，饥民易子而食，乱匪四处劫掠，官商勾结大搞囤积。田器走投无路，索性上山落草，在黛眉山抱犊峰左近杀官劫粮，绑架富商豪绅。田器为人信义，枪法又精，没过多久，便被推举坐上山寨第一把交椅。

九月二十七，赫青鸿途经抱犊峰，田器带人拦路。两队人马狭路对峙，田器提出要和赫青鸿比斗，赌注就是赫青鸿押着的这十万两白银。

官军阵前，有一将官，此人戴鬼面、提长枪、着金甲、骑白马。田器可以肯定，眼前这人，就是在"天下枪术第一"的位子上坐了二十多年的赫青鸿。江湖传言，十七岁的赫青鸿曾于同治三年（1864）随左宗棠征讨太平天国，围攻南京时，他带队爬城，被城头泼下的滚油烫坏了脸，自那时起，他便戴上了这副木刻的恶鬼面具。

"把路让开，我不杀你。"赫青鸿面具后面的一双冷眼扫视了一圈，发现田器带的人马全是饿得一脸菜色的饥民。

"你好大的口气。"田器深吸了一口气，两个裹着破衣烂衫的半大孩子捧过一杆杆粗把满（拇食指指尖相对，中间尚空三指之距），长过一丈，枪头一尺有余的大枪，田器单手一提，将大枪攥在手中。

瞧见田器这枪，赫青鸿眼神一肃，眯眼瞧了瞧田器胯下的马，幽幽说道：

"你这瘦马又老又跛，我不愿占你便宜，咱们步战吧！能撑一炷香，便算你胜。"言罢，赫青鸿翻身下马，走到了田器面前。

两人相距十步，都做中平持枪。天下枪术不离"拦拿扎"三法。大枪若想扎得远，"持枪必须尽根，枪根当在掌中，与臂骨对直，则灵活而长"。所谓"尽根"，即枪根不露手外，为的是最大限度增加枪的活动范围，大枪多为战阵，既捅人也捅马，在面对大力冲击的时候，为了增加前捅的劲道，避免枪杆脱手，常常需要将枪根抵在身上捅刺，枪不露把，能最大限度地保护自己，使自己免受枪根倒冲的伤害。同时，在大枪结阵对敌之时，枪不露把也能最大限度地保证同伴的安全，在高度密集的队列中避免相互掣肘。枪是缠腰锁，拦拿不离腰，中平枪号称诸势之首，变化无穷。"缠腰锁"就是把枪贴在腹部肋下，手心朝里握把，如同系腰带一样将"枪和身"捆在一起。即使枪杆的运动轨迹有了稳定的依托，能够更好地发挥腰力，同时也减轻了手臂的负担。战场的枪术是杀人技，没有旋转跳跃劈叉翻跟头的"花法"。所谓"花法"，便是"为了人前美观"而背离实战攻防所添加的技术动作。戚继光《纪效新书·比较武艺赏罚篇》中有言："凡比较武艺，务要俱照示学习实敌本事，直可对搏打者，不许仍学习花枪等法，徒支虚架，以图人前美观。"古人传艺，每一个细节都是用血淌出来的经验，容不得丝毫马虎。

赫青鸿和田器在持枪的一瞬间，各自都展示出了高超的枪术功底。

"请！"赫青鸿一声低喝。

"小心了！"田器神情一肃，使了一招白蛇弄风，仰掌阳持，枪头低指，自下而上挑扎赫青鸿内圈，田器腰劲儿一绷，枪头宛如毒蛇出洞，颤着枪花，枪杆"嗡嗡"低响，闪电一般扎出。田器练的是古传的六合大枪，何谓六合，内合"心、气、胆"，外合"手、足、眼"，大道至简，越浅显的道理越颠扑不破。心是脑海中的招法技巧，气是筋骨发力间的呼吸，胆是一往无前的气势，手是枪招变化的工具，足是进退攻守的根基，眼是判断形势的关窍。大枪是一根杆，扎枪时人的手臂伸缩是直线运动，而拦拿革枪则是圆周运动。田器能在一直一曲，一吞一吐之间抖出两种力，足见其功夫之深。

"好！"赫青鸿情不自禁地赞了一声，他练的峨眉大枪，有扎法十八，革法十二，面对田器迅若雷霆的一记挑扎，赫青鸿枪头顺时针摆劲，横移五寸，凌空画弧，以缠字诀，先虚搭田器枪头，在接触的一瞬间下压。峨眉大枪称枪杆为"龙"，取意"见首不见尾"，对敌时要"审敌之虚实而趋其危"，持龙要"止如水、峙如岳，湑之不浊，触之不摇，机深节短，使人莫测"。赫青鸿这一缠正抓住了田器的枪头新力方竭、旧力未生的时机。田器也是用枪的行家，绝不会将招式用老，枪头刚搭上赫青鸿的枪杆，便迅速从左转上，用磨旗枪势逆时针画了一个小如铜钱的圈，拧转枪杆，拨开了赫青鸿的缠拿，同时颠步闪左，斜进掤扎，掤乃揭之大者，其后手发力极为刚猛，田器的枪尖斜搭在赫青鸿的枪杆上，宛若一只从树梢探头的毒蛇，顺着枝头平蹿，直取咽喉。赫青鸿剪步后跳，右手佯仰往后斜一拉，而后迅速高举过眉，枪杆前段下落，后段上扬，卸掉了杆子上田器搭枪的支点，田器枪头下的支点一失，枪头瞬间下沉了半寸。赫青鸿迅速移前足于后，左手持枪仰掌，一缩肘贴在肋下，两手将枪杆从腰间平举至肩齐，前手阳持枪杆，缩弯端抱怀中。枪术高手对扎，生死就在毫厘之间，田器不敢托大，既然枪头已经失了准，索性直接变招，可是赫青鸿根本不给他重新校准枪势的机会，他长吸了一口气，头顶项竖，松肩坠肘，松腰坐胯，收肛提臀，胯后坐膝前顶，前脚撑后脚蹬，整条脊柱如波浪翻滚，力贯周身，枪头上抬后垂直下劈，砍击田器持枪之前手。

劈枪法！

田器瞳孔一缩，晓得赫青鸿此招势大，能将浑身劲力接着枪杆抖动尽数灌注于枪头一点，若被砸实，前手必残。

"唰——嗡——"田器前手松把，以后脚为轴，前脚画弧，半扇身体一转，由侧身站立的左前右后变成了右前左后，后手变前手，枪头落地，使"地蛇枪"用"拨草寻蛇"直取赫青鸿双脚，上提扎膝，下拨扎脚，上上下下，提提拨拨，毫无痕迹可寻。

赫青鸿一劈不中，反被田器冲入下盘，他略一惊慌，连忙后垫步想向左进，田器挺枪头扎赫青鸿脚，赫青鸿抬起右脚，避开枪头，不退反进，在落步的同时抬起枪头，左右连扎，以高妙手法止住田器的动向，田器被赫青鸿一番连消带打，惹得心头火起，索性不再施展技法，大枪一抖，直接和赫青鸿对扎。

有道是："枪之用在两腕，力由脊发，臂以助腕，身以助臂，足以助身，乃合而为一。"此二人定步互捅，两杆大枪在半空中不断点、捌、挑、拨、缠、拦、拿。单杀手扎、左右串扎、左右圈扎、穿帘扎、左右插花扎、投壶扎、实扎、回龙扎、迎枪扎、虚扎等用法层出不穷。此二人浸淫枪术数十年，一招一式无不精准狠辣，一炷香时限将至，竟然还没分出胜负。

突然，赫青鸿虚晃一招，缩身抽枪，田器身随枪进，闪坐跺拦，捉攻硬上，虚下扑缠，压住赫青鸿枪头，不让他脱身。赫青鸿枪头上挑，掤开田器的枪杆，使了一招苍龙摆尾，用枪花震散了田器的劲道，横扫田器下盘，田器后退，躲开横扫，倒提枪背对赫青鸿，先使白猿拖刀式，佯装不敌，赫青鸿挺枪来赶，田器倒运枪杆，在背后一绕，正赶上赫青鸿身影逼近。

"唰——"田器骤然转身，秦琼背剑衔接回马枪，身形倒转，步走骑龙，看准枪头，上步换脚，直奔赫青鸿心窝扎去。这一式回马枪，田器不知道练了多少年，施展起来犹如羚羊挂角，雪鸿泥爪，根本无迹可寻。

在赫青鸿的眼中，一点寒芒电射而来，直逼胸口。端的是"去如箭，来如线，指人头，扎人面，高低远近都看见"。

"来得好！"赫青鸿一声大喊，含胸侧身上步，这一侧身看似简单，实则在一瞬间将自己被攻击的目标面积缩小了一半，非胆气充足、技巧高妙、心神坚忍者不能施展。田器原本扎向他胸口的一枪，随着赫青鸿的侧身旋转，瞬间扎空。枪头贴着赫青鸿的衣襟蹿了出去。

"咔嗒——"赫青鸿展臂一夹，左臂将田器的枪杆夹在了肋下，右臂单手提枪前捅，刺击田器咽喉。田器右手在胸前一晃，使了个"猫洗脸"的拳法，将赫青鸿的枪头挂到一半，翻肘一捞，让过刺来的枪头，将赫青鸿的枪杆也夹在了肘下。

"啊——"两人齐声发喊，同时站弓步向前冲，想将对方挑起来，两根大杆子发出了一阵牙酸的"吱呀"声，田器额头上青筋暴起，赫青鸿的后槽牙咯咯乱响，笔直的硬木杆在大力的顶挑之下，弯出了两道弓形。此时，谁要是松了劲儿，谁就会被挑飞，人在半空无处借力，随便一捅就是"透心凉"。

突然，田器的枪杆发出了一声几不可闻的断裂声，断裂的振动随着枪杆传递到了田器的掌心。

"不好！"田器心里一声疾呼。

"咔嚓——"田器的枪杆拦腰折断，弓起的枪身发出一阵无力的呻吟，惯性作用下，田器的身形下意识地向左边一歪。

赫青鸿这等高手岂能放过机会！

"起来吧！"赫青鸿双手持枪，前臂伸直，右下向斜上方用枪身攉挑，力达杆梢，直接将肋下夹着枪头的田器挑飞。田器的身体被挑起，半空中无处借力，目光所至，赫青鸿长枪如电，凌空戳到。

"苦也！罢了——"田器双眼一闭，束手待毙。

然而就在枪头抵达田器胸口的一瞬间，赫青鸿后抽枪杆，握把部贴身，枪头下垂，枪身斜立，守住了冲劲儿。

敬德斜拉鞭，枪术中的守式。

"扑通！"田器在半空中跌落在地，他摸了摸胸口，不可思议地看向了赫青鸿。

"我不杀你，你走吧！"赫青鸿淡淡地看了田器一眼，转身跨鞍，打马而去，尘土飞扬之中，田器满面羞红，向来自负的他，恨不得当时寻个地缝钻进去。

"这般遭人折辱，还不如一枪捅死我来得干脆！"田器站起身，紧紧地咬着牙，心中暗暗发誓，"此战所败，全因枪杆不趁手，赫青鸿你等着，老子遍寻天下，定要找到一杆上等的枪杆，待老子再找你比过，势必一雪今日之耻。"

心念至此，田器转身便走，当晚便弃了山寨，孤身出了河南地界，行走大江南北，以木匠的身份四处打听哪里有上好的牛筋木，直到他在天津卫的一处陋巷里看到了甲四院子中的那棵树！

他再也走不动了，在天津城里开了棺材铺，守着这棵树。

这棵树是他雪耻的希望，他练枪半生，枪是他的命，是他的魂，是他的一切，他必须给自己一个交代。

壹

天津卫，三更天，棺材铺二楼，田木匠睡得很浅。

梦中他又回到了黄河边，大雨淋漓，浊浪排天，赫青鸿面具下的双瞳寒冷如冰，却又骄傲如火。

田木匠最见不得这股骄傲，他咬紧了牙，一抖长枪冲到了赫青鸿的面前，赫青鸿的嘴角仍旧挂着那抹淡淡的嘲讽，仿佛在说：

"有我在，天下枪术第一的位子便轮不到你来坐。"

"啊——"田木匠血灌双目，窝心便刺，两人各逞手段，斗到酣处，还是那招秦琼背剑变回马枪，田木匠眼看自己的枪头就要扎穿赫青鸿的胸膛。

突然，田木匠的枪杆蓦然从中而断，赫青鸿森然一笑，露出一口白牙，手中一道寒芒冲到，犹如一道闪电划过半空，直取田木匠咽喉！

"不——"田木匠一声大吼，惊坐而起。

"啪嗒！啪嗒！"大滴的冷汗顺着田木匠的鬓角淌落。

这是他的梦魇，足足困了他十年。

田木匠睡眠很轻，噩梦骤醒，他早已睡意全无。

他披衣而起，走到窗前，看了看天色，随即下了楼，顺手拎起门边的纸伞，撑开伞推开门，一个人走在了细雨如丝的长街上。他脚程极快，没多久就走到了甲四的院外，甲四的院门紧紧地锁着，屋子里没有一丝光亮，田木匠就这样隔着院墙，目光灼灼地望着那棵牛筋树。甲四今晚有大事要做，料来不会早回，或者，他根本就回不来了……

咸丰十年（1860），英法联军火烧圆明园，恭亲王奕訢分别与英国伯爵额尔金、法国外交大臣葛罗交换了《天津条约》批准书，订立中英、中法《北京条约》，英国首先在天津设立租界。英国人喜好赛马，同治二年（1863）五月，英国人创办了天津英商赛马会，其跑马场位于海光寺以南、墙子河外（今西开教堂附近）。光绪十二年（1886），英籍德国人德璀琳出任天津英商赛马会会长及秘书长，他凭借与李鸿章的私交，拿下了天津城南佟楼养牲园近两百亩的土地，修建了新的赛马场，此后，"赌马"风靡天津。天津之地，华洋杂居，南北通衢，来赛马场玩乐的西方商人越来越多，次年，英商赛马会更名"西商赛马会"。

汤普森赌马成痴，每次赌罢，必往利顺德饮酒跳舞，与一众洋人朋友彻夜狂欢。

利顺德酒店位临海河，始由英国传教士殷森德建于海河西岸，后由英租界工部局董事长德璀琳偕商会董事长狄更生、怡和洋行创建人马歇尔、怡和洋行买办梁炎卿等人改扩，建成了英租界第一豪华的西式酒店。

凌晨，天光未亮，半空中挂着冷月，月光不皎洁，甚是朦胧，宛若蒙了一层薄薄的洋布。

好一轮毛月亮（冷空气与湿空气相遇，水滴于半空凝成六角形的冰晶，月光照下，冰晶折射冷光，就形成蒙蒙的月晕）。

汤普森左手拎着一瓶朗姆酒，右手掐着一根雪茄烟摇摇晃晃地推开了利顺德酒店的大门，他下了台阶，扭过头去，摘下头上的帽子不断挥舞，向二楼一间窗子后头的金发女人吹了一声口哨，飞吻告别。

"Goodbye my lady！"

河边停着一辆黄包车，拉车的车夫靠在电灯杆上，头上裹着毛巾，迷迷糊糊地打着盹儿。

汤普森晃了晃脑袋，歪戴着帽子，深一脚浅一脚地走到了车边，一屁股坐进了黄包车，抬腿踹了车夫一脚。

车夫揉了揉屁股，朝着汤普森鞠了一躬，汤普森不会说中文，伸手向着南边指了指。车夫明白，这洋人是要去英租界。

"您坐好！"车夫拉起车开始小跑。

这车夫拉车的技术很好，跑起来不快不慢不颠簸，上坡快下坡慢，拐弯不乱晃，汤普森酒力上涌，在车上渐渐睡熟。

待到他幽幽转醒的时候，四周已经变了模样。

这里不是英租界，而是城西的乱葬岗！

"呼——"一阵冷风吹过，汤普森浑身的汗毛都竖了起来，酒气化成冷汗顷刻间浸透了他的脊背。

"Who are you？"汤普森跳离了黄包车向左前方的树荫下看去。

树影斑驳间，那车夫缓缓摘下了裹头上的毛巾。

"What？"看到车夫的脸，汤普森一声惊呼。

这个车夫正是甲四！

"我听不懂洋话，估计你也不知道我在说什么。我本来想趁你酒醉，一刀捅死了事。可我不能这么干，我徒弟在天上看着呢，我是当师父的，不能跌份儿，我得让我那傻徒弟看看，老子教他的……一拳一脚都是真东西！"

甲四深吸了一口气，平提右臂，震右脚迈左脚，左掌顺右臂上侧向前推出，右掌拉于腰侧。

八极拳，托枪式！

汤普森抽了抽鼻子，解开了外衣的扣子，将夹克扔到车上，挽起了衬衫的袖子，两脚分开与胯同宽，左脚向前迈步，右脚跟微抬起，膝关节微弯曲，重心存于两腿之间，肘关节弯曲贴近两肋，拳头与面颊平行，拳心向内。右手放在靠近面颊处，收紧下颌，肩部放松，略微向前蜷缩，侧身对着甲四。

这是西洋拳击的格斗架子，甲四听说过，却没见过。

拳击运动在时间线上分为前后两个时期，公元前17世纪，拳击运动经过地中海的克里特岛传播到了古希腊，公元12世纪，传教士圣倍纳丁推行以拳击决斗代替剑击决斗。16世纪拳击运动越过了多巴海峡，传播到英国，自此发扬光大。以上时期称为古典拳击时期。1838年英国制定颁布了全新的《伦敦拳击锦标赛规则》，将古典拳击时期的踢蹬、头撞、牙咬等动作禁止，规则决定技术，自此后，拳击运动改变了以往的粗放型大杂烩发展轨迹，向专业化、精细化、技术化方向发展，此后确立的拳击运动，称为现代拳击。

"Come on！"汤普森朝着甲四勾了勾手，甲四双眼一眯，一个跟提步，后脚发力推动身体前蹿，前脚落地一瞬间，拉动后脚跟上，眨眼间便冲到了汤普森的眼前。汤普森右拳捏紧，由自己的右肩侧向前成弧形路线击打甲四太阳穴，臂与肩平，前臂略向内旋，上臂与前臂约成一百二十度夹角，蹬腿、扭腰、转颈，重心移左脚，肘部微向上翻。

右摆拳，可虚可实！

甲四左臂挂耳，架住汤普森的手腕，上右脚扣于汤普森右脚跟内侧，这叫"吃根"，传统拳讲"六合"，其中有一条"手与足合"，意思就是说，手上的动作和脚上的进退必须相辅相成，上半身上前打人，脚定在原地，人就会重心不稳。反之，下半身先移动着冲上去了，手没有攻防，那就是送上去挨揍。

拳谚有云：手到脚不到，打人不为妙。

"砰！"汤普森的摆拳打在甲四的小臂上，发出一声闷响，甲四肘部外翻，拨开汤普森的胳膊，缩身下蹲顺势画弧向下滑抱汤普森左脚根外侧，右手臂变掌沿汤普森胸部下滑，撑推他前胯根部。汤普森在摆拳被荡开的一瞬间，以前脚脚尖为轴，后脚弧形移动了四十五度，借助旋转躲开了甲四的滑抱，甲四是老拳师，深知招式用老的弊病，一拳一脚绝不冒进。汤普森用一招滑步避开了甲四对下盘的攻击，原地发右上勾拳击甲四头部，在身体由右向左转体的同时将右肩探出，右前臂向上冲，拳心向上，自下而上画弧直奔甲四下颚。甲四左转体，左臂下劈，将汤普森的勾拳阻于腹前，转体摆胯顺势反抽右手，挑击汤普森右腮。汤普森左拳护住头部，左肘护住身体左侧部，缩颈抬肩含胸弓腰，顿时将下颏、颈部侧面、上腹腔部位和肋部全部遮住。

甲四一击不中，两臂回弯瞬间抱头，就在他双羊顶成型的一瞬间，汤普森的一记平勾拳恰好打来，两个人一个前顶一个勾打，两股力撞在一起，震得甲四肘弯儿发麻，汤普森指骨乱响。二人一分即合，甲四摇了摇胳膊，汤普森甩了甩手腕。

近年来，西洋拳东传，不少洋人的拳师嘲讽中国传统拳术不懂护头，套路演练多为花架。其实这里既有假大师坑蒙拐骗的缘由，也有外行人将打法练法混为一谈的缘故。练法是为了锻炼身体，训练耐力、爆发力、反应力、柔韧性、呼吸等基础素质，属于涨功力的范畴；而打法更注重搏斗的技巧，在进退攻守间将练法中磨炼出来的体能和劲力运用到技术中。放眼传统拳法各门派，无一不在打法中反复强调护头！形意拳有虎抱头、猫洗脸，八卦掌有狮子抱球、缠头裹脑，八极拳有单羊顶、双羊顶，桩桩件件全都是护头的手段。

甲四长吐了一口气，双手下落，两小臂相叠，左右前后手十字对拉，周身一绷一张如拉弓射箭，将双羊顶变成了拉弓式。

汤普森收起了轻视之心，摸了摸头上的冷汗，死死地盯着甲四。

"三招内，打死你！"甲四一声冷喝，又是一个跟提步蹿到了汤普森的身前，汤普森前手直拳虚点甲四双眼，想拉开距离，汤普森比甲四高出半个头，腿长臂长远胜甲四，放长击远明显优于贴身缠斗。

甲四前脚在落地的一瞬间逆时针蹑动，带动身体旋转，右肩膀外顶，左手拍击，回搂汤普森手腕，以肩膀为支点做杠杆，意图折断汤普森的胳膊。

这招叫闭胯，是八极拳中的一式擒拿手法。

汤普森见甲四旋身，另一只手围魏救赵，直击甲四右耳，甲四顶出的右肩不动，手肘上翻，回钩挂耳，小臂和大臂在颈后折成了一个三角，挡住了汤普森的拳头，汤普森一击不成，害怕手臂被折断，连忙侧滑了半步，顺着甲四擒拿的方向移动，阻挠甲四发力，甲四早就算到汤普森这半步的移动，两脚在地上一蹑，整个身子瞬间转了过来，汤普森这一动，正好撞进了他的怀里，汤普森吓了一跳，直拳刺击甲四咽喉，甲四右臂曲肘横格，扭腰摆胯向左转体，滑于汤普森后背侧，右脚尖后挂在汤普森左脚后，右手化拳成掌，掸甩汤普森眉间，汤普森回手抱拳架，双手护头，就在甲四的手碰到汤普森手肘的一瞬间，他的五指闪电般张开，"啪嗒"一下就攥住了汤普森的左手腕。

运动中的拳头几乎无法捕捉，但是汤普森在抱拳架的那一刻，拳头是死死的抵在额头上的，虽然只有一个呼吸的停顿，但是对甲四这种高手来说，已经足够了。

甲四变掌为爪，转腰坐胯，利用整个右半身旋转的力度，向下斜拉，汤普森的手肘顿时被扯得一偏，就在甲四右手下拉的同时，他的左手已经暗中贴在了右小臂的内侧，借用右臂的遮挡，他的左手无声无息地从右小臂后头钻了出来，宛若一只从树梢探头的毒蛇，"唰"的一下蹿了出去，钻过汤普森拳架的缝隙，插向了他的双眼。

挖眉，招如其用！

"啊——"汤普森一声惨叫，双眼鲜血横流，身形向后一退，正绊在甲四的脚上，整个人重心大乱，甲四趁势欺身，硬打硬上，两手一前一后，左手在后，磕开汤普森护胸的手臂，右手向左斜上方伸出，高与眼平，握成虎爪状沿斜线下扒汤普森右颈后侧，以腰力带动后扯。

"哼——"甲四撺气发力，腹腔内"嗡"地一响。

"咔——"汤普森的颈椎被甲四应声扯断。这一招余力不止，顺势落下时，还拽掉了汤普森的下巴，汤普森整个下半张脸左右错位，大嘴张开，满面惊恐地坐在了地上，脑袋无力地向左一歪，软塌塌地耷拉在了肩膀上。

猛虎硬爬山！为了练这一式撕扑搂扒，甲四的双手抠了二十年树皮。

远处，三两乌鸦在树丛中乱飞，甲四愣了愣神，从黄包车底下拽出了一把砍刀，一手揪着汤普森的头发，一手割下了他的脑袋。

甲四红着眼坐在地上，用手在树下拢起了一个小土堆，从怀里掏出一块染着血的桂花糖，小心翼翼地放在了土堆上面。

"傻徒弟……你别急，很快……"甲四闭着眼睛喘了一阵粗气，总觉得胸口好像憋着什么东西，他站起身踅摸了一圈，从黄包车里翻出了汤普森喝剩下的半瓶朗姆酒。他拔开塞子，仰头喝了好大一口。

"咳——噗——呸呸——"甲四吐出了满口的酒，甩手将瓶子扔得老远。

"洋人这酒……真他娘不是人喝的！"

甲四叹了口气，将汤普森的人头裹好，拴在腰间，用刀刮平了一片树干，蘸着血，写了八个歪歪扭扭的大字：杀人者，车夫甲四也。

写罢留书，甲四从土堆上捧起了那块桂花糖，细细地用纸包好，收在了怀里。

"徒弟咱们走，师父带你去找下一个……"

贰

己亥年八月初六，宜安葬立碑、修坟破土，忌开业入宅、安门作灶。

白骨塔旁野草坡，田木匠正叼着一根草秆，骑在一匹枣红马上。

草坡之下，一群和尚抬着三五"狗碰头"（一种非常薄的棺材，刨尸体吃的野狗用脑袋一撞就能撞破）来到坟岗子边上挖坑，这些和尚都来自周边小庙，平日里帮着衙门收掩"路倒儿"，按月领些贴补接济。

冷风吹过，田木匠的眼珠向下一瞟，看着草秆飘动的方向幽幽笑道：

"好风凭借力，大吉。"

言罢，田木匠用黑巾蒙面，左手勒缰绳，右手捻长枪，两腿在马腹上一夹。

"驾——"

枣红马得令，撒开四蹄，从土坡上俯冲而下，卷起一路烟尘直奔白骨塔前的广场。

左数第二根竿子上挂着的就是魏傻子的人头，只要田木匠帮甲四抢回人头，甲四便将院里的那棵牛筋树拱手相赠。

"什么人！"看守人头的几十个兵丁听见马蹄响，纷纷聚到一处。

"莫慌！贼人单骑，快抬拒马！"兵丁里的把总拔出了腰刀，呼喊着手下人，将四具拒马搬到了田木匠必经之路上。

《通典·兵五》："拒马枪，以木径二尺，长短随事，十字凿孔，纵横安检，长一丈，锐其端，可以塞城中门巷要路，人马不得奔驰。"说白了，就是一种防御骑兵冲刺的障碍物。

田木匠马快，对方刚摆好第一具拒马，他已冲到眼前，在马蹄距离拒马不足五步远的时候，田木匠单手提枪，枪根压在肘尖下，向前一扎，枪头先马蹄一步扎在拒马之下，田木匠运转枪杆，借助马力一撑一勾，一撩一捅，直接将拦路的拒马挑开。

四五个兵丁措手不及，被他接连扎倒，快马趋势不减，踩着一个兵丁的尸身跃进了白骨塔前的广场，众兵丁惊惧之下，作鸟兽散，田木匠骑在马上，一枪一个，雪白的枪缨染得血红发黑。

"别乱跑！别乱跑！快结阵！"带队的把总是个懂行的，大声呼喝士卒结阵。

一匹马六七百斤，一成年男子就算不着甲胄也得有一百多斤，加在一起也近一千斤，在高速奔跑下爆发的冲击力，远非普通步卒人力所能抗衡。加之马上骑兵居高临下，用长枪捅人是俯攻，而步卒向上拦扎骑兵是仰攻，一个省力一个费力。人是两条腿，马是四条腿，在进退速度上骑兵显然占优。

"盾在前，刀在后，莫走了贼人！"把总收拢士卒，开始结阵，田木匠虚晃一枪，奔东北方向移动。把总手下有弓兵十数人，此时聚拢一处，纷纷张弓搭箭，田木匠没有披甲，只能将身子挂在马侧，一手扳住马鞍，一手抢枪荡开来箭，乱箭横飞，人马嘶鸣，那几个挖坑的和尚吓得魂不附体，扔了棺材抱头鼠窜。

就在众兵丁围捕田木匠正酣之际，坟岗子上尚未来得及掩埋的一具狗碰头"砰"的一声碎裂开来，从中跳出一人，此人腰间挂一肘长砍刀，蹿出棺材不到五六个呼吸的光景，就跑到了塔前的竹竿底下，手起刀落将挂着魏傻子头颅的竹竿砍倒，扯下腰后拴着的白布，将人头一裹，背在了身后。

此人正是甲四。

"不好！贼人声东击西！"那把总回过味儿来，弃了田木匠不追，带着人马往回跑，来围甲四。甲四一刀一个，砍翻了两个腿快的士卒，抱起地上的竹竿，白骨塔前的广场有两道半人深、两丈宽的排水沟，里面淤满了裹着泥浆的浊流，甲四助跑十几步，将竿子往地上一撑，跃过了排水沟，向南狂奔。田木匠扭转马头，从后追来，纵马穿过人群，大枪连抖，挑死了七八个弓手，两腿一夹，打马一纵，凌空跃过水沟，将长枪一递，送到了甲四身前，甲四伸手抓住枪杆，田木匠向后一拉，将他拽到了马上。

"驾——"田木匠一甩缰绳，带着甲四眨眼间便跑出了百十步，不到盏茶的光景，钻入了一片密林。

密林深处，田木匠和甲四并肩而立，一人手里一囊酒。

"接下来……你打算怎么办啊？"田木匠打破了沉默。

"这人……不能总在竹竿子上挂着，得尽快入土为安，我托人找了个风水先生，让他帮着寻了片好地，说是……说是那地方前有照、后有靠，上对文曲，葬进去下辈子不但能托生个富贵人家，还能识文断字，考上举人。"甲四呷了一口酒，嗓子火辣辣地疼。

"真的假的？说这么玄乎，不会是骗子吧！"

"谁知道呢，没准儿……心诚则灵吧。我这傻徒弟跟了我许多年，活着时没享过一天福，希望他下辈子……唉！"

"这趟白事一来一回地忙活完，少说也得半个月吧。你这回杀的可是洋人，城里边通缉令贴得到处都是，追拿凶贼的海捕文书里你挂着天字第一号的招牌，是这样……我有个表哥在苏州开酒楼，你若要跑路，可以去他那儿！"

"办完了白事我还回天津，仇人没杀净，我哪儿也不去。"甲四仰头喝干了酒囊里的老酒，拍了拍包裹里魏傻子的人头，大步流星地离去，田木匠皱着眉头，几次想叫住他，但都没能张开嘴。

甲四和田木匠都是习武的人，外练筋骨皮，内练一口气。这口气不仅是五脏呼吸，更是武人的骨头、信仰和念想。

虽然田木匠和甲四相交不多，但是……他懂他！

甲四这一去，就是十八天。

天津卫从不缺新鲜事儿，甲四杀人砍头留字号的段子在市井间流传不到三天就没人乐意听了，说破大天去，他甲四不过是个心狠手辣的杀人犯，除了杀的是个洋人外，行事上算不得有多新奇。而最近这段日子，人们在街头巷尾、酒楼茶馆谈及最多的一个名字唤作——赫青鸿。

海河码头，人声鼎沸，黄昏时分，一百多苦力在货栈门前围成一圈，坐在地上齐刷刷地向一座木台上望去，在那木台上站着一个说书的老头，身前一桌，手中一扇。

"啪——"老头用扇子在桌上一敲，开腔说道：

"道德三皇五帝，功名夏后商周。七雄五霸闹春秋，顷刻兴亡过手！青史几行名姓，北邙无数荒丘。前人田地后人收，说甚龙争虎斗。今日里老朽不说帝王将相，不讲才子佳人，专说那一杆大枪！"

"枪？什么枪？"台下有人问话。

"自然是甘军大将，赫青鸿的枪！"

五天前，天津小站军营，德国军事教员米勒正坐在营房内的一张方桌后头，他紧皱着眉头，手里端着一杯茶汤，喝也不是，放下也不是。在他的对面坐着一个脖圆微胖，额圆鼻窄，鹰眉虎目的中年人，此人姓袁名世凯，字项城，光绪二十一年（1895）

十月受皇命摒弃八旗、绿营和湘淮军的旧制，以德国军制为蓝本，于入天津小站督练新建陆军，光绪二十四年（1898），袁世凯升任工部右侍郎，仍旧主持练兵事宜。

"怎么？喝不习惯？"袁世凯放下手里的毛笔，抬眼看向了米勒。

"太古！"米勒的中文不甚标准，袁世凯知道他想说的是"太苦"。

"茶，苦后方有回甘。"袁世凯笑了笑。

"What？"米勒放下茶杯，在屋里来回踱步，袁世凯端起茶杯，吹了吹茶叶末，幽幽笑道：

"少安，毋躁！"

"我，那个骑士见过，我未必不是他的对手，用这样的手段对待一个骑士……有违我身份的贵族。"米勒向袁世凯表达着他的愤怒。

近年来，袁世凯的"新军"与董福祥的"甘军"、聂士成的"武毅军"并称为"北洋三军"，这三支人马浓缩了大清朝所有的行伍精锐。其中，袁世凯的新军、聂士成的武毅军都是经过西式军队训练的部队，唯有董福祥的甘军乃是彻彻底底的传统部队，全军上下皆以骑射称雄，董福祥本人亦是威震庙堂和江湖的武术高手，光绪元年（1875），董福祥率部随左宗棠远征新疆，因作战勇武，获封云骑尉世职，任阿克苏总兵，赐号阿尔杭阿巴图鲁。光绪二十三年（1897），董福祥率甘军进京，入直隶总督荣禄旗下，驻守蓟州。

袁世凯此人，素有吞吐宇内之抱负，怀席卷天下之志向。成大事者不能麾下无兵。自督练新兵以来，他便多次以培养新式军官为由，以"兵为将有"的理念专门培植依属于自己的势力，在行伍内四处安插渗透亲信，手下干将如云，佼佼者有徐世昌、刘永庆、吴长纯、段祺瑞、冯国璋、曹锟、张怀芝、段芝贵、王英楷、陆建章、李纯、王占元、刘承恩、张勋等，袁世凯借着向其他军队"推荐新式军官教员"的名义，将他们安插到了豫军、湘军、淮军等地方军队，甚至是聂士成的武毅军中。

在这一过程中唯有董福祥的甘军最难渗透，堪称针扎不入，水泼不进。可偏偏董福祥率领的七千甘军驻扎在蓟州，蓟州自古便是京畿之地的军事重镇，号称"畿东锁钥"，说白了，这地方就是北京的东大门，只有把这儿打开，才能长驱直入北京城。

袁世凯欲成大业，必须打通蓟州。

本月初一，袁世凯上书老佛爷，称甘军战力低下不堪重用，须学操西洋军制，董福祥辩称："洋人火器犀利，实至名归，我军亦多有装配，然甘军乃骑兵劲旅，马上拼杀乃我大清立国之本，长枪大刀为祖辈传习之技艺，未必逊于洋人！"

彼时，袁世凯因向荣禄告发光绪帝与康有为等人"围园劫太后"的政变计划，而"有功于社稷"，老佛爷在将"囚光绪帝于瀛台、尽诛维新派人"后，大力提拔袁世凯，对其委以重任，袁世凯一时间成了朝堂之上的红人。

红人说话，老佛爷自然是听的，但是董福祥战功卓著，朝中不少老臣对他多有回护，强行夺他兵权交于袁世凯，恐怕难以服众。袁世凯趁机进言："不若请甘军选出一员将官，到我新军营中与我军西洋骑兵教官比试，不用火器，只较刀枪，胜者为优，败者为劣。若甘军将官胜，今后军中习练白刃战皆学祖法；若西洋教官胜，则今后军中刀枪拳脚肉搏摔角之用悉学洋法。"

老佛爷言道："甚妙！"

袁世凯闻言大喜，心中暗自思忖："董福祥若败，便再无理由阻止我向他军中安插教员将官，只需三五亲信做内应，蓟州城防尽在吾手！"

赫青鸿是甘军第一高手，这一战非他莫属。

袁世凯军帐，德国军事教官米勒"仓啷"一声拔出了他的马刀。

这把欧式马刀连鞘约一百一十厘米，刀刃略呈弧形弯曲，刃薄背厚，利于劈砍。刀尖脊线呈十字形凸出，穿刺力极强，这种十字形脊线造成的创口，放血迅速，易于从对手身体中拔出，且创口难以愈合。刀根左侧有德文蚀刻：Damaststahl，意为"大马士革钢"。这代表此刀出身名门，乃是以大马士革钢反复折叠锻打而成。刀根右侧有德文蚀刻：Nicht zu stoppen，意为"无人可挡"。刀柄包皮，铜件镏金，端的是一把好刀。

"袁，我希望能用骑士的办法证明自己，决斗，和他，一对一！"米勒的表情分外郑重。

正当时，辕门外有战马嘶鸣。

"袁，他来了！"米勒眼神一亮，大踏步走出了军帐。

袁世凯用手轻轻地捻着茶杯，用几不可闻的声音自言自语道：

"和赫青鸿一对一？你也配！"

辕门外，有一将官，戴鬼面、提长枪、着金甲、骑白马，衣袍上满是尘土血渍。营中官兵纷纷围上前来，对着赫青鸿窃窃私语。

米勒一夹马腹，迎上了赫青鸿。

"赫，请你相信，骑士的身份，不允许我做出那些……勾当。"

赫青鸿面具后的双眼眯成了一条缝，他轻轻地提起了大枪，朝着米勒抱拳喝道：

"请！"

米勒深吸了一口气，朝着赫青鸿一点头，用马刀轻轻地敲了敲自己的胸甲。自燧发枪面世之后，由铁、搭扣和黄铜铆钉为材质抛光，重量约为八公斤的传统胸甲已经很难为骑兵提供有效的防护作用。步兵因在炮火的应用上日益发展，逐渐成为战场上的主导力量。骑兵的战场定位渐渐演变为侦察和袭扰，故而在大多数国家轻骑兵逐渐成为主流，胸甲开始淡出骑兵的装备，只有法国和普鲁士（欧洲德意志历史地名）依然将胸甲骑兵运用于实战，突破敌方阵线弱点，远程穿插奔袭。

以马刀敲胸甲，是普鲁士骑士决斗的传统礼节。

"驾！"米勒和赫青鸿同时一勒缰绳，打马对冲。

米勒冲锋时右臂平伸手肘，马刀向上立起，竖在身侧，赫青鸿单手提枪根，大枪垂在地上，枪尖似落地非落地。待到二人即将冲撞到一起的一瞬间，赫青鸿手臂向下一翻，枪尖下压落地，枪杆弓成了一道弧。

"唰啦——"赫青鸿右臂外翻，大枪在枪杆回弹的助力下猛然跳起与地面平行，枪头宛若一只蓄力前蹿的毒蛇，直扎米勒面门。米勒侧身一晃，整个人缩到了马的左侧，躲过了赫青鸿这一扎，同时将手肘回弯，在小臂和大臂之间构造了一个"三角"，手腕外翻，将马刀横置放，刀刃向外，刀背抵在大臂上，借用马的冲力横向切砍赫青鸿的肋下。赫青鸿身上甲重，躲闪腾挪远没有米勒灵活，且肋下三寸，正是甲叶之间的缝隙，米勒赌的就是他大枪过长，回抢不及。

"雕虫小技！"赫青鸿一声冷哼，没有扭转整条大枪，仅是后手回拉枪根，抽回小半截枪杆，在肋下一挡一别，格开了米勒这一刀。

枪谱有云：前手后手分阴阳，半阴半阳非寻常，进步扎出一条线，后手撤拉把身防。

此为长枪短用之法。

两马对冲，擦身而过，二人勒住缰绳，各自掉转马头。赫青鸿仅凭双腿控马，双手持枪轻轻挽了一个枪花，前手似管，后手如锁，大枪头画着圆弧虚虚实实，在米勒持刀的手腕和胸口之间乱摆。真正的战场功夫，攻击的点位都在对手身上，街头卖艺的刀枪棍棒，看似你来我往打得热闹，实则都是"兵器磕兵器"，没有半点是瞄着人使劲儿的，所以在行家看来，功夫真假，凭此一眼可辨。

马刀轻窄，和招沉势大的枪杆硬碰肯定不占优，电光石火之间，赫青鸿的枪头已经扎到，米勒闪电一般趴在了马上，同时翻身横刀上挑，自下而上地架开了赫青鸿的枪头，马刀贴着枪杆向前滑，趁机削砍赫青鸿持枪的前手。赫青鸿将大枪向后一扎，枪杆竖起，顶住了米勒的横削。

两马相错，又过了一个回合。米勒攥了攥刀柄迅速掉转马头，再度向赫青鸿冲来，赫青鸿此时还未来得及掉转马头，整个后背全部暴露在了米勒的攻击下。此时米勒的刀距离赫青鸿后颈不足半步，赫青鸿既没有扭转马头的空间，也没有回身抢枪招架的时间。

　　眼看赫青鸿就要命丧当场……

　　突然，赫青鸿头不回腰不扭，枪杆从身侧斜上一背，遮住了脊椎。

　　"哆！"米勒的马刀砍在枪杆上发出一声闷响。

　　赫青鸿倒提枪背对米勒，使白猿拖刀式佯装不敌，枪拖身侧，打马便走，米勒挺枪来赶，赫青鸿倒运枪杆，在背后一绕，正赶上米勒身影逼近。

　　站在军帐门外的袁世凯瞳孔一缩，高声呼道：

　　"当心他回马枪！"

　　话音刚落，赫青鸿骤然转身，秦琼背剑衔接回马枪，身形倒转。

　　"唰——"赫青鸿枪尖寒芒闪烁，枪杆震颤如龙，臂伸肩顺似冲拳，合握把端力达尖。

　　米勒眼中，针尖儿大小的枪头不断放大，直到喉咙一凉，方知赫青鸿的大枪已经捅穿了自己的脖颈！

　　"咳——咕咕——"米勒顺着嗓子眼儿往外呕着血，瞳孔渐渐涣散。

　　"噗——"赫青鸿一抽枪，自米勒的脖颈呲出了好大一条血箭。米勒的身子在马上摇晃了一下，直挺挺地栽到地上，赫青鸿枪尖一甩，凌空指向了围在辕门看热闹的新军官兵们。

"看好了，这才是老祖宗……杀人的东西。"赫青鸿双目如电，枪缨滴血，连袁世凯这等人物一时间也被他的气魄夺了声威。

袁世凯深呼吸了一阵，镇定精神，冷声喝道：

"比武较技，点到为止，你一个小小的前营管带，怎敢害我的德国教官？真当我新军无人了吗？给我拿下！"

众新军听令，齐声发喊，各持长枪短炮向赫青鸿围来，赫青鸿一咬牙，大枪横抢，直奔南冲，所到之处威不可当，无一合之将。

"开枪，死活不论！"袁世凯拔出腰间手枪，组织卫队向赫青鸿射击，赫青鸿纵使英勇无双，也不敢硬撼火器，只能瞄准军阵包围薄弱处奋力冲杀。

"砰砰砰——砰砰——"乱枪横飞中，赫青鸿后背一痛，身形一歪，向左滚落。

"他中枪了！快上！"一个新军的将官立功心切，打马冲来，抢起马刀向地上滚起的烟尘中砍去，却不料这一刀挥过，地面上连半个人影也没有，那将官定睛一看，只见赫青鸿整个人提着大枪缩在马腹底下正瞪着一双血红的眼睛盯着自己！

"不好！快——"将官的话还没说完，赫青鸿的大枪已经凌空扎来，一枪就捅穿了他的心窝。

"倒！"赫青鸿一声闷吼，又出一枪捅在了那将官胯下战马的脖子上，战马发出一声悲鸣，跪倒在地，将随后冲来的七八骑绊住，赫青鸿趁机一夹马腹，径直冲出了辕门。

"追！追！"袁世凯双拳紧握，额头上青筋暴起。

然而，赫青鸿自冲出辕门之后，便再也没了踪迹，他既没有回甘军大营缴令，也没回沧州老家躲藏，袁世凯贪夜进宫，在老佛爷面前参奏董福祥，说董福祥借比武之机暗害洋人，并于事后安排凶手赫青鸿潜逃。死了洋人是大事，老佛爷最怕洋人，米勒被赫青鸿捅死这事害得她一夜未眠，米勒是经德国领事推荐来到新军任教的，倘若德国领事借此事发难，朝廷岂不被动？

董福祥派遣赫青鸿比武不假，但是赫青鸿玩儿失踪这事他是真不知情，在袁世凯搜捕赫青鸿的同时，董福祥也派出了手底下的大批人马寻找。袁世凯是老佛爷面前的红人，董福祥是拱卫京畿的大将，两个人吵嚷争执起来，老佛爷也不好明着偏颇，眼下杀人的正主赫青鸿不知所踪，要想断清这无头公案，必先抓着赫青鸿。

于是乎，老佛爷亲自下旨，命直隶总督发布海捕文书，捉拿甘军将官赫青鸿。此事是老佛爷亲自交办，直隶总督纵有一万个胆子也不敢怠慢，故此在通缉规格上，必须是最高的档次。由于天字一号已经给了甲四，所以这赫青鸿就变成了天字二号的凶贼。（古人排序多用《千字文》索引，《千字文》第一句为"天地玄黄，宇宙洪荒"，天字一号相当于今时的A1）

叁

甲四的画影图形贴满了大街小巷，回到天津后，他一直昼伏夜出，白天扮作鱼虾贩子，躲在陈家沟子娘娘庙（建于元末，民国时改为天津第二十二小学，原址位于今河北区光复道街劳动和社会保障服务中心附近）后巷摆摊，晚上则尾随窦山青，查探他的居所和活动路线，伺机下手杀人。

大胜寺后巷老宅的床底下有一柄快刀，早年间甲四曾为一位当江洋大盗的朋友出头比拳，那朋友感念甲四义气，将一柄盗自蒙古王爷府上的宝刀相赠，十数日前，甲四用这把快刀砍了洋人汤普森的首级，抢回了徒弟魏傻子的人头，连同魏傻子生前的一些衣物火化成灰，捧着骨灰坛子出城下葬，为防因身藏利刃而遭人盘查，甲四早早地将刀藏回了住处，此番已将窦山青藏身之处探听妥当，正好取刀杀人。

月明星稀，甲四矮着身子穿过一片四下无人的街巷，伸手轻轻一推，拨开了老宅的门。

突然，一抹淡淡的血腥气略过了甲四的鼻尖，甲四冷眼一瞥，只见阴影之中依稀坐着一个顶盔掼甲的大汉。

"什么人！"甲四瞳孔一缩，两腿一蹿，劈手一拳直击那人面门。

那人不招不架，轻轻地在脸上一抹，摘下了一只恶鬼的面具，露出一张甲四无比熟稔的脸。

"田木匠？"甲四收住了拳头，惊声轻呼。

"好久……不见！"

"你怎么……"甲四借着月光仔细一瞧，只见田木匠面如金纸，一身甲胄之上刀劈斧凿，血痕累累。

"快起来！"甲四伸手去扶。

"别忙活了……我小腹一道……贯穿伤，全靠腰带勒着，一松开……伤口崩开……死得更快！"田木匠轻轻摇了摇头，拍了拍甲四的手。

"你怎么伤成这样？你这身盔甲哪来的？"

"威风不？"

"威……风！"

"采得百花成蜜后，为准……为准辛苦为谁甜啊。我呀……因为替别人出头，而被袁世凯追杀！"

"谁？袁……"甲四想破头也想不到，田木匠一个练枪的武夫，怎么能和袁世凯这样的封疆大吏结上仇呢？

"你……你帮谁出头去了！是朋友吗？"

"狗屁的……狗屁的朋友！是对头！我平生第一大对头！"田木匠一声苦笑。

"怎么回事？"

"这事说长不长，说短不短！对了，甲四……我要是死了，你给我埋这棵树底下，这枪杆是我的……你已经答应送给……送给我的！练武的爷们儿，一口唾沫……一个钉！到了阴曹地……地府也得算数！"

"算！到哪都算！"

"等到了下面，好好炮制出一根好枪杆，老子……老子必将他挑落马下！"田木匠两眼一瞪，发出一阵剧烈的干咳，大口呕血！

"谁？你要挑谁？"

"赫……赫青鸿……"

半个时辰后，甲四在树下挖好了坑，将气绝的田木匠连人带甲地葬了进去，连同黄土一同掩埋的，还有一个故事，一个田木匠讲述于临终前的故事！

七日前，赫青鸿一行三人自蓟州大营南下，直奔小站兵营。

甘军对战新军，大枪对战马刀，华人对战洋人，这一场拼斗牵动着无数人的神经。赫青鸿为人低调，不愿旗鼓大张，一路改换行装，专走乡野山路，途经市镇大多绕城而走，走过三百里路，小站兵营就在眼前。

赫青鸿作为统兵的将官，出军营的机会不多，田木匠就是再想找他拼斗，也不敢打上军营去闹事。此番赫青鸿轻装简从来小站，对田木匠来说，简直是不可多得的机会。

虽然新枪杆还没制好，但他还是想试一试！

天津城南有座宅院，宅院里住的是甘军一位大员的外宅小妾，田木匠的手艺好，桌椅板凳衣柜床全都会做，田木匠一来二去，便和主家搭上了关系，那位军中大员常来天津寻欢私会，一次酒后胡言道："现在黑市上的赔率是一赔三，我买了二百两的注押赫青鸿胜，明日未时赫青鸿出营奔小站，料来用不了多久，就能得胜归来，哈哈哈哈，到时老爷我得了银子，再给你置办一套小院儿。"

"爷，您就不怕万一……那洋人赢了？"那小妾软语相问。

"哼！想赢赫青鸿的枪……做梦！宝贝儿，你就等着数钱吧！"

墙根儿外偷听的田木匠微微一笑，连夜出了天津城，直奔小站。小站地处天津东南，东临渤海，系京津屏障，进能挡关，退可纵横，乃历代兵家屯兵防御之地。小站城外十五里，土路边有酒肆一座，此为进出小站必经之路。

田木匠算好时辰，走进酒肆。

"爷！我们这儿今个不待客了！"店小二伸手将他拦在了门外。

田木匠扫视一圈，发现里面七八桌酒客吃喝正欢，而且厅中尚有闲桌儿。

"怎么茬儿啊？怕我不给钱吗？"田木匠有些恼火，一推店小二，吵嚷起来。

柜台后头的账房抬了抬手，冲着店小二喊道：

"放他进来吧，别在门外吵嚷，耽误了贵客登门。"

店小二白了田木匠一眼，闪身放他进了屋，田木匠选了个靠里面的座位，点了一锅贴饽饽熬小鱼，一盘鲅鱼饺子，一壶高粱酒。

天津有句老话，唤作"当当吃海货，不算不会过"，意思就是说，把家里能典当的东西都拿到当铺去当一当，换了钱买海鲜吃，这种做法不算是不会过日子。天津人好吃，不但喜欢吃，而且讲究吃。无论是南北大菜还是街边小吃，天津人都有研究，有钱有有钱的吃法，没钱有没钱的吃法，而这当中，尤以"靠海吃海"的海货滋味最是考究。

所谓"贴饽饽熬小鱼"，便是将河里的鲫鱼、麦穗小鱼或是海里的杂鱼（梭鱼、刺儿鱼、驴尾巴、青条鱼、小鲈鱼、愣蹦鱼、小鳎目、小黄鱼、小黄花鱼、黑头等）掏空内脏洗净，贴面用油煎透，下葱、姜、蒜、腐乳、醋、酱油、糖入锅调汤汁烹熬，将玉米粉加水和面制成饽饽生坯逐个贴在锅沿四周，盖上高粱秆皮编的盖帘，再蒙严湿布，盏茶的工夫便香气四溢，玉米饽饽外酥里嫩，挂着鱼香，配上芦台产的高粱酒，那滋味真叫一个绝。

田木匠咬一口鱼嚼一口饽饽，呷一口酒，吃喝得正美。门外马蹄声响，三骑快马在门外勒住了缰绳。只听一个无比熟悉的声音说道：

"赶了许久路，腹中饥饿，我做东，咱们填填肚子！"

这个声音无数次地出现在田木匠的梦中！

"赫青鸿来了！"田木匠缓缓地放下了手里的酒杯，斜眼向酒肆后院的马棚看去，大枪太长，酒肆空间狭小，不方便随身携带，他把裹好的枪藏在了一捆毛竹里，那捆毛竹就倚在拴马的树旁。

酒肆吃饭的堂屋不大，门又低矮，赫青鸿提着大枪着实不便进出，可酒肆的前院又挨着土路，大风一刮，车马一过，碗里便能漂上一层沙土。赫青鸿无奈，只得将大枪靠在了门边上，和两个随从空着手走进了屋里。

就在赫青鸿迈步进屋的一瞬间，田木匠便锁定了他！

没错了！就是他！身形体貌都没错，头上戴个大草帽，为的就是遮住脸上的恶鬼面具！

"大爷！您吃点什么？"招呼客人的店小二迎了上来。

"先上壶茶水解解渴，三碗汤面，五斤牛肉，若有糕饼点心，包上些，我们带走。"

"好嘞！"店小二笑着打了个千儿，给赫青鸿三人斟好了茶水，扭头钻进了后厨。

没过多久，后厨的麻布帘一晃，店小二捧着食盘上菜，在赫青鸿面前的桌子上摆好了汤面和牛肉。

"爷！这是您要的糕饼。"店小二从手腕摘下了一个油纸包，捧在手心，双手递向了赫青鸿。

"有劳！"赫青鸿放下茶碗，伸手去接，就在赫青鸿的手碰到油纸包的一刹那，店小二瞳孔中冷光骤闪。

"刺啦——"店小二两手一扯一甩，油纸包从中裂开，大蓬的石灰横飞而出，瞬间迷住了赫青鸿的双眼。

"啊——"赫青鸿猝然中招，双目一黑，眼眶里油泼一般地刺痛，店小二一招得手，右手向左袖里一抽，拽出了一把短刀，合身一扑，扎向了赫青鸿的心口。

"奉袁大人令送你上路！"店小二一声狞笑。

赫青鸿虽然双眼被迷，但是耳力还在，两手一合掰住了店小二持刀的手。跟随赫青鸿的两名将官拔身而起，刚要上前，突然腹中一阵剧痛。

"头儿，茶水有……有毒！"这两名将官说话间，鼻孔便开始淌血，脸色一片乌青。

"不好……"赫青鸿一提气，发现自己的手脚渐渐无力。

柜台后算账的掌柜，抄起桌子上的砚台摔在了地上，大声喊道：

"动手！"

话音未落，隐藏在酒肆内吃酒食客中的众杀手纷纷拔身而起，从桌子底下抽出长短刀斧，齐刷刷地围了过来。

"原来这是个套儿！"田木匠一下子反应过来，扔了手里的筷子，抄起屁股底下的凳子丢了出去，"砰"的一声砸倒了一个抡斧头横削赫青鸿脖颈的大汉。

赫青鸿强提一口气，蹲身坐步，成左提膝步，左手腕下压店小二的匕首向外砸挂，右手握扣拳，由心口处向前、向上击出。店小二一捅不中，手指一拨，匕首在掌心旋转，改正手握为反手握，顺劲下扎，放挑赫青鸿手腕，赫青鸿伺机右转侧身，右拳变虎爪，爪指朝下，揪住店小二持刀手腕，往下划弧回搂，左手扣掌于右肘底，骤然击出，正中店小二鼻梁。

这一式出自通背拳，名曰：魁星点斗。

店小二鼻梁断裂仰头后倒，赫青鸿就地翻滚，缩在桌子底下，躲过了五六刀抢砍，闭着眼睛向后一撞，靠在了墙上，两手摸着墙砖侧身向屋外移动。

屋门外立着他的枪，持枪在手，虽万人亦敢往之。

"不能让他出去！"店掌柜奋勇当先，抢着单刀冲到，其余众人知道赫青鸿此时目不能视，唯靠听声辨位，于是乎纷纷用手中兵刃敲打地面，一片嘈杂呼喝之中，赫青鸿左冲不是，右冲也不是。店掌柜觑准机会，滚地横劈，一刀正中赫青鸿小腿，赫青鸿身子一晃，两张大渔网兜头罩下，套住了赫青鸿上半身，五个大汉发喊，向后一拽，将赫青鸿拖倒。

田木匠使了个摔法，放倒了一个向他冲来的杀手，回身在桌上一捞，用麻布垫着手抓起了一只烧着涮肉的黄铜炭炉左右乱抡。那炭炉底下被烧得通红，凡被砸着的人，无不皮开肉绽，烫起一串燎泡。一时间，田木匠威不可当，转眼便冲到了赫青鸿的身边。

"接刀！"田木匠丢出炭炉，砸倒一人，伸手一捞，揪住他的手腕，右手上翻左手下翻，"咔嚓"一下扭断了他的手腕，夺下短刀一柄，向后掷去，赫青鸿耳朵一动，伸手一捞，接过短刀，"刺啦"一声划破了渔网，与田木匠背对背地靠在了一起。

　　"谢了，朋友！"赫青鸿咳了一口血，攥了攥手中的刀柄。

　　"少臭美，哪个是你朋友？"田木匠啐了一口唾沫。

　　赫青鸿笑了笑，幽幽说道："我眼睛虽看不见，耳朵却听得出，当年黄河边，白猿拖刀换秦琼背剑再接回马枪……你那杆大枪，绝了！若不是枪杆不济，你我谁胜谁负，尚未可知。"

　　"你……还记得我？"

　　"当然！"

　　"我今天到这儿……"田木匠舔了舔嘴唇，欲言又止。

　　"我知道，你是来找我打架的，文无第一武无第二，当年我就断定，能和我争枪术第一人，非你莫属。"

　　"有件事我得说明白了，老子虽然是来找你打架的，但我与这帮子人却不是一路！"

　　"当然！大枪，是正大光明的东西！心怀龌龊之人，无论如何也练不到顶尖儿上。"赫青鸿一声冷哼。

　　田木匠满面唏嘘，咧嘴笑道："你我才见第二面，你竟如此信我……"

　　赫青鸿起腿踹倒一名杀手，沉声喝道："大丈夫行走天下，结交朋友全凭意气相投，和见过几次面有甚关系？"

　　田木匠抿嘴一笑，抽了抽鼻子，瞪着眼向店掌柜冲了过去……

半个时辰后，满地狼藉，十几具尸首躺在地上，新刷的白墙上溅满了鲜红的血。

　　田木匠累得几近脱力，右手一松，掌心的刀"当啷"一声掉在了地上。他扶着膝盖喘了好一阵子粗气，直起腰走到赫青鸿的身边，拉起他的胳膊，将他架在了肩膀上，深一脚浅一脚地走到了酒肆的屋门边上。

　　"姓赫的，别睡啊！醒醒！老子这就带你看郎中，我寻到了一根上好的枪杆，等你的伤好了……老子一定捅你个透心儿凉……喂！醒醒！"田木匠背着赫青鸿，不停地叫喊。

　　就在田木匠的脚跨出门槛的一瞬间，赫青鸿缓缓张开了眼，抬起血红的手，"啪嗒"一下抓住了门框。

　　"你干吗呢？"田木匠扭过头。

　　"枪……"赫青鸿手指一伸，指向了门边。

　　田木匠走过去，伸手攥住了赫青鸿倚在墙上的大枪。

　　"它……是你的了！"

　　"你什么意思？"

　　"我……毒攻心了，救不了了，枪给你，才不会辱没了它。"

　　"你说什么屁话！你不能死，你死了老子这辈子都翻不了身了，你不能死，你得活着，活着和我打一场，让我赢了你！你撑住，前面二十里就有医馆……"田木匠攥着枪，背着赫青鸿就往马棚跑。

　　"兄弟，你得应我一件事……去和一个洋人教官打一场……"赫青鸿不住地咳血。

"命都快没了，还管什么洋人？"

"不！不！必须得打，要是不打……以后咱们的子弟就得改学……咳咳咳……改学洋人的功夫了！"赫青鸿用仅有的力气死死地抓着田木匠的肩膀，让他停下脚步。

田木匠一跺脚，大声骂道："爱教不教，爱学不学，关你我屁事？"

赫青鸿听到此处，一咬后牙，沉声喝道：

"咱们的大枪是怎么学来的？"

"怎么学来……师徒父子啊，几千年了，不都是这个规矩嘛。"田木匠被问得一头雾水。

"那你……咳咳咳……咳……你会把你的大枪教给洋人吗？"赫青鸿趴在田木匠的肩膀上，目光灼灼地盯着他。

田木匠想都不想地就答道："肯定不会啊，老祖宗的真东西怎能传给外族人？"

赫青鸿深吸了一口气，一字一顿地问道："既然咱不肯传真东西给洋人，那洋人为什么要把真东西传给咱呢？洋人是傻吗？"

"这……"田木匠一下子愣住了。

赫青鸿伸出手牢牢地扳住了田木匠的肩膀，哑着嗓子说道：

"兄弟，咱们的子孙儿徒学不到真东西，就要挨外人的打！习武传艺，安能不为后人计？"

"我……"田木匠吞了一口唾沫，停下脚步思索了一阵，扭头正要和赫青鸿辩驳两句，谁知这一扭头才发现背在身后的赫青鸿已断了气。

"姓赫的？姓赫的！姓赫的……"田木匠嗓音都跑了调。

"你别死啊！话才说了半截……你他妈的王八蛋，你死了我这辈子都没机会赢了，你别坑我啊！"田木匠使劲地攥着赫青鸿的脖领狠命地摇晃。

日落黄昏，暮色四合。

田木匠将赫青鸿葬在了山冈之上，坟头没有立碑，只摆了两坛烈酒。

喝一坛，洒一坛。

晚霞染透云边，田木匠已醉得眼花耳热。

"咣当——"田木匠将手里的酒坛砸碎在地，振衣而起，披金甲，戴鬼面，持长枪，打马向南。

小站兵营，辕门外，有兵丁见田木匠单骑冲来，连忙摇旗示警，大声喝道："来者何人？"

田木匠横枪一晃，胯下战马人立而起。

"小贼！识得甘军大将赫青鸿否——"

尾声

停尸房，一灯如豆。

陶玉楼用锦帕掩着口鼻，在韩鼻涕的带领下，掀开了一具无头尸首身上盖着的白布。

"陶爷，这就是汤普森！"

"怎么腐臭成这个样子？咳咳！"陶玉楼的语气里满是厌弃。

"就这模样，还多亏镇了冰呢，要不然……我不说了，容易倒您胃口。"

陶玉楼冷哼了一声，幽幽说道：

"我此次出门，不过才十几天，天津城就闹出了这么多乱子，真不知道你们这些奴才是怎么做事的！"

韩鼻涕闻言，吓得体如筛糠，"扑通"一声跪在地上，埋着头大气都不敢喘一声。

陶玉楼伸出两根手指按在了汤普森的尸体上，顺着他的锁骨向下摸，先摸躯干，再摸四肢，一边摸一边自言自语：

"寸截寸拿，硬打硬开，以身做盾，头、肩、肘、手、尾、胯、膝、足发力。打法多为挨膀挤靠，舍身无我，这是……八极拳！"

"陶爷，这是画师按照街面上百姓的描述，画出的肖像图形。这图里的人，就是甲四。"韩鼻涕从怀里掏出一张画像，递到了陶玉楼面前。

"是他？"陶玉楼倒吸了一口冷气。

"陶爷，您认得他？"

"很多年前的事儿了，看这模样像他。"

"陶爷，敌暗我明，不除不快啊……接下来咱们怎么办……"韩鼻涕偷眼看向陶玉楼。

"接下来？哼！挖下深坑等虎豹，撒下香饵钓金鳌！"陶玉楼轻轻敲了敲头上的斗笠，双目陡张，眼中神光隐在黑纱后头闪动。

卷 三

镖师

叫声三弟细听根苗，

当年曾把董卓讨，

弟兄们阵前逞英豪，

虎牢关曾把吕布的发冠挑。

长坂坡前喝断了霸桥。

恼恨那范江、张达两个贼强盗，

害孤三弟二贼就脱逃。

锦绣江山孤不要，

一心与你把仇消。

——京剧《白帝城》

楔子

　　天津人素有喝茶听戏的传统，清朝中期，戏剧曲艺在天津日益兴盛，自光绪初年起，天津大茶楼林立，其中东马路袜子胡同的"庆芳茶园"、侯家后北口路西的"协盛茶园"、北大关金华桥南的"袭胜茶园"和北门里元升园的"金声茶园"合称"津门四大茶园"。有道是："戏园七处赛京城，纨绔逢场各有情，若问儿家住何处，家家门外有堂名。"

　　黄昏日落，陶玉楼走进了金声茶园楼。过了门厅，台下正面是一片散座，东西两头是花梨木雕打的隔断包厢，三三两两贵胄富贾陪客伴友，携妻拥眷，齐聚此地看戏消遣。二楼看台处，有一间金漆包门的雅间，陶玉楼走进去后，放下了窗口的帘子，搬了一张椅子坐下来。

　　台上立着的角儿是名震南北的程派老生孙雪铮，一折《三娘教子》腔圆调润，陶玉楼捻开折扇眯着眼，嘴角含笑地跟着曲调打拍子。

　　"吱呀——"雅间的门被人推开了。

　　韩鼻涕引着一个"行如病，立如睡"的中年汉子走了进来，那汉子面如淡金，满颔络腮胡，发鬓灰白，形销骨立，双目半睁半闭，着一身浆洗到脱色的蓝布褂子。正所谓"鹰立如睡，虎行似病，正是他攫人噬人手段处"。

他进屋见了陶玉楼，并不多话，只伸手在怀中掏出一张告示，展开来赫然正是甲四的海捕文书。

那中年汉子一睐眼，指着告示上的甲四画像，冷声问道："我听你的人说，你见过他？"

"唰啦——"陶玉楼关上了折扇，站起身来，拱手答道："的确见过！"

"他在哪？"

"还未请教兄台名姓？"

"姜伯符！"

"好名字，不知姜兄寻此人作甚？"

"杀！"

"为何而杀？"

"为仇而杀！"

"好！"陶玉楼拊掌一笑，探手从桌面上端起一碗茶，一手托底，一手扶边，捧到了姜伯符的面前。

"咦？"

"姜兄，何事？"

"你这斗笠……"

"富贵久了，仇人满地，财不露白，脸不见光，人心叵测，不得不防啊！"

"都是江湖人，这个我懂，只是你……这身形好似我见过的一个人，只不过……那人是个腌臜破落户，全不似你这般气度！我与那人见面不过两次，只记得那人操一口凤阳口音，而你却说得一口好京腔。"

"姜兄过赞了，陶某出身也是苦人，生死有命，起落轮回，人这一辈子，无常啊……"

"有理！有理！单凭这一句，阁下活得比我要明白，比我通透！"

姜伯符一声长叹。

"姜兄，请喝茶。"

"多谢……"姜伯符刚说完一个"谢"字，在手指触碰到茶碗的一瞬间，陶玉楼动了，顶头竖项，立腰溜臀，松肩垂肘，实腹畅胸，吸胯提裆。左手在碗底一搓，茶碗骤然转动，顺着他的手背向后滚去，同时手腕下翻内勾，宛若一只灵蛇缠着茶碗向身后掠去。内脚直进，外脚内扣，两膝相抱，右手掌心上翻，以手做刀，斜抹姜伯符咽喉。

八卦掌，青龙探爪！

姜伯符两眼一亮，身体向左后转，右脚靠左脚成并步，左手攥拳挽手，在身体右面画圆劈砸，磕开陶玉楼抹喉的手刀，同时两腿半下蹲，右手由拳变掌，从下向上经过左手上穿出撑打，五指张开，掌尖向前，陶玉楼扭头躲过来掌，姜伯符五指回抓如钩，抓扯陶玉楼下颌，陶玉楼脚趾抓地，拧旋走转似流水，上下翻动如骄龙，使了一招"白猿献果"，上左步闪开姜伯符右掌，左掌外旋前伸，化贴姜伯符左肘，右掌外旋平托茶碗，运肘下压姜伯符右臂，提右膝撞击姜伯符裆部。姜伯符重心后移，左腿屈膝成弓步，左小臂由前向上高架起，推开陶玉楼左手，同时右腿由前向身后斜挂去，右掌掌心向下向右推按，压住陶玉楼膝盖。

陶玉楼不等招式用老，在姜伯符这式"挂塌"即将碰到自己膝盖的一瞬间，小腿外翻，顺势踢击姜伯符胸口。这一招来势迅猛无匹，衣角迎风，发出一声"噼啪"脆响。

姜伯符眼见陶玉楼这一脚蹬来，身体右移，右腿屈膝左腿挺地呈斜弓箭步，右拳左摆，挂开陶玉楼小腿，左拳从向右腋下向前穿钻，贴着陶玉楼的左手肘下压，趁机将手钻到了他的掌心，托住茶碗底，同时右拳后拉，扭身震脚，开弓步，右肘尖后顶。

"哼——"姜伯符擛气发力，陶玉楼张手一托，架住了姜伯符已经顶到胸口的肘尖。

二人一番激斗，均在电光石火之间，陶玉楼的八卦掌形如游龙，视若猿守，坐如虎踞，转似鹰盘，姜伯符的八极拳八方发力，通身是眼，浑身是手，动则变，变则化，化则灵，刚柔并济。

姜伯符单手托住抢下来的茶碗，凑到嘴边呷了一口，幽幽赞道：

"武夷山大红袍，味纯、气正、色亮、韵足、叶活，好茶！"

"茶虽好，却比不得姜兄的功夫高绝，请上座。"

"请！"

二人各分宾主坐定，陶玉楼寒暄数句，张口发问：

"姜兄，这甲四在天津城，勾结贼匪，杀人越货，屡屡作案，奈何我等不知他的底细，纵使有心擒他，却无从下手，还请您多指点。"

"甲四？屁！此人姓周，单名一个骁字！"

"周骁？"

"正是！若要问他底细，需从三十九年前说起……"

壹

三十九年前是咸丰十年（1860）。

这一年，周骁十七岁，在保定府一家京戏班"彩如意"里唱武生。

保定府土地肥沃，人口众多，物产丰饶，河流有唐河、府河、漕河、易水河、白沟河、沙河等，自古便是南北船运的重要枢纽。船运兴盛之地，人口必然稠密，人多，听戏的也多，听戏的多，戏班就多。

五月初，"彩如意"接了东家的帖子，全班人马乘船沿大清河往霸州唱堂会，由于东家催得紧，戏班众人不得不连夜动身，包了一艘客船，带着老老小小十几口子人，连同戏装行头、花枪髯口等五六口木箱子上了船。盛夏时分，天气阴雨无常，船行至中游，半边云天忽如墨染，一场倾盆大雨"哗啦啦"地便刮了下来。夜半，船行至中游，众人喝了些茶汤热水，顿觉昏昏欲睡，摇橹的船家纷纷蒙上了脸，提起了刀，一刀一个将戏班里的老少尽数砍翻，伸手在身上摸走钱财后，再把尸体往水里一扔。

唱武生的周骁仗着年少，多少扛住了几分蒙汗药的麻劲儿，抄起一张小方桌就来厮打，四五个水匪强人将他围在当中，为首一人高叫：

"小兄弟，你是吃刀板面，还是馄饨面？"

此一句乃是水面上的恶匪杀人越货时说的"唇典黑话"，所谓刀板面便是一刀砍死，剁你下水，馄饨面便是你若吃不了疼，自己脱了衣裳，跳下江里淹死。

周骁立在大雨之中，双腿弹琵琶一般乱抖，强忍着眩晕大喊：

"我……我不吃面！"

众水匪一阵哄笑。"哈哈哈哈，这厮还真是个棒槌！"

周骁自幼跟着戏班，挨足了打骂，吃遍了辛苦，混惯了街巷，故而养成了一副顽劣性情，输人不输嘴，此时他听那水匪骂他，当时起了火，回口骂道：

"小狗崽子，可是在骂你爹吗？"

"找死！"为首一人抬手一刀砍向周骁，周骁举起方桌上挡，水匪拦腰一脚踢来，周骁半边身子酸麻，无力躲闪，被踢了个正着，倒飞而出，那水匪一招得手，劈刀又来追砍，周骁在地上顺势一滚，闪到了船边。

"罢了！死就死！"周骁一咬后槽牙，仰头一滚，扎进了河水之中。那水匪脱了上衣正要下河灭口，早有同伴将其拉住，沉声喝道：

"水流甚急，谅他也活不下去，这场大雨估计得下上一整夜，咱们赶紧收好银子靠岸！"

"好！"

翌日清晨，云消雨霁，大清河下游，一艘快船逆流而上，船头风帆张满，一面大旗迎风作响，上书四个铁画银钩的大字——四海镖局。

河北地处燕赵，乃畿辅重地，为历代兵家所必争，再加上京杭大运河纵穿沧境，京济、京大要道贯通南北，沧州、泊头、郑州、河间、献县均是南北水旱交通要冲，为京、津、冀、鲁、豫商品流通必经之地，更兼官府巨富走镖要道，是故沧州镖行、旅店、装运等行业兴盛。各业相争，必握高强武技才可立足，是故"其民素习攻防格斗之技以于危难时自救图存"，百姓世代习拳练跤，使枪弄棒，好武蔚然成风，只明清两朝就出过武进士、武举人一千九百三十多人。

四海镖局这一代的总镖头姓骆，名沧海，一身八极拳登峰造极，为人急公好义，在武林上甚有威名。骆沧海膝下有一徒一女，徒弟姜伯符，果敢干练，久历江湖，已在镖局独当一面。女儿骆凝，年方一十六，正是如花年华。

骆凝很少出门，此趟走镖，见什么都新鲜，在船头支了一根鱼竿，学人钓鱼，但却又耐不住性子，几次收竿都操之过急，平白地让鱼儿脱钩而去，气得她直跺脚。

"爹！你看……那好像是个人！"骆凝猛地站起身来，将手遮在额头上，探身远眺。

这水里漂着的不是别人，正是遭了水匪，跳水逃生的周骁，他在水里浮了一夜，脑袋昏昏沉沉，四肢冰得发抖，早已虚弱得进气儿少，出气儿多。

骆沧海赶紧上前抓住了女儿的肩膀，沉声喝道：

"船身摇晃，冒冒失失的，当心落水……好像……好像还真是个人，伯符！伯符！"

骆沧海喊声未绝，早从船舱里跃出了一个长衫剑袖的清俊少年，跑到骆沧海旁边。

"师父！"

"那好像有人落水，靠过去，看看是不是还活着。"

"好嘞！"姜伯符一点头，赶紧去船边扯帆摇橹，操纵快船向东南方向靠近。

"女儿，拿竹竿来，快！"骆沧海取过竹竿向水里伸去，"啪嗒"一下打在了周骁的胳膊上，周骁强打精神，伸手一捞，抱住了竹竿。随着他身子一动，浮力平衡被打破，原本"躺漂"在水面上的他"咕咚"一声没入了水面以下。

"人还活着！"骆沧海感受到了竹竿另一头的握力，将周骁使劲儿地往船上拉，骆凝也手忙脚乱地过来帮忙。

"啪嗒——"周骁已经泡得惨白发皱的手扳住了船帮。

"闺女，快！使劲儿！伯符，把船停稳了……"骆沧海指挥着徒弟和女儿，三个人齐心合力，将周骁从水里拉上了船。

骆沧海将周骁平放在甲板上，两手一合，在他胸腹间不断推拿，逼出了他呛在五脏内的积水。

"喂——喂——你醒醒，你叫什么啊？"骆凝轻轻地拍了拍周骁的脸颊，意识尚未恢复的周骁将眼睛张开了一条缝，半晕半醒中，他赫然看到了一个明眸皓齿、身段婀娜的白衣少女正目不转睛地看着自己。

"我……不吃面……馄饨面……"周骁脑子里还惦记着那群杀人越货的水匪。

"面？师父，师妹，我看这人好像是个傻子。"姜伯符凑了过来，看着周骁直皱眉头。

"你才是……傻……你全家都是傻子，你祖宗八代都是……"

周骁下意识地回骂了一句，脑袋一歪，彻底昏了过去。

三个时辰后，周骁悠悠转醒。

"吱呀——"船舱的门被人从外面推开，骆凝端着一碗热粥走了进来。

"饿得腿软了吧？你可够能睡的。"

"你……你是谁？"周骁看着骆凝，有些犹疑地问道。

"我是谁？淹傻了吧你，本姑娘是你的救命大恩人啊。"骆凝微微一笑，大马金刀地坐在了凳子上，看似扭过脸去，实则正偷眼看着地上周骁的影子。

"救命！命！戏班！"周骁略一定神，瞬时忆起那伙劫船的水匪和戏班里的诸多老少。

"不好！"周骁双臂一撑，从床板上惊坐而起，两脚刚一落地，顿觉一阵晕眩，险些站立不住。

"你干吗啊？"骆凝起身刚要来扶，周骁已经挣扎着扑到了窗边，两手一推，将窗户打开半扇，伸头向外一望，惊声呼道：

"这是哪？"

"前面十里，泊船换马，半日便入沧州境。"

"这不在保定河境……"

118

"你都昏迷了三个时辰了，咱的船顺风顺水，早行了十万八千里了。"

"水匪！水匪！回去！我得回去……戏班里的人……快！停船——"周骁瞪大了眼睛，冲到骆凝的身前，抓着她的小臂大喊。此时他心神激荡，大脑一片混乱，下手没有轻重，两手一用力，瞬间掐得骆凝一声痛呼。

"你干吗？发什么疯……"骆凝吓了一跳。

"回去，掉头，回去！我得回去！"周骁两眼通红，神色极为骇人。

骆凝忍不住疼，银牙一咬，左脚前上一步，在右脚前外侧震脚下落，身体右转，收右脚与左脚并步，右腿屈膝半蹲，前移一撞，顶住了周骁的膝盖，右臂屈肘右掌随势收护于胸前右侧，勾手拨开周骁的手，左拳变掌画弧，随势推向前方，手掌穿过周骁肋下，肩膀撞进了周骁里怀，攒气震脚。

"哼——"周骁应声而倒，被这一靠撞到了门上。

骆凝挽起袖子，看了看被周骁抓得通红的手腕，皱着眉头嗔道：

"你这人……真是不识好歹！"

周骁此时神志混乱，被骆凝重手法一撞，一时间满脸煞白，胸腔一阵起伏，竟有些喘不上气，骆凝害怕是自己伤到了他，连忙上前搀扶。周骁跪在地上，两手一撑，立起上身，两眼模模糊糊中正瞧见骆凝走来，以为她又要来捶打自己，当下一咬后牙，强提一口气，大叫了一声，一个扑纵抱住了骆凝的腰。

骆凝猝不及防被周骁抱了个结实，心里又急又气。

"你这……好你个没羞的泼皮！"骆凝肘尖下砸，想要磕开周骁，奈何周骁一抱得手，十指紧扣，借着自己身高力大直接将骆凝扑倒在地，左右翻滚，任凭骆凝如何击打，他也死不放手。

骆凝急得两眼含泪，银牙紧咬，正在焦心之时，甲板上的姜伯符听见船舱里的响动，快步闯了进来。

瞧见这一幕，姜伯符不由得怒火中烧，冲上前去，探掌一捞，扒开了周骁扣在骆凝腰后的右手，反向一撅，"咔嚓"一声掰断了他三根指头。

"啊——"周骁一声惨呼。

"好小贼！"

姜伯符拉开骆凝，飞起一脚，正踹在周骁的肚子上，周骁只觉腹内一阵翻江倒海，一口酸水混着甜腥的血顺着嗓子眼喷了出来。

"妹子！没事吧？"姜伯符看了一眼骆凝。

骆凝抹了抹眼角的泪花，一跺脚出了船舱。

周骁吐了这一口血，眼神渐渐恢复清明，他甩了甩晕沉沉的脑袋，张口说道：

"我不是想调戏……只是想……回去，船掉头……我戏班里有人……救命……"

"命你娘个姥姥！"姜伯符虎目圆瞪，一挽袖子冲到周骁面前，左手扼住他脖子，右手风车一般左右轮转。

"啪啪啪啪！"四个耳光落下，周骁痛彻骨髓，脸颊高高肿起。

"我……咳……"周骁啐了一口嘴角渗出的血沫子，棱着一双眼直直地瞪着姜伯符。

"小贼，你不服吗？"姜伯符揪着周骁的后颈，将他死死地按在了地上。

"你打我一顿，我却要服你，这是什么道理！"周骁虽然气力不比姜伯符，但骨子里的倔劲儿却是一等一的粗豪。

"道理？这便是道理！"姜伯符攥紧了沙包般大小的拳头，一拳打在了周骁的下巴上，周骁仰面飞起，躺倒在地。

姜伯符上前正要再打，一个浑厚的声音从门外传来：

"够了！"

姜伯符回头一看，正是骆沧海到了。

"师父，这就是个登徒浪子，市井泼皮……"

骆沧海眉头一皱，眯着双眼上下打量了一番周骁，周骁见这老者目光灼灼，一脸沉郁，不由得神情一凛，强撑着气力，站起身来，梗着脖子对上了骆沧海的眼睛。

骆沧海沉思半晌，幽幽叹道："道不同不相为谋，小兄弟，到了前方泊船处，你我各自散去吧。"

周骁咽了口唾沫，拱手答道："大恩不言谢，小子和一众老少遭了水贼，适才急火迷了心……手脚无状，这里告罪了。"

言罢，周骁冲着骆沧海一揖到地。

骆沧海摆了摆手，刚要离开，忽地脚步一顿，轻声说道：

"这河上的水匪我早有耳闻，适才有官府捞尸的船顺着上游去了，听说捞了三十几具……我想除了你，应该是再没有活口了！节哀……"

周骁浑身一抖，宛若被抽干了骨头一般靠在墙角，缓缓地坐在了地上。

夕阳西下，大船靠岸，周骁把脸上的血渍细抹了一番，匆匆下船。

临行前，骆沧海从袖子里掏出了一个小布袋塞进周骁的掌心。

"老先生，您这是……不可，万万不可……"周骁手指一捏，便知道布袋里装的是铜钱，少说也有五十枚。

骆沧海展颜一笑，沉声说道：

"小兄弟，江湖之大，人海茫茫，咱们能相逢，也算缘分。老夫见你也是个重情义的，此去寻访你那戏班里的老少，免不得吃喝住宿，大丈夫出门在外，一文钱难倒英雄汉，兜里须有些银钱才好壮胆。"

"我……"

"莫要推辞，我徒弟是个冲动汉子，伤了你……这也算我一番心意。还望你莫要记恨……"

周骁碰过钱袋，向着骆沧海鞠了一躬，刚要抬头，眼角余光一瞥，正看到货堆边上有一角纱裙被微风吹起，料来定是骆凝在一旁偷瞧。周骁思量片刻，伸手从颈上摘下了一个小巧的玉哨，对着货堆方向轻声说道：

"骆姑娘，前番冒犯多有得罪，我……身无长物，实在没什么能赔罪的，这玉哨是废玉的角料雕成的，虽不值什么钱，却是我娘留的，她虽然把我给卖了，但我却一直很珍惜这东西……你多保重！"

周骁捧起玉哨，将其轻轻地放在了货堆的麻布包上，大踏步转身离去，没多久便消失在了码头嘈杂的人群之中。

他刚离去不久，骆凝便从藏身处走了出来，伸出手捞起了麻布袋上的玉哨，噘着嘴咕哝道：

“还真是块角料，人不要脸，东西也丑得要死……”

周骁告别了四海镖局众人，下了码头，行入沧州府，寻了个跌打药铺，柜台后的大师傅一瞧周骁这模样，微微一笑，抬笔开方，当归、三七、红花、白芍、牛膝、没药、乳香、五灵脂按比例配伍。

“一包内服，一包外敷，内服用热水煎开，外敷用黄酒搓揉。”

“多谢！”周骁拎着药包转身离开，正想寻一处破庙落脚，冷不防从斜刺里蹿出一道黑影，迅若雷霆，将他拖进了一条阴黑的小巷。

周骁眼前一花，口鼻已被人捂住，胸口处一痛，后背狠狠地撞在了半扇土墙之上。

“是你……呜……”周骁瞪大了眼。

“正是我！”姜伯符的脸上布满了狞笑，右手揪住他的领口，左拳直出，“咚”的一声捅在了周骁的胸腹之间。周骁只觉一股剧痛直冲天灵盖，疼得他几乎昏了过去。

“啪嗒——”周骁手里的药包掉在了地上，被姜伯符抬脚踉得粉碎。

“狗东西！”姜伯符啐了一口浓痰，一脚踢在了周骁的膝盖窝上，周骁猝不及防，跪倒在地，姜伯符的大脚在他后背上重重一踏，将他踩在地上。

姜伯符蹲下身，抓起一把地上的烂泥按在了周骁的脸上。

"知道老子为什么揍你吗？"周骁捂着腰腹，痛得根本说不出话来。

"他娘的，老子最恨你这种小白脸，婊子无情戏子无义，休拿你那套勾引官太太的路数坑我妹子。拿个小玉哨搞莺莺燕燕咿咿呀呀，都是些男女戏文里的烂东西……呸！你们这种吃软饭、骗感情、下流轻薄的货色我见得多了。早知如此，当时便不该捞你上来，你听好了，赶紧离开沧州府，稍有迟疑，老子便打断你的脊梁骨。"姜伯符一伸手，从墙上抠出一块土砖，五指一抓，砖块应声四碎。

正当时，小巷东南方向不远，传来了骆凝的喊声：

"师哥！师哥！你跑哪去了？"

姜伯符虎躯一震，伸脚踩住了周骁的脸颊，将他的口鼻踩进了烂泥之中。

"不怕死的，你便应声！"

周骁十指紧紧地抠住泥地，额头上青筋暴起，一腔恨火烧得他头昏脑热，骆凝的喊声就在身边，他却无论如何也张不开嘴，他只盼着姜伯符一拳打来，痛痛快快地结果了自己的性命，也好过这般羞愤。

"你记住我的话。"姜伯符一抬脚，松开了周骁，向反方向钻出了小巷，招手喊道：

"妹子，我在这儿。"

"师哥，你跑哪去了，一转眼就没影了。"

"我……我看到一个老朋友，过去打了个招呼。"

"朋友？什么朋友！"

"江湖朋友，没甚稀奇……"

"师哥！你看这个荷包漂不漂亮！"

"漂亮！这绣工，真不错。"

"那是，花了我不少银子呢。你看，这大小多合适，放这个小玉哨子正正好好。"骆凝展颜一笑。

"好什么好？那戏子小贼的东西，你还留他做什么？"姜伯符伸手去抢，骆凝闪身躲开。

"师哥！你干吗啊？"

"妹子听话，你把那破哨子砸了，哥给你买簪子去！"

"我不要，这小玩意儿挺有意思的，我权当留个手把件儿。"骆凝将玉哨从荷包里掏出来，放在唇上鼓起一吹，发出一串"咕咕"的脆音儿。

"妹子，你是不是喜欢上那个小王八蛋了？"姜伯符面沉如水，不知不觉中攥紧了拳头。

"才没有。我就是觉得这人挺有意思。"骆凝扭过身去，仔细地收好了哨子。

"妹子，你听我说，师哥我行走江湖多年，这种人我见得多了，他不是什么好货……"

"好了好了，师哥你别再说了，念咒一样，烦不烦。"骆凝伸手捂住了耳朵。

"我这也是为你好……"

"瞧瞧瞧瞧，你瞧你，这个神态，这个语气，哎呀呀，和我那个老爹是一模一样，烦死了。我不听你说了，我要回去了，晚了爹又该吵我了。"骆凝一跺脚,转身就跑,姜伯符加快脚步追了上去,二人的身影很快便消失在了长街尽头。

唯有缩在阴影中的周骁,将自己的身形蜷成一团,使劲地往角落里钻。时间一分一秒地过去,周骁幻想着自己是一片腐烂的枯叶,被一点一点地沤烂在泥土深处。

正如骆沧海所言,彩如意的老小,除了周骁无一个活口。周骁在保定到沧州之间奔波了好几个来回,用尽了盘缠,穷困潦倒,流落在保定街头,白日里出门行乞,夜里在破庙安身。

一转眼,便过了两年光景。

这一年冬天,河北大雪,周骁饿昏在了一家茶楼的门外,那茶楼的掌柜心善,给了他一碗稀粥,将他抬到热炕上暖回了一条命。见周骁无处可去,就将他留在茶楼当个伺候热水的伙计。

周骁出身戏班,学的是文武小生,模样自然没得挑,再加上嗓子好,吹拉弹唱无一不通,几个月干下来,不少主顾都对他赞赏有加。

这一年腊月,春节将至,保定府京戏第一班"水红袖"在周骁打杂的茶楼"望溪园"唱"封箱戏"。

所谓"封箱",乃是京剧戏班里的行话,即在年头岁尾,新春将至,腊月中旬以后,唱罢最后一场大戏,戏班上下稍事休息,张罗过年诸事。将各种演出用具整理归箱,贴上"封箱大吉"的封条,至来年"开台"以前,不得再开箱。

封箱之后,须祭祖师,名曰祭神。选黄道吉日,由戏园恭抬祖师至饭庄,路间用乐器前引,大致唢呐二人,单皮一人,齐钹一人。到饭庄后,全班烧香行礼,礼毕聚餐,饭毕送驾。仍用原乐器前引，将祖师抬回原处，礼毕。

周骁也是戏班出身，对此并不陌生，跟着"水红袖"众人准备腊月十九那天的封箱大戏，前前后后帮着张罗打点，煞是忙碌。

腊月十九当晚，大戏开锣还剩半个时辰，戏班的大小名角、龙套跟班都在后台上妆画脸，周骁端着茶壶，进进出出伺候热水，三五个形迹可疑的瘦削汉子引起了他的注意。

京戏武生分两种，一曰长靠，二曰短打。

长靠武生身穿着靠，头戴着盔，穿着厚底靴，多扮大将，风度气魄足，工架稳重端庄。念白要吐字清晰，峭拔有力，重腰腿功。代表角色有《挑滑车》的高宠、《赚历城》中的马超、《甘宁百骑劫魏营》的甘宁等。

短打武生主轻捷矫健、跌扑翻打、勇猛炽烈，代表角色有《连环套》中的黄天霸、《狮子楼》中的武松、《夜奔》中的林冲、《一箭仇》中的史文恭、《独木关》中的薛礼等。

今晚的压轴戏是武生大戏《夜奔》，讲的是宋徽宗年间，东京八十万禁军教头林冲，太尉高俅之子图谋霸占林冲之妻张氏，父子二人设计陷害林冲，将他刺配沧州牢城，看守大军草料场。随后派陆谦火烧草料场欲置之死地，却被林冲撞破，林冲提花枪刺死陆谦，雪夜奔梁山。

这出戏，台上有四人，一是林冲，二是陆谦；龙套也有二人，一是高衙内的手下富安，二是牢城营的管营。

扮林冲和陆谦的是水红袖的大角，按着规矩各自独占一处雅室候场。按着班主的交代，这二位名角上台前，必喝"雪花梨汤"润嗓。

此汤是以干银耳、雪花梨、话梅、乌梅、枸杞子慢火熬制而成，主益气清肠、滋阴润肺、清热利咽、生津去燥。唱戏的全凭嗓子吃饭，一折子戏唱下来，腔调九变十八转，需高唱入云，低吟裂帛。故而平日里对嗓子的保养最是讲究。不但忌食酒、烟、醋、辣，且过咸物、过甜物、过苦物，及生痰物、生火物一概不沾。气候寒暖交替，最忌过凉，过凉则咳嗽，咳嗽则嗓音哑涩。亦不得过暖，过暖则生火，生火则嗓音枯塞。故而京戏里的名角无不节色欲、慎饮食、防寒凉、勤吊嗓。

可雅间里候场的这二位，酒肉不忌，烟火不避，关东烟独有的辣味透过窗户缝呛得周骁睁不开眼，周骁几次想进去伺候茶水都被呵退，周骁心下起疑，躲在门外，顺着门缝偷瞧，只见这二人背对门口，并肩而坐，身着戏袍，左手肉右手酒，左右开弓，吃得不亦乐乎。

正当时，戏班里的"催场"一路小碎步匆匆跑来，敲了敲雅间的门，轻声说道："二位老板，该走场了。"

"嗯！"雅间内有人应了一声。

催场点了点头，快步离去。

听得雅间门响，周骁闪身躲在了廊柱后头。

"吱呀——"雅间的门被人从内推开，两个扮上行头，画好戏妆的男子一前一后地走了出来，此二人各向左右扫视了一周，相视一点头，掩好了门，大步直奔后台候场。

周骁皱着眉头暗自思忖："这二人好生奇怪，浑身上下半点不似戏班中人！"

心念至此，周骁蹑手蹑脚地从藏身处挪了出来，趁着四下无人，闪身钻进了雅室。

贰

黄昏已过，正值乌金西坠，玉兔东升。雅间内的灯火被离去的那二人吹灭，四面门窗一关，黑压压的不见一丝光亮。周骁背贴着墙，小心翼翼地向前抹去。

突然，周骁的脚尖不知踢到了什么东西，仓促之下，竟将他绊了一个趔趄，周骁立身不稳，向前一趴，正砸在桌子上。

"呼——"周骁出了一身的冷汗，瞪大了眼睛，竖起耳朵听了一阵。

除了自己的心跳，再无其他的响动。

"幸好……幸好没人！"周骁捶了捶胸口，定了定神，从袖子里翻出火折子，点亮了桌子上的油灯，一手托着油灯的底座，一手笼着火苗，扭回头向地面照去，想看看到底是什么绊了自己一跤。

谁知这一照，差点将周骁吓得魂飞魄散。

只见墙角边并排躺着两具尸体，全都双目圆瞪，喉咙处被人割开，鲜血流了满地。

周骁张大了嘴，想要呼喊，却又发不出半点儿声音，整个人好似一台老旧的风响，来自胸腔的每一次喘息都带着呕哑的杂音。

"这……"周骁坐在了地上，眼睛根本无法从那两具尸体上移开。

那两具尸体的面目，周骁认得的，他们一个是戏班的班主！一个是戏班的"掌箱"（掌管箱柜锁钥的专人）！

"死的这俩……是戏班的人，刚才出去那俩……是谁？前日，分明是这位班主将一众人马带进茶楼安歇，怎么此时便尸横此处了？莫不是有贼混进了戏班，杀了班主和掌箱，另图他谋？"

周骁使劲地搓了搓脸，一阵阵地眩晕。

"不行，这茶馆的掌柜对我有恩，倘若有人要行歹事……我不能不管。我且先不声张，跟去看看……"

周骁深吸了一口气，轻轻地将屋内摆设恢复原样，吹灭油灯，倒退着出了门，右手提上一只装热水的铜壶，左肩搭上一条白毛巾，沿着回廊绕到后台，偷眼向已经扮好了相的"林冲"和"陆谦"看去，这二人在戏台一左一右站定，两名龙套"管营"和"富安"也从阴影之中现出身形，这四人候场一不听"文场武场"（文场指锣、鼓、铜、革，武场指琴、弦、丝、竹），二不看"坐钟提调"（舞台现场总指挥），四个人八只眼齐齐地向台子底下第一排的雅座看去，那雅座之上坐着的乃是个满脸褶皱，颔下无须的老头儿，那老头儿身着绫罗锦袍，腰悬羊脂美玉，手上戴着扳指，指尖捻着佛珠，好一派穿金戴银的财主派头。别看他瘦得皮包骨头，但双眼矍铄，看着戏台上的花旦唱念，止不住地喝彩。

"唱得好，赏！"老头儿直起身来，发出了一声尖细的高音儿。

旁边一个唇红齿白的小厮捧着一只盖着红布的清漆托盘，老头儿掏出了一只墨玉鼻烟壶，拔开塞子凑到鼻孔底下使劲地吸了两口，伸手使劲地搓了搓脸，掀开托盘上的红布，露出了底下的东西。

那托盘上密密麻麻地堆满了珍珠翡翠、玉镯元宝。

老头儿信手一抓，攥满一把，甩开胳膊，往台上一抛。

"走你！"老头哈哈大笑。

台上的花旦眼神一亮，唱得越发起劲儿：

"二八女在房中心中自叹，思想起儿的父好不惨然。都只为遭不幸把命染，留下了母女们受尽熬煎。我的母到前村听讲经卷，只剩下奴一人看守家园。"

老头儿听到妙处，笑得脸上皱纹都堆到了一起，两手捻了个兰花指，站起身来，学着那台上花旦的身段，扭着腰肢合着唱道：

"那位小娘子，请来见礼"

花旦眉目含情，望着老头儿唱道：

"适才间开了门来观看，见一少年赛潘安。站在门前将奴看，倒叫我二八女面带羞惭。"

"好好好！真是妙极！赏赏赏！都赏了去！"

老头儿一推小厮，催他去打赏，自己则往椅子上轻轻一坐，端起茶碗就要喝水。

突然，老头儿好像想起了什么，只见他轻轻地用手指弹了弹茶碗，在他身后缓缓站起了两道身影，这两道身影，周骁再熟悉不过了。

尽管骆凝扮了男装，嘴上还贴了两撇胡子，但是周骁仍旧从人群中一眼认出了她！

一眼，只用了一眼！

此刻，周骁只觉得万籁俱寂，满场的灯火瞬间熄灭，漆黑一片之中唯有骆凝的头顶亮起了一束光。

骆凝身子略微前倾，想要接过老头儿手中的茶碗，这时，站在她旁边的那个男人缓缓转动了一下身子，用肩膀挡了一下骆凝，只这一瞬间，周骁看到了那个男人的侧脸！

是他！姜伯符！

周骁咬紧了牙根儿，下意识地攥紧了拳头。

姜伯符的肩膀轻轻一靠将骆凝撞开了半步，骆凝一愣神，姜伯符的手已经不着痕迹地伸了出去，将老头儿手里的茶碗托在掌中，凑到嘴边呷了一小口茶水，笑着点了点头，将茶碗又递回到了老头儿的手中，老头瞥了一眼姜伯符，接回茶杯，也不嫌弃，仰头一口，喝干了大半碗茶水。

姜伯符在给那个老头儿试毒。

周骁瞳孔一缩，瞬间想明白了这当中的关窍。

镖局接镖有"六大镖系"，说白了就是镖局接活儿的买卖有六类。曰：信镖、票镖、银镖、粮镖、物镖、人镖。这个老头儿就是四海镖局接的人镖。

既然骆凝和姜伯符是来保护这个老头儿的，候场的那四个人想必就是来杀这个老头儿的。

"当当当当——咚咚锵锵咚咚锵——"

台上大雨般的鼓点响了起来，"林冲"上场了！

"不行，不能让这伙歹人伤了她。"想到这儿，周骁抬腿就要冲出去示警，可转念又一细想，低头看着自己这一身茶楼小厮的打扮暗自说道：

"这老头儿非富即贵，我这副打扮，冲出去闹将起来，少不了要连累茶楼的掌柜，他对我有恩，我万万不能害了他。"

周骁眼珠一转，计上心来，将铜壶放在一边，闪身跑回了后台雅间，锁好门窗，向地上的两具死尸拜了两拜，掀开戏班的衣箱，拽出一套戏服，穿戴妥当，对着镜子捻起笔，蘸着油彩给自己勾了一张大花脸，小跑着冲到了后台。

后台边上的"催场"吓了一跳，刚要来拦，周骁飞起一脚，将他踹倒，三步并作两步，一连五个前空翻，腾身跃上了台。

周骁自小学戏，武生武净都是下了苦功的，这一串跟头翻得又高又快，动作行云流水，落地纹丝不动。

此时，正值"林冲"唱道："一场风雪猛烈，将营房压倒，俺林冲若早回一步。险哪！风雪破屋瓦断苍天弄险，你何苦林冲头上逞威严，埋乾坤难埋英雄怨！忍孤愤山神庙暂避风寒！"

"林冲"唱罢一段，摆了个亮相的架子，一扭头正看到周骁翻着跟头跳上了台，周骁这一身扮相，头戴夫子盔，身着绿色大靠，黑髯长及腰下，手提春秋大刀，脸谱朱红涂底，丹凤眼、卧蚕眉，额上三道冲天纹，中间一道处成弯曲状从旁向下，在眉之间勾成一个蝙蝠图形。

周骁扮的赫然正是"武圣关二爷"。

此时，万籁俱寂，不仅"林冲"蒙了，观众蒙了，连鼓乐班子都蒙了，梆子停了，胡琴住了，几十双眼睛齐齐地看向了周骁。

周骁咽了一口唾沫定下神，硬着头皮唱了一嗓子《走麦城》的戏词：

"耳听得麦城外吴兵魏将，大小儿郎闹嚷嚷。旌旗招展人马广，站在城楼观四方。"

"林冲"抽了抽鼻子，望了望台后的三个同伙，头上的汗瓣里啪啦地往下掉，差点冲花了脸上的油彩。

"这位关公，是个什么路数？我……我接下来的戏怎么唱啊？""林冲"皱紧了眉，一提花枪，硬着头皮念白道："坐庙中饮冷酒心如霜降，思想起当年事好不悲凉。猛听得山门外有人喧嚷，转眼间草料场冲天火光，停酒盏隐墙边放眼观望，原是……是……是关二爷站在……某的身旁，敢问关二爷何处来……何处往？"

周骁一抬眼，正看到"林冲"一双圆眼瞧着他左右乱瞄，右手持花枪，左手若有若无地向腰间摸去。周骁舔了舔嘴唇，一挑髯口，扭过身来，一指躲在左侧幕布后头的"陆谦"，看着台下的骆凝开嗓：

"东南俱都是吴兵魏将。"

唱罢，又一指右侧幕布后头的"富安"和"管营"，再唱道：

"西城也有贼的营房。"

骆凝听着台上"关公"的嗓音，越听越耳熟，姜伯符一眯眼，已然察觉形势不对。

"荆襄九郡遭沦陷，宁可玉碎不瓦全！"周骁唱完了这句，拽下头上的夫子盔向幕布后的"陆谦"掷去，高声喊道：

"台上俱是歹人！骆姑娘千万当心！"

"好小贼，害爷的买卖！""林冲"一声大喊，信手在腰间一抹，一只链子镖宛若毒蛇出洞，电射而来，直透周骁小腹，鲜血横飞，周骁应声而倒！

"三山会的好汉们！杀啊！"

"林冲"一声大吼，幕后的"陆谦""富安""管营"，连同操琴、操鼓的众乐师齐齐地扔了手里的乐器，从暗处抽出早已藏好的尖刀，齐声发喊，跳下台来，直奔雅座上的那个锦衣老头儿。

"带张公公走！"姜伯符单脚挑起茶桌，舞在身前，磕飞了两把单刀，一个"上步冲天掌"击在一个大汉的颈下，回身又一个"摘盔卸甲"，摔倒了一个胖子。

"哪里走？"半空中一声娇叱，适才唱"红娘"的那个花旦手持两把钢钩，踏着东倒西歪的椅子背，扑到了姜伯符面前。姜伯符空着手，不敢以肉掌接金铁，抬腿一脚，蹬断一截桌腿，扯下外衣袖子裹住手腕，以桌腿代短剑，使了个"抽"字诀，斜撩"红娘"手肘。

钩者，兵器也，似剑而曲，所以钩杀人也。古战场上用钩者颇多，分单钩、双钩、鹿角钩、虎头钩、护手钩等。

"红娘"所持的是虎头双钩，也称护手钩，乃明代武术大家武殿章所传，此钩身似剑，前有钩，称钩头；后如戟，尾如剑，称钩尖；双护手似镰，称钩月。主：劈、推、撩、扫、捌、点、截、挑、拨、带、架、挂、扎、切、摆、裁。

"红娘"笑了一句："来得好！"

她手腕一抖，走钩似飞轮，转体如旋风，钩月一别一带，将姜伯符的"抽"字诀搅到一边，姜伯符一击不中，变招极快，左手揪住衣领，扯下外套长衫向红娘兜头盖去，"红娘"右手提钩，使缠头裹脑，用钩头斜刺里一划，撕开了姜伯符的长衫，飞起一脚斜踢姜伯符咽喉，姜伯符使了个"扶猴缠"的手法，掰开了"红娘"的脚掌，红娘双手一错，右手劈钩，用钩月削打姜伯符面门，姜伯符举起桌腿上挡。

"仓啷——"木质桌腿应声而断，"红娘"仗着兵器精锐，放长击远，姜伯符不敢近身，处处受制。

骆凝拉着那位张公公，向茶楼外冲去，四五个手持刀斧的歹人兵分两头，截住了骆凝的去路，骆凝既要左右支应，防护张公公不被砍伤，同时又顾念着倒在台上生死不知的周骁，心神恍惚之下，右腿露出了半寸破绽，被对手一刀砍中，血染衣袍。

"妹子！"姜伯符听得骆凝痛呼，又惊又气，拼着受伤硬打硬进，想要用摔法锁拿"红娘"，"红娘"微微一笑，转攻为守，与姜伯符拖延缠斗，同时喝道：

"我拦住他，你们去擒下那个姑娘，杀了狗太监。"

"得令！"众匪一声喊，四面合围骆凝，骆凝右腿有伤，移动不便，没过两个回合便陷入了被动。

"我抓住这老狗了！"一个满面虬髯的贼寇架起圆盾，趁着骆凝和同伴拆招之时飞身一撞，将骆凝整个人撞开，两臂一展，抱住了张公公，向前一扑，将张公公按在了地上，抽出小腿上绑着的匕首，反手握住，直扎张公公咽喉。

"我命……休矣——"张公公满脸皱纹全都聚到了一处，眼窝里的浊泪夺眶而出。

"唰——"刀刃已到张公公喉前半寸，半空中一只遒劲有力的大手准确无误地拖住了那虬髯贼寇的手腕。

"谁？"

"骆沧海！"大手向上一翻，使了个"挎篮"的手法，拆掉了持刀人的手臂关节，飞起一脚，将他踹出老远。

正是四海镖局的骆沧海到了。

"爹！"骆凝扶着墙站起身，一指"红娘"。骆沧海瞬间会意，大步流星直奔"红娘"冲去，凡有人来挡，搭手便倒地。

"合字上的朋友，火窑外、云棚上，鹰爪孙淌上来了。"（江湖春点，意为：江湖上的同道，店门周边，房屋顶上，已被官府团团围住。）骆沧海贴身一靠，与"红娘"擦身而过。

"红娘"双钩一摆，荡开姜伯符，幽幽问道：

"老相家可是翅子顶罗？"（会说春点的内行人，你是官府的差役吗？）

骆沧海摇了摇头。

"达官爷？"（镖师？）红娘又问。

骆沧海微微颔首。

"灯笼照高些，开山立柜，漫了水，条子扫、片子咬，一起碎了便是！"（你把眼睛擦亮些，我们在此结伙落草，事情败露被人围攻，我们拿枪扎，用刀砍，大不了一起死，同归于尽！）

"瓢把子……"此时骆沧海背对惊魂甫定的张公公，用身子挡住了，左手搁在胸前，食指、中指、无名指、小拇指虚攥拳，包住大拇指，拳心向下，右手平摊盖在左掌上方，这个手势唤作：

"倒阳切密，浑天下盖。"（东南西北加上头顶都有伏兵布置。）

"红娘"柳眉一立，正要开腔，骆沧海右手一翻，从左拳上方绕到了下方，将左拳一托，五指指尖内扣，掐莲花指，同时左手伸出大拇指，指了指西南方向。意为："莲花子松人，此路扯鞭。"（厨房有空子可钻，你带人往西南逃脱突围。）

正当时，茶楼门外响起雨点般密的脚步，"红娘"知道定是官兵到了。

张公公大难得脱，坐在地上，尖着嗓子喊道：

"兀那镖头，给我擒下贼首，咱家大大有赏，大赏！"

骆沧海沉声呼了一句："得令！"两臂一展，来抓"红娘"，两人拳来脚往，打得甚是热乎，骆沧海用招老辣，绝非姜伯符这种愣头青，举手投足间总是留着四分力气周流运转，将一套八极功夫使得圆滑刁钻，进如排山倒海，退似羚羊挂角，在看似拙朴的硬开硬打之间，将对敌的距离感把控得精准异常。对拆十几招，骆沧海始终和"红娘"保持着一步半的距离，这个距离正是骆沧海"撑打顶撞靠"的绝佳发力位置，而恰恰也是"红娘"的虎头双钩"不长不短"的弱势距离，一步半内，双钩既无法抢开成圆，放长击远，又无法近身锁拿，削刺顶挑。"红娘"

138

几次想拉开距离，都被骆沧海以"跟提步"如附骨之疽一般缠住，"红娘"越打越吃力，额头上冒了一层汗，冷不防余光一瞟，发现自己不知何时已经被逼到了西南方向的窗子前。

"呼——"骆沧海一式"窝里炮"转手换"狮子小张口"，扒住红娘持钩的双手，上下一翻，横膀一贴，挨上了"红娘"的肩膀。

"此时不走，更待何时？"骆沧海压低了声音，小声喝道。

"红娘"一咬牙，向手下高喊：

"扯呼！"（撤退！）

众贼得令，撮唇响哨，警示同伴。

"哪里走！"骆沧海震脚发力，地板应声碎裂。

"哼——"骆沧海虽然一肩膀靠上了"红娘"，却没有硬撞，而是在贴上"红娘"的瞬间，使了一股推力，将"红娘"推了出去。

"红娘"趁势落在窗边，飞起一脚踹碎了窗棂，收拢贼众，向下跃去，窗下左手边便是厨房。

"贼人休走！"愣头青姜伯符打红了眼，抄起一柄夺来的单刀就来追赶。

断后的"红娘"一撩长衣下摆，指缝扣上了一把金钱镖，冷喝了一声：

"看镖！"

姜伯符不知骆沧海和"红娘"这里头的擒纵缘故，被她突如其来的这把暗器吓得一愣，多亏了骆沧海眼疾手快，抄起一张方桌罩在了姜伯符头顶。

"伯符快退。"姜伯符闻声下意识地缩身一躲，闪在了方桌后头。

"哆哆哆哆哆哆——"十几只金钱镖楔进了桌面上，将桌面打得好似刺猬一般。

"没事吧？"

"师父我没事，哎呀！那贼跑了。"姜伯符一拍大腿，就要去追，姜伯符赶紧拽住了徒弟低声喝道：

"穷寇莫追，当心他们半路下坎子。"

姜伯符虽然心有不忿，但师父已经发了话，他不好违背。

"哎呀！妹子。"姜伯符一捶脑门儿，想起了骆凝身上的伤，扭头就要去找骆凝。

就在这时，只听"砰"的一声响，茶楼的大门被人踹开，二百多端枪挎刀的兵丁涌了进来，为首一员将官，白面无须，十八九年纪，生得面如冠玉，潇洒俊朗，进了门直奔张公公，骆凝下意识地想挡在张公公的身前，却被张公公一把拦住，伸手指了指旁边的椅子，骆凝会意，一手拉起地上的张公公，一手拉过椅子，扶着他坐在了上面。

此时，戏台上的周骁也缓过了神，翻身爬起，撑着上身爬到了台柱子边上，倚着上身喘粗气。一众官兵在场内操刀乱砍，不留一个活口。眼看兵丁的刀就要砍向周骁，骆凝赶紧大喊：

"手下留情，他……是……他是我们的人！"

持刀的士兵略一迟疑，看向了将官，将官看向了骆凝，骆凝看向了张公公。

张公公点了点头，指着骆凝说道：

“听小丫头的，散了！”持刀的士兵见张公公示话，收起了杀意，退到了戏台下面。

骆凝一皱眉就要上前，周骁一手捂着刀口，一手连忙摆手，眼睛不住地瞟着众官兵，示意骆凝不要乱动。

张公公喘了两口粗气，定了定神，那年轻将官双膝一弯，重重地跪在了张公公身前，一边磕头一边喊道：

“干爹，儿来得迟了，您受惊了！”

张公公大难得脱，虽然裤脚还有尿水滴滴答答地往下淌，洒了整整一鞋面，但是脸上却已恢复了镇定，他扶着椅子，缓缓地坐下，一抖长衫下摆，遮住了双腿，缓缓抬起右脚，踩在了那将官的后脑勺上。

“狗崽子，你还知道有我这个爹？”

那将官体如筛糠，嘴里磕磕巴巴地应道：

“爹，三山会的贼在城外截杀了戏班，贼人扮作戏子，绑了班主和掌箱，拿这俩人当幌子，大摇大摆地进了城，孩儿中了调虎离山计，被小股贼人引出了城……”

“虎？狗屁！娄青云，你！你……你你你，你就是条狗！狗！吃屎的狗！”张公公想起刚才的险情，攥紧了拳头，瞪着眼睛尖声大吼。

“是……爹，我是……我是狗，您息怒。”那名唤娄青云的将官涨红了脸，深深地将脑袋抵在地上，十指抠地，指缝都泛出了青紫色。

张公公叹了口气，从袖子里抽出了一只锦帕，擦了擦手，扔在了地上。娄青云深吸了一口气，咬着牙挤出一丝笑，伸手拾起了那只锦帕，举起手来，一手托着张公公的鞋底，一手去擦他鞋上的尿渍。

骆凝皱了皱眉想要说话，骆沧海一瞪眼，冲着骆凝摇了摇头，两手下垂，低着头拉着女儿和徒弟站到了一边。

张公公喘匀了气，一脚踢开了娄青云，满面疲惫。

"罢了！罢了！咱家的干儿里，就你最有前途，武练得好，书读得也好……今日你纵无功劳，也有苦劳，你请的这几个镖局人……很好。明年刑部放缺，咱家保你捞个五品官。"

"多谢……爹，多谢爹提携。"娄青云双膝跪地，双目炯炯。

"你今年也不小了，当了官，要学着蓄须了。"张公公笑着拍了拍娄青云的头顶。

娄青云极为恭顺地将后脑勺凑了过去，小心翼翼地赔着笑。

"不敢不敢，爹不蓄须，儿安敢？"

"哈哈哈哈，你这张小嘴啊……甜！"张公公愣了一下，忽地放声大笑。

笑过半晌，张公公伸手在身上摸索了一阵，在腰下一搜，扯下了腰悬的一块羊脂白玉。

"小丫头，来来来。"

骆凝愣了一下，旁边的姜伯符赶紧上前一步，搀住了师妹，扶着她走到了张公公的面前。

"甭跪了，你腿上这刀是替咱家挨的，不能平白受苦受疼，这玉赏了你吧！"

"谢……"骆凝的话还没说完，张公公已将玉塞进了骆凝的手心，一转身走出了茶楼的大门，在众官兵的簇拥下渐行渐远。

"周骁！"张公公前脚刚刚离开，骆凝便挣脱了姜伯符的搀扶，三步并作两步，一瘸一拐地爬到了戏台上，捧着周骁昏沉沉的脑袋，关切地问道：

"你怎么样？"

周骁吐了一口长气，指着小腹上插着的飞刀，涩声说道：

"扎得不深，死不了……"

"我带你回去治伤。"

"不……不了！我……我没事。"周骁咬着牙，用后背顶着墙，想要站起身。

骆凝拉着他的肩膀问："你要往哪里去？"

"我……我……"周骁环视眼前被这场打斗砸得一片狼藉的茶楼，以及在砍杀中被官兵误杀的茶楼老板，不由得两眼一酸。

"天大地大，我……我自有去处。"周骁不愿在喜欢的女子前弱了气势，一挑眉毛，故作洒脱。

一旁的姜伯符看不过眼，上前扶住骆凝，将她拉到一边。

"妹子，这位周兄弟铁骨铮铮牙口硬，最吃不得软饭，人家心怀似海，前程海阔天空，此乃英雄行径，咱们万万不能做恶人，平白束缚了这位好汉子的手脚。"姜伯符一番话夹枪带棒，故意将"吃软饭""好汉子"这六个字咬得极重。

周骁听得此言，脑中霎时间回忆起当初被姜伯符羞辱殴打的场景，心里又恼又急，可当着骆凝的面又不好发作，只能强忍着怒火，昂首喝道：

"这位姜大哥说得对，周某大好男儿，何……何处去不得？"

"好！好！好！周兄弟此言甚是豪壮，大丈夫一言既出驷马难追，你可莫要反悔。"姜伯符一挑大拇指，心神激荡，重重地拍了拍周骁的肩膀。

周骁身上本就带伤，被他一拍，血气上涌，"哇"的一声咳出一口血来。

"呼——呼——"周骁两眼发昏，胸口发闷，眼前一片漆黑，软塌塌地扑在了姜伯符的身上。

"哎嘿——你干什么？讹人吗？"姜伯符用肩头顶住了周骁，左手揽住了他的后背，右手托住了他的腰间。

突然，姜伯符的手背碰着了一个硬邦邦的东西。

那正是插在周骁小腹的飞刀刀把！

"我只要攥住这刀把，微微一扭，便能搅断他的肠子，叫他当场毙命，他此时趴在我身上，挡住了我的右手，无人能看到我的动作，管保神不知……鬼不觉……"

心念至此，姜伯符右手微微上提了一下，想去抓那刀把儿。

"咚——"平地里一声闷响，吓了姜伯符一个激灵，他扭头一看，正是戏台上的大鼓跌落在地，他脑子一蒙，手上不禁打了一个哆嗦。

骆沧海虽然是个武夫，没学过什么诗书，但平日里对徒弟却多有教诲："人间私语，天闻若雷；暗室亏心，神目如电。八极拳至大至刚，一拳一脚，一往无前。拳贵志诚，倘若心怀欺诈，神气不足，举手投足必带三分怯懦，不但功夫不得寸进，还徒增方家笑柄，慎之！慎之！"

"轰隆——"姜伯符脑中响了一个炸雷，他思量再三，缓缓缩回了手。

"咳——呕——"周骁在昏迷中又咳了一口血。

"伯符，快，送医馆，背着他。"骆沧海伸手摸了摸周骁的脉，眉头皱成了一团。

"什么？我？背他？"姜伯符瞪圆了眼睛。

骆沧海老大不耐烦，一个大嘴巴抽在了他的脖子上，大声骂道：

"你个兔崽子，废话怎么这么多！你不背，难道要老子背吗？"

"嘶——"姜伯符被这一巴掌抽得直抽冷气，心不甘情不愿地将周骁背在了肩上，一步三晃地出了茶馆，向城东的医馆行去。

一个时辰后，周骁已被包扎停当，躺在医馆的里间昏睡。

骆凝守在床边寸步不离，骆沧海坐在街边的台阶上抽着旱烟。医馆旁有一棵老树，根深枝密，姜伯符拉长了脸，站在树下，两腿站马步桩，先前手单臂横摆撞击树干右侧，随后立臂抡立圆至额头上方，撞击对方树干左侧，再回轮臂反磕树干右侧，后手立置于肩侧，左右交替进行。

这是八极拳的外功，名曰：三靠臂。外练筋、骨、皮，暗合劈、挂、斩，讲究的是气走五脏，明吞暗吐。

可是此时的姜伯符心浮气躁，两眼泛红，两臂如轮转，将腰粗的树干打得砰砰作响，树皮扑簌簌乱飞。

骆沧海瞧不过眼，在鞋底上磕了磕烟灰，上前一脚，将姜伯符踹到了一边。

"混账东西，三靠臂是这么练的吗！"

"师父……我……我心里闷得慌。"姜伯符坐在地上，两腿一盘，耷拉着脑袋一言不发。

"瞧你那个臊眉耷眼的德行。"骆沧海攥着烟袋锅子使劲地戳了戳姜伯符的脑袋。

"师父！你别管我……这事，说了你也不懂！"姜伯符一拧屁股，将身子背了过去。

"我不懂？我不懂？不就是男男女女、扭扭捏捏那点小心思吗？"

"师父！你别说了……烦不烦！"姜伯符两手抱住了脑袋，用手肘死死地夹住了耳朵。

骆沧海四下里望了望，轻轻地用脚踢了踢姜伯符的小腿，轻声说道：

"那孩子模样虽俊，但我却没看上他。"

"真的？"姜伯符一个激灵抬起头来。

"当然是真的，咱是走江湖的镖师，吃饭不靠脸，还得靠这个！"骆沧海攥紧了拳头，在姜伯符眼前晃了晃。

"师父……"姜伯符激动得无以言表。

"你这孩子脑子虽笨，脾气又差，但好在秉性上终究是不亏的。"骆沧海伸出烟袋，轻轻地点了点姜伯符的小腹。

骆沧海点的那个位置，正是周骁身中飞刀的位置。

"你……你看到了？"姜伯符汗如雨下，后背一片湿寒。

"嗯！君子爱美人，取之当有道，你没有乘人之危……很

146

好！很好！"

言罢，骆沧海踱着方步，缓缓离开，只留一脸茫然的姜伯符呆呆地坐在地上。

庆幸、后怕、茫然、迷惑……

姜伯符的心情很复杂，说不清滋味。

骆沧海绕着医馆漫步，走走停停。

突然，他耳朵微微一抖，两脚立定，缓缓转过身去。

土墙的阴影处，慢慢浮现一道人影。

"海儿哥，你的耳力还是那么好！咳，咳咳咳……"

来人一身道袍，矮胖壮实，浑身酒气，颌下乱须如雪，一头枯黄的头发在脑袋顶上挽着道髻，用草棍一插。左手提一拂尘，右手拎一铁铸葫芦，脚踏一双麻鞋。

骆沧海眉头微皱，转过身来，幽幽说道：

"兵器为手足之延伸，师父当年最得意的两样器械，双钩和鞭杆，双钩传了你，鞭杆教给了我。师弟，茶馆那个女娃是你的徒弟吧？一搭手我就知道。"

"呸！咱们二十年前就已经割袍断义，王八蛋才是你师弟！"

"好！好！郑三山，这么称呼，你满意了吗？"

"哼！"

"你哼什么哼？你还有脸哼！师父教了你一身本事，好好的镖行你不干，你去做土匪……去当贼！八极门的脸，都被你丢光了。你有什么脸，去见死去的师父？"骆沧海一声爆喝，指着郑三山的鼻子破口大骂。

郑三山也不是软茬儿，踏前一步，顶着骆沧海喊道：

"我丢人？呸！老子劫富济贫，行得端坐得正，这些年抢贪官杀污吏，赈济饥民，我活了多少百姓。你呢？给太监阉狗保镖。"

"我不知道你们要劫他……要不是我留手，你们今天早折这儿了！"

"那个张公公，敲骨吸髓，喝了多少老百姓的血，你就算不知道，也总该听说过吧……你给他当走狗，保他的命，八极门的脸上就有光吗？你就有脸去见那个倔老头了吗？"

"可……查贪腐、判人命，那是朝廷的事，上有大清律法，下有各级官吏，岂是你我能僭越的？"

"狗屁！这大清朝的官，有哪个是不吃人的？"

"任凭你说得天花乱坠，贼就是贼！贼……贼就是贼！你若能悬崖勒马，重回正行，这镖局的大门永远向你敞开，这个镖头立马交给你做，其实本来……这个镖局就是你的，毕竟……师父是你的亲爹啊！"说起恩师，骆沧海不禁虎目含泪。

郑三山瞧见骆沧海心神激荡，不由得随之一怔。

"骆沧海，那个倔老头……他……他偏心，从小就偏心，偏心你这个大徒弟，我……我做什么都不对，哪怕我再努力，他也没赞过我一句。你……你从小什么都好，做什么他都开心，你做什么都对，我做什么都错。我……我……要我说，你……你才是他亲生的！我才是抱养的！"

"兔崽子……你混账！"骆沧海浓眉倒竖，发力一震，足下青砖碎裂。

郑三山被骂得又惊又怒，攥着拳头喝道：

"本来就是，当年说好了，比武夺魁，谁赢了谁当镖头，结果那偻老头暗地里传你绝活绝招，好叫你胜我！好让你当这个镖头！"

"屁话！你怎么满嘴屁话！你年轻时和现在一个混账样，浪荡顽劣，四处惹祸招灾，自傲自大，不服管教，镖局若是交在你手里，早晚砸了先人招牌！我跟你说了多少次，你的拳，刚有余柔不足，知进不知退，我胜你那一式摔法平平无奇，乃是街边杂耍人都会的架势。比武前一晚，师父叫我到书房，并未传我什么绝招武艺，而是劝我一定手下留情，莫要伤了你……"

"屁话！屁话！放屁放屁全是放屁！骆沧海你真能放屁。我需要你手下留情？你少胡吹大气！"

郑三山气得一蹦老高，满地乱走，双目赤红，两手发抖：

"我用你留情？哼！定是偻老头教你绝招，是他！就是他！不然我岂会输给你？输了就是输了，我郑三山不是混赖的王八蛋，我认！我认！甭管你是咋赢的，我输了就是输了！可你也不能这样侮辱人！"

"侮辱人？那你也配！你瞧你那个德行。我骆沧海今天就把话撂在这儿，从小到大，你可有一项是胜过我的？"

"气煞我也！气煞我也！姓骆的，你敢不敢现在和我打一场。"

"打就打！只不过要是我赢了，你要跟我回镖局。"

"打过再说！"郑三山一挽袖子，丢了拂尘，直冲骆沧海。

这师兄弟二人交手，全无花哨，上来就是一式"双撞"，对砸胸口，两人一触即分，正要再打，远处突然传来一阵脚步声。

骆沧海一摆手，止住了郑三山：

"是巡逻的兵，你们白天闹得太凶，城中巡逻的人马多了一倍不止。你快走吧！"

郑三山攥了攥拳头，还想再打，骆沧海连声催促：

"快走吧！"

"我……我改日再收拾你。"郑三山啐了一口唾沫，捡起地上的拂尘，飞也似的消失在了黑夜之中。

叁

月上中天，骤起寒风。

医馆西厢房的窗子没有关好，冷风贯入，直吹躺在床上的周骁。

他猛地打了一个激灵，缓缓张开了眼，床脚边有一方桌，骆凝趴在桌上，睡得正香。

周骁蹑手蹑脚地爬起身，唯恐惊动了骆凝。

清冷的月光伴着微微跳动的烛火，将骆凝的身影投在了墙上，周骁一眼看去，便再也移不开眼睛。

他喜欢骆凝，他骗不了自己。

只是，他不知道从何时起。

是从那年骆凝将他自河中捞起时吗？似乎不是，那时周骁年少，不但未说个"谢"字，还使了混赖，与骆凝厮打，气红了她的眼眶。

是从码头分别，周骁将母亲遗留的玉哨相送骆凝吗？似乎也不是，那时周骁只顾着与她恩怨两清，并无丝毫情意。

是前日里在茶楼内，周骁拼着性命不要，为骆凝示警报信吗？似乎也不是，大丈夫受人滴水之恩，自当涌泉相报。周骁虽算不得英雄，但绝非忘恩鼠辈。

那这个叫骆凝的姑娘究竟是从何时起，在周骁的心中烙下了印痕呢？周骁想不通，也想不懂。

虽然和骆凝见了不过数面，但他却觉得彼此已经相识了很久。

"唉——"周骁一声轻叹，低头看了看自己小腹上已经包扎妥帖的伤口，心中暗暗自语道：

"那戏文里唱得对：饥饿难忍心志迷，抬头不辨路东西。可叹茫茫无人迹，填于沟壑有谁知！说什么贫和富命里相招？它将那人间事任意颠倒，我好似风中柳絮浪里萍漂。淮阴侯韩信满腹韬略，尚要受胯下之辱，困饿苦寒，我一个……身无长技的落魄穷人，哪里配得上她。胡乱攀附，终究误人误己。"

心念至此，周骁披衣起身，连包裹也顾不上收拾，贴着墙根，轻手轻脚地出了门，扭头顺门缝一瞧，骆凝尚在屋中酣睡。

"骆姑娘，我这一去，山高路远，虽再难相见，但我仍会日日夜夜为你祷祝，愿你一生平安喜乐。"周骁双手合十，抵在脑门上，冲着月亮拜了两拜，一路小跑出了医馆，顺着大街向南走，不多时便到城门下。

城门还要两个时辰才开，周骁怕被守城的兵丁盘问，一个转身缩进了一条小巷，蹲在一棵大柳树下，等着天亮。

正发愣时，一个清脆的声音在周骁耳边响起：

"姓周的，你就打算这样躲一辈子吗？"

周骁闻声回头，只见骆凝孤身一人，拄着一根木杖，立于瑟瑟寒风之中。

"骆……"

"你心里可有别人？"

"没……没有。"

"你对我……可有……"

"没……没有！除了救命大恩不敢忘，再无其他。"周骁深埋着头。

"好……很好！好一个再无其他，也怪我，一厢情愿！"骆凝一声苦笑，心如刀绞。

周骁将半个身子缩在树后，不敢去看骆凝的眼睛。

"你说话啊！"骆凝的声音已然哽咽。

"我……我无话可说。"

"求你，你说一句真话，哪怕是一句……"

"我说的……都是真的。"

"不！不是！不是！既然是说真话，必然是心胸坦荡，既是心胸坦荡，你为何不敢看我？"

"我……"千言万语堵在胸口，周骁的左脚向前迈了半步，险些控制不住地冲出去。

他想光明正大地站在骆凝面前，告诉她，自己喜欢她。

但是，他不能，那股源自灵魂深处，深深渗入骨髓里的自卑犹如千斤重负压在他的脊背上，让他无论如何也迈不出脚下的那一步。

"罢了。"骆凝又一声苦笑，从颈上摘掉了那只玉哨，死死地攥在了掌中。

"周骁，现在……你只要说一句，你讨厌我，我便将它还你，你我永生不再见。"

"不……"周骁脱口而出。

"你看？我就说……你不是这样的，你是喜欢我的，对不对？"骆凝破涕为笑。

"不……不是。"周骁把头摇成了拨浪鼓。

"什么不是？"骆凝抹了抹眼泪，就要上前。

黑暗中，周骁退了一步，后背正顶在一扇破烂的木门上，他不经意地回头看了一眼，只见那木门的门缝中赫然浮现出一只勾着油彩的眼睛。

这眼睛周骁是认识的，正是茶馆里那个使双钩、扮"红娘"的女匪首。

"骆……"周骁刚要叫喊，示意骆凝快逃，半空中一只柔弱无骨的手捏住了他的喉咙，一柄锋利的匕首抵在了他的后心。

"躲在这儿，都能被你找到。"

"我……没找……"

"别叫嚷，一个也是杀，一双也是杀。""红娘"的语气寒冰一般冷。

"周骁，你……"骆凝满眼期待，一瘸一拐地向着周骁走来。

周骁深吸了一口气，大声喊道：

"你……怎么还不走？要我怎么说，你才能明白，我不喜欢你！"

"你说什么？你刚才明明……"骆凝一愣，定住了脚步。

"明明什么？我念你是个女流，照顾你的脸面，你却……你却一再不识好歹，非要我把话挑明了吗？"

"你……"

"你什么你！也不瞧瞧自己的模样，实话告诉你，爷们儿戏班出身，什么胭脂佳人没见过，爷喜欢的是那柔柔弱弱、体贴娇羞的姑娘。你……你再瞧瞧你……你……你你你粗手大脚、舞刀弄棒，哪里有半点儿好女子的样儿。我……我烦你还来不及呢！"

骆凝听到此处已是泪流不止，心如刀绞：

"不是！不是这样的……那……你还送我这哨子……还说这是你娘……"

"送哨子怎么了，小爷送的东西多了，样样都是我娘留给我的唯一念想，骗女人的话，怎么总有人信！你快走吧！小爷和你恩怨两清，你救我一场，我救你一场，两不相欠。"

"周骁……我恨你！"骆凝双眼紧闭，将玉哨一抛，抛在了周骁的脚边，一转身，拄着手杖跌跌撞撞离去。

一瞬间，周骁仿佛抽走了全身的骨头，弯腰拾起那玉哨，靠着柳树瘫软在地。

两眼呆滞，瞳孔无神，他应该是想哭的，但是却再也流不出半滴泪水。他只知道他伤了自己最喜欢和最喜欢自己的那个人的心。

"红娘"皱着眉头，缓缓地收起了匕首，轻轻地拍了拍周骁的肩膀，徐徐说道：

"小兄弟，要不是今日你害了我好事，单凭你这有情有义的脾气，本姑娘少不得要与你结交一番。我也是女子，深知个中的滋味，也罢，我暂且放你去追她，将真相与她言明之后，我再杀你不迟。"

"真相？什么真相？"周骁有气无力地扬起了脖子。

"真相……就是你被我胁迫，适才一番话言不由衷。"

"不由衷？就算是说了由衷的话，我又能给她什么呢？我一个连饭都吃不饱的穷苦人，无片瓦遮头，无一技傍身……她跟了我，能得到什么呢？"

"红娘"柳眉倒竖，抬手给了周骁一个大嘴巴。

"混账东西，你以为我们女子求的就是这些吗？"

周骁左半边脸颊高高肿起，他抹了一把嘴角渗出的血沫子，看着骆凝离去的背影笑着答道：

"她可以不求，我却不能不给……"

"红娘"伸手一捞，揪着周骁的领口将他提了起来，扬手正要再打，半空中一只大手伸来，拦住了"红娘"。

"阿敏！"来人正是郑三山。

"师父，这混账该打该杀。"

"哀莫大于心死，他虽坏了咱们的事，但好歹也算是个重情

155

重义的汉子，盗亦有道，咱们不能滥杀。再等等，天亮开了城门，咱们藏在百姓里，混出城去。"

"这小子怎么办？"

"为免走漏风声，先扣在手里，明日离了城，脱身后再放。"

"便宜你了。"阿敏两手一推，将周骁推倒在地。

月明星稀，郑三山坐在柳树下，拔开了腰间葫芦的塞子，一股浓烈的酒气散逸而出。郑三山猛灌了一口，叫了一声痛快，从道袍的袖子里摸索了一阵，掏出一把油腻腻的炸花生，嚼一口花生，喝一口老酒，咿咿呀呀地哼上了小曲儿。

"小姐小姐多风采，君瑞君瑞你大雅才。风流不用千金买，月移花影玉人来。今宵勾却了相思债，无限的春风抱满怀。一个是半推半就惊又爱，好一似襄王神女赴阳台。不管我红娘在门儿外，这冷露湿透了我的凤头鞋……"

一旁被反捆双手的周骁正为一个"情"黯然神伤，泣泪涟涟。这边的郑三山却哼哼唧唧地唱着《佳期》（京剧《西厢》唱段），将气氛搅得尴尬至极。

"最可怜背人处红泪偷弹。佳期数不清黄昏清旦，还有个痴情种忘废寝餐……"郑三山捏了一个兰花指，歪着脖子乱扭。

"呸！你能不能把嘴闭上，恁地吵闹！"周骁实在忍不了，出声喝骂。

郑三山吧唧吧唧嘴，皱着眉头笑道：

"小王八羔子，忒不讲理，我唱我的，你哭你的，互不干涉，你骂老子作甚？"

156

"我……你……"

"你什么你？我什么我？刚才唱到哪儿了，对对对，咳，非是我愿意传书递简，有情人成眷属不羡神仙。张相公，开门呐……"

"别唱了！别唱了！难听死了！"

"嘿呀！我看你是活腻了。"郑三山站起身，走到周骁身前，右手五指攒拳，在他鼻子前头晃了两晃。

"小子，砂锅大的拳头你见过没有，这一拳下去，脑浆子都给你砸出来，你信不信？"

周骁一瞪眼，使劲地把脑袋往前伸，急声喊道：

"好好好！有本事的一拳打死我，你要是打不出我的脑浆子来，你就是婊子养的，来来来，招呼！奔这儿招呼，老子早就活腻味了，来来来，成全我，我谢谢你！"

郑三山被周骁吓了一跳，抽了抽鼻子，出言笑道：

"人家姑娘走了，你倒是来本事了！刚才干吗去了，你这刚猛暴烈的性格，怎么不在人家女娃面前抖一抖啊？"

"我……"周骁一时语塞，腮帮子鼓动不止。

"你……老头儿，你把你那酒给我喝一口行不？"

"我这酒可烈！"

"要的就是烈酒！"

"好好好，你张嘴，我喂你一口。"郑三山笑着把葫芦递了过去，周骁对着壶嘴，咕嘟咕嘟地连喝了三大口，此时他气上心头，愁肠百结，恨不得一头醉死。

"咳咳……咳……辣……辣……"周骁被烈酒呛得满面通

红，咳嗽不止。

"哈哈哈哈！"郑三山笑得直拍大腿。

"你笑什么？"

"你管我笑什么！还敢不敢喝？"

"敢！老子死不都怕，有什么不敢？"

"好！好好！"郑三山拊掌而赞，二人你一口我一口，不多时便将葫芦里的烈酒喝了个大半。

周骁酩酊大醉，眼花耳热，诸般情绪涌上心头，仰着脖子瞪着柳树大骂不休，将这些年的心酸悲苦一股脑地倒了出来，郑三山一边劝酒，一边听他唠叨。

正当时，周骁说到自己当年被骆沧海的大徒弟姜伯符按到地上羞辱一事。

"反了他个王八蛋！"郑三山一声暴喝，振衣而起，飞起一脚，踹在大柳树上，震得树枝哗哗作响。

"老头儿，你这是……"

"姓骆的老东西是个大王八，教了个徒弟是个小王八，师徒俩一个德行，这两块料恨不得在自己脸皮上写一排大字——老子天下第一。姥姥！凭什么啊？他凭什么那么自信啊？他凭什么瞧不上别人啊！他到底哪儿厉害啊。他……他是哪来的自信呢？还有你！你怕他干什么？你尿什么？你和他争啊，和他斗啊！"

"我？我……无财无势，文不成武不就，拿什么和人争？"周骁灌了口酒，满目萧索。

"不行！不行！你绝对不能这么算了。小子，换了别人我不管，只要是和骆沧海沾边的事，半点不能让，我这一辈子，活的就是这一口气！你……你必须和他的徒弟争，不仅要争，还要赢！文不成的事，我帮不了你了，但是这武不就的事，我能帮你。我教你练武怎么样？"

郑三山一拍胸脯，目光灼灼地看着周骁。

"你？"周骁眯着眼上下打量了一下郑三山。

"对啊！我！"

"你不行。"周骁摇了摇头。

"为什么？"

"人家姜伯符的师父可是骆老镖头，骆老镖头一代名家，一身八极拳，贯通内外……你一个山贼草寇……"

"放屁！放屁！兔崽子，再敢乱说老子崩了你的牙！他骆沧海哪点能强过我？不就是八极拳嘛，老子才是家传正宗。"

言罢，郑三山一抹胡子，腾身而起，吸气入腹，往返吞吐三次，两手自肋下上提，右脚震脚发力，腿开马步，两掌猝然平推，轻声喝道："看好了，这是秘传的行劈法。"

郑三山左脚向左上步成弓步，拧腰晃膀，两臂在体前顺时针缠绕一周，在左拳收于肋间的同时，向前撑击右拳。

"啪——"郑三山衣袖因快速抖动，发出一声脆响。

"八极拳发力须贯通于肩、肘、拳、胯、膝、脚六个部位。动如绷弓，发如炸雷，势动神随，疾如闪电。"

郑三山左脚向前上步，右掌成拳上架于头上方，左掌下按于裆前，右腿屈膝提起，脚尖轻擦地面向前滑动。

"嗯——"郑三山右脚震步落地，同时右拳向下劈打，左掌抱拦右小臂。

"八极拳行气，始于闾尾，发于项梗，源泉于腰，行步若淌泥，外方内圆，抖胯合腰。"

周骁瞪大了眼，被郑三山这两式拳招惊出了一身冷汗，他万万没想到眼前这个不修边幅的邋遢老道，动起手来竟然威猛如斯。

"再看虎扑！"郑三山瞳孔一缩，两脚向后蹭挂成弓步，右拳变掌向右前方横砍，左掌按于腹前，右腿屈膝提起，震步落地，左脚上步，两掌在体前向上抄捧，左掌向前扑按，右掌下拉至肋间，十趾抓地，两膝微蹲。这一扑，一瞬之间足足蹿出了三步远，风声扑面。

"小子，你只知骆沧海的八极拳厉害，但不知你可明白何为八极？"郑三山收了拳势，开腔发问。

"这个……我不知道。"

"八极者，八方极远之地也，于技击搏斗中，要心存极远，身不舍正门，脚不可空存，眼不及一目，拳不打定处。比如，我这一拳要打你胸口，但是我的拳意要在你胸口之后，只有这样，才能将劲力打穿，你现在站在我的东南方向，我要撞你，而非撞你，是整个人向东南方面闯动，正好撞倒了站在我面前的你。人每向目标发一道力，都会经过一个起—盛—衰的过程，如果目标定得近了，你的力就会在衰的环节打到人，倘若你把目标挪远，将对手看穿看透，你的力才能在盛的环节打到人，此谓之八方极远，这个道理你可明白？"

郑三山的话过于深奥，周骁如堕云雾之中，虽然好像摸到了某些边际，却又无法诉诸言语。

"真传一句话，家传万卷经，拆开淡如水，包藏贵如金。小子，我说的这些，可是千金难求的东西。我想收你做徒弟，好教你跟骆沧海的徒弟争胜，若你能赢，抱得美人归，不但对你是一段好姻缘，对我也是大大地争光啊，试想那骆沧海的宝贝女儿成了我的徒弟媳妇，他自己的徒弟一败涂地，哈哈哈哈，我这后半辈子都扬眉吐气，我定要日日在他眼前晃荡，气死他这个老东西。只不过……"

郑三山语气一顿，神情一肃："小子，我虽有心教你武艺，但古语有云——法不轻传，道不贱卖。医不叩门，师不顺路。我这人虽然破落穷困，但身上的功夫却是历代祖师一拳一脚留下来的，千金不换。你学与不学，全看自愿，我不会强求，以免轻贱了拳术。"

周骁闻言，屈膝跪倒，以头叩地：

"求师父教我。"

"真想学？"

"若得授业，必不相负！"

"就凭你在茶楼舍命为骆家示警的忠义胆气，我信你！只不过，学拳要吃苦，不知你受得受不得。"

"受得！"

"好！"郑三山拊掌大笑，解开了周骁的双手，拍着他的肩膀问道，"身上可有财物，以作束脩？"

"何为束脩？"

"就是学费！"

"弟子一贫如洗，身上只有我娘留下的一个玉哨，和半个……烧饼！"

"把烧饼拿来给我！"

周骁从怀里掏出了半块包在油纸里的烧饼，捧在手中，满脸羞红，深埋着头，不敢去看郑三山。

郑三山接过烧饼，不以为意，大声笑道：

"正好！正好！酒过三巡，腹中饥饿，饼者，五谷也，民以食为天，世上珍宝无有能与此相比者，今后，你便随我学武，只要你肯下苦功，我郑三山必不藏私。"

周骁眼眶微红，有些不可置信地说道：

"我旧时在戏班学艺，尚需考校三年心性，您因何如此信我？"

郑三山下了口酒，咧嘴笑道：

"我也不知道因何，我这一直想找个徒弟，看上你了，那就是你，倘若我看错了，只怪我有眼无珠，是好是坏，老子一力承担便是！对的终究错不了，错的终究对不了，考校来考校去，无趣，无趣！"

周骁展颜一笑，轻声说道："您错不了。"

"我觉得也是！"郑三山一声豪笑，拉起了周骁的肩膀，一瞬间又恢复了他那张老不正经的面孔，一手揽着周骁的脑袋，一手指向远方漆黑处，大声唱道：

"背地里堪笑诸葛亮，他道老夫少刚强。虽然年迈精神爽，杀人犹如宰鸡羊。催马来在阵头上，那旁来了送死的郎。宝刀一举红光放，无知匹夫丧疆场……"

尾声

三声雷响，暴雨如注。

陶玉楼放下了手里的茶杯，姜伯符望着窗外的雨幕，两眼神色黯然。

"然后呢？那周骁怎么样了？三山会的贼众怎么样了？四海镖局又怎么样了？"

"那是另一个故事了，您找我来，想必不是为了听故事吧？"姜伯符轻轻盖上了茶碗。

"当然。"陶玉楼讪讪地笑了笑。

"天津卫说大不大，说小不小，杀个人简单，找个人却不容易。你有什么计划？"姜伯符轻轻地用食指敲了敲桌面。

"我已经布好了饵，就等鱼儿咬钩！"

陶玉楼从盘子里拈起了一块糕干，在指尖搓得粉碎。

卷 四

屠户

自古英雄多磨难，
历历前贤在眼前。
子胥乞食在那长街上，
秦琼当锏卖马也为无钱。
王安石也遭双罢相，
更有我杨家累世的功勋化云烟，
大丈夫能屈又能展，
忍耐一时留下青山。

——京剧《杨志卖刀》

楔子

老宋是个杀猪屠户，虽然干的是卖肉营生，但却生了一副枯瘦的身板，脸庞黝黑，两腮无肉，五官宛若刀劈斧凿，宽大的额上生满了抬头纹，裹着油星儿的胡楂儿随着时光流逝，早已变得灰白焦枯。老宋今年已经五十有六，常年酗酒的他眼珠已经昏黄。只要不喝酒，他的一双手就会颤抖不停，但只要给他二两酒下肚，他这双骨节突出的大手霎时间便又稳如泰山。

市井上的老少只知宋屠户的刀很快，但究竟有多快，恐怕只有猪知道。

天光渐亮，市集上的行人渐渐多了起来。宋屠户的肉摊前面早早地围满了人，附近的住户都知道，宋屠户的猪肉最新鲜，因为他家的猪都是现杀。

"咕咚！"坐在马凳上的宋屠户仰头喝干了碗里的酒，低下头呆呆地看着自己的手。除了手抖，宋屠户还经常头痛欲裂、呕吐心悸、眩晕胸闷、四肢麻木。郎中说，这手抖的毛病乃酗酒伤身，害了酒毒，脾虚血少，肝风内动引起气滞血瘀，若想康复，必先戒酒，倘若不戒，必害寿数。

想到这儿，宋屠户蓦地发出了一声轻笑，若没有酒，还不如死了算屌。

况且治病抓药太贵，不如不治。

又过了盏茶的工夫，酒力渐渐上涌，宋屠户的脸上泛起了一抹红，他的手渐渐止住了抖，眼中也浮现了一丝清明。

正东边的土台上摆着灶王爷的牌位，宋屠户走到牌位前头，恭恭敬敬地上了三炷香。

"干活喽！"宋屠户直腰起身，左手提起了一只铁钩，右手在肉岸上拎起了一把肘长的尖刀，肉案边上，一只洗净捆好的大花猪正在地上哀号。

"来来来，搭把手！"宋屠户伸手一招呼，几个看热闹的后生挽袖子露胳膊将花猪拖过来，架在了马凳上，宋屠户左手的铁钩一伸，钩住了花猪的下巴，右手尖刀贴着花猪颈下一寸半的位置闪电一般扎下，刀身通体入肉后顺时针一转，花猪顷刻毙命。

杀猪有讲究，出手只能一刀，若补了第二刀，便不吉利。

而且补了刀，血管就会被扎得稀烂，猪血便不能如放水一般丝滑地流淌而出。

"唰——"宋屠户在抽刀一瞬间，用左脚在地上一扫，踢过一只铁盆，准确无误地落在了刀口下方，浓稠的猪血流到盆内，一股厚重的腥气缓缓散开。

没过多久，花猪落气，血流完毕，宋屠户用手指蘸着血在酒碗里搅了搅，捧至额头，向四方泼洒，高呼了一声："祖宗保佑，诸神进馔！"

喊完了这句唱喏，宋屠户开始给花猪烫水刮毛、开膛破肚、分钩上杠、拆骨分肉。盆里的猪血是分给搭手帮忙人的谢礼，每人一大碗，回家后将猪血煮熟，加以辣、葱、蒜、酱汁，便是一口地道的吃食。

不到一个时辰，一口花猪称卖一空，宋屠户收了摊子，去酒铺打了一斤老酒，两步一小口，三步一大口，醉醺醺地穿街过市，渐渐走进了巷子深处。

"吱呀——"宋屠户推开了一间土坯矮房的院门，走进屋内，一眼就看到了桌上的四封药，药包上都是洋文，宋屠户略一打眼，便知这药来价不菲。

突然，宋屠户瞳孔一缩，好像想起了什么，他三步并作两步，蹿到了床头，伸手一抓掀开了床板！

系在床板背面的东西不见了！

这里本该有一把刀，一把曾在江湖上闯下响当当字号的刀！

"这个小畜生——"宋屠户一声怒喝，直挺挺地坐在了地上。

壹

天津卫的饭馆子分"宫、商、馆、门、家"五派，分别代表宫廷菜、商埠菜、公馆菜、宅门菜和家常菜。宾客楼的厨子最擅长的便是一手考究的商埠菜。

所谓：靠山吃山，靠海吃海，吃鱼吃虾，天津为家。天津卫东临渤海，西扼九河，北界燕山，南凭港淀。这地界的厨子一身的手艺全在"擅烹两鲜、讲究时令"这八个大字上。

二楼雅间，窗开半扇，窦山青醉意朦胧，端起酒杯，在他左手边坐着一个四十出头的胖子，大圆脸盘，小鼻子小眼，缠在脖颈上的长辫子乌黑油亮。此人名曰马德魁，乃是津门大当铺"瑞昌荣"的大朝奉，专司掌眼估货，想做好这门营生，光靠读书学艺是不够的，必须得在江湖上游历打滚，三教九流、江湖掌故、官商兵匪、古今中外你都得门儿清！只有这样，才不会被"打了眼"（被假货蒙骗）。

"马爷，我敬您。"窦山青打了一个酒嗝，揽住了马德魁的肩膀。

马德魁端起酒杯一饮而尽，窦山青哈哈一笑，从怀里掏出了两锭银元宝塞进了马德魁的手中。

"呦！窦爷，这……"

"马爷！要是您给我找来的这人，真是个高手，我再给您这个数！"窦山青抬起右手，竖起了三根手指。

"真！真真的！您放心。有他在您身边，无人能近前。您是不知道，他那把刀……快得很呀。"

"有多快？"

"我给您把杯满上，您听我慢慢说……"

三天前，大雨淋漓，天将日暮，街上行人渐少。

马德魁在柜台后伸了一个懒腰，将一串放在手心里已然搓盘温热的檀木佛珠套在了手腕上，随即缓缓走到当铺门外，招呼学徒关门歇业。

"等等！"雨幕之中一个干瘪瘦小的少年人伸手抓住了门

板，他的眼睛亮得刺眼，太阳穴高高鼓起，袖子挽起，露出两条青筋隆起的手臂，身上一件破烂衫，脚上一双蒲麻鞋，身后背着一个破落的草席卷子。

"乡巴佬，你干什么？"学徒不耐烦地吼了他一句。

马德魁眯了眯眼，将学徒推开，走到了门前。

"你是掌柜？"少年人抬头看向了马德魁。

"算是吧，我是这里的朝奉，说了算。"

"我当东西！"

学徒冷眼瞥了一眼少年人，一声嗤笑：

"一个穿草鞋的乡巴佬，能有什么宝贝！"

少年人低下头，嗫嚅了一下嘴唇没有说话。

马德魁将双手拢在袖子里，张口问道：

"小哥姓甚名谁啊？"

少年人扭过脸去，咬着后槽牙问道："你可是要羞臊我吗？"

"非也，非也！书写当票，焉能不知物主名姓？"马德魁伸出右手食指，轻轻地敲了敲少年人背后的草席卷子。

"我姓宋，名……快！"

"宋快！有意思，里边请。"马德魁将身一侧，把宋快让到了屋内。

茶杯里添上了水，宋快取下了背上的草席，铺在桌案上缓缓展开，露出了一把五尺长刀。

"仓啷——"宋快自鞘中抽出刀身，左手拇指和虎口压住刀盘，食指和中指挟住刀柄，刀背贴靠前臂，将整柄刀抱在怀中，那刀身长三尺八寸，刀柄长一尺二寸，刀宽一寸二分，刀身修长微弯，形似禾苗，马德魁屈指在刃上一弹。

"铮——"回声清越如蜂鸣。

"苗刀？"

"是！"

"价几何？"

"家传宝，本无价，老父病重，非西洋药……无以治，洋郎中开价白银十两……万……万望掌柜抬手……"宋快深埋着头，脸涨得通红，这一段求人的话仿佛耗尽了他全身的气力。

马德魁默不作声，一手托着茶杯，另一只手的食指在杯口不断地画着圈儿，两只眼不断地打量着宋快捧刀的双手。

"你……练过刀？"

"庄稼把式，入不得眼。"宋快若有若无地扯了扯衣袖，遮住了虎口的老茧。

马德魁轻轻地放下了茶杯，在凳子上微微一扭身子，轻声说道：

"关门！"

学徒得令，两手一拉，关上了门，"咔嗒"一声上了闩。

"你这是……做什么？"

"铿——"马德魁袖子底下猛地亮起了一道匹练般的寒光，右脚向后一蹬，踹翻了凳子，同时两腿变弓步，右手自腰间画弧冲出，自下而上横切宋快咽喉，他手里的冷光源自一把反握的障刀。

唐刀有四制，仪、障、横、陌。

障刀为护身短刃，取意"盖用障身以御敌"。障刀长四寸五分，此时马德魁与宋快相距不足半步，宋快的苗刀刃长，攻守远不如马德魁回转迅捷。

马德魁也是个练家子，这一刀又准又狠，刺、扎、挑、抹、豁、格、剡、剪、带，短兵器的八法被他在一招内展示得淋漓尽致。

宋快面对这割喉而来的刀光，不退反进，捧着刀横着身子迎了上去，在马德魁的障刀距离他喉咙不到两寸的时候，猛地一个翻身，双手横持刀，借着腰翻转、臂下压的力道向斜下扫劈。

"唰——"两人一触即分，背对而立。

"当啷——"马德魁手里的障刀刀身从中而断，掉落在地，手腕上的檀木佛珠四散横飞，噼里啪啦地掉了一地。

宋快一招断了马德魁的障刀，进而挑断了佛珠的线，若是宋快不留手，这一刀本可以要了马德魁的一只手。

马德魁胸膛起伏，喘息了数个呼吸，摸着障刀的短刃幽幽笑道：

"这可不是庄稼把式，这是……正宗的辛酉刀法，杀人的东西！"

宋快愣了一下，收刀入鞘，用草席裹好，推门便走，马德魁伸手去拦。

"怎么，要走？"

"这刀……我不卖了！"

"你纵使卖，我也不敢收。"马德魁讪讪地笑了笑。

"告辞！"宋快皱了皱眉。

“别介啊！”

“你什么意思？”

“我有一桩买卖，远胜卖刀，至少这个数……”马德魁伸出三根手指，略一思索，又竖起了两根。

“杀人越货的营生，我不沾。”宋快摇了摇头。

“不是杀人，是保人！”

“保人？”

“对，给人当保镖，每天五两银子。”

如今这年头，一两银子就是八十斤白米，五两银子就是四百斤。宋快心里不禁犯了嘀咕：到底是什么人，能开出这么高的价码？

“老弟，你别误会。我有个朋友，被寻仇的大贼盯上了，他想找个高手做保镖。除了保护他，其他的事什么都不用干。”

“贼？什么样的贼？”

马德魁推开窗户，指着十字路口的告示牌，轻声说道：

“天津卫天字第一号的亡命徒，杀人犯——甲四！”

“这……”宋快有些犹疑。

“怎么？怕了？怕了你可以不接，这二两银子你收好，你的刀法我不能白看。只是不知道你老父的病……还能拖多久？”

宋快踌躇了一阵，抬头应道：“成，我应了，但我只保命，不伤人。”

“那是自然，我去知会雇主，你等我消息。”

三日后，宾客楼，马德魁与窦山青在雅间内把酒言欢。

马德魁将与宋快相识的始末，原原本本地讲给了窦山青。

窦山青喜不自胜，一手抓着马德魁，一手拍着自己胸口，哀声骂道：

　　"他娘的！你是不知道啊，兄弟我这段日子都是咋过来的！打汤普森死后，我是吃不香睡不稳，一闭眼睛就好像有人站在我床头，桌子底下、窗帘后头、屏风背面……哪儿哪儿都像藏着人，没有十几个手下跟着，我都不敢挪地儿！那词儿怎么说的来着……风什么鸟，草啥？"

　　"风声鹤唳，草木皆兵。"

　　"对！就是这个词！"窦山青一拍大腿，转身趴在了窗台上，看着酒店门外站得笔直的宋快。

　　"就是他？"

　　"就是他！"

　　"你老兄的眼光错不了，叫他上来吧！"

　　"得嘞。"马德魁起身，一撩长袍，"噔噔噔"地下了楼，走到酒楼门口，拍了拍宋快的肩膀。

　　"宋老弟，雇主喊你上去，这买卖成了！"

　　宋快点了点头，跟着马德魁上了楼。窦山青见了宋快，分外热情，兄弟长兄弟短的就是一阵吹捧。宋快这人话少，马德魁说了小一炷香，他只答了一句：

　　"你不要离开我身前五步。"

　　马德魁吧唧了一下嘴，使劲地点了点头，冲着包间外头大声喊道：

　　"再上八个菜，一壶酒，给我宋老弟接风。"

　　宋快摇摇头，正要止住店小二，窦山青一把拽住了他。

"宋老弟，酒菜都是哥哥一片心，莫要推辞。"

宋快叹了口气，轻声说道："我只要两个馒头，一碟酱豆腐，酒我不沾。"

窦山青见宋快的神情不似作伪，嘴上便不好拒绝，只能挥挥手，让店小二照办。

月上柳梢头，窦山青吃喝尽兴，和马德魁道别后，在一群手下的簇拥下出了宾客楼，直奔赌坊。大虎爷、二虎爷死后，陶玉楼将赌坊生意交给了窦山青打理，窦山青做事不似二位虎爷那般处处讲江湖规矩，做赌、放印子、卖鸦片、贩人口，凡是有利可图的买卖他都做。

天津城东北方，有三岔河，因子牙河与潞、卫二水汇流而得名。潞水清，卫水浊，汇流东注于海。河岸两侧，竹竿巷、大胡同、北大关、锅店街、针市街、侯家后等地商馆云集、店铺林立。窦山青在此地的买卖唤作"大生烟馆"。

咸丰八年（1858），根据《天津条约》中的有关规定，英法美三国胁迫清政府签订了《通商章程善后条约》，明确了鸦片贸易合法化，商税率比1843年《五口通商章程及税则》降低，对一般进出口货物按"值百抽五"抽税。鸦片贸易自此披上了合法的外衣，从暗处经营开始转向明处大肆扩张倾销。上到达官贵人，下到贩夫走卒，无人不抽鸦片，烟民急剧增长至四千万，连咸丰皇帝自己都开始吸食鸦片，并为其取名"益寿如意膏"。鸦片之害"大之则绝宗灭嗣，破产倾家；小之则伤损精神，消耗血肉；甚至废时失业，凶而作贼为娼。种种流弊，言不胜言，书不胜书"。

咸丰九年（1859），朝廷颁布了《征收土药税厘条例》，鼓励各地种植鸦片并收取高额的赋税以补充中央财政亏损。各地罂粟田面积飞速攀升，使得"种植罂粟花，取浆熬烟，其利十倍于种稻。往往以膏腴水田遍种罂粟，而五谷反置诸硗瘠之区"。市面开始出现大量本土烟膏，有云土、川土、贵土（又称黔土、毛块、贵州黑等）、西土、甘土、西砖、渭南土、交土、宁土、北口土、西口土、边土、亳州浆、东土、湘土、施南土、建浆、粤土、赣土等诸多品类，其中以云南出产的云土为最上品，品质与价格仅次于英国商人从印度孟加拉贩运来的"班公土"（也称"派脱那土"），以及产自加尔各答的"小土"，而热河一带的"北口土"质量最差。天津卫的大小烟馆既有洋产土，又有国产土。嗜好大烟的瘾君子们根据自身财力各取所需，有钱的吸上品，没钱的吸劣品。而在做鸦片生意的众多商人里，英国人马修之所以能在这个圈子里独占鳌头，凭的是另一样货——红丸。

所谓红丸，即吗啡加糖精熬制之物，名为戒烟药，实为上瘾毒。

吗啡自同治年间从东南沿海流入并迅速蔓延，光绪十八年（1892）仅上海口岸一地便入境15761盎司（1盎司约合28.35克）。朝中曾有外务大臣向皇帝上书曰："吗啡系鸦片所炼之精，原为西医药料。而华民每用吗啡药针刺入肌肤，以抵烟瘾。"

红丸货源紧俏、价格高昂，远超平民财力所能及。

大生烟馆专卖红丸，兼卖各式烟土。

细雨如丝，窦山青领着宋快，在七八个打手的簇拥下，走进了大生烟馆。

这是宋快第一次进烟馆。

大烟馆进门迎面一对楹联，上联是：含珠银灯通仙域；下联是：卧云香榻吐春风。宋快皱着眉头，看着楹联正在发呆，一个坐在门槛边上的乞丐缓缓地直起腰来，破衣烂衫下，他早已瘦成了一具皮包的骷髅。只见那乞丐伸出好似筷子般粗的手指敲了敲门柱，两眼无神地看着宋快，幽幽笑道：

"小哥识字？"

"识些，但不多。"宋快老老实实地应了一声。

"来来来，我教你念，这两行字应当念作——一杆烟枪，杀死英雄好汉不见血；半盏灯火，烧尽田园屋宇并无灰。少年人，进门须三思啊……"

乞丐的话还未说完，窦山青便皱起了眉头，揽住宋快的肩膀将他拉到一边，指着乞丐的鼻子骂道：

"胡说八道，我这对联是十四个字，竟让你念成了二十六个字，连数数都不懂，还有脸在这卖弄唇舌，哥儿几个，把他给我打出去！"

窦山青身后的打手得令，拽起那老乞丐就往外拖，老乞丐两脚悬空，以头触地，满面血污，犹自高声呼喊：

"少年人，三思！莫要学我……气短发长活像鬼，一副枯骸两行泪……瘾至，其人涕泪交横，手足委顿不能举，即白刃加于前，豹虎逼于后，亦唯俯首受死，不能稍微运动也。久食鸦片者，肩耸项缩，颜色枯羸，奄奄若病夫初起……"

窦山青不耐烦地摆了摆手，在宋快耳边笑道：

"自古以来，做生意有买有卖，抽大烟的买，开烟馆的卖，你情我愿，我可没逼着他抽！"

进了烟馆前厅，靠东边是一方长条的柜台，柜台上摆着笔墨纸砚、算盘账目、秤杆铜盘，柜台后是一人高的红木架子，上面摆满了各式烟枪和青白瓷的烟膏罐子，架子上挂着许多标有名字和数字的号码牌。待客的小厮往返柜台，将散客引至大厅床榻，点燃烟灯，将烟灯、烟针和铁条都放在榻上，为客人铺好枕头，烧好烟泡。大厅无窗，左右两个进出的门户均垂着厚厚的棉布帘子，既遮住了光亮，又阻住了空气的流通，烟民横在潮湿、狭窄、拥挤的大通铺的床榻上，手足相抵，胡言乱语地低声呢喃，两眼空洞而呆滞，烟枪吞云吐雾之际，依稀有啸声入耳。

"咳咳……"宋快实在忍受不了这里的味道，用袖口掩住了鼻子。

窦山青背着手，在通铺间巡视了一圈，绕到了一条回廊上，回廊尽头有一扇直通后巷的木门，贵客从木门进来，走到楼梯边，直接上二楼。

二楼清一色的都是豪华包间，环境幽静，墙上挂着许多名家字画，家具陈设极为考究，进进出出的也都是些达官贵人。窦山青弯着腰走过一段花厅，一路上向几个熟识的贵客不住地点头弯腰。

这时，一个管事的老头从里屋迎了出来，走到窦山青的耳边低语了几句，窦山青的脸上闪过一抹厉色，一言不发地向后院走去。

后院柴房内，一个眼窝深陷、白发斑斑的中年汉子正委顿在地，他的身上布满了被拳打脚踢后的青紫瘀红，他的牙齿黄得发灰，牙床萎缩，露出长长的牙根和淡淡的血丝。

"窦老大，求你……再给我一颗红丸吧……"

"胡掌柜，说求，可就太见外了。"窦山青绕着他走了一圈，取过一只马凳，大马金刀地坐在了他的身前。

"我……我太难受了……我劲儿上来了，我实在忍不了啊……"胡掌柜扭曲着身子，跪在了窦山青的脚边，额头上青筋根根暴起，鼻涕眼泪唰唰地流。

"别介啊！胡掌柜，您是天津卫有名的财主，您跪我，我当不起啊！"

"啊——啊——求您！求您！"胡掌柜张着大嘴，将额头磕得当当作响，半边脸全是血，三四个打手怕他伤到窦山青，拥上去将他死死地按在地上。

"我这红丸……也是有成本的。我这儿是做买卖的烟馆，不是舍粥的寺庙……"

"我……我的钱……我的钱都给了你啊！"

"可别这么说！那不叫给，那叫买，您给我钱，我给您东西，有来有往，童叟无欺啊！您瞧瞧，这大半年您净抽好东西啊，先是云土，后是小土，再往后是班公土，好家伙，为了让您尽兴，最后连红丸我都给您老呈上来了，可不敢冤枉我哟！"

"我……我把这手给您，您给我一颗……给我一颗……救救我吧！"胡掌柜伸手去抓窦山青的脚腕，窦山青抽身退了半步，左脚后让，右脚上步，将胡掌柜的手踩在了脚跟底下。

"胡掌柜，您这就难为我了不是？您也是做生意的，做生意能买能卖，就是不能赊！您真要是没银子，也无妨，您给我留个当头儿也好啊！"

"当头？当……当头……"胡掌柜舔了舔干裂的嘴唇，两只眼珠无力地转了转，哀声哭道：

"我早已分文无有……我……我……我将手指头剁了给你吧！我好……难受……我求你！"

"手指头？我拿来能做什么？泡酒？我可没那个兴趣。这是烟馆，不是赌场，玩儿命斗狠换铜钱那一套，在这不好用！"窦山青意兴索然地摇了摇头，回身就往外走。

"莫走！莫走！求您！莫走……救救我。"胡掌柜在地上不断抽搐，口歪眼斜，十指抠地，指甲根根崩裂，在地上抓出道道血痕。

"哎呦！真是不落忍！罢了，罢了。我就再给您指条明路吧！"窦山青一撩长衫下摆，蹲下身来，从怀里掏出了一份文书，在胡掌柜眼前晃了晃。

"这是……"

"没错！地契，宾客楼的地契。你在这里按个手印，把酒楼抵给韩爷。"

"你……你和他……是一路的！"胡掌柜瞪圆了眼睛。

"可别这么说，我也是予你方便，予韩爷方便，纯粹是帮忙。你瞧你现在这个模样，还能撑起偌大的酒楼吗？倒不如把酒楼舍了，换些红丸续命……"

"不！不！宾客楼是我一生……一生的心血！"

窦山青摇了摇头，背过手去，缓缓地走出了柴房，两个手下用铁链锁住了门闩。

一炷香后，伴着一阵瘆人的惨嚎，柴房的门"吱呀"一声开了一条缝，胡掌柜趴在地上，从门缝里伸出了瘦骨嶙峋的左手，咬破了食指，哀声喊道：

"我按……我按！给我红丸！"

窦山青一脚踩住了胡掌柜的手，将地契铺在门槛上，抓着他的指头按在了地契上。

"药！给我……给我红丸！"

窦山青不屑地一笑，从怀里掏出了一个小布包，顺着门缝儿扔了进去，幽幽骂道：

"老东西，省着点儿用吧。"

宋快扭过头去，不敢去看柴房里的情景，只能一步一步地跟着窦山青离开后院。

大生烟馆愈发热闹。

十几顶烟花轿子在门外停靠，无数花枝招展的窑姐莺莺燕燕地上了二楼，有的抱着琵琶弹曲，有的偎着身子闲聊，有的则专门给贵客"烧烟泡"。有钱的金主和这些姑娘们大多相熟，进了张小纸条，卷上些赏钱扔给烟馆的跑堂，跑堂噌噌噌跑到妓院，找上老鸨接来姑娘。姑娘直奔内堂雅间，先把烟泡的油纸解开，用两支烟签两头叼住，点着灯，拢住火，在火头上抻着烧。这烧烟的火头极为讲究，既不能老也不能嫩，烧好搁在烟盘里，趁热用烟签一格一格摁上压痕，再根据烟量，用剪子铰下相应大小的烟泡，放进烟葫芦里，将半米多长的烟枪递给客人，客人伸手接过，凑到烟灯跟前吞云吐雾。这里头的姑娘，既会烧也跟着吸，手肘长的豆枕一人一个。客人和姑娘两支烟枪，一只烟灯，缩在卧榻之上，浑身瘫软，两眼无神。

窦山青背着手，正在和几个相熟的姑娘打趣，一旁跑来一个小厮，捂着肿起老高的腮帮子，哭着喊道："窦爷，楼上……楼上有……有闹事的！"

抽大烟的人，脑子都不清醒，情绪失控乃是常事，厮打吵骂屡见不鲜。窦山青一挽袖子，招呼身边的打手，大声喝道：

"走，一起上去，老子倒要瞧瞧是哪个兔崽子活腻味了，敢来爷的地盘撒野！"

贰

众人簇拥着窦山青上了二楼，走廊尽头的雅间里，一个形销骨立的枯瘦汉子正满屋追打给他烧烟的姑娘，那姑娘被他打得口鼻流血，在地上乱爬。

"哟！曹大少爷！这是怎么茬儿啊？"窦山青上去一把抱住了那个枯瘦汉子。

"妈的，你这地方是黑店啊！"曹大少爷扯着脖子乱嚷嚷。

"曹大少爷，话可不敢乱说啊，捉贼拿赃，捉奸拿双，您可别凭空污了我这烟馆的招牌。"窦山青回头关上了门窗，示意曹大少爷切莫胡乱叫嚷。

"我靴……靴子丢了！"曹大少爷刚吸完大烟，脑子还没恢复，眼睛看人都是重影，舌头说话直拌蒜。

"啥？靴子？"

"我那可是一双……好靴子，宝字头，雁羽帮，牛皮面，三层靴。我穿着靴子来的……下床不见了，不是她偷了，便是你们偷了。"曹大少爷抄起手边的茶杯，"砰"的一声摔在地上。

这位曹大少爷的爹乃是天津城防营的大官，窦山青不敢招惹，只能出声劝慰道：

"少爷您先坐，靴子一不会长腿儿、二不会长翅膀，肯定还在这屋里，我帮您找找。"

窦山青话音未落，早有眼尖的手下一指屋子的西北角，大声喊道：

"在那呢！窦爷！靴子在窗帘底下呢！"

"我他妈听见了，你小点儿声！"窦山青扇了手下人一个嘴巴，弯着腰对曹大少爷说道：

"屋里拉着帘子，太黑，许是您忘了。"

曹大少爷拍着脑门，皱着眉头好一阵回忆，奈何鸦片太伤脑，他想了许久，也没想到自己是怎么把靴子脱在窗户底下的。窦山青咧嘴一笑，背在身后的手晃了一晃，示意跑腿的小厮上茶。

"我的好少爷，甭想了，您歇歇，再来一泡烟，算我账上，我这就给您取靴子去。"

窦山青打了个千儿，走到窗边去给曹大少爷捡靴子，就在他弯下腰的一瞬间，厚厚的黑布窗帘突然无风自动，窗帘如鸟翼一般从中张开，一个蹲在窗台上的身形一跃而起，右手操刀舞动寒光自上而下，直劈窦山青后颈。

甲四来了！

一瞬间，窦山青心脏一抽，一口气堵在嗓子眼，吞不出来咽不下去，浑身僵直，瞪大了眼睛，歪着脑袋看着甲四手里的单刀直奔脖颈而来。

"救呜……"窦山青舌头根都吓硬了，小腿肚子都在哆嗦。

"仓啷——"没等窦山青呼救，宋快的刀已然出鞘。

苗刀长五尺，与臂展叠加后，宋快只进了半步，便将刀背贴上了窦山青的后脖颈，刀身寒凉如水，激得窦山青浑身汗毛倒竖。

"当！"甲四一刀斩下，被宋快架住。

"咦？"宋快的迅捷，让甲四暗暗心惊。宋快后腿跟上，双手持刀，将刀柄抱入怀中向下一拉，刀刃向上翘起，顶得甲四的单刀向斜后方偏移了半寸。

甲四扭转刀锋，化劈为削，横切窦山青咽喉，宋快两手外悬画弧，带动刀刃向上拥挑，两把刀交错相击后摩擦，发出一阵刺耳的蜂鸣。窦山青耳膜刺痛，下意识地捂住了耳朵，宋快右脚尖外伸，沉腰坐马，右脚根贴着地面向右后方一蹬，正踢在窦山青的肩膀上，窦山青借力一滚，滚出了三步远。甲四拎刀欲追，宋快横刀一扫，将他逼退。

窦山青得脱大难，背靠墙角，一手扶腰，一手捶胸，额上大汗淋漓：

"人呢？来人啊！都他娘的……娘的一起上，砍死他，老子重重有赏。"

大生烟馆是窦山青的地盘，他随便一嚷，便喊来了几十个刀斧手，楼梯上密集的脚步响起，甲四纵是再勇，也不敢硬拼。

"给这种人当狗，白瞎了一身好武艺。"甲四啐了宋快一口唾沫，伸手向后一抓，将半片窗帘扯下，兜头向屋内众人罩去，宋快展臂一劈，窗帘未及落地便从中一分为二。

"哐啷——"甲四一肘击碎窗棂，纵身跃出，从二楼直接跳到了街上，落地一滚，钻入了人群。

"追——"窦山青拍着大腿，歇斯底里地大喊，众打手喊着号子，蜂拥而出。

"宋老弟，你也去，这帮草包……不顶用。"窦山青抹着汗，连声催促。

宋快皱了皱眉头，背对着窦山青轻声答道：

"我若去了，他又回来可该咋办？"

窦山青猛地一惊，疯狂地点着头：

"对对对对！对对对！你说得对，你就跟着我，哪儿都不要去。"

甲四一击不中，混入人群遁走，一边跑一边嘀咕：

"有这般人物护卫窦山青，自己单打独斗，怕是很难得手。要想搞定这个年轻高手，一是要寻个帮手臂助；二是要弄清他那把刀的门派来路。"

甲四这人孤僻，向来没什么朋友，寻人助拳八成没戏，但探听刀法门派，他却有一条好路子。

天津城东北角有一道观，名曰玉皇阁，玉皇阁后院众多练摊儿的算命相士中有一号人物，名唤唐瞎子，人送外号——摸骨测字，十卦九不准。此人惯混街面儿，以坑蒙拐骗为生，吃了上顿接不上下顿，瘦成了一副皮包骨模样，眼窝深陷，一道细长的刀疤自左侧眉毛上方贯穿左眼眶、鼻梁、右眼眶、右颧骨，他终日架着一副墨镜，既遮住了这道骇人的伤疤，也遮住了一双昏黄的瞎眼。

正午时分，天朗气清，玉皇阁前热闹非凡。

玉皇阁，始建于明宣德二年（1427），弘治、万历和清康熙、光绪年间均有修缮，此地山门前摆放有一对铁铸独角狻猊，本地百姓俗呼其为"吼"，乃是传说中镇压气运的神物。

此时此地，左手边那只独角铁狻猊下面正坐着穿麻布长衫戴瓜皮小帽的唐瞎子，他席地而坐，面前地上铺一黄布，上面摆着卦筒、龟甲、铜钱等占卜物什儿，右手捻胡须，左手挂着一根竹竿，竿上挑着一张幡，上书"吾卦通神"四个大字。

一阵香风飘过，两个姑娘急匆匆地从玉皇庙出来，从他身边走过，唐瞎子抽了抽鼻子，嘴角泛起一抹笑。

"姑娘！留步。"

唐瞎子一伸手，扯住了一个姑娘。

"你放手，你干什么？"那姑娘使劲一挣，向后闪了数步。

"姑娘莫怕，老夫不是坏人，只是方才心有所感，掐指一算，姑娘你命中当有一劫，这才将你拉住细瞧，我这一瞧……我这一瞧……哎哟，你印堂发黑啊。"唐瞎子挂着竹竿站起身来，三步并两步，挪到了那姑娘的身前。

"呸，老骗子。你一个瞎子，能看到什么黑啊白啊的？"那姑娘啐了唐瞎子一口，揽着同伴想要绕开他，却被唐瞎子横移半步挡住。

"我这叫望气，眼越瞎望得越准，你我相遇，也算有缘，你不妨听我说上一说。若是准了，铜钱五个，若是不准，分文不取。"

"好！那你说吧。"

"嘿嘿嘿，姑娘，恕我直言，您家中怕是遭了灾吧，此灾一不是兵灾、二不是情灾、三不是财灾，乃前世的冤孽，搅扰全家的……病灾！哎呀呀，瘟星当头，此人是你的至亲啊！"

"啊？"那姑娘脸色一白，惊呼出声。

"怎么样？准不准！"

"你……你怎么知道……"

唐瞎子一捻胡须，一脸高深莫测，抬手向幡上一指，幽幽念道：

"吾卦通神啊。"

"老……老神仙，那我该如何破这瘟星啊？"那姑娘被唐瞎子唬住，语气里带了三分恳求。

"唉！破瘟星，可是……要折寿的啊！"唐瞎子眉头一皱，仰头望天，一脸的萧索孤寂。

姑娘会意，慌忙从袖子里掏出了十几枚铜钱，一股脑儿地塞进了唐瞎子的手心儿里。

唐瞎子轻轻一掂，手腕向下一勾，十几枚铜钱便悄无声息地滑进了他的袖子。

"此事简单。"唐瞎子从怀里掏出一只黄符递给了姑娘。

"这是……"

"此乃老夫手绘灵符,回去挂在房梁上,早晚一炷香,不出三月,瘟星自退……"

"多谢老神仙。"姑娘收了灵符,转身要走。

唐瞎子弯下腰,撅着屁股,伸手一捞,捧起了姑娘的手,轻声说道:

"姑娘,老夫见你面带桃花,今日再送你一卦,莫动莫动,我再与你看个姻缘手相。"

唐瞎子攥着姑娘柔弱无骨的手,笑得嘴角都咧到了耳根子后头。

"呀呀呀!呀呀呀!呀呀呀呀!真是……"

"老神仙,真是什么?"

"真是复杂,你这桃花……旺得很啊,老夫,必须……再摸一会儿。"

"啪——"一只大手凌空飞来,正抽在唐瞎子的手腕上。

"哎呀——哟哟——"唐瞎子痛得一阵乱喊,使劲儿地抽着冷气。

"是谁他妈的……"唐瞎子还没骂完,那只大手便揪住了他干枯的后脖子,将他提起向外拖去。

"哎嘿哎嘿,别介!好汉饶命!您是哪路的英雄啊,小老儿就是个瞎子,混口饭吃,不知哪里有了得罪,多担待!多担待!哎呀,你不会是那小娘子的丈夫吧!小老儿多嘴了,多嘴了,小老儿对尊夫人没有半点儿邪念,只是看她有缘,相赠一卦罢了,你可莫要多心呀。哎呀呀呀,好汉啊,您这是要把小老儿拖到哪

188

里去啊，小老儿刚才说的话都是真的啊，如有半句虚言，天打五雷……"

"别！别乱说，我先离你远点儿，以免雷公劈你的时候不小心刮着我。"说话这人，正是甲四。

"哟！我当是谁，原来是我的贤婿……周爷啊！"唐瞎子浑身一松，拍了拍心口。

"哪个是你的贤婿？"

"我女儿可是跟了你的，男子汉大丈夫，可不能始乱终弃啊，我女儿临死前，把我托付给了你，让你给我养老送终的。我告诉你啊，人死了魂还在的，她现在就在天上看着你嘞。"

甲四愣了一下，默然不语，抬头向天上看了看，随即说道：

"我不姓周……"

"好好好！不说不说，你叫甲四，甲四行了吧？"

唐瞎子一屁股坐在了地上，从袖子里翻出那十几枚铜钱，一枚一枚地在掌心清点。

"我说没说过，你的吃喝穿用都是我来掏钱，你老老实实在屋里待着便好，怎么又出来坑蒙拐骗？"甲四抱着胳膊，气得满脸通红。

"什么坑蒙拐骗？我这是仙人指路，凭的是真才实学！"

"狗屁的真才实学！那姑娘一身中药味，既然她说话中气十足，那必然是她家中有人身患疾病。她风尘仆仆从玉皇庙出来，定是来此烧香磕头，替家人祈福。你就是据此乱嚼舌根，说什么瘟星上门，一张破黄纸，骗了人家十几个铜钱，好不要脸！"甲四伸手一抓，攥住唐瞎子手腕，掰开他手指，将那十几枚铜钱抢了出来，揣在包里。

"你这是干什么？"唐瞎子一甩袖子，坐在了地上。

"我看那姑娘身上拎着药包，药包上有大福记药铺的字号，我把这钱给了药铺掌柜，给他形容一下那姑娘的样貌，将这钱充作诊费，物归原主。"

"别介啊！你认得那姑娘？她是你新找的姘头吗？"

"你胡扯些什么？"

"你可是要做对不起我女儿的事？"唐瞎子伸手捞住甲四的大腿，使劲地拉扯。

甲四扒开他的双手，将他推到一旁。

"活不成了！活不成了！闺女啊！我那如花似玉、贤良淑德的闺女啊！你咋找了这么一个负心薄幸、狼心狗肺的男人啊！你为了救他，命都不要了，他却这么对待你……对待你那瞎了眼的老爹啊……哎呀呀呀，老天爷啊，你开开眼，开开眼啊！"

"行了！别嚎了！带你下馆子去，吃喝管够！"

"闺女啊……"

"四个菜，两荤两素！"

"闺女啊……"

"允许你喝一壶酒！"

"宾客楼，走着。"唐瞎子一抹眼泪，爬起身来，拄着竹竿小跑着向北而去。

"瞎子还能分清南北？"甲四咕哝了一句。

"宾客楼的酒香、肉香，我鼻子一闻，就能找到，快走快走。"唐瞎子开怀大笑，回身拽起甲四的手，向宾客楼走去。

宾客楼的招牌菜有四道：嚼蹦鲤鱼坛子肉，酸沙紫蟹罗汉肚。

　　唐瞎子引着甲四在宾客楼大堂坐定，点好了菜，伙计给倒了一壶茶，一道道地上菜。唐瞎子抽了抽鼻子，悄声说道：

　　"好女婿，怎的今日如此大方，莫不是发了什么外财？"

　　"我把黄包车卖了。"甲四喝了口水，机警地看着窗外，他此刻是通缉要犯，虽说脸上贴了胡子，身上换了行头，但终究还是小心为上。

　　"卖了！你把黄包车卖了？"

　　"对啊！卖了。卖车的钱，正好请你吃喝。"

　　"这说的什么屁话，不吃了不吃了，走走走走，快走。"唐瞎子心急火燎地起身。

　　"坐下吧。"甲四抓住他的胳膊将他按在了凳子上。

　　"你……"

　　"我有别的事做，以后……不拉车了。"

　　"什么事？"

　　唐瞎子话音刚落，甲四便拿起一双筷子塞进了唐瞎子的手里：

　　"怎么？吃都堵不住你的嘴吗？"

　　唐瞎子愣了愣，扁着嘴不清不楚地骂了一句，一挽袖子，开始吃喝。

　　酒过三巡，菜过五味，唐瞎子拍了拍微微凸起的小腹，一手剔牙，一手招呼跑堂伙计：

　　"来！过来！来来来！"

"客官您吩咐。"

"你这菜……"

"菜怎么了？"

"先说这头一道暗蹦鲤鱼，这菜一要鳞骨酥脆，二要肉质鲜嫩，三要大酸大甜。必须择大活鲤，宰杀去脏留鳞，沸油速炸，再捞出盛盘浇汁。你看看你这火候，不透啊，一看油温就不够，以至于炸的时间长了，脆、嫩、香、美四个字一个都没占上，而且你这浇汁也不对啊，你得是先打清油，再用葱、姜丝、蒜片炝勺，烹高汤，下白糖、湿淀粉勾芡，最后淋上花椒油搅匀。你这芡太浓、花椒油太少，吃着不但不香，还挂嗓子。"

甲四看不过眼，拽了拽唐瞎子的袖子："差不多得了。"

"嘛叫差不多啊，差得多了！再说这第二道坛子肉，这可是鲁菜里的手艺。啥是鲁菜？炒、熘、爆、扒、烧。所谓坛子肉，便是在陶质小坛内垫放猪骨，将猪肉、鸡肉、墨鱼、金钩、火腿、冬笋、鸡蛋排布妥当后密封坛口，用木炭微火煨炖，这样做出来的肉才会汤浓肉烂，肥而不腻。你看看你这肉，柴了！水分都没了！要么是坛口没封好，要么是把炭火换成了柴火。真是差劲，差劲啊！食之无味，无味啊！"

"啃窝头的时候，怎么没见你这么讲究啊？"甲四愤愤地说道。

"贤婿，啃窝头是为了果腹，现在……咱不是下馆子了吗，下馆子就得有下馆子的讲究，你再听我说说这酸沙紫蟹，其滋味全在葱丝、姜丝、干红辣椒丝的炝勺上，略咸微辣是为酸沙，这鲜活紫蟹烹制后色泽红润，似朵朵彩云……"

站立一旁的跑堂伙计额头上都见了汗，不住地鞠躬作揖，甲四抢下唐瞎子手里的筷子，"啪"的一下拍在了桌子上。

"客官息怒，我……"伙计吓得直打哆嗦。

"我不是冲你，你忙你的去，这是饭钱。"甲四掏出银钱，交予伙计，伙计千恩万谢。

唐瞎子撇着嘴，将牙签吐在地上，幽幽说道：

"他们家指定换厨子了……"

"来！喝酒！"甲四给唐瞎子满上了一杯酒，递到了他的手里，唐瞎子仰头喝干。

"无事献殷勤非奸即盗。说吧，找我什么事？"唐瞎子喝得眼花耳热，摇头晃脑间已带上了三五分醉意。

"刀，你懂不懂？"甲四开门见山。

"当然懂，我！你丈人爹！咸丰三年癸丑科武举出身，殿试第三，那是武探花啊！这大江南北，各门武学均有涉猎……"

"好了好了，这番吹嘘说了多少年了，我耳朵都快磨出茧子了！"

"唉！学成文武艺，货与帝王家，你……懂个屁。"唐瞎子满是唏嘘，抬手又喝了一杯。

"我问的刀，长五尺，双手持，修长如禾苗。"

"苗刀？"

"对！"

"你和人交手了？"

"嗯，此刀对敌，擅辗转连击、疾速凌厉、身摧刀往，刀随人转，势如破竹。"

"苗刀的刀法，门派源流不多，但也不少，你可记得对方的招式吗？"

"记得。"

"演来！"唐瞎子伸手从桌上摸起筷子，一根递给甲四，一根捻在手中，夹在食指与中指指缝。

甲四右手捻起筷子，双眼一闭，回忆起宋快的刀法，拧着手腕向前出刀，挑刺唐瞎子掌心，唐瞎子耳朵一抖，扭转手腕，使了一招棍法，斜向下横扫，甲四的筷子尖儿在搭上唐瞎子筷子的瞬间，骤然变招，改挑为缠，贴着唐瞎子的筷子宛若一条毒蛇，直刺唐瞎子食指，唐瞎子换棍法为枪法，左右一晃，"拨草寻蛇"，甩开甲四的纠缠，筷子尖儿一抖，直刺甲四虎口。

正是一招中平枪！

甲四一皱眉头，脑子里闪过宋快用到的身形，手腕在空中画弧，将筷子夹进指缝、垂直手背，向下横劈。

"啪嗒——"唐瞎子手中的筷子被甲四一劈而断，掉在了桌面上。

唐瞎子脸色一变，白眉抖动：

"是他？"

"他是谁？"

唐瞎子猛地抓住了甲四的手腕，狞声喝道：

"使刀那人多大年岁？"

"不满二十！"

"不满二十？不应该啊。确定吗？"

"确定，就是个少年人。"

“不对……不对……”唐瞎子低着头，不住地摇头。

“哪里不对？”

“这刀法唤作‘辛酉刀法’，乃明代大将戚继光所创，兼集了刀、枪之长，既可单手握把，又可双手执柄。其势法精粹，刀法雄健，步法多变，最擅连击。你怎么会和使辛酉刀法的人动手？你……你是不是惹了什么仇家？啊呀！我早该想到的，你把黄包车都卖了，那车你每天擦得狗舔一般，你怎能舍得卖？原来你……你存了搏命的心！使不得啊，使不得啊，你……你你……”

“你什么你？这刀法你能不能破？”甲四有些不耐烦。

“破？如果是那个人……怕是破不得。”

“哪个人？”

“你没见过他，但是当年……”

“当年？”

“不说也罢。”

“唉，白费我半天工夫。既然你破不了，我再寻旁人去。”甲四一拍桌子，起身就走。

唐瞎子歪着脑袋，听着甲四的脚步渐行渐远，他反手抽了自己一个嘴巴，指着甲四的背影破口大骂：

“今朝有酒今朝醉，明日愁来明日愁，愁愁愁，老瞎子吃喝上酒楼，上酒楼，上酒楼，你就是条癞皮狗。你惹你的祸，我喝我的酒，他娘的，呸！”

唐瞎子啐了一口痰，挂着竹竿站起身，一口喝干了酒壶里剩下的半壶酒，晃晃悠悠地走出了宾客楼的大门。

叁

宾客楼后厨。

灶台边上围了十几条大汉，各持着刀斧，盯着一个赤着上身的中年胖子炒菜。

厨房的空地上摆了两张太师椅，一张梨木茶台。

两张椅子上各坐了一个人。

一个是韩鼻涕，一个是窦山青，窦山青身后站着宋快。

韩鼻涕端起茶碗，扭头看着窦山青笑道：

"上等的白毫银针，窦爷，请！"

"韩爷，您面前，我哪敢称爷！您抬举！抬举了！"

"此言差矣。想我韩卿侯早年落魄街头，那是人见人打，狗见狗咬啊！瞧见我这截儿手指头没？"韩鼻涕提起往事好不唏嘘，摘下左手上戴着的手套，右手指着左手小拇指处的断茬儿说道：

"您瞧瞧！"

"这是怎么茬儿？"

"早年间在赌场推牌九，输光了钱，被翟虎胜那个狗王八给剁了！"

"啊？"

"啊什么？三十年河东三十年河西，如今兄弟我时来运转，跟了洋人。哼！你翟家兄弟这些年在天津界面儿上也是横着走的主儿，现如今怎么样？人头落地，挑在白骨塔前。这才叫君子报仇，十年不晚！"

"那是！那是！"窦山青在旁边小心翼翼地给韩鼻涕续水，时不时地出声附和。

正当时，跑堂的伙计从前厅进来，韩鼻涕一招手，把他叫到了眼前。

"小三子，前面怎么样？"

"回爷的话，不太好。"

"怎么个不太好？"

"好些个老主顾最近都不来了，今儿来了一位客人，说是咱的菜，味儿不对了。"

"哪儿不对？"韩鼻涕眉毛拧成了一股绳。

"先说这罾蹦鲤鱼……"跑堂伙计弯下腰，将唐瞎子品评菜色的话一五一十地讲给了韩鼻涕。

韩鼻涕听罢，勃然大怒，一拍桌子，腾身而起，一巴掌拍在了茶台上。

茶台上的茶杯茶碗"乒乒乓乓"地碎了一地。

"聂明酉，姥姥的！你们几个，把他给我弄过来。"

众打手应了一声，一顿乱拳将那个炒菜的胖子打倒在地，七手八脚地将他拖到了韩鼻涕的面前。

聂明酉生得又白又胖，韩鼻涕一个窝心脚踹在了他的肚子上，聂明酉捂着肚子在地上蜷缩成了一团，活似一个大馒头。众打手围成一圈，伸腿乱踢，聂明酉四处翻滚，将架子上的瓜果肉米，鱼虾碗碟尽数撞倒，稀里哗啦地碎了一地。韩鼻涕一摆手，止住众人，一撩衣摆，缓缓蹲下身，揪起聂明酉胸前的围巾，擦了擦他脸上的鼻血。

"聂胖子……你要我？"

"不……不敢……"聂明酉喘着粗气，不住地告饶。

"这宾客楼的原班人马，上上下下都被我赶跑了，知道我为什么单留着你吗？"

"知……知道。我……我是大厨。"

"不，你不懂。留下你，一来是惜才，你的菜做得确实是好。这二来嘛，韩爷我有个脾气，我得不到的，别人也别想得到。你是天津城有名的厨子，你若不能为我所用，就会为别人所用。客人们爱吃你的菜，到我这吃不着，他们就会去别的地方吃。他们去了别的地方吃，我就赚不到钱。断人财路，犹如杀人父母啊！此等大恨，我不杀了你，心里能痛快吗？"

"别……别……今天的菜……我平时用惯了的那个二厨不在，我……我不习惯，火候都是他掌控，我……我和新来的，再多搭搭手……一定没问题的，您留我一命，千万留我一命！我不想死！"

韩鼻涕长吸了一口气，捏了捏聂明酉的肉脸，用手指戳着他的心口，轻轻说道：

"好！我信你，今天这事是第一次，也是最后一次。有一件事，你给我记住了，胡掌柜以前对你再好，那都是过去的事了。他是你的老东家，我才是你的新东家，你的饭碗，包括你的狗命，都是我给的。"

"明白！我……我明白！"

韩鼻涕缓缓站起身，拉过椅子，端端正正地摆好，将左腿抬起，轻轻地踩在了椅子上，指着自己的胯下，笑着说道：

"想吃我这碗饭，就从这钻过去，不想吃，我也不强求，但你得留下两只手。否则你去了别的饭馆主厨，会耽误我的生意。"

"我……我……"聂明西坐在地上，看了看韩鼻涕，又回头看了看厨房的门，再低头看了看自己的手。

"何去何从，你自己选。"

"我……"聂明西满脸血污，两眼通红，双手狠命地攥紧了拳头，又愤恨又无助，他的胸口仿佛压了一块磨盘，不断地碾动心肝脾肺，脑子里乱哄哄地响起阵阵纷杂，好似千百种响器同时奏响，有高亢尖利的唢呐，有闷沉厚重的大鼓，有呜咽婉转的胡琴……

站在窦山青身后的宋快实在看不下去，正要上前打抱不平，窦山青眼疾手快，一侧身子，将他及时拦住。

"你做什么？"窦山青压低了嗓子，急声问道。

"他……他怎能这般侮辱人？"宋快瞪着韩鼻涕的背影，双眼似要喷出火来。

"兄弟，别人的事，莫要插手。韩爷可是洋人的人……"窦山青死死地攥住宋快的小臂，唯恐他脑子一热，抽刀出鞘。

"你……"

"你什么你！韩爷这是要挫挫这人的锐气，好叫他不敢搅闹，一心为韩爷做事。"

二人正撕扯间，聂明酉动了，他两手在地上一撑，猛地站了起来，大踏步地向韩鼻涕走去。

宋快心里不由得暗赞了一声："好汉子，早就该如此。倘若打起来吃了亏，我便来帮你。"

"韩爷！"众打手见聂明酉起身，纷纷掏出了腰上别着的刀斧，"哗啦"一声围了过来。

聂明酉虎目圆睁，脚步一顿，牙齿咬得咯咯乱响。

"让开！让开！都让开！让他过来！"韩鼻涕伸手拨开众打手，满不在乎地看着聂明酉。聂明酉深吸气，梗起头颅，虎目含泪，嘴巴张阖了一阵，突然脖子一软，将一口气缓缓吐出，这口气吐得极长，随着这口气的吐出，他高昂的胸口渐渐塌瘪，笔挺的脊梁渐渐弯曲。

"扑通——"聂明酉膝盖一抖，重重地跪在了韩鼻涕的脚前，紧闭双眼，手脚并用地从韩鼻涕的胯下钻了过去。

"好！"韩鼻涕拊掌一笑，拍了拍皮鞋上的灰，扶起了趴在地上的聂明酉：

"从今往后，咱们就是自家人，有我一口肉，就有你一口汤，下个月起，你的月钱翻一番。"

韩鼻涕从一旁抓了一条毛巾擦了擦手，又在聂明酉的脸上抹了两把，随后将毛巾扔在地上，转身往椅子上一坐，刚端起茶杯，突然一皱眉，指着满是狼藉的厨房，看着窦山青笑道：

"窦爷，此处乱糟糟，不是说话的地儿，咱移步楼上细聊。"

"好！"窦山青放下了茶碗，跟着韩鼻涕向外走。

宋快迈步跟上，走过跪在地上、以头戗地、将脑门撞得咚咚响的聂明酉。

"大好的汉子，怎无半点骨气，刚才你若动手，我定要助你，奈何……"宋快一声长叹。

聂明酉抬起头，两眼无神，嗫嚅着嘴唇，轻声言道：

"天大地大，吃饭最大，一分钱难倒英雄汉，这人再刚强，也争不过……争不过命啊……"

宋快愣了一愣，随即摇了摇头，转身离去。

聂明酉这一跪，不知过了多久。

明月当头，打更的更夫敲着梆子走街串巷，他恍恍惚惚地听到了街巷里的梆子声："紧闭咯——当当——门窗咯——当当——平安无事咯——"

聂明酉狠狠地搓了搓自己的脸，揉着酸痛的膝盖站起身来，一边收拾着杂乱的厨房，一边将一些剩菜用荷叶包好，揣进怀里。

酒楼的后门外有一片池塘，聂明酉蹲在池塘边上，照着水里的影子整理了一下自己的衣裳，掬起两捧水洗了洗脸，盘好辫子，一瘸一拐地向东走去。

半个时辰后，聂明酉推开了一间土房的门，在窗台上摸过火折子，点燃了桌子上的蜡烛。

"老掌柜，饿了吧，明酉……回来了！"

聂明酉左手举着烛台，右手掏出荷叶包，迈步向前走去。

烛光照下，漆黑的屋内浮现出了一张卧床，卧床四面立满了儿臂粗细的木栅栏，栅栏上拴着铁链，一个蓬头垢面，骨瘦如柴的老头蜷缩在床脚，浑身散发着难闻的恶臭。

"老掌柜？"聂明酉的声音有些哽咽。

"哗啦——"那老头微微一颤，手脚上系着的铁链微微作响。

"饿了吧？吃点儿，吃点儿吧。"

那老头两手一伸，扒开垂在眼前的乱发，露出一张两腮凹陷、眼球突出的脸。

这老头就是前日里在大生烟馆，向窦山青乞要红丸的胡掌柜。

"明酉……你走吧……"胡掌柜的嗓子哑得瘆人。

聂明酉抹了一把眼泪，翻出一只瓷碗，给胡掌柜倒了一碗水，递到了栅栏里头。

胡掌柜的手指瘦得活似十根竹签，在水碗边上抓挠了好几次，才将碗捧起来。

烛火灯影，两相摇曳，水碗上忽然浮现出了胡掌柜面目的倒影，胡掌柜用力地揉了揉眼，他实在不敢相信，水碗里的这个"活骷髅"就是自己。

"掌柜的，喝啊！喝点水！"

"啊——"胡掌柜发出一声惨叫，将水碗砸在了地上。

"明酉，走！你走吧！你走吧！你让我死吧……"

"掌柜的……要不是您当年在天津城外给我一碗饭，我早就饿死了，您现在这个样子，我要是走了，我还算人吗！"

"明酉啊明酉，你给我当了这么多年的大厨，该还的……早就还了……你……你走！走吧！我自作自受，沾了大烟，混了个人不人鬼不鬼，丢了祖上传下的酒楼，败光了父母攒下的家业，这都是……都是报应啊。"胡掌柜一个耳光接着一个耳光地扇自己。

"别！别打！掌柜的，您再忍忍，把瘾给戒了，咱有的是老主顾，我……我有手艺，您懂经营，用不了十年，咱家的酒楼还能东山再起。"

"东山……再起？"胡掌柜一声冷笑，"刺啦"一声扯开了衣襟，露出了两扇凸起的肋条。

"东山再起，就凭我这个烟鬼么……"胡掌柜爬起身，走到栅栏前，抓住了聂明酉的手，哑着嗓子说道：

"明酉啊，明酉！你是个重情义的，掌柜的心里有数，你……是个厚道人。你快离开天津，你有手艺在身，大江南北何处寻不到饭碗？没必要……没必要在此守着我这个烟鬼，耽误前程……"

正说着话，突然胡掌柜一皱眉，上前一抓，揪住了聂明酉的肩膀。

"明酉！你往前走走，你过来……你……你你你这脸是怎么了？怎么青一块紫一块，你和人打架了？"

"没……走路跌的！"聂明酉的眼神不住地闪避。

"跌的？你骗谁呢！你是个老实人，从不招灾惹祸，是谁打的你？是谁？是不是窦山青？还是……韩鼻涕！"

聂明酉一愣神，脸上的表情被胡掌柜瞬间捕捉。

胡掌柜身子一僵，向后仰倒，"咚"的一下栽倒在地。

"掌柜的，摔坏没有？"

"我一猜就是，一猜就是！韩鼻涕惦记我的酒楼不是一天两天了，窦山青害我染上大烟瘾，诓我把酒楼押给韩鼻涕，他们……他们早就下好了套，这我知道。可这是我和他们之间的事，他们为什么要打你，你就是个厨子……他们为什么要打你？"

"我故意把菜做得差劲，他们坑了您，我断不能让他们的生意顺风顺水！"聂明西狠狠地一咬牙，跳着脚大骂。

"糊涂！糊涂啊明西！他们是什么人？他们是混黑的青皮！眼里岂能揉得了沙子？今儿个敢打了你，明儿个就敢捅了你。听掌柜的一句劝，你走吧，逃出天津，好好活着，掌柜的就是做了鬼，也会护佑着你的。"

"掌柜的，您这是什么话，我不走！"聂明西犯了倔脾气，把手里的荷包塞进了胡掌柜的手里。

"你怎么不听劝……"

"掌柜的，我就是块滚刀肉，油盐不进，您甭劝我了。您快吃点饭，要不然一会儿烟瘾上来……扛不住。"

"你……唉！"胡掌柜叹了一口气，趴回了床边，手里捧着荷叶包，双眼微闭，一言不发。

聂明西从抽屉里翻出了一瓶跌打药酒走出门外，背靠着门板，龇牙咧嘴地揉擦着身上的瘀青。

五更天，巷子口。

卖早点的"挑担侯"出摊了，隔着两条街就能听见他"叮叮当当"的担子响。挑担侯的担子两头高耸，状如骆驼，前面那头是个三层的木套箱子，最底层是烧的煤柴，中间一层是煤球炉子，最上一层是铁锅；后面那头装着米、面、油、盘、碗、酱、醋、水桶。

"吊炉烧饼扁又圆，那油炸的麻花脆又甜，粳米粥贱卖俩子儿一碗。鲜肉的馄饨馅大皮薄，香菜、紫菜、冬菜、虾米皮子醋白饶——"

半文半白的吆喝在街巷间回荡，鲜美的香气从墙外飘来。但聂明西根本无心理会吃食，他紧紧地皱着眉头，宛若一只焦躁的斗鸡，在院里来回徘徊。

屋子里，瘾人的惨嚎一声高过一声，胡掌柜的烟瘾又上来了。

"明西！明西！明西！"胡掌柜一遍一遍地呼喊。

"掌柜的，掌柜的，我在呢，在呢！"聂明西趴在门板上，泪水夺眶而出。

"给我红丸……给我红丸！明西，我好难受，你去给我买红丸！给我红丸！"

"掌柜的，您忍忍，忍忍就过去了！"

"我忍不住了，蚂蚁！蚂蚁！我的身上爬了好多蚂蚁！啊——"

"掌柜的，幻觉，都是幻觉，忍忍就过去了！"

"我忍不了了！蚂蚁在咬我！啊！啊！啊啊啊！蚂蚁在咬我啊明西，你救救我，你救救我！你……你放开我，你放我出去，让我去买红丸……没有红丸，大烟也行，不用抽滇土，热河土……热河土就行！"

"掌柜的，您忍住，您想想老掌柜，您想想宾客楼的家业，您只要把大烟戒了，我肯定放您出去……您这样，我也难受，我恨不得替您遭这个罪！您忍过去，您得忍过去……"

"聂明酉你王八蛋，你白眼狼，我都要死了，你还不管我，你这条命可是我救回来的，没有我，你他娘的早喂了野狗了。你……你害我，你害我啊！"

"掌柜的……您忍住啊……"聂明酉两手捂着耳朵，强打精神，硬起心肠，整个人无力地贴着门板跪在了地上。

"啊——啊——蚂蚁！蚂蚁！我的心被咬烂了，我的腿被啃光了！我疼啊！疼——"

胡掌柜歇斯底里地大叫了一阵，渐渐没了动静。

"掌柜的？"聂明酉抹了抹眼泪，站起身，打开门，小跑着冲进了屋里。

就在他冲进屋里的一瞬间，眼前的景象让他脚腕登时一软，整个人"扑通"一声瘫在了栅栏前面。

胡掌柜断气了，鲜血流了一地，他的右手里攥着一块碎瓷片，正是来自那只摔碎了的水碗，他的胸口、手腕、大腿已被自己划得血肉模糊。

"掌柜的，明酉对不起您啊——"聂明酉两眼一翻，直接昏了过去。

尾声

日进千金的东西淀，日进万金的渤海湾。

天津临海，盛产鱼虾。金钟河至海湾之间有一处地界，唤作"陈家沟子"，其河道上接津北、津东河湖洼淀，下与海河、南北运河沟通，漕船、渔船往来不绝，船户、鱼贩聚居于此形成集市，繁盛一时。

陈家沟子周边民舍繁密，街巷交织如网。近几日天阴雨湿，道路愈发湿滑。甲四背着一个大包袱在胡同间穿行了一阵，伸手推开了一间土房的院门，径直进了屋内，将包裹慢慢地放在床上，缓缓解开。

包裹里是一件棉袍、两双棉鞋以及四季衣物若干。

甲四伸手在袖子里摸索了一阵，掏出了一只钱袋，掂了掂重量，塞进了棉袍下面。

这间屋子是唐瞎子的住处，今晚娘娘庙有灯会，唐瞎子最喜欢热闹，哪儿人多去哪儿转，明天一早都未必回来。

甲四自己给自己倒了一杯水，缓缓走到了屋子的西北角。

西北角立着一面供桌，供桌上立着一面牌位，牌位上写着"爱妻周门唐阿敏之灵位"。

甲四用袖口轻轻地掸了掸灵位上的灰尘，搬了一只凳子，坐在了灵位边上，看着灵位，轻声说道：

"师姐，我要走了。"话一出口，甲四已红了眼眶。

"唐瞎子虽然混蛋，但他毕竟是你爹，我答应了你要照顾他，我把所有的钱留在这儿了……这次，我必须去。倘若你还在，我相信你也一定会支持我的，对吧？是啊，你从来都支持我。不管是对，还是错。师姐，我窝囊了一辈子……我心里堵得厉害，有一口气，我喘不下去，吐不出来……"

甲四使劲地用拳头捶打着自己的心口，这一晚，在这间空无一人的屋子里，他不知说了多少话，仿佛要将这几十年的愤懑辛酸一股脑儿地倒出来。

不知过了多久，甲四累了，他坐在小板凳上昏沉沉地睡了过去。

睡梦中，他又回到了多年以前。

那时，他还是周骁。

那时，他随郑三山学艺，拳术初成。

那时，他一心要干一件大事，传名江湖。

卷 五

探花

尊一声驸马爷细听端端的:

曾记得端午日朝贺天子,

我与你在朝堂曾把话提。

说起了招赘事你神色不定,

我料你在原郡定有前妻。

你劝我升堂有什么好,

霎时叫你的魂魄消。

吩咐击鼓喝堂号,

带上香莲就质对一遭。

——京剧《铡美案》

楔子

沧州以东，有一山，南望齐鲁，东临渤海，北倚京津，名唤小山。其山势崎岖盘环，起伏不定。沟壑峰谷纵横交错，如同迷宫。

小山之上，有古寺一间，始建于晋，名唤青龙寺。

清明时节，落雨纷纷，敲打着寺顶的碧色琉璃瓦，老方丈盘膝而坐，背对风雨，面向金佛，双目低垂，白眉紧皱。

老方丈法名慧真，乃得道高僧，相传其修行精深，能知过去未来，有未卜先知之大智慧。

青龙寺白日里山门打开，香火鼎盛，虽天阴雨湿，亦不能阻挡善男信女进香之诚心。

周骁和阿敏改扮行藏，混迹于众香客之中，在青龙寺内走动查探，暗中勘记道路。

阿敏扮作富家小姐，周骁扮作随从小厮，两人一前一后，错开半步，周骁撑着伞，阿敏提着裙角，在小雨中游逛。

"我的师姐哟，好好的青石路你不走，便去踩那泥坑水洼，你看看我这裤腿，溅得全是泥点子。"

"我乐意，好不容易溜出山寨，我想怎么走怎么走！这地儿风景不错，我甚是喜欢，等劫了这笔钱，我就攒下，留着日后在这后山立个宅子。"

"成啊！师姐既然想立宅子，我那份也一并奉上。"

"算你识趣！"阿敏嫣然一笑，故意在水洼里使劲地跺了两脚，周骁心疼新换的青布裤子，连忙跳脚闪开，阿敏捂着嘴轻笑，追在他身后跺脚，周骁苦着脸告饶，四处乱跑。两人玩闹了一阵，并肩坐在了回廊的雨檐下。

"师弟，你这消息准吗？"阿敏从随身的包裹里掏出了一张饼，咬了一口递给了周骁。

二人一同学艺多年，周骁心中早将阿敏当作了亲姐。

"黑市里透的风，肯定准！"周骁接过饼，丝毫不避阿敏下嘴之处，大嚼了数口，将左腿跷到右膝上，笑着说道：

"这青龙寺的慧真和尚佛法精湛，号称能前知五百年，后知五百年。咱们大清朝，从道光二十年（1840）起，内忧外患侵扰不断，朝廷羸弱，遭列强环伺。光绪元年（1875），英国军官柏郎率部二百，探查缅滇陆路，英国驻华公使派出翻译马嘉理南下迎接，并与柏郎在缅甸八莫会合后，向云南边境进发。在腾越蛮允之地（今云南德宏州盈江县芒允）与当地百姓发生冲突，马嘉理与数名随行被围攻打死。英国公使威妥玛借此向朝廷发难，提出赔款白银十五万两、免除英商正税及半税等数桩要求，且不断以撤使、断交及武力相威胁。朝堂之上，两派大臣争吵不休，一方主战，一方主和。咱大清现在的皇帝刚刚四岁，由两宫太后垂帘听政。西太后被这事搅扰得心神不宁，是战是和拿不定主意。正巧这位慧真和尚能知过去未来的名声传到了宫内，西太后大悦，差遣宫内首领太监张凤奇携重金来请，想从慧真和尚嘴里问出是战是和的答案。"

"兵事乃是国策，问和尚做什么？"阿敏问道。

"宣室求贤访逐臣，贾生才调更无伦。可怜夜半虚前席，不问苍生问鬼神。"周骁一声长叹。

"听不懂……"

"戏词里唱的，我也不是很懂。"周骁吃光了饼，伸手接着雨水洗了洗手。

"这次瞒着师父出来，回去后少不了一顿好打。"阿敏掏出手帕，递给了周骁，让他擦手。

"怕什么，天大的事，师弟我一力承当，绝不连累师姐。"

"算你有良心。这个张凤奇，听着很是耳熟啊，上次在保定府茶楼，我们扮作戏班……"

"师姐好记性，就是那个狗太监张公公。"

"呦！我还想着你跑下山是要干那劫富济贫、锄强扶弱的侠义英雄事，我才陪你来走一遭，万万没想到，你心里记挂的还是那个镖局的小美人。"阿敏伸手抢过手帕，狠狠地掐了周骁一把。

"哎呀呀，疼疼疼疼，师姐，疼疼疼疼啊！"

"疼就对了，疼死你也不冤枉。"

"师姐！张凤奇这次办的是机密要事，不似之前那般大张旗鼓，招摇过市，身边的护卫必定不多，他是秘密出行，怎么可能雇佣镖局保护，再说了……这许多年过去了，她怕是早就嫁给了她的师兄……"周骁神色猛地一黯，没有再说话。

阿敏又气又急，指着周骁鼻子骂道：

"瞧你这个没出息的样子，是哪个小王八蛋拍着胸口说自己要做一件大事，传名江湖的？"

"我……自然是我说的。"

"那不就得了，你可得争一口气，倘若这趟全无所获，灰溜溜地回了山寨，就算师父不揍你，我也饶不了你。"

"怎么会全无所获，张太监今晚就到，以师姐一双护手钩，加我这一对拳头，那张太监纵是孙大圣，也逃不出这座青龙寺。"

"这才是我的好师弟！"

壹

入夜，朗月无云。

周骁和阿敏换上了夜行衣，按着白天踩探好的路，翻过后院高墙，顺着一棵老树爬上了屋顶，沿房脊穿行，向慧真和尚的禅房摸去。

"师姐，就是这儿了！"周骁伸手指了指脚下，低声说道。

"嘘——"

"风声这么大，他听不到。"周骁笑了笑，俯身趴在房脊上，轻手轻脚地摘下了两片瓦，眯着眼睛向禅房内瞧去。

禅房内总共有四人，两人坐，两人站。

白面无须的张公公和长眉低垂的慧真和尚隔着一方长几相对而坐。张公公身后站着两个人，左边的是娄青云，右边那人站的位置有些背光，只能看到脸部的轮廓，依稀是个蜂腰猿臂、长脸络腮胡的中年男人，身上背着一个红漆描金的古琴匣子。

　　阿敏眯着眼，喃喃自语道：

　　"看着好眼熟。"

　　"能不眼熟吗，当年你扮戏子，在茶楼差点就把他宰了！"周骁笑着答道。

　　"不是他，我说的是那个络腮胡子……"

　　"朝廷鹰犬，都是同一副奴才相，本就没甚分别。"

　　"别说了，接着看。"

　　"大师……这是我家老夫人的一点心意……"张公公捧起一个锦布包裹，轻轻地放在茶几上，伸手拆开了一角，露出了里面的金银珠玉，烛火映下，宝气如水，盈满了禅房。

　　"嘶——"财帛迷人眼，纵使慧真和尚这等高僧见了，也控制不住地发出了一声惊叹。

　　"贫僧……无功不受禄，阿弥陀佛！"慧真和尚念了句佛号，紧紧闭上了眼。

　　"大师误会了，我家老夫人一心向佛，听闻青龙寺庙宇破败，心生不忍，特命老朽前来，资助方丈大师为我佛重塑金身……"

　　"仅为了……重塑金身？"

　　张公公舔了舔嘴唇，沉吟了一阵，试探着说道：

　　"当然，如果方丈大师能为我家老夫人……指点一些迷津……"

"是何等迷津？倘若是研习佛经……"慧真和尚的话还没说完，就被张公公摆手打断。

"大师，听闻……您身负佛家神通，能知过去未来……"

慧真和尚听闻此言，霎时间惊出了一身冷汗：

"乡野传闻，怎可当真？"

"大师不必过谦，三年前河北大旱，有百姓到青龙寺拜佛，您断言次日必有大雨，结果应验不爽……"

"贫僧乃是看到佛堂屋檐下的蜘蛛开始收网，树下草中蜗牛破土而出，才知道本地湿气上涨，必有阴雨来临。"

"去年……有一书生赶考，借宿青龙寺，你断言他此去京城必有性命之忧，结果他在放榜当天，便当场暴毙。"

"贫僧粗通医理，那书生面色潮红，呼吸粗重，手脚无力，虚汗如雨，乃是重疾之症，急需静养。进京赶考，山高路远，患得患失，心绪起伏，病上加病，他还焉有命在？"

"那……那今年，天津发大水，卷走了岸边镇河的铁狮子，官府修堤时想把铁狮子找回来，却怎么捞都捞不到。最后还是你亲自跑了一趟，说铁狮子不在下游，而在上游，最后巡河的官兵果然从上游把铁狮子捞了出来，这……水往低处流，铁狮子怎么会跑到上面去呢？若无河内神鬼作祟，这……这……怎么可能？"

"有什么不可能？纪文达公（纪昀，字晓岚，谥号文达）《阅微草堂笔记》中有载：沧州南一寺临河干，山门圮于河，二石兽并沉焉。阅十余岁，僧募金重修，求二石兽于水中，竟不可得，以为顺流下矣。棹数小舟，曳铁钯，寻十余里无迹。一讲学家设帐寺中，闻之笑曰：'尔辈不能究物理。是非木柿，岂能为暴涨携之去？乃石性坚重，沙性松浮，湮于沙上，渐沉渐深耳。沿河求之，不亦颠乎？'众服为确论。一老河兵闻之，又笑曰：'凡河中失石，当求之于上流。盖石性坚重，沙性松浮，水不能冲石，其反激之力，必于石下迎水处啮沙为坎穴，渐激渐深，至石之半，石必倒掷坎穴中。如是再啮，石又再转。转转不已，遂反溯流逆上矣。求之下流，固颠；求之地中，不更颠乎？'如其言，果得于数里外。此乃书中固载，与神鬼何干？"

"你……你……"张公公结巴了半天，愣是没说出一句囫囵话。

"这位施主？乡野百姓，民间传闻，姑妄听之，姑妄听之。"

张公公"腾"的一下站起身来，拉磨一般满屋乱转："不！不！不！你必须未卜先知，你必须前知五百年，后知五百年，你……你不知也得知！掉脑袋啊！会掉脑袋的啊！老佛……老夫人要是知道这都是假的，都是误会，她……她……会死人的啊！"

"施主……您说什么？"慧真和尚年纪大了，听不清张公公的喃喃自语。

"我……我没说什么。山路湿滑，不便连夜启程。明日一早，一早，你就跟我下山。"

"下山？"

"对！必须下山，老和尚，这可由不得你了！"张公公目露

216

凶光，和娄青云交换了一下眼神，同时点了点头。

"这……这是为何？"

张公公咽了一口唾沫，上前攥住了慧真和尚的手腕：

"老和尚，好大师，明日你随我去见我家老夫人，她无论问你什么，你知道也好，不知道也罢，只管应答……切记！切记！只管应答就好！"

"这……我佛禁妄语，我岂能……"

"我佛慈悲，救人一命胜造七级浮屠，实话告诉你，你要是应答不上，要死的可不止一条人命。反正她问你的也是未来之事，既然尚未发生，便无从考证……"

"你们家老夫人……是谁？"

"这不是你该打听的！"张公公松开了慧真和尚，扭头喝道：

"唐老弟！"

"在。"长脸络腮胡的中年男人上前一步。

"好好守着这位慧真大师，不得有误。"

"是！"

张公公说完这话，将包裹里的金银捧起，放在了慧真和尚的怀里：

"大师，这是给青龙寺重修山门的香火钱，有道是：拿人钱财与人消灾，我佛也不能例外呀……我这老弟名唤唐寿成，你有需代劳之事，皆可差遣于他，他就守在你身边，寸步不离，保护你的安全。"

"贫僧在这青龙寺内，何来的危险啊？"

"大师，休要辜负我这一片盛情。"张公公拍了拍慧真和尚的肩膀，转身离去。

屋顶之上，周骁看了看阿敏，向下一指，在她耳边小声说道：

"师姐，我去杀那狗太监，你去抢那和尚怀里的包袱。"

"还是你来劫财，我去杀人……"

"别介啊！我一个老爷们儿，怎好让你干糙活。你我取了这笔不义之财后，我的那份儿也是你的，给你做嫁妆，寻个好夫家！"

"胡说什么？哪来的好夫家？"

"不但要好，还要优中选优，我的好师姐如花似玉，会烧菜又会女红，武功还高。配个饱读诗书的状元郎都绰绰有余！"

"去你的，我才不稀罕什么狗屁状元郎。"阿敏狠狠地白了周骁一眼。

"不稀罕学富五车的状元郎，难道还稀罕偷鸡摸狗的小贼吗？"周骁没心没肺地开了一句玩笑。

话音刚落，张公公已经走出了禅房，周骁神情一肃，沉声说道：

"师姐你多当心，我先跟上去了。"言罢，周骁蹑手蹑脚地跃下房顶，藏身树影之中远远地坠在了张公公的后面。

阿敏单手托腮，看着周骁离去的背影，红着脸啐道：

"呸！老娘偏偏就是喜欢偷鸡摸狗的小贼！"

只可惜，周骁走得太快，除了头上明月，再无第二个人听到阿敏的这半句情话。

青龙寺西南角，有一间客房，此刻正亮着灯火。

张公公披着外衣坐在床上，两脚插在热水中浸泡，娄青云半跪在地，一边为张公公按摩脚踝，一边不断往盆中续水。

"儿啊！"张公公揉了揉眼，摸了摸娄青云的脑袋。

"干爹……您累了吧？"

"爹不怕累，爹也不怕死。"

"爹，您说什么呢？儿子会孝敬您，颐养天年的。"

"做阉人的，有几个是颐养天年的，大多都是死于非命。你知道为什么吗？"

"这……儿子不知。"

"秘密，我们知道了主子太多的秘密。我们不死，主子心不安啊。这些年，我对你是严苛了些，但这都是为了你好。你需记住一点，想要出人头地，攀附是手段，不是目的。人就像窗外这棵树，想要长得高，就必须把根扎深。靠山山会塌，靠水水会干，只有靠你自己，才能无往不利。我是个阉人，学习武艺此生无望，而你不同，你还年轻，根骨也好。我的干儿子很多，但大多不堪大用，而你不同，这些年我逼着你办差，逼你读书考功名，遍寻名师，教你武艺。尽管打你骂你，但我始终不曾亏待你。我不图你做什么结草衔环的报恩事，只图你看在我这番肺腑之言的分上，万一我有一日不得好死，还请……给我装殓一副薄棺，盖上一层黄土，让我早去投胎，莫被野狗啃咬尸骨，做了孤魂野鬼……"

娄青云闻言大骇，跪在地下哭道：

"干爹这是说的哪里话？您是老佛……老夫人身边的人，谁敢动您，谁有这个胆子？"

"天理循环，报应不爽。我这一辈子坑人害人，为了钱敲骨吸髓，多少人被我搞得家破人亡。不只我怕，宫里那位也怕，她要是不怕，咱们也就不会来这青龙寺了。早晚的事，早晚的事呀。"

张公公满面唏嘘，擦干了脚，轻声说道："儿啊，你出去吧。"

"是，干爹您早点儿休息。"娄青云端着洗脚盆，慢慢退出了客房。

张公公满面萧索，坐在床上，扭头向窗外望去。

娄青云倒完了洗脚水，站在客房门外的一棵大树之下，长吸长吐，往返三次。双手五指自然分开，拇指外顶，虎口撑圆，食指竖直，小指略内裹，掌心微凹。两肩下沉，两腿内裹，两膝内扣，脚心涵空，十趾抓地，两腿绕树转圈，八步一圈，左旋右转。

张公公不懂功夫，但是他懂人。被西太后派来秘密护送自己的唐寿成是咸丰三年（1853）癸丑科武举出身，殿试第三的武探花。一身武功货真价实，和之前张公公为娄青云请的那些寻常武师判若云泥。张公公连哄带赏，才说动唐寿成传授一套武艺与娄青云。三人出京师进河北，一路昼伏夜行，唐寿成教得悉心，娄青云学得认真，不到半月光景，娄青云这套拳脚已然略见峥嵘。

张公公满意地点了点头，吹熄灯火。

娄青云练了两趟拳，收了架子，走进隔壁的客房。

周骁跃下半扇土墙，用黑布蒙好了脸，如狸猫一般蹿行到了张公公窗前，伸出手指戳破窗纸，踮起脚来向屋内瞧了瞧。

"吱——"周骁轻轻地推开了窗，一个利落的前手翻，落进了屋内，宛如一只狸猫，悄无声息地爬到了张公公的床头，左手扯开床帷，右手倒提匕首，"噌"的一刀向床上扎去。

"哆——"匕首插进棉被，不但没有鲜血渗出，反而传出了一声脆响。

周骁心下起疑，用匕首挑开被子一看，床上哪有什么人，只有一卷草席。

"上当了！不对啊，我一路跟着进来的，不会错啊！"周骁登时一愣。就在这时，床下猛地传来了一声尖利的叫喊：

"有刺客——"

张公公心眼多，出门从不躺在床上，而是藏在床下睡觉。

"好狗贼！"周骁一声怒骂，抬手掀翻了床板，赤着两脚的张公公向后一缩，靠在墙角，手里攥着一只肘长的火枪对着周骁的胸口击发。

"砰——"

枪响的瞬间，周骁已腾身向斜后方跃去，在落地的瞬间拉起了屋内的桌面，张公公手脚无力，头脑发昏，再加上黑暗之中不辨东西，这慌里慌张的一枪不但没打中周骁，还震得自己两手直发麻。

周骁缩着身子在桌子后头躲了一阵，发现并无第二枪响起，于是抬头向外瞄去，只张公公正在手忙脚乱地往枪管子里捅火药。

此时不动手更待何时！

"狗太监，受死！"周骁腾身一跃，来捅张公公。

说时迟那时快，门外猛地飞来一只石凳，撞碎了房门，直奔周骁太阳穴，周骁矮身伏地一滚，躲过这一击，回头一看，正是听见响动的娄青云到了！

"什么人！"娄青云护住张公公，飞身来扯周骁的蒙脸黑布。

周骁眼见左近只有娄青云一人，稍松了一口气，仗着艺高人胆大，拉一个"万将无敌式"的拳架，与娄青云拳脚相接。

娄青云拜的师父多，学的功夫杂。上一招用的是戳脚里的蹶子腿，下一招就换成了翻子拳里的拗弯肘，远处招架用的是螳螂拳里的勾搂采捅捶，近处擒拿用的是形意拳里的"搓手撕扒"，虽然看似招法繁密，但都功力浅薄、华而不实。周骁一身八极拳师出名门，招式虽不花哨，但胜在功底浑厚，大拙藏巧。交手不到十招，周骁便已看出了娄青云的薄弱处。

"小贼休走！"娄青云右手上翻架住周骁左臂的劈砸，周骁五指一扣，攥住娄青云手腕，假意用摔，娄青云后撤半步，左手一拍，捏紧周骁左手，左臂曲肘下压，使了一招"金丝缠腕"的小擒拿手法。

周骁后脚蹬地，顺着娄青云后扯的劲儿，直接撞进他怀中，右脚脚跟刮地，一个"搓提"直接搓断了娄青云的前脚趾，其力道不减，脚掌向上画弧，踹到了娄青云的前腿迎面骨上，娄青云小腿骨应声而断，发出一声惨嚎。郑三山教拳的时候说过，对敌拉拳架，前脚尖必须微微内扣，脚尖内扣是为了膝盖内扣，膝盖内扣是为了让迎面骨向内旋转，迎面骨的正面只有薄薄一层皮，遭练家子重击必断，适当让前腿内旋，一来可增加移动的灵活性，二来腿肚子外侧面有肌肉包裹，抗击打能力相对要强。

娄青云的招式花哨纷杂，一拉架子，小毛病多如牛毛，有违技击之理。在外行人看来极为唬人，但对上真正打过架、拼过命的练家子就显得漏洞百出。

娄青云小腿骨断裂，痛得面上五官都聚到了一起，整个人滚倒在地，周骁觑准机会，上前一步，打算一脚蹬断娄青云的颈椎。

电光石火之间，张公公刚好给火枪填好火药，红着眼睛向前一扑一滚，挡在了娄青云的面前，周骁这一脚，正蹬在张公公的肋条上。

"咔嚓——"张公公三根肋骨应声断裂，嘴里咳出一口鲜血。

"砰——"张公公手里的火枪应声击发，周骁距离枪口太近，躲闪不及，虽然避开了要害，但大腿还是中了枪。

"干爹！"

"机会难得……"张公公咳了一口血，娄青云强打精神，两手撑地，向前一扑，左手抱住了周骁的伤腿腿根，五指一攥，狠捏周骁的枪伤处，右手上抓，扣住周骁咽喉，周骁咬住后槽牙，将另一条腿上翻，锁住娄青云脖颈，两手抓住娄青云前来锁喉的右手，翻身一滚。

"咔——"娄青云整条右臂应声而断。

然而，就在娄青云断臂的一瞬间，周骁蒙脸的黑布被扯掉了，月光穿堂入室，清晰照出了周骁的面目。

"是你！那年在茶馆，四海镖局？"娄青云记性好，堪称过目不忘。在他看到周骁样貌的一瞬间便想起了当年的一幕——娄青云带兵到茶馆围剿三山会，周骁在戏台上中了飞刀，众官兵在场内操刀乱砍，不留一个活口。眼看兵丁的刀就要砍向周骁，骆凝赶紧大喊了一句："手下留情，他……是……他是我们的人！"

周骁看见娄青云脸上阴晴不定，心中暗道了一声："不好！他认出我了，绝不能留活口！"

说时迟那时快，周骁翻身一捞，右臂回拉锁住娄青云脖颈，娄青云呼吸受阻，整张脸涨得发紫。张公公强忍断骨之痛，扑上来一口咬在了周骁的手背上，周骁右手吃痛，微微一松，娄青云趁机挣脱。周骁右手攥拳，向上一撑，左手搭在右手臂上方斜刺里一戳，五指张开，小拇指抠住张公公眼窝，无名指按住他太阳穴，中指食指勾住他下巴，拇指托住他下颚，大臂带小臂，小臂带手腕，手腕带手指，迅速向斜下方拉扯。

"咔嗒——"张公公整个下巴发出一声脆响，被这一招分筋错骨的小手法摘掉了关节，周骁趁机从张公公嘴里抽出右手，甩手一掌，打断了张公公鼻梁，张公公满脸是血，捂着脸栽倒在地。娄青云伸手在地上一摸，捡起了张公公丢在地上的火枪，解开枪柄底下挂着的小锦囊，手忙脚乱地往枪管里填弹丸。张公公这把燧发火枪，购自一名法兰西传教士，口径约为13.7毫米，装填弹药需将弹丸放到膛口，用送弹棍推弹进膛。张公公从来都是养尊处优，几时和人动过手？带着这把枪，壮胆的意义远远大于实战的意义。

周骁冷眼瞧见娄青云拾起了火枪，正要一个箭步冲上去，却不想右小腿被张公公紧紧抱住，周骁使了好大的劲儿也无法挣脱。张公公满脸是血，抱着周晓的小腿"啊啊"地乱喊，周骁又气又急，回身扭腰，顺着自己小腿下摸，捉住张公公左手拇指，向外一旋，掰开了他的左臂，反旋关节，使他仰面坐起。周骁气灌掌心，一掌拍在了张公公的前心处。

　　郑三山说过，八极，既用拳，也用掌。拳打软，掌打硬。比如说，想要攻击对方的前额，最好用掌，因为人的头骨非常坚硬，用拳头容易挫伤指节，而掌可以缓冲、便于发力，并随后施展抓、拿、扯、撕等后续攻击。如果是打人小腹，最好用拳，以便更好地将力打透。

　　周骁这一掌，击打张公公前胸"气口"，此处乃呼吸吞吐汇聚之地，如遭重击，不死也残，因此诸家拳术对敌，皆须注意回护。

　　（若想寻找此地所在之具体位置，列位看官可以手抚胸口向下移动至心肺以下、胃以上、胸骨下端处。深吸一口气，发出一声短暂的"喝"，此时身上会短促地鼓起一个小包，这个位置就是"气口"所在。西医解剖学将这个位置称为"剑突"，也就是在心脏区的胸壁前下端的一截软骨，主要起到保护心脏的作用，此处遭到暴力击打，强力震荡心脏，使剑突软骨直接压迫心脏，同时刺激胃上中枢神经，使人当即胸闷、气短、呼吸困难，重者可因剑突软骨骨折，软骨碴刺破心脏而当场死亡。）

　　张公公一来没有练过金钟罩、铁布衫等横练功夫，二来年老体衰，气力不济，被周骁一掌击中要害，整个人横着飞了出去，浓稠的鲜血顺着嗓子眼大口地外呕。就在此时，娄青云也填装好了子弹。

娄青云不是张公公，他练过火枪，准头一流。周骁瞧见他举枪的架势，就知道他非善茬，当下放弃了搏命的念头，侧身一撞，撞碎了窗户，跃到了屋外。

"砰——"娄青云开枪便射，弹丸打在窗棂上，炸开了一片木屑。

"干爹……"娄青云顾不上追周骁，扔了枪，赶紧扶起了进气儿少出气儿多的张公公，将手掌拖在他下巴底下，用力一提，帮他接上了关节。

张公公眼中的生机以肉眼可见的速度渐渐黯淡，他颤抖着手，从怀里掏出了一面巴掌大的腰牌，塞进了娄青云的手中：

"这牌子……能调兵，此时顾不得保密……保密了，和尚不带回宫……死罪难逃，不但你我要死，宫里那位老夫人的脾气你是……你是知道的，灭九族啊……"

"干爹，你撑住，我带你找郎中！"娄青云收好腰牌，要抱起张公公，张公公紧紧抓住了娄青云的胳膊，缓缓地摇了摇头：

"答应……记住，记住你答应我……答应我的事。"

"我记得！我记得！"

张公公点了点头，慢慢地闭上了眼睛，停止了呼吸。

娄青云略一失神，将张公公的尸体平放在了地上，扯过被单，蒙上了头脸。

"干爹，我去老和尚那看看，去去就回。"娄青云对天拜了两拜，装填好火枪的弹丸，大步出了房门。

花开两朵，各表一枝。慧真和尚禅房内，唐寿成双眼微闭，盘膝坐在地上，眼观鼻、鼻观口、口观心，一言不发。

慧真和尚坐在床上，手捻佛珠，默诵佛号。

过了盏茶工夫，慧真和尚的额头上冒起了一层细密的冷汗，只见他白眉一皱，睁起眼来，幽幽说道：

"老衲尘心不静，杂念纷起。反观唐施主呼吸绵长、松沉安泰，禅定功夫当真了得。"

"大师过誉了，我是练弓的，学艺第一关，就是要心如止水，波澜不惊。"

"阿弥陀佛。"

"大师也懂弓？"唐寿成一掸长衫，站起身来。

弓者，射也，六艺之一，武将必备之技。所谓："两军交战弓箭为先，倚弓之利仗箭之远。""军器三十六弓为第一，武艺十八般弓为魁首。"唐寿成能在咸丰三年（1853）夺下武举探花，除拳脚身手之外，全赖射术高绝。

"杀伐之器，大凶！"慧真和尚重新闭上了眼，不再说话。

唐寿成站起身后，面向灯火，烛光照亮了他的五官，趴在屋顶的阿敏瞧见他的模样，双目一亮，咬着后牙自言自语道：

"果真是他！"

阿敏怒火攻心，眼眶血红，自背后解下两把虎头钩握在掌中，腾身起跳，双脚下跺，"轰隆"一声震碎了一大片瓦，从屋顶的窟窿一跃而下。

唐寿成听见房顶有响动，第一时间将慧真和尚护在了身后，左腿一扫，将地上的竹椅踢到半空拦截阿敏，阿敏左手虎头钩勾住房梁，如猿猴一般将身子一荡，躲开了竹椅，同时扭腰后摆，在落地的同时，使了个蝎子甩尾的腿法，将竹椅踢了回来，唐寿成伸手一捞，向左一带，卸去了椅子上的力道，轻轻一掂放在地上，伸左脚踏住椅背，将手肘支在了膝盖上，身子前倾，上下打量着阿敏的身量腰肢，摸着下巴笑道：

"哟！还是个女贼？"

"无耻！"阿敏柳眉倒竖，舞动双钩来攻唐寿成，唐寿成见她是女流，两手一分，以肉掌相迎。

阿敏的双钩，钩之顶端高耸，钩尖锋利，握手处有一月牙形护手刃，全长二尺八寸，月牙长七寸五分，柱长一寸五分，舞动如轮，内外合一。唐寿成几次想要空手夺白刃，都被上下相随的月牙逼开。

"好手段。"唐寿成不怒反笑，斜跃半步，吸腰收胯、含胸拔背，双手拇指外展弯曲，其余四指并拢，第二、第三指关节紧屈，各屈指尽力向手背方向展开，手背后张，形如鹰爪状。

"小娘子，当心了，我这叫鹰爪翻子拳，专擅沾衣号脉，分筋错骨，点穴闭气。"

言罢，唐寿成蹿起前扑，迅若雷霆，力贯掌爪，阿敏左手腕一翻，虎头钩顺时针挽花，反手下劈，唐寿成右脚掌和左脚跟同时蹍地，带动身体旋转，躲过这一劈。阿敏一劈不中，右手虎头钩在身前画了一个圆圈，再度劈来。唐寿成重心前移，左脚经后腿后向右插步，借机闪到阿敏左肩头，左手鹰爪欲捏她手肘，阿敏手肘迅速内翻，左手虎头钩使缠头裹脑，避开唐寿成身形，右手虎头钩拦腰横扫，唐寿成的胳膊没有虎头钩长，不敢强行贴身，只好后撤。阿敏扭腰拗步，右手虎头钩向左贴地扫出，钩拿唐寿成脚踝，唐寿成右脚向右开步，脚尖里扣，两腿屈膝半蹲成马步，躲过这一勾。同时右手鹰爪抓向阿敏肩膀，阿敏右手虎头钩向上虚晃，右脚使"戳脚"撩阴，直奔唐寿成裆下，唐寿成使了个"猴蹲身"，将身子缩成一团，两手用"象扇风"，拍开阿敏的右脚，周身一展，再变鹰形。

郑三山教拳时，曾评点各派拳术之长，对"猴形"尤为推崇。古人创立拳术，多效法飞禽走兽之能。猴形的精髓就在于一缩一展之间，与人对敌，身法运用攻防一体。然江湖上，有诸多"大师"，将猴形解释为抠眼插裆、搔首挤眉之拳，完全背离了象形拳"得意忘形"的本源。郑三山有言："倘若练猴形要学猴子爬树挠虱子，那练蛇形岂不是要在地上蠕动？对方西瓜般大小的一个脑袋你尚且打不到，何谈去插枣核般大小的眼睛？日后行走江湖，如遇有人用上蹿下跳，嗷嗷乱叫的猴拳，尽管大嘴巴子抽他娘的。但若是遇到一缩一展没有影子的猴拳，最好退避三舍。"

一缩一展没有影子，不是真的没有影子，而是动作太快，眼睛反应不过来。

唐寿成这一式猴形就"没有影子"，尽得打法之精髓，阿敏一勾不中，唐寿成已经贴了上来，两臂如鹰翼翻旋，出手拳掌打，回手鹰爪抓，双拳密如雨，脆快一挂鞭。右手鹰爪穿过双钩缝隙，"啪嗒"一声搭在了阿敏右手腕上，五指一扣，劲透筋骨。

阿敏左手挥钩来救，唐寿成左腿挺膝蹬直成右弓步，右手扣刁，爪心朝下，爪口朝前，左手变拳，屈肘抱于腰间。这一抱，不是直前直后，而是以身为轴，螺旋向下，阿敏的虎头钩还在半空，身体的重心已经偏移，脚下一松，被唐寿成扯了过来。唐寿成咧嘴一笑，左手穿过阿敏肋下，反别阿敏手臂，右脚尖外撇，右脚前上一步，连摔带拿。阿敏左手一松，虎头钩落地，五指攒拳，手肘内挥外甩，用了一记八极拳中的"掸尘"，贴身发力抽开了唐寿成右手的抓拿，同时足尖一勾，将落地的虎头钩挑起，重新握在手中，唐寿成右手被抽开，在半空中画了一个弧，探身抓住了阿敏的右肩头，阿敏挥钩，使苏秦背剑，唐寿成鹰爪回收，"刺啦"一声扯下了阿敏一片衣领。

灯火摇曳，阿敏的颈下赫然挂着一个黄铜的长命锁片，锁片上依稀刻着四个楷字——白露乃归。

看到这枚长命锁，唐寿成脑子"嗡"地一响，整个人直挺挺地僵住了。

"这东西，你……你你哪来的？"

阿敏扯好衣领，狞声笑道："哪来的？哼！我是山贼，这东西自然是杀人越货得来的。"

"什么？你……你杀了谁……她什么模样……"

"一对母女，当娘的瓜子脸弯月眉，抱着一个七八岁上下的圆脸娃娃，她们老家遭了灾，逃难过河北，被我一刀一个，结果在了荒郊野外。遍搜全身，无有分文，只有这只长命锁还算别致，我留着做了个把件儿。"

"你……你你你……"唐寿成双眼通红，浑身颤抖，双手一攥拳，骨骼噼啪作响。

就在此时，禅房的小院外传来了娄青云的喊声：

"有刺客，我干爹被害了……"

"什么？"唐寿成心里一惊。

"刺客中了枪，跑不远。"娄青云说着话已经冲进了禅房里，一抬眼，正看到一身黑衣的阿敏。

"怎么还有一个？"娄青云吓了一大跳，举枪就打。

"砰——"在枪响的同时，阿敏一个闪身，抓起慧真和尚挡在身前，慧真和尚小腹中枪，鲜血霎时间染红了袈裟。娄青云吓得魂不附体，阿敏一脚踹在了慧真和尚的腰上，慧真和尚向前一扑，跌进了娄青云的怀里。

阿敏听闻周骁受了伤，回身便走，撞开窗户，闯进夜色中，向庙外飞奔。

"你在这照顾和尚，我去追！"唐寿成掀开随身的描金琴匣子，从匣子里抓起一张弓，一囊箭，追向了阿敏逃遁的方位。

阿敏的脚步很快，唐寿成的脚步更快，二人一逃一追，转眼跑出五里之外。阿敏的轻身功夫长于闪转腾挪，上下起纵，若论长途奔袭，远比不上气息绵长的唐寿成。

眼看唐寿成越追越紧，阿敏暗中在手心扣了三把飞刀，猛地回身一掷，飞刀去如流星，在半空中画出一道闪电，直插唐寿成咽喉，唐寿成耳朵一抖，听得风响，向侧面一滚，两手一合，舞动长弓，使了个"怀中抱月"的手法，将三枚飞刀打落，双瞳一亮，扯弦、搭箭、张弓，对准了阿敏的后心！

清以骑射得天下，"弓马骑射"乃是清武举考试的重要内容。唐寿成的弓，是标准的满洲硬弓。《大清会典事例》有云：

"原定弓胎用榆木或橀木，南方或削巨竹为之，取材之法视竹本之理，平正端直、张而不跋。胎长三尺七寸，其面傅牛角，背加以筋谬，外饰桦皮，胎一而角两，两角之接处用鹿角一块，固以筋朦，加媛木皮于外，曰弓靶，两稍以桑木为之，各长六寸三分，镶以牛角，刻锲其末，以受弦福，捎与胎荀相处，光削一面，以鹿角为方，钉于角端，曰弦垫。弓弦有二：一曰缠弦，用蚕丝二十余茎为骨，外用丝线横缠以束之，缠腺分三节，隔七寸许，空一二分不缠，则不张弓时可折叠收之；一曰皮弦，剪鹿皮为之，用于战阵。弓力强弱视胎面厚薄、筋腰之轻重为断，一力至三力，用筋八两，缪五两；四力至六力，用筋十四两，缪七两；七力至九力，用筋十八两，缪九两；十力至十二力，用筋一斤，腰十两；十三力至十五力，用筋二斤，缪十二两；十六力至十八力，用筋二斤六两，朦十四两。"

唐寿成膂力惊人，尤其善射，可开十八力弓，百步之内，例无虚发。

正当时，唐寿成张弓欲射，心中陡然起了念头：

"这一箭射死她容易，倘若她还有同伙，此行岂不危矣？须将她生擒拷打，查明个中缘由，才好复命。"

心念至此，唐寿成的箭向下移了半寸，左手五指一张。

"嗖——"长箭应声而出，瞬间贯穿了阿敏的小腿，阿敏剧痛难当，瞬间倒地。

唐寿成拔足追来，阿敏暗自思忖道：

"我纵是死，也不愿与此人相见！师弟，咱们今生无缘，来世再会吧……"

阿敏一咬牙，反握虎头钩，刃口直奔颈下，想要就地抹了脖子，一了百了。

"嗖——"唐寿成于奔跑之中，又发一箭，箭头贴着阿敏的手腕飞过，将她手中的虎头钩打落在地。阿敏还未回过神来，唐寿成已经跑到了她的身前，再度张弓搭箭，对准了阿敏的眉心。

"你最好别动！"

"你杀了我吧。"阿敏的声音非常平静，两道清冷的目光淡淡地看向了唐寿成，眼神中满是不屑和讥讽。

唐寿成皱了皱眉，收起长弓，背在了身后，捻着一支箭，想去挑开阿敏蒙脸的黑布。

"你要做什么？"阿敏刚要反抗，却牵动了腿上的贯穿伤，整个身子蓦地一抖。

"没什么，你这双眼睛……我好眼熟，但又想不起来……"

"想不起来？哼！唐寿成，你可真是个货真价实的王八蛋！"

"你……你一个藏头露尾的山贼，也有脸骂我？"

"骂你！我恨不得杀了你！"

唐寿成一皱眉头，又去掀阿敏蒙面的黑布，阿敏强忍剧痛，挥动手中仅剩的一把虎头钩，大声喝道：

"是男人的，给我个痛快！"

"我杀了你，再看你的脸，也不迟。"唐寿成怒火上蹿，持弓在手。

"来啊！"阿敏双目通红，死死地盯着唐寿成。

唐寿成深吸了数口气，慢慢地放下了弓。

"你回答我一个问题……"

"你说什么？"

"我说……你回答我一个问题。"

"凭什么？"

"就凭我现在握着你的生死。这个问题很简单，你脖子上那个锁片，哪儿来的？"

"我早就说了，我杀人越货，宰了一对母女，从那孩子的身上得来的。"

"不对！"

"哪里不对？"

"年岁不对！从你的身形、声音、举止、眼睛、皮肤可以判断，你今年也就是二十出头，与你所说的那个被你杀了的孩子年纪相差无几。你说过你杀的那个娃娃七八岁上下……当时你应该不超过十岁，不到十岁的孩子就能杀人越货？我不信！你形容她们的样貌分毫不差，你肯定是见过她们的，你告诉我，那对母女究竟怎么样了？只要你说实话，我就放你走。"

"你打听她们做什么？"

"实不相瞒，那对母女对我非常重要！"唐寿成鼻尖微红，眼眶发酸，几欲流出泪来。

"有多重要？"

"骨肉至亲。"

"你胡说！骨肉至亲？好一个骨肉至亲！既是骨肉至亲，为何进京赶考，音讯全无？既是骨肉至亲，你为何另娶新欢，抛妻弃女？既是骨肉至亲，你为何指使凶徒，杀人害命？"

"你……你在说什么？"

"我在说什么……好，好，好，你不是想看我的脸吗？姓唐的，来来来！你好好看看我的这张脸！"阿敏抬手摘下了蒙面的黑巾，月光照下，唐寿成将她的五官眉眼看了个明明白白。

面容消瘦瓜子脸，柳眉弯弯新月眼。

"你……你是……凤娘……"

"那个叫凤娘的女人早就死了！"阿敏一声嗤笑，两行热泪滚落腮边。

贰

苏州吴县乃苏绣发源之地，村中女子皆以刺绣为业。

苏绣与湘绣、粤绣、蜀绣并称中国四大名绣。苏绣图案秀丽、构思巧妙、绣工细致、针法活泼、色彩清雅。因流派繁衍，名手竞秀，于清代最为鼎盛，其中传承刺绣手艺的女子，称为"绣娘"，在一众"绣娘"之中，按技艺高低划分为"绣姐""绣女""凤娘"。能掌握晕针、铺针、滚针、截针、掺针、沙针、盖针等基本针法，熟练使用平绣、织绣、网绣、结绣、打子绣、剪绒绣、立体绣、双面绣、乱针绣等技法的是为"绣姐"；能掌握两种以上流派风格，熟练使用三十二丝、十六丝、八丝、四丝，绣制花草树木、飞禽走兽、山水鱼虫、人物肖像的，称为"绣女"；在此基础上，能掌握十二大类一百二十二种针法，熟练运用各流派主要技法，驾驭一丝、二丝以上的纯丝、硬缎、软缎、透明纱等丝、绒线的才能称为"凤娘"。业界之中，能问鼎"凤娘"之人，少之又少，堪称"凤毛麟角"。（一丝是指把一根普通的绣线劈开分为三十二根之后的最小的丝线，二丝是指普通绣线分为十六根之后得到的丝线，所使用的丝线越细，绣品的精细度越高，相应技艺的要求也越高。）

吴县治下东山村，村女唐氏，绣艺精湛，乃县内寥寥无几的"凤娘"，当地人多以唐凤娘相称，渐渐忘了她的本名。其夫唐寿成，不事农桑，不务商贾，十年间学文习武，志在功名，全家吃穿用度，皆赖凤娘刺绣操持。三年前，唐寿成北上京城应考，一去再无音讯。

咸丰六年（1856），江南大旱，枝河皆涸，河港全枯，行路已不必再循桥坝，各随走向。禾苗枯槁，此后城乡秋蝗蔽天，食稼伤禾。

"是年之苦亢旱，春间无雨，黄梅又不雨，河水尽竭。余家太仓，航船不能通，停止二十余日。自七月十六日有潮水进内河，方能通。是年之旱，同于嘉庆十九年，而米价自二十八文长至三十八文。计雨数，自四月以来至六月初十方雨，约计一寸。七月初七，雨约七分。十四日，雨约计二分。"

大旱之下，十室九空，凤娘葬了公婆，背着八岁的女儿，随着逃难的同乡一路北上，讨饭前往京城，寻访丈夫。

京城，镶蓝旗都统卓罗府上。

卓罗，满姓叶赫那拉，镶蓝旗旗主，从一品大员，主管镶蓝旗旗下所有旗内的所有军务政务，位高权重。

咸丰三年（1853），卓罗任癸丑科武举主考官，于考场中一眼相中英姿勃发的唐寿成，观其演武、看其文章，愈发喜爱。

卓罗无子，唯有一女，遂效法古人"榜下捉婿"，将其邀至家中饮宴，席间遣女敬酒，其女生得花容月貌，眼含秋水，百媚千娇。唐寿成酒酣耳热，看得是如痴如醉，望着佳人离去的背影，不禁想入非非。卓罗微微一笑，伺机问唐寿成可曾婚配，唐寿成心里骤然想起了远在吴县老家的妻女，可不知话到嘴边，发生了怎样鬼使神差的差错，竟然字正腔圆地吐出了一句："承蒙恩师挂念，学生并未婚配。"此言一出，唐寿成自己都吓了一跳。卓罗大喜，拉着唐寿成的手，直接定下了他与自己女儿的婚姻，婚期就定在八月十五。

酒宴散后，唐寿成就以"准姑爷"的身份住在了卓罗府上。

翌日清晨，唐寿成酒醒，坐在床上发着呆。他心里怀着愧疚，久久不能平息。

左耳边一个声音告诉他：好风凭借力，送我上云霄。若想出将入相，万万不可失了卓罗这一大臂助。

右耳边一个声音告诉他：抛妻弃女，人神共愤。虽绫罗玉带，位极人臣，但终究德行有亏，早晚必遭报应。

唐寿成坐在床上，一坐就是两个时辰，在这两个时辰的时间里，他试着硬起心肠，将凤娘母女锁进了心中的深处再深处。

三天后，唐寿成找来了自己的同科好友孟东亭，将身上所有的银钱以及典当了所有珠玉文玩换来的钱交予了他，托他赶往苏州吴县寻访，若寻到凤娘，便告诉她自己此番大考，名落孙山，

借酒浇愁，失足落水。孟东亭离了京城，南下苏州，沿途只见饿
殍遍野，哀鸿满地。

夏日炎如火，灾荒旱象成。五至八月，长江以南，运河水
竭，禾苗焦枯，人食草根树皮。灾民流动，死者满道，尸横遍
野。苏州城南门外，有兵丁掘堑掩尸，一日满，再掘又满。孟东
亭这一路吃尽了苦头，刚到吴县，遍见周遭庄稼无收，赤地千
里，道馑相望。贫家卖儿鬻女，至骨肉相食。及至东山村，十室
已九空。据逃荒蚕农相传，凤娘母女已饿死于逃亡路上。孟东
亭搜无所获，活不见人，死不见尸，只能打道回转，找唐寿成
复命。

唐寿成闻听妻女饿死，偷偷溜出卓罗府，寻了片荒山，烧
纸拜祭，痛哭了一场。哭罢后，便下山，紧锣密鼓地筹备成婚
事宜。

然而，凤娘母女并没有死，此事怪不得孟东亭寻访不力。要
怪只能怪江南大旱，流民大乱。凤娘这个名字，既是名字，也是
称号。苏州自古便是桑蚕重地，刺绣高手不多，却也不少。叫凤
娘的，没有一百也有八十。逃荒路上，每天每时每刻都在死人，
谁也不知道死的是哪个凤娘。

凤娘背着女儿唐阿敏，一路北上奔京城，一来是为逃荒活
命，二来也是为了去寻杳无音信的丈夫。这一晚，凤娘饥寒交
迫，和阿敏缩在京城外的一处破落草亭，凤娘将女儿揽在怀中，
轻轻地拍着她的肩头，口中哼唱："从空降下无情剑，斩断夫妻
两离分。流泪眼观流泪眼，断肠人送断肠人……"

"娘！我饿。"唐阿敏扯着凤娘的衣襟，微微啜泣。

"阿敏乖，阿敏不饿，睡着就好了。"凤娘双眼垂泪，揉了揉阿敏枯黄的头发。

"娘，我冷。"

"走一走，娘抱着你走一走，走一走身上就热了。"凤娘舔了舔干裂的嘴唇，抱起了阿敏，将她放在地上，牵着她的手，绕着草亭深一脚浅一脚地转圈儿，没走几圈儿，已经饿得头重脚轻的凤娘眼前一黑，重重地栽倒在地，在她失去意识前，依稀听到了阿敏撕心裂肺的哭声。

不知过了多久，凤娘幽幽转醒，发现自己正躺在一间破庙的神龛下面，眼前站着虽然年岁不大，但极为邋遢，眉毛胡子连成一片的蓝衫道人。

蓝衫道人生得极丑，活似城隍庙里的判官。

"哟，醒了！"那道人哈哈一笑，露出一排枯黄的牙齿。

"鬼啊！我这是……阿敏！我的阿敏！"凤娘猛地起身，惊恐地大喊。

"我是人，才不是鬼！放心，你没事，你的女儿也没事，就是饿的，一碗小米粥下去，睡得香着呢。"道人挠了挠胡子，一指旁边，只见阿敏躺在破庙东北角的稻草堆里睡得正香。

"多谢道爷相救！"凤娘膝盖一弯，跪在道人面前就要磕头。

道人一个闪身，躲开了凤娘这一拜，摇头晃脑地喊道：

"别别别，不用拜！我也是听见小女孩的哭声，才发现的你。"

"还不知恩公名姓……"

"举手之劳，何必问名姓。咱们就此告辞！"道人一甩袍袖，迈步要走，凤娘跪倒一拉，拽住了道人的衣角。

"你……这是干什么？"

"道爷……我……"

"哦！我明白了。"道人点了点头，在自己浑身上下摸索了一阵，掏出了一壶酒、两张饼、三两银。

"饼和银子都可以给你，酒不行。"

"道爷……"

"我身上真的没有别的东西了，我也不是本地人，只是碰巧路过京师。听你的口音像是南边来的？"

"道爷好耳力。"

"那你到京城来做什么？"

"江南大旱，实在是活不下去了，我夫君去年来京城应考……"

"哟！我有个朋友，考了十年没中。你丈夫可曾高中？"

"杳无音信……"

"那你接下来怎么打算？回去，还是留下？京师米贵，居留不易啊。想在这吃住，你需找个营生，否则再过两个月可就入冬了，你带个孩子沿街乞讨……说句难听的，北地不比南国，隆冬腊月，你们母女不被饿死，也得被冻死。"

"营生？我……我……我有手艺，我会刺绣，我绣得很好。"

"刺绣？"

"我是苏州吴县人，手艺是祖传的。"

"那敢情好，有一技傍身，走遍天下都使得。我在京城里还真有个相熟的绸缎庄老板，对了，他就是我刚才说的那个考了十年都没中的朋友。罢了！罢了！帮人帮到底，送佛送到西。你抱上孩子跟我走。"道人拧开酒壶，将壶中老酒一饮而尽，引着凤娘母女往城西走去。

城西，有一裁缝铺，名曰：瑞德福，乃是几十年的老字号，掌柜姓陈，单名一个绍字。

道人进了裁缝铺，直奔后堂书房，大马金刀地往茶台后面一坐，拍着案子呼喝小厮上茶，小厮不认得他是谁，正推搡吵嚷之际，陈绍已大步流星地跑进了书房，两臂一抱，搂住了道人，朗声笑道：

"少镖头啊少镖头！你怎么这副打扮？"

"少个屁！老子不干了！"陈绍的话似乎说到了道人的痛处，道人把脸一拉，扭过身去。

"这是为什么啊？"陈绍追着问道。

"哼，我爹那老东西偏心眼儿。"

"你说的是……郑老镖头？"

"不是他还有谁！难不成我还有别的爹吗？"

"郑老镖头为人公允，怎么会……"

"公允个脑袋！我郑三山和他的大徒弟骆沧海比武，争八极掌门，说是公平校技，可那老东西在头天夜里偷偷传了骆沧海摔跤绝招，好让他的乖徒儿胜我！"

抱着女儿站在门外的凤娘听到这儿，终于得知这年轻道人的名字原来唤作——郑三山。

"这其中怕不是有什么误会吧？"陈绍一边和郑三山攀谈，一边招呼小厮看茶。

"误会？狗屁！老东西在比武前一天夜里，偷偷把姓骆的叫到房内，足足待了一个时辰，我亲眼所见，岂能有假。"

"这……"

"这什么这！我这脾气，断然忍不了这事！和家里大吵了一架，破门而出。我听说京城白云观，有一老道，以保定快跤称雄。此番进京，就是为了直奔白云观出家，拜师学艺。待我学成，必杀回沧州，当着镖局老少爷们的面，以其人之道还治其人之身，把他骆沧海摔得鼻青脸肿，抱头鼠窜。哈哈哈哈！想想都痛快。"

"那……那位老道教你了吗？"

"还没呢！我入观三月，终日里干的是劈柴烧水的活，吃的是青菜豆腐的饭，嘴巴里都要淡出鸟儿来了。这几天我实在忍不住，跑下山来喝酒吃肉，被那老道发觉，对我愈发横眉冷对。"

"那可如何是好？"

"车到山前必有路，我再待上十天半个月，倘若他还是不肯理我，我就再去访别的名师。哎呀！光顾着和你聊天，忘了正事了，来来来，我给你介绍，这位女子，叫……叫什么来着？"郑三山一拍脑门儿，将凤娘母子拉进了屋内。

"恩公，我叫凤娘……"

"对对对，凤娘！苏州吴县人，精通刺绣。陈绍老弟啊，你是干绸缎的，与她的手艺恰好对路。我在城外见她们母女冻饿街头，十分不忍。既然遇上了，总不能不管。但是你哥哥我这个性子，你是知道的，自己吃饭都是问题，哪能再多顾两张嘴。这马上就到冬天了，我想让她在你这儿寻个营生，做些零工，也好让她们母女俩有片瓦遮头，你意下如何？"

陈绍哈哈一笑，放下手里的茶杯，拍着郑三山的肩头说道：

"当年我去河南贩丝，路遇歹人劫镖，若不是郑大哥拼死相护……"

"陈年旧事，提它作甚。人我算是托给你了，告辞！"郑三山一拍屁股，起身就走。

"郑大哥，吃了饭再走啊……"

"不吃了！不吃了！下山太久，老道士又该唠叨了！"

"郑大哥，上次我跟你说，想随你行走江湖的事，你考虑得怎么样了？"

"我的好兄弟，行走江湖风餐露宿，刀光剑影，苦得很！你守着祖业铺面，做个富家翁，岂不美哉？"

"郑大哥，我对行侠仗义，一向心向往之！"

"兄弟，你身子单薄，手不能提，肩不能扛，没有半点儿武艺在身，谈何行侠仗义？"声犹在耳，郑三山的人已跑到街上，三步并两步消失在了人群之中。

"唉！"陈绍一拍脑门，忍不住一声长叹。

自此后，凤娘母女便在陈绍的绸缎庄安下了身，凤娘凭着一手刺绣绝艺很快便得到了陈绍的重视，一跃成为瑞德福的"大师傅"。于是乎，凤娘一边刺绣做工，一边在京城打听唐寿成的消息。

一个月后，卓罗府上。待嫁的小姐正细心挑选着大婚之日的红披绣袍。京城二十七家有字号的绸缎庄都送来了样子，唯有瑞德福的手艺被一眼相中。

卓罗大喜，给了陈绍纹银二十两做赏，命他赶紧派裁缝和刺绣师傅来府内为小姐量体裁衣、赶制绣袍。

翌日清晨，制衣的裁缝王伯带着凤娘早早地赶到了卓罗府，在官家刘春儿的带领下，进到了内堂。

内堂设了一面屏风，裁缝王伯在屏风后为小姐量衣，凤娘捧着一摞绣着不同图样的锦缎，供小姐翻看挑选。

正当时，唐寿成从外走来，站在门外，向小姐问安。唐寿成在卓罗府上住了好几个月，府中上下皆知此人是未来的姑爷，无人敢不卖他面子。再加上小姐爱他人物风流俊俏，私下里没少与他调笑，故而唐寿成在府中穿堂过室，丝毫不见局促。

"唐郎，这喜服的绣样儿，你是喜欢大雁，还是喜欢鸳鸯啊？"

"嗯……我既不喜欢大雁，也不喜欢鸳鸯。"唐寿成话一出口，屏风后捧着缎子的凤娘身上一僵，几欲惊呼出来，这声音她太熟悉了。

"啊？那你喜欢什么啊？"

"我啊！我喜欢的是小姐你啊！"

"呸！没羞！下人们都在呢。"

"怕什么，我唐寿成对小姐一片痴心，此言可昭日月。"

"羞羞羞，你快莫说了。"

就在此时，花廊边上有小厮喊道："姑爷吉祥，老爷有请。"

唐寿成一声豪笑，拿着戏腔念白：

"娘——子——，某去去便回。"

唐寿成的脚步声渐远，凤娘的一颗心从半空中直直地坠落至无底的深渊，她和唐寿成生活多年，他的声音无论如何她都不会听错。她曾设想过无数种夫妻重逢的场景，但没有一种是今日这般。

是他！就是他！但她却宁愿，他不是他！

"扑通——"凤娘眼一黑，脚一软，坐到了地上。

小姐吓了一跳，连忙去扶，管家刘春儿走了上来，差遣丫鬟家丁将凤娘架起。

"这是怎么回事儿啊？"刘春儿冷着脸发问。

裁缝王伯连忙回道："许是昨儿个赶制图样，绣得太晚了……"

"还不带下去。"刘春儿面带狐疑，一扫袍袖，王伯极有眼色，赶紧上前搀起凤娘，躬身倒退出了房间，扶着她在院子的回廊边上找了一棵大树，靠坐在树下。

"凤娘，来，喝点水吧。"王伯从怀里掏出一个锡制的小壶，给凤娘喝了几口水。

凤娘喘息了一阵，剧烈跳动的心脏渐渐平复，苍白如纸的脸上，渐渐恢复了些许气色。

"你这是怎么了？"

"王伯……我……我听他家姑爷的说话声，像极了我一直在找的丈夫……"

"噤声！"凤娘话未说完，王伯猛地一惊，慌忙用手掩住了凤娘的嘴。

"凤娘！你知道你在说什么吗？此处乃官宦府邸，不比寻常百姓家。这念头你趁早掐灭了，否则……杀身之祸啊，他们弄死你，就像捻死一只蚂蚁一样……"

"可是我敢肯定，他……"

"闭嘴！肯定什么肯定。你什么都不知道，什么也没听到。就算真是……你也不认得他。"

两人正说话间，小姐的贴身丫头，寻了过来，将小姐选好的绣样连同十两银子的赏钱一并交给了王伯：

"这是小姐定的样子，抓点儿紧。"

"小人明白！小人明白！"王伯弯腰作揖，双手过头，接过东西，转身拉起凤娘便走，二人出了后门。

回廊的转角处，一脸沉思的刘春儿缓缓地从墙后踱步而出。

"郭五！"刘春儿一声喊，招呼来了一个五大三粗的黑脸汉子。

"小的在。"

"跟过去，看看他们住哪。"

"是！"

"我家姑爷……像她丈夫？她叫凤娘，听口音，似是苏州人，苏州……"刘春儿捻着胡须，自言自语了一阵，忽地眼前一亮，一拍大腿。

"孟东亭！姑爷儿的那个同窗孟东亭。前一阵子姑爷典当了不少古玩珠玉，其中有几样是老爷给的，街面上的当铺看到了府上的标记不敢收，差人退了回来。老爷问询姑爷原因，姑爷说是金榜题名，想要凑钱重修祖坟，光宗耀祖。老爷念他一片孝心，还资助了他一笔钱。姑爷要准备大婚，无暇南下，当时拿钱去苏州帮姑爷办这事的，就是他的同窗孟东亭！难道……姓孟的根本不是去修坟？哎呀呀呀，万不可让这小子骗了小姐，此事我得尽快告诉老爷。"

月上中天，卓罗书房内。

卓罗眉头紧锁，站在窗前不住地用指头捻动着手里的檀木念珠。

"你说的……都是真的？"

"是真是假，唤那姓孟的来，一问便知。"刘春儿缩身在阴影中，张口应答。

"有理！此人现在何处？"

"白日里陪姑爷饮宴，不胜酒力，现就宿在府中。"

"唤他来，悄悄地，不要惊动他人，特别是姑爷。"

"小的明白。"

约过了一盏茶的工夫，刘春儿引着还没醒酒的孟东亭走进书房，然后便躬身退了出去，细细地掩好了门。

"坐。"卓罗大手一挥。

"卑职不敢。"孟东亭诚惶诚恐，低头不敢上瞧。

卓罗走到书案前，捻起一根松烟墨条，将茶杯里的茶水倒进了砚台，一边研磨，一边问道：

"我卓罗一生仅有一女，唐寿成是我的女婿，便如同亲儿一般，你是他的至交好友，与我自然不必见外，不妨叔侄相称。贤侄，你……现任何职啊？"

"回叔父，小侄现任……城门吏。"

"城门吏？一个七品的看门官……吏部这帮草包，唉，委屈贤侄了。我卓罗说话，一向直来直去。贤侄，我有心保你个前程，就……宣抚使司同知，如何？正五品！"

孟东亭听言，喜出望外，俯身跪倒，连连叩头：

"多谢叔父大人提携。"

卓罗一抬手，扶起了孟东亭，和他聊了一会儿诗文，又谈了谈弓马，待到孟东亭渐渐放松戒备，才故作不经意地抛出了问题：

"最近朝堂上一直在热议江南的旱情，我听说孟贤侄前段时间刚从江南回返，不知那边情况如何？"

"回叔父，小侄亲眼所见，大旱遍及诸省，禾草皆枯，江河湖水深不盈尺，地赤田荒，草木兽皮虫蝇皆食尽，人多饥死，饿殍载道，死者枕藉。苏杭之地，灾者八十余区，饥口入册者不下百万。"

卓罗沉吟了片刻，幽幽叹道：

"此一番南下，贤侄辛苦了。"

"不敢不敢，受人之托，忠人之事。"

"不知此一趟风餐露宿，可曾寻到凤娘？"

"白跑一趟，不曾……"孟东亭话未出口，顿时察觉到了不对，他抬起眼向上一看，只见卓罗面沉如水，两道目光凶狠老辣，死死地看着他的眼睛。

"哎呀！"孟东亭暗呼了一声不好，顿时明白卓罗找他聊了半晚，就是为了诈他这句话。

"人老成精，古人诚不我欺。"孟东亭心里一声哀号，烂泥一般跪在了地上。瞧见孟东亭神色，卓罗对刘春儿说的话已经信了八分。

"事已至此，还不将前因后果与我细说分明！"卓罗一巴掌拍在了书案上，孟东亭冷汗霎时间浸透了脊背，浑身打着哆嗦，一五一十地将唐寿成的事抖了个干干净净。

孟东亭说完了话，趴在地上大气儿不敢出一声，卓罗在屋子里来回踱步，过了半晌，轻声一叹，摆手说道：

"滚出去吧，此事不得跟任何人说起，尤其是寿成，否则……当心你的脑袋！"

"明白！明白！小侄……不，小人，小人明白。"

孟东亭前脚刚出书房，后脚便进来了刘春儿。

"老爷，刚沏的参茶，您润一口。"

卓罗接过茶碗，呷了一小口，转身坐在了太师椅上。

"刘春儿，这事儿你怎么看？"

"我听老爷的！"

"唐寿成这个武举探花，很得皇上的赏识。当今朝堂，派系林立。最大的山头有二，一是肃顺，二是耆英。肃顺是谁？郑献亲王济尔哈朗七世孙，郑慎亲王乌尔恭阿之子，御前第一红人！任内阁学士，兼任副都统、护军统领、銮仪使、黄旗蒙古副都统、正红旗护军都统，那是咱们的大靠山。可那耆英也不是吃素的，他是多罗勇壮贝勒穆尔哈齐六世孙，嘉庆朝东阁大学士禄康之子，任宗人府主事，迁理事官，历官内阁学士、护军统领、内务府大臣、礼部、户部尚书、钦差大臣兼两广总督、文渊阁大学士。这两派斗得你死我活，都想在皇上面前安插自家的人马。唐寿成这一步棋，是机会，咱们不能输。只不过，这个唐寿成敢骗我，不杀他实在难解恨！"

"朝堂上的事，奴才不懂，奴才只知道，小姐对唐寿成一片痴心，唐寿成有个好歹，小姐怕是也……"

"那你说怎么办？"

"老奴认为，这不麻烦。唐寿成不知道那个叫凤娘的女人没死，他既然当她死了，我们不妨就真的把她弄死，这样才能斩断所有的变数。此事你知我知，小姐不知唐寿成不知。便当作什么都没发生，婚事照旧……"

"此计甚妙。对了，孟东亭说了，唐寿成和那个叫凤娘的女人还有一个孩子……"

"老爷，此事您就交给奴才去办，绝对万无一失……"

"你办事，还是妥帖的。"卓罗闭上眼，手扶着太阳穴，不住地按揉。

"老爷，您早点儿休息，奴才告退。"刘春儿关好了门窗，出了书房，提着一盏灯笼缓缓地走进了花园的竹林深处。

叁

五更天，瑞德福。

陈绍还在房中盘账，店里的老伙计，裁缝王伯敲了敲门。陈绍放下算盘，拉开了房门。

"王伯，这么晚了有事吗？"

"东家！有件事儿，不知当不当讲。"

"什么事？"

"按理说……这是人家姑娘的家事，我不好乱嚼舌，可我总觉着心里头有块石头提着，不跟您说我不安心。"

"那你还不快说！"陈绍将王伯拉进了屋，王伯将今日在卓罗府发生的事一五一十地告知了陈绍。

陈绍刚一听完，顿时急得好似热锅上的蚂蚁，在地上来回乱转，催促着王伯收拾东西。

"不要了！不要了！瓶瓶罐罐、古董字画都不要了，只带金银细软！快快快！去把凤娘母子叫起来，咱们连夜出城，京城待不下去了！"

"这……这是为什么啊？"王伯被支使得手忙脚乱。

"还能为什么？这大清朝的官宦，有几个是良善之辈！都是些吃人不吐骨头的恶鬼！"

"可……万一是凤娘听错了，认错了……"

"就算是你认错了，也是伤了八旗老爷的颜面，他怎可能轻饶了你？"

"可……他们还不知道凤娘这事呢，您是不是过于紧张了！"

"屁话！若是他们知道了呢？他们知道了咱们就要死；他们不知道咱们就能活。知道与不知道的可能各占一半。咱们赌不起，输了就没命了。这就像一把刀悬在头上，可能落下了也可能不落下来。咱们现在最应该做的，不是坐在刀下面猜它会不

251

会落，而是赶紧离开，别在刀口下面待着，生死大事，怎可不紧张！"

"东家说得对！我老糊涂了！我……我这就去叫凤娘母女。"

"还不快去！"

陈绍从书房的柜子里取出房契、地契、银票等贴肉藏好，王伯推门出屋，直奔后院凤娘的住处。

凤娘和阿敏正酣睡间，被王伯拍门叫醒，王伯隔着门向凤娘说了一通利害，凤娘知道自己闯了大祸，赶紧叫醒阿敏，母女二人简单收拾了几件衣服，打起包裹跟着王伯走。

"你们俩去找东家，我去前院厨房，带些干粮。"

后院，陈绍正在给各间屋门上锁。

"东家，我们母子对不起你！"凤娘"扑通"一声跪倒在地。

"快起来！情危事急，休要再说这些没用的话，郑大哥把你托给我，我若是令你有丝毫伤损，便是辜负了兄弟信义。走走走，咱们先出城再说。"

此时，王伯已经包裹好了干粮，跑了过来。

"王伯！走！"陈绍拉开门闩，左右张望了一阵，带头钻进了七扭八拐的胡同。

京城城门，内九外七皇城四。"内九"指的是内城上的九座城门，按顺时针方向，分别是东城墙上的东直门、朝阳门；南城墙上的崇文门、正阳门、宣武门；西城墙上有阜成门、西直门；北城墙上的德胜门和安定门。

而这九座城门，因功用不同，又有"九门走九车"的掌故。

其中，朝阳门走粮车，崇文门走酒车，正阳门走龙车，宣武门走囚车，阜成门走煤车，西直门走水车，德胜门走兵车，安定门走粪车，东直门走砖瓦车。

安定门寅时一刻开启，陈绍一行人掐着时间，匆匆而出，一路向北，在山边找了一家车马铺，买了一辆马车，由陈绍和王伯轮流赶车，赶往承德，陈绍的堂兄在承德做茶商，陈绍想去投奔。

山路大雾渐浓，隐隐不辨东西。

"王伯，到哪了？"陈绍手搭额前，向雾中张望。

"东家，前面不远就是鹰嘴沟，过了沟，就算离了京师地界儿。"

"咱们再快些，打起精神，过了鹰嘴沟再歇息。"

"不行了，东家，咱们连跑了一天，就算人挺得住，马也受不了了，歇歇吧！"

陈绍犹豫了片刻，点了点头，帮着王伯勒住缰绳，将车靠在路边，解开马嚼子，摘下车套子，将马拴到林中树上，让它饮水吃草。

"凤娘，带孩子下车转一转吧，颠簸了一天，骨头都散架了。"王伯拍了拍马车轱辘，招呼凤娘下车。

凤娘这头刚掀开帘子，只听头顶传来了一声响亮的鹰鸣。闻声看去，只见在密林上方的浓雾中猛地钻出了一只猎隼，白颈褐顶，两翼一展，长逾五尺，爪子上还系着一个闪亮的黄铜环。

那猎隼冲天而起，也不飞远，只在马车上方盘旋。

"不好！"陈绍一声惊呼。

"怎么了，东家？"

"这鹰是有人专门驯的，不是野的。"

"那……那又怎么了？"

"熬鹰驯隼，草原围猎，这是八旗子弟的拿手绝活，咱们怕是已经被卓罗府的人盯上了，这鹰就是他们撒出来的探子，用不了多久，他们就得找上来！"

"那……那咋办？"王伯彻底慌了神。

"咱的马不行，逃是逃不过的，赶紧钻林子。雾大树密，鹰看不清，马跑不快，咱们找机会躲藏。"

言罢，陈绍解开了正在吃草的拉车马，掏出随身的匕首，一刀扎在了马屁股上，马儿吃痛，发力狂奔，转眼便消失在了大雾中。

"但愿能把对方引开，拖延一阵。"陈绍双手合十，对天祷祝，左手扯起王伯，右手扶住凤娘母女，转身扎进了鹰嘴沟的密林之中。

林子里，山路崎岖泥泞，光线昏暗，陈绍体弱，王伯年老，凤娘还抱着个孩子，四个人虽累了一身大汗，穿行了一个多时辰，却并未跑出去多远。

"东家……我，我不行了！"王伯一个趔趄趴在了地上，任凭陈绍怎么拖拽，也爬不动半步。

"东家……我……"

"嘘！别说话！"陈绍两眼一瞪，捂住了王伯的嘴，侧耳一听，只听一片死寂的密林深处，间歇地传出了两声几不可闻的狗叫。

陈绍皱紧了眉头，缓缓地坐在了一块大青石上。

凤娘强提着一口气问道：

"他们……他们有狗？"

"对！"陈绍点了点头，从怀里掏出了一个从洋人那边买来的雕花小酒壶，拧开盖子，喝了一口。在烈酒的刺激下，他蜡黄的脸颊泛起了一抹红晕。

"东家……咱们快跑吧……"凤娘的嗓音已然带上了哭腔。

"人是跑不过狗的，你跑得再远，它都能嗅到你。"

"那……那……怎么办？"

陈绍笑了笑，伸手向前一指：

"听到了吗？"

"听到什么？"

"水流声。"

"水流声？"

"对，前方不远，定有河水，你们赶紧走，涉水渡河，隐藏气味。"

"那……那你呢？"

"我？我自有去处。"陈绍站起身，举起两手狠狠地搓了搓脸，扭头看向了河水的反方向，那里有一道山梁，山梁背面是一道深不见底的山谷。

"凤娘，把你的包袱给我。"陈绍的声音异常平静。

"东家？你……"

"给我！"陈绍一咬牙，不容分说地从凤娘手里抢下了包袱。

"王伯！我陈绍虽是个屡试不第的酸腐书生，但也知道生死是小，失信是大。人我就托给你了。日后见到郑三山，替我转告他一句话：谁说没有半点儿武艺，便做不得行侠仗义事？如若不信此言，便以我陈绍为凭！"

言罢，陈绍一把扯开了凤娘的随身包袱，拎出了一件凤娘的衣袍系在颈下，扭头就往山梁上跑。

"东家！"王伯和凤娘面如土色，爬起身来，就去追陈绍，陈绍的腿脚比起老态龙钟的王伯和抱着孩子的凤娘，快得不只一星半点。

"东家！快下来——"王伯顶着风喊话，声音还没送出去，陈绍已经爬到山梁顶上。

"嗖——"浓雾中一只羽箭电射而来，瞬间贯穿了陈绍的小腹，陈绍的身子晃了一晃，扶着树爬起身来，拾起地上的石块碎土，朝着往山梁上爬的王伯和凤娘掷去。

"别跟过来！"

陈绍左手攥着腹部的箭杆，右手冲着箭来的方向使劲儿的挥了挥手，扭头向山谷下头跑去。

"汪汪——汪——"阵阵犬吠伴着密集的脚步声越来越近，朝着陈绍消失的方向追去。

阿敏号啕大哭，王伯赶紧伸手捂住了她的嘴：

"走！走！咱们不能让东家白死。过河，过河！"

王伯拽着凤娘和阿敏顺着草坡滑下山梁，弯着腰沿土沟绕行，迎着水声跑，不到一炷香，便瞧见了一条五丈宽的河。

近日雨水充沛，河水甚是湍急，王伯数次投石入水，都没能探出深浅，耳听得犬吠声又近，王伯将心一横，抢先蹚入水中，凤娘将阿敏举过头顶，让阿敏骑在她的颈上，一步一步向河水深处行去。

河底，烂泥裹着水草，湿滑无比，王伯和凤娘几次险些滑倒，全赖彼此搀扶，将至河心，水已过胸。王伯年老，久浸冷水，体力不济，嘴唇冻得发紫，哆哆嗦嗦中，他慢下了脚步，让凤娘走在自己前面。

凤娘仰着脖子，努力不让河水漫过口鼻。阿敏已经忘了哭喊，只是扁着嘴，一声声地抽噎。

突然，凤娘一脚踩空，半边身子一歪，眼看就要倒在水中，多亏王伯眼疾手快，及时托着了凤娘的胳膊。水大流湍，凤娘顾不得说话，只能咬着牙继续蹚水，等她蹚到岸边，即将上岸的时候，猛地回头一看，才发现王伯不知在何时已然消失在了水中。

"王……"凤娘两眼发黑，摇摇欲倒，阿敏两只小手死死地抱住凤娘的腿，惊恐的眼神里满是无助。凤娘狠狠地抽了自己一个耳光，抱起阿敏，红着眼睛沿着河一边哭一边跑，一直跑到天黑，跑到伸手不见五指。

凤娘的脑子一片空白，她只知道跑，她只能跑。

直跑得两腿战战，跑得跟跟跄跄，跑得头晕目眩，跑得咳喘干呕，跑得浑身火烫，跑得倒地不起。

"娘——"阿敏抱着凤娘的脑袋，使劲地摇晃。

"阿敏……"

"娘！你的脸好烫！"阿敏两只小手捧着凤娘的脸，两只眼睛哭得肿起老高。

"阿敏，娘的好阿敏。娘怕是不能带着你继续走下去了，你……一个人要坚强，你……"

"娘！你要去哪儿啊……"

"娘要去哪儿，娘哪儿也不去，娘会一直陪着阿敏，只是阿敏看不到。娘就在你的床头，阿敏乖乖睡觉的时候，娘就会出现在你身边……"

"娘，你不是说要带阿敏去承德吗？"

"承德……咱们不去承德。咱们去白云观，就是这条路，沿着河一路往回，去找大胡子，好不好？"此时除了郑三山，凤娘再也想不出另一个可以托付阿敏的人，然而，她已经无法继续和阿敏一起上路了。

"娘，你起来啊，你怎么了？"阿敏攥着凤娘的手，她能清楚地感觉到凤娘的虚弱，像极了在狂风中颤抖的微弱灯火。

"阿敏，你答应娘一件事，你应了，娘就起来，和你做游戏。"

"阿敏答应。"

"你记着，长大后，一定不要……不要恨你的爹。"

"爹？为什么要恨爹？"此时的阿敏根本不知道发生了些什么。

"你记着！你先答应娘。"

"我答应！娘你起来，你别吓我。"

"阿敏乖，你重复一遍，娘说了什么？"

"娘让阿敏不要恨爹，阿敏记住了。"

258

"娘和你做个游戏好吗？分……分开走，看是阿敏先到白云观，还是娘先到……还和平时一样，阿敏先跑娘来追，娘闭上眼睛，数……一百个数。好不好？"

"好！"

"娘开始数了，阿敏快跑！"

"娘，你要快点来追我啊！"

"一、二、三、四……娘要来追你了……"凤娘微微一笑，捂上了眼睛，阿敏爬起身，沿着凤娘指的路快步小跑。

阿敏不知道跑了多久，忽地一愣，停下了脚步，她蹲下身听了很久，没有听到凤娘追来的脚步声，她在伸手不见五指的黑夜里试探着喊了一声：

"娘？"

除了呜咽的夜风，只有隐隐的蛙鸣与她应答。

阿敏害怕了，她扁着嘴，向来路跑去，其间跌了无数次跟头，跌得额头也破了，手心也破了，膝盖也破了。

终于，她跑到了刚才和凤娘分开的地方。

然而，这里却早已不见了凤娘的身影，唯有一个装着干粮的包袱和一排留在泥沙上的脚印，包袱工工整整地放在一块大青石上，脚印缓缓入河。

"娘——娘——"阿敏喊了一个晚上，也没找到凤娘。

她只记得凤娘说的六个字："白云观、大胡子。"

二十天后，白云观。

阿敏自己都不知道自己是怎么走出的鹰嘴沟，又是如何一步一步，边乞讨边问路来到的白云观。她只记得那是一个雨后的黄昏，夕阳染红了尚未散尽的云，她走到观门前，轻轻地拍了拍已然腐蛀的木门，半晌过后，门后响起了慢悠悠的脚步声。

"吱呀——"观门被拉开了一道缝儿，醉眼蒙眬的郑三山探出了脑袋。

"谁呀？"

"白云观，大胡子，娘——"阿敏一屁股坐在地上，小嘴一张，发出了一阵"响遏行云"的哭声。

三天后，郑三山总算从惊魂渐定的阿敏嘴里，断断续续地串连起了这一系列发生的事。

古语有云：君子报仇，十年不晚。可是，郑三山从不认为自己是个君子，他也等不了十年。郑三山一直认为自己就是个"匹夫"。匹夫见辱，拔剑而起，挺身而斗，血流五步。这才是他的风格。

八月初十，卓罗奉皇帝命，在京城北门外的城隍庙前施粥，赈济自江南逃荒北上的灾民，这场施粥，排场不小，城外流浪的乞丐灾民闻讯，纷纷来此聚集。

郑三山在头天夜里早早地溜出了道观后门，怀藏短刀，混进了流民之中，他天生貌丑，人又邋遢，眉毛胡子和头发油腻腻地纠缠在一起，不用改扮，便是十足的乞丐相貌。

城隍庙前，广场上立了一座一人高的木台，台上有粮米数袋，粥锅一口，台下有兵丁百余人，横纵列队，各持长枪大棒，驱赶灾民排队。

卓罗端坐在木台之上，手边放一茶几，管家刘春儿束手而立，伺候他饮水品茶。须知这次朝廷命卓罗施粥赈灾，米粮从库房运到此地，经手官吏层层扒皮，最后真正下到锅里的米，已不足三成，而这其中绝大多数都落入了卓罗的口袋，灾荒年景，米价连涨，这趟"美差"少说也能赚个几万两雪花白银。

一众难民绕着高台里三层外三层地排着长队，一个个面黄肌瘦，踉踉跄跄地经过高台，一个十几岁的半大孩子举起瘦得鸡爪一般的手，踮起脚探着身子去抠掉落在木台缝隙里的米粒。这一动作，恰巧被卓罗看见，卓罗脸上泛起一抹无以言表的厌弃，他重重地放下了茶碗，抬起右脚，使劲一踏，将那孩子手踩住，拎起马鞭，劈头盖脸地就是一顿乱抽：

"穷坯崽子，赏你饭吃还嫌不够，竟然伸手来偷！"

"啊——啊——老爷！我不敢了！不敢了！"

"来人，把他给我揪出去，一口粥也不准给。"

"是！"两个兵丁挤开人群，将那个已被抽得血肉模糊的孩子拖了出去。

然而，这一桩血腥残酷的惨事，却并未在饥民之中掀起多大的波澜，众人还是一脸呆滞，有气无力地向前挪动。

没有别的原因，只是因为太饿了，饥饿已经麻痹了他们的神经，扼住了他们的命运，他们低着头，不敢去看那孩子的眼，连啜泣都只能压在喉咙里，唯恐因为发出半点声响，而被头顶上那位官老爷发现。

"呸！晦气！"卓罗将鞭子一扔，大马金刀地坐回了椅子上，呷了一口茶。

此时，郑三山已来到了城隍庙，骑在房脊上，将这一幕尽收眼底。

"好狗贼，怎能这般侮辱人？"

心念至此，郑三山一紧裤腰，脑子盘算着如何靠近卓罗，捅他个白刀子进红刀子出。

突然，郑三山低头看了一眼自己的衣袍打扮，心中暗自思忖道：

"我这一身道袍，怕是早晚暴露行藏。我这一段时间寄居白云观，不少出入的香客都见过我的形貌，我于光天化日下，当街杀人，少不得连累观中的老道……我须得改扮一番。"

郑三山眼珠乱转，爬下屋檐，从后窗翻进了城隍庙，一抬头，正瞧见神龛上供着的阎王像。

那塑像通体泥胎，真人大小，外穿锦绣衣袍。郑三山喜上眉梢，一拍大腿，冲着塑像拱手笑道：

"平日里百姓供养阁下许多香火，如今场面，正当扶危救困。郑某不才，暂借阁下袍服一用。"

言罢，一个纵越跳上神龛，站在一旁看顾香火的两个小厮上前阻拦，被郑三山一拳一个打昏过去。

郑三山披戴整齐，找了一口井，照了照倒影。只见自己头戴香袋护耳紫金冠，身穿荷叶边翻领宽袖大红袍，腰悬虎纹镶金白玉带，脚踏方头厚底云纹皂靴。再配上自己这副虬髯乱发、连耳长鬓、短脸阔口、扁鼻凹脸的相貌，简直比那泥塑更像阎王。

"老子这样貌，当真是英俊！"郑三山呵呵大笑，伸手去香炉底下抓了两把黑灰，在脸上抹了一把，将怀里的短刀藏好，大踏步地冲出了庙门。

正当时，粥锅之前，有人吵嚷不休，卓罗"腾"的一下又站了起来，抄起鞭子就往嘈杂处走，刘春儿赶紧上前，劝住了卓罗，扶着他坐好，给他续好了茶水，弯腰说道：

"爷！您歇着，一点儿小事儿，奴才去平了它。"

言罢，刘春儿打了个千儿，转头起身，招来了两个膀大腰圆的家丁护院，大踏步地走到粥锅前，拎起搅锅的铁勺子，使劲地乱敲。

"当当当——当当当——"大铁锅刺耳地响，围在周边的饥民纷纷捂上了耳朵，向后退去。

"吵什么？吵什么？能吃就吃，不能吃就滚！"刘春儿叉着腰，破口大骂。

众饥民互相对望了一阵，推举出一名老汉，那老汉捧着碗走到台下，抬起头来，仰着脖子看着刘春儿。

"官爷！这粥……"

"粥怎么了？"

"太……太稀了……您看！"老汉将手里的粥碗向上举了举，好让刘春儿看得更清楚些。

刘春儿皱着眉头，蹲下身，用手指点了点粥碗：

"稀？哪稀啊？"

老汉弯腰从地上捡起一根小树棍儿，在袖子上擦抹干净，竖着插进了碗中，碗中的粥稀得可怜，与其说是粥，不如说是米汤。那小棍儿站立不住，一插便倒。老汉拔出树棍儿，塞在嘴里，使劲儿地嘬了嘬上面沾着的汤水，作揖说道：

"官爷，雍正爷当年立过规矩，赈灾的粥，需得筷子插上不倒……"

刘春儿脸一红，眉毛倒竖，两只眼儿欲喷出火来：

"老棺材瓢子，怎么就你话多？"

"仓啷——"刘春儿伸手抽出了身旁家丁带的腰刀，挽了一个刀花，抵在了老汉的颈上，老汉吓得魂不附体，体若筛糠，浑身汗毛都竖了起来。

"这粥……稀吗？"

"粥……稀……不稀！不稀！"老汉上下两排豁牙乱碰，说话结结巴巴。

"不稀吗？"

"不……不稀。"

"真不稀？"

"真……真不稀。"

"好啊！刚刚我说粥不稀，你说稀！现在我说稀，你却又说不稀！你分明是在消遣我！"

刘春儿神色一厉，手中腰刀轻轻一动，在老汉的脖子上划开了一个细长的口子，鲜血顺着刀刃，从刀尖滴落。

"不敢……不敢……"老汉慌了神，连连摇头。

"不敢？你有什么不敢的！你不是嫌粥稀吗，来来来，我给你添点干的！"刘春儿一手握刀，一手从老汉手里抢过了粥碗，平放在脚边，从鞋底上扣下了一块泥，扔进了粥里，抽了抽鼻子，用力一咳，向碗里吐了一口黏痰，端起碗来晃了晃，弯腰递给了老汉。

"老东西，现在不稀了吧？"

"不……"

"喝吧！"刘春儿用刀背拍了拍老汉的脸。

众饥民个个面带愠色，双手攥拳，但看着高台上各持刀枪的兵丁武卒，又敢怒不敢言。

"你们瞪什么眼？瞪什么？再瞪！你们是不服气，还是有人想替他吃啊？有吗？有的话就站出来！"刘春儿声色俱厉，底下无人敢答。话音刚落，郑三山便从人群中拱了出来，众灾民见了他"活阎王"一般的样貌，吓得尖声大叫，纷纷后退，郑三山手快，左手五指一抓，扣住了刘春儿握刀的手，反关节一折，直接扭断了他的手腕，同时右手一捞，从老头手里抢过了那碗稀粥，托在掌心，"砰"一下扣在了刘春儿的脸上，直接砸断了他的鼻梁。

"咣当——"陶碗的碎屑在半空中炸开，郑三山脚尖一跺，平地跳起一人多高，落在了高台上，揪住了刘春儿的后颈，发力一捏，刘春儿手脚顿时酸麻难当，整个人烂泥一般委顿不起，郑三山本就高大，这一身衣袍行头更添威严。

众兵丁被他声威所夺，不敢贸然上前，卓罗在远处瞧出不对，带着人马围了过来，倒提马鞭，指着郑三山问道：

"什么人？"

郑三山眯着眼上下打量了一下卓罗，咧嘴问道：

"我听闻今日来施粥的官儿，唤作卓罗，可是你吗？"

"正是本官，你是何人？"

"吾乃阎罗王包，司掌大地狱并十六诛心小狱，今细查汝罪，判罚挖眼刮骨，钩心铡首，哇呀呀呀呀——"

"哪来的疯汉，快与我拿下！"

"哈哈哈，诸位父老，某观这卓罗，好一似项插标草，自卖首级一般。"

"呼——"一柄长刀砍来，郑三山不退反进，左脚提起，右脚蹬地，左脚上步，右脚前跟，在落地的一瞬间，扭腰坐胯，变正对为侧对，踩、踹、闯，三力齐发，直接撞进了对手的里怀，在顶开对手的同时，向上一揪刘春儿的脑袋，将他的脖子按在了刀刃上。

"唰啦——"刀刃直接割开了刘春儿的颈动脉，血如泉涌，喷了郑三山一脸，郑三山满是厌弃地将刘春儿的尸体扔到一边，一抹脸上的血，指着被重重保护的卓罗喝道：

"该你了！"

"都看我干什么？上！擒杀此贼者，赏银五百！"

重赏之下，必有勇夫。众官兵听得"赏银五百"四字，个顶个地红了眼，腰刀出鞘，长枪乱捅，蜂拥而上。

"来吧！"郑三山合臂一抱，接住刺来的三杆长枪，左臂上提，右臂下搂，使了个狮子小张口的手法，腰、腿、臂三力齐发，将枪杆折断，借机上步，使十字手，一撞一靠，放倒了两名长枪兵，再使跟提步，钻入阵中。身前一柄单刀砍来，身侧又一杆长枪扎来，郑三山斜行漫步，右脚使了个戳脚的招法，唤作"叶底藏花"，上身不动，下肢发脚，全靠半步赢人，似踢非踢，声东击西，一脚蹬断了持枪人的前小腿，同时矮身前蹿，肩膀一斜，闪开劈来的长刀，两掌在面前交叉划开，做"猫洗脸"，随后骤然沉肩坠肘甩腕，外张五指，使"挣"劲向外抽打，手掌外侧"啪"的一下抽在了持刀人的脸上，硬功所至，对方额头、鼻梁、鼻头一线霎时间鲜血模糊，郑三山趁机夺刀，使"缠头裹脑"磕开四周伸过来的兵刃，滚身前翻，挑开了一名兵丁的脚筋，腾身展臂，右手持刀，由身体左面画弧线至头顶，再由头顶画弧线至身体右面，将刀停于腋下身后方藏起。

此招唤作"夜战八方藏刀式"，郑三山人虽生得丑，心思却玲珑通透。他不敢过多地使用八极拳的功夫，以免连累了家门老少，故而用招南拳北腿，让人摸不清路数。

"杀——"郑三山一声虎吼，往人群密集处冲去。

凡刀之用法，无外乎"八字决"，即：扫、劈、拨、削、掠、奈、斩、突。所谓"单刀看手，双刀看走"，要单刀时，攻守之关键在上盘，要在最短的时间内根据敌人的动作做出应对，双手需协调配合，不持刀的那只手，乃是筋骨血肉所生，不但不敢与对方兵器磕碰，还需要根据持刀那只手的动向，做出辅助平衡、虚晃近身等动作，功夫不到家的人往往难以令持刀的手与空着的手互相协调配合。而要双刀则完全与此不同，双手持刀，平添了一把攻击武器，双刀十字交叉即为最好的防守格挡，故而破绽多在下盘，双手舞刀，意识全在两手之上，最容易忽略步伐，是为"头重脚轻"，而双刀的攻守精髓，就在于倏忽纵横、变化无方八个字上，手上的两把刀要借助步伐"带起来"，脚步要紧跟对方移动，是谓"双刀看走"。

郑三山用刀，主用"劈"字诀，正劈刀、斜劈刀、侧劈刀、抢劈刀、蹲步劈刀、跃步劈刀、并步劈刀、缠头劈刀、连环翻身劈刀，转眼砍翻十几人。

"咔——"郑三山抢刀沿身左立圆，挂开一杆长枪，去势不讲，蓄力向下斜砍，一刀砍在了那兵丁的肩膀上，发出一声筋骨碎裂的闷响，郑三山抽手拔刀，刚一用力，却发现那刀刃正卡在对手的骨缝之中，仓促间竟然无法抽出。就在此时，一杆长枪刺到，郑三山果断弃刀，右腿前伸至一兵卒双腿之间，矮身探臂穿过他裆部，回抱顶肩，将他扛起，贴在背上做盾，撞向了长枪，长枪入肉，将那兵卒捅穿，郑三山借机一滚，钻到枪杆之下，纵身一立，右手自左侧略过持枪人的颈部，反手回拉，扣住他后颈，用力一折，掰断了他的脊椎，持枪人登时毙命。同时两手自尸体肋下穿过，拦腰抱起，用力一抛，扔向了卓罗。

护在卓罗面前的士兵赶紧聚拢在一处，用身子撞开了那具死尸，死尸落地，场内骤然不见了郑三山的踪影，众人正瞪大了眼睛，四处寻找，忽觉脚下一颤，卓罗暗道了一声不好，大声吼道：

"下面！他在台子下面！"

郑三山人在台下，撩起衣摆，扎在腰间，面对碗口粗细的台柱，右脚上步，左脚再上，左脚前右脚后，呈"四六步"（身体重心前四后六，沉肩坠肘，含胸拔背，左拳立身前，右拳置于腰间，犹如端着一杆长枪，等待冲锋）。

八极拳，托枪式，也称万将无敌式。

"哼——"郑三山右脚蹬，左脚蹿，右脚越过左脚，落地一瞬间，震脚擤气，身体借助惯性扭动，左手后拉，右拳前冲，拳心虚握，肩膀发力。

"咔嚓——"郑三山的肩膀靠断了一根台柱。

"再来！"郑三山咧嘴一笑，打倒了两个钻到台下来的士兵，向第二根台柱冲去，台子底下，空间狭小，士兵的长枪挥舞不开，只能乱捅，郑三山身法油滑，缩在长枪够不到的地方，发力乱撞，顷刻间又撞断了两根台柱。

身在台上的卓罗还没等跑到台下，晃晃悠悠的木台便轰然倒塌，台上的人、粮、锅、桌椅纷纷跌落，烟尘四起，混乱之中，也不知是谁高喊了一嗓子"抢粮咯！"

在场的饥民们发疯了一样拥了上来，冲进废墟中乱钻，官兵人仰马翻，乱作一团，卓罗被人护着，虽没受重伤，却也被砸了个头破血流，半边眼红彤彤的看不清事物。

"不要乱！不要乱！哄抢米粮者，格杀勿论！"

卓罗抡圆了鞭子，胡乱抽打。突然，他只觉胸口一痛，低头一看，只见胸膛处探出了一把短刀的刀尖，在他身后缓缓出现了郑三山那张丑脸。

"你……是谁，为何杀我……"卓罗的嗓子不断地呕着血，想说话却喊不出声。

郑三山拧了拧手里的刀子，从卓罗的后心处向前捅了捅，狞笑道：

"杀人偿命，欠债还钱。"

"我是……朝廷命官……"

"你就是天王老子，也不行！"郑三山猛地一拔刀，卓罗直挺挺地倒在了地上，出气儿多，进气儿少，渐渐没了呼吸。郑三山俯下身，用袍袖盖住了卓罗的脸，挥刀割下了他的脑袋，裹在怀里。

"都统大人——"有一士兵眼尖，发现了杀人的郑三山和横尸在地、颈上无头的卓罗。

郑三山擦了擦短刀上的血，一闪身钻进了饥民之中。三扭两蹿，不见了踪影。

"不要乱！不要乱！抓贼！抓贼！"尽管在场的兵丁不断呵斥，但饿红了眼的饥民们根本不搭理这些，在他们的眼中，只有抢米这一件事。混乱之中，无数的兵丁和饥民相互踩踏，乱成一团，哀号声、嘶吼声、呵斥声、哭泣声交织在一起，直冲云霄。

话说那郑三山借乱脱身，在小河边换了衣袍，潜藏行迹，直奔白云观。

道观的门紧闭，门口的石狮子上放着一个布包袱，狮子底下坐着眼眶通红的阿敏。

瞧见郑三山跑来，阿敏伸出小手，跳下台阶，抱住了郑三山的大腿。

"这是……"

"大胡子，白头发，把我赶出来了！"

阿敏说的白头发，就是白云观的老道。郑三山一皱眉头，走上台阶，正要敲门，门后突然传出了老道的声音：

"你走吧，你生性火烈，惯会招灾惹祸，咱们没有师徒的缘分。包袱里有些薄礼相赠，你从后山小路向南，即可脱身，山高水长，后会无期，咱们就当从未见过……"

郑三山缓缓放下了想要叩门的手，看了看石狮子上的包裹，皱眉说道：

"些许银钱，大可不必，郑某有手有脚，饿不死。老师父放心，纵使我郑三山落在了官兵手里，也绝不会连累你，告辞！"

言罢，郑三山抱起阿敏，直奔后山小路。

半个时辰后，大批官兵抵达白云观附近，几千人马散入深山，分头搜寻。唐寿成亲自带着猎犬，顺着血腥气追踪，不多时，便来到了白云观门前。

白云观是个破落的老道观，香火稀少，门庭冷落，唐寿成牵着狗绕着道观转了一圈，那狗蹲在门前的石狮子前面狂吠不止，唐寿成心里一紧，抽刀出鞘，一脚踹开了观门，闯了进去。

他人刚进观门，门外的狗发出了一声哀号，便没了声音，他扭头一看，只见一白发老道不知何时站在了他的身后，左手持一木杖，杖头尚有鲜血滴下，那狗的脑袋整个变了形状，分明是被这老道一棍打得头骨碎裂，命丧当场。

"老东西，你想死吗！"唐寿成眦眦欲裂。

没了这狗，唐寿成便失去了追踪郑三山的臂助，他怎能不气。

老道士不理唐寿成的咆哮，单手拎起了那狗的后腿，撇着嘴说道：

"太瘦了！太瘦了！去了毛，剩不了几斤肉。罢了罢了，混着萝卜土豆，炖来吃吧。"

"你……你敢害我的狗，难不成是那贼的同伙？"

"火？什么火？文火还是武火？依我说，炖狗肉还是文火好些。"

"装疯卖傻，其罪当诛！"唐寿成眉毛一挑，左脚上步，右手挥刀，自左下向右上斜挑。老道士扔掉死狗，右手抬起，甩动道袍衣袖遮住了唐寿成的视线，右手一撩长袍下摆，右腿提膝，脚腕内勾，向右下斜踹，蹬开了唐寿成持刀的手腕，将这一式斜挑截断于半路，唐寿成一招走空，瞬间将重心前移，左腿微屈略蹲，右脚提起向前方横落一步右歇，右手持刀以腕关节为轴，先外旋，后内旋，搅动老道士衣袖，老道士袖中臂膀一缩，避开刀刃，唐寿成趁机运转刀尖沿身体右侧，由前向后、向上、再向前绕一立圆，左掌随势按附于刀背上，两手推刀，直奔老道士腰间。

"好一个灵猫捕鼠！"老道士叫破唐寿成招法的同时，右脚落地，上身后仰，左手撑地，左脚从右膝盖后侧蹬出，直踢唐寿成膝盖，唐寿成前腿受阻，刀势只得暂停，化推为砍，下劈老道士小腿，老道士一甩道袍下摆，再次遮住了唐寿成视线，唐寿成一刀砍空，老道士左手一撑，人已立起，左脚收，右脚踢，正踢在唐寿成手腕上，唐寿成单刀脱手，"当啷"一声落在地上，唐寿成一个侧翻，贴地一滚，伸手去捞刀，冷不防老道士反手解下外袍，兜头盖住了唐寿成的头面，唐寿成猝不及防，被盖了正着，手还没碰到刀柄，先挨了三脚。

唐寿成顾不得捞刀，两手回收，先做"虎抱头"，再做"退步云手"，格开了老道士四脚，向后一退，钻出了老道士的道袍。

老道士两臂一张，将衣袍穿上，轻轻提起了前摆，摇头晃脑地唱了一句：

"无量天尊。"

唐寿成揉了揉脸上的瘀青，恨恨地说道：

"裙里腿，女人练的功夫！"

老道士掸了掸身上的灰尘，笑着说道：

"世上功夫本无男女老幼之分，强弱之别只在习武之人。你这话说得不对，心胸太小。"

唐寿成深吸一口气，镇定心神，左脚后撤，膝盖对向右腿膝窝，身子拧转，侧对老道士，两手外张，一上一下。

"沾衣跌，摔法啊！"

"你倒是识货。"

《纪效新书·拳经捷要》曰："吕红八下虽刚，未及绵张短打，山东李半天之腿，鹰爪王之拿，千跌张之跌，张伯敬之打。"其中"千跌张之跌"就是"沾衣跌"，此门技艺最擅牵逼锁靠、消打并举、以斜击正、发劲跌敌。唐寿成所习艺驳杂，徒手功夫尤擅摔法。

老道士一笑，脱了道袍，挽起了贴身短褂的袖子，沉腰坐马，吐气开声，左手抬起至右肩前，向左前方画弧，同时上左脚成左弓步，脚尖半面向左，右手回拉至腰间。

"来来来，我用的是保定府快跤，咱们摔摔看。"

保定府快跤，也称保定快跤、散手跤，兴自明永乐年间。保定自古以来便为兵家重地，摔跤校技，蔚然成风。俗语有云：京油子、卫嘴子、保定府的勾腿子。勾腿子指的就是以快打快、散揸相合的保定府快跤。

话说老道士骤然出手，四指在内，拇指在外，来抓唐寿成小袖。跤法有云："宁输跤，不输把。"这里面的"把"，指的就是摔跤中的把位和抢把。各把位中，衣领叫领，衣袖叫小袖，胸襟叫门子，腰带叫中心带，上衣下摆游离部分叫小权，背后部分叫后契。抢把的要义，就在于"快、准、固"地抢住自己得力的把位，继而控制对手，取得进攻与防守的主动权。

老道士在五指握紧的同时，左脚向前上一步，脚尖半面向左重心向前移至左脚，右脚抬起离地，顺势向左前方勾踢，左脚保持弯曲，右膝伸直脚尖倒勾，连踢带绊。

摔跤，也称摔角，古时也称角力、角抵等。其技法繁多、变化多端，号称"大绊子三百六、小绊子赛牛毛"。唐寿成小袖被抓，不等老道士发力，忙发右手抽打老道士面部右侧，以求"围魏救赵"，老道士出手相接，唐寿成速用左手从下穿入欺身，挑开老道士抓拿小袖的手臂，同时上左步套住老道士右脚，抽回右掌以掌心向老道士胸窝抖击。

沾衣跌，玉女穿梭。

老道士右脚被套，左脚不退反进，走"斜丁步"，横向跨步一尺，后脚跟步三寸，唐寿成"吃根"不成，劲力落空，老道士右手向右边后下方伸直上捞，去抓唐寿成的脚，同时左手变掌抬起至右肩前，向左前方拨搂，"啪嗒"一声搭在了唐寿成的脖子上，同时上左脚成左弓步，脚尖半面向左，迅速起右脚穿过唐寿成两腿之间，向右后方回勾，顺势后提。

保定府快跤，夜叉探海。

唐寿成的支撑腿被老道士勾了个正着，老道士下盘用胯力后蹬腿，上盘搂他脖子下压，唐寿成重心前倾，站立不住，两手前伸扑地，在手掌触底的瞬间，用力一撑，将上身支起，在停滞到空中的一瞬间，左臂下捞抱住老道士右腿，右臂下压老道士膝盖，头顶颈竖，撞击老道士裆部。此乃沾衣跌中的"搬拦靠跌"

活用之法，最能败中求胜。

老道士不等唐寿成右臂压实，身子顺势后仰，左臂顺时针抡动，右臂逆时针抡动，旋肩扭腰转胯提腿，避开唐寿成的头槌，以左腿膝盖撞击唐寿成太阳穴，这是弃车保帅的打法，狭路相逢勇者胜，老道士拼了一条腿，要换唐寿成一条命。唐寿成惜命，不敢对赌，松开了抱腿的手，使了个推窗望月，翻身落地，再接乌龙绞柱，腾身而起。老道士左腿踢空，单掌撑地，两腿一前一后，拉成弓步，稳固如熊，两手一上一下，五指弯曲如钩，脊背弓起蓄力，其势如虎，仍成跤架。

"小伙子，不敢拼命，还玩儿什么跤啊？"老道士脚掌踞动，死死地盯住了唐寿成的肩头。

"拳怕少壮，早晚摔死你。"唐寿成晃动了一下僵直的脖颈，抢先出招，右手在老道士眼前虚晃，左手得机捉住老道士右臂，周身紧缩，向右下捋带，同时右手前推老道士左肩，两手合劲使上身扭转，同时起左脚踩踏老道右膝窝，欲使其向后跌倒。老道士没等唐寿成的左脚踩来，赶紧握左拳曲肘，蹲身后挽手，形如挎篮，捞起唐寿成的脚腕举过肩膀，右腿插进唐寿成裆下，右手从另一侧上提，从下方经过唐寿成脚腕握住自己的手腕，两手腕部成"十"字，背部弓起，双手猛然下落，唐寿成左脚被抓，整个人从老道士的背后向前摔去。

霸王作揖，保定府快跤起手第一势。

唐寿成重心不稳，身子前倾，为防倒地，他赶忙左臂内合，勾住老道士脖颈，右手穿过老道士腋下，刁住自己的左手腕，向后一拉，将老道士作揖的后背拉直。老道士一摔不成，右手贴着唐寿成的手肘下摸，用拇指掰开唐寿成右手的小拇指和无名指，攥在掌心，向下方压，唐寿成吃痛，左手腕内卷，大拇指与食指、中指的第一指节撮拢，无名指和小指弯曲内扣，这叫撮手，出自螳螂拳，手法多用勾搂刀采、掤砸挂劈，贴身缠斗时最擅长寸劲寸发，唐寿成这一撮，直奔老道士手腕上的内关穴。内关穴属手厥阴心包经（位于腕横纹上二寸，掌长肌腱与桡侧腕屈肌腱之间），此穴若轻柔按压，可解酒后心痛、心悸、胸闷、胸痛、呕吐，但若遭重力击打抓拿，半条小臂顷刻酸麻难当。老道士晓得厉害，连忙撒手，唐寿成乘势追击，化撮为抓，出左手向上抓扣住老道士左手手背，右手从老道士左手下绕过揪住他右肩，右腿伸到他左腿膝盖后面，向右后回勾，劲如镰刀割草，同时两手向前下拽带。

老道士暗喝了一声："来得好。"迈左腿上前半步，直接将膝盖顶到了唐寿成的大腿根上，唐寿成小腿勾了个空，脚掌落地，换弓步，上身变拉为撞，双手变扯为推，老道士不与他硬靠，顺着唐寿成的劲儿向后一让，左手曲臂握拳，侧身捞住唐寿成的小腿，右手上提护住后脑，缩左肋，展右肋，用左耳去贴左膝盖。

"咚——"老道士的头撞在了唐寿成的肚子上，右手肘撞在了唐寿成的胸膛上，唐寿成一口气没上来，受力后退，但一条小腿却被老道士捞住，于是乎头重脚轻，应声而倒。

"咳咳——"唐寿成被撞得嗓子眼儿发甜，腹内剧痛，肠子都搅到了一起，满脑袋冷汗。

"这是……什么招？"

老道士缓缓直起腰，轻声笑道："这叫犀牛望月。"

正当时，观门外的树林中传来了密集的脚步和呼喝声。

唐寿成狞声喊道："老道士，我的帮手来了。"

"此地不宜久留，无量天尊！"老道士捡起地上的道袍披在肩膀上，抬腿就跑，唐寿成忍着疼，一个虎扑去抱老道士的腰，老道士吓了一跳，趁着唐寿成两手尚未合拢，闪身退了半步，两臂一张，道袍迎风一鼓，兜头套住了唐寿成的脑袋。

"不好——"唐寿成还没来得及反应，只觉眼前一黑，光亮全无，未及躲闪，头面上便挨了老道士七八记"裙里腿"。

"扑通——"唐寿成中腿倒地，滚落一旁，待到他捂着脸站起身的时候，四周早就不见了老道士的身影。

半个时辰后，白云观后山深谷，老道士捧着一个包袱，坐在悬崖边的枯树底下发呆，在他左边有一条路，顺之向南，便能追上郑三山，在他右边也有一条路，顺之向北，便能离开京师地界，直往关外。

老道士轻轻打开包袱，这包袱本是为郑三山准备的，里面除了散碎银子、干粮糕饼外，还有一本手抄的书册，里面每一页都精巧地画着两个赤膊摔跤的小人，图边还有密密麻麻的小字注解。

十年前，老道士从自己的师父手里接过了一本《跤谱》，他把它传给了自己唯一的徒弟翟勇。这个翟勇是老道士年少时收的大徒弟，老道士把毕生所学倾囊相授，可这个翟勇不争气，不但终日惹是生非，还染上了烟瘾，在去年腊月一命呜呼，翟勇的老婆带着两个孩子，为躲债主，不知所踪，这俩孩子一个四岁、一个一岁。大的叫翟虎臣、小的叫翟虎胜。而那本《跤谱》也没了下落。老道士多么希望那两个孩子能把这门功夫传下去，好歹给他的师门留个后。可他心里明白，翟勇抽了五年大烟，家里能换钱的都换钱了，换不了钱的早就扔到一边，《跤谱》再珍贵，也不过是一本旧书，谁又能把它当个宝呢？

况且，如今这年月不比以往。随着火器的兴起，后生们的心思越来越浮躁。没有人愿意冬练三九、夏练三伏地打熬气力，磨砺筋骨了。只要有一杆火枪在手，哪怕是个有气无力的痨病鬼，也能顷刻之间干翻一名武艺精湛的拳师。

既然有捷径，谁还吃辛苦？

但是老道士不死心，他想在自己死前，把这门功夫传下去，于是，他又花了多年时间，重新汇编了一本《跤谱》，这里面既有他从祖师手里接过来的传承，也有他博采众长的心血感悟。其实他心里是喜欢郑三山的，郑三山虽生得丑，但人却正气，本事传到他手里，倒也不会辜负了先人。

做师父的传武授业，按着老规矩，必须考校徒弟心性。干一年活、挨一年累、练一年桩，再教真功夫。可郑三山可没那个耐性，既不干活，也不挨累，更受不了山上清苦，隔三岔五便出去招灾惹祸、喝酒吃肉。可他的人品和根骨却偏偏又是上上之选。

老道士很煎熬，想传艺，却又不敢坏了祖师爷定的规矩。

最终，他做了妥协，把《跤谱》藏在包袱里，交给郑三山带走，这样既不算坏了规矩，这门功夫还能传下去。

可偏偏，郑三山没有拿那个包袱。

到头来，他们还是没有师徒之缘。

老道士从日坐到夜，又从夜坐到日，不知什么时候，他晃晃悠悠地站了起来，将那本《跤谱》一下一下扯得粉碎，迎着山风一撒。

"不传了，不传了……"老道士无悲无喜，语中已听不出苦乐。

卓罗死后，唐寿成在朝中没了靠山，锐气大不如前。新娶的妇人因父丧伤心过度，没过两年便重病离世。

咸丰十一年七月十七（1861年8月22日），咸丰帝在热河行宫病逝。临终前下谕："立皇长子载淳为皇太子。"

然而，载淳年幼，其生母慈禧皇太后伺机掌权，于咸丰十一年九月三十将顾命大臣载垣、端华、肃顺等革职拿问。唐寿成因"清查肃顺党羽"而被捉拿下狱，为求活命，唐寿成散尽家财，上下活动，使了无数的银子，才保住了自己一条小命。

然而，命保住了，官却丢了。

唐寿成从正四品的指挥佥事直接降成了从九品的太仆寺马厂委署协领，专司喂马。唐寿成心有不甘，多年来各方打点，四处求人，好歹混了个蓝翎侍卫，在宫里当差。

忽有一日，太监总管张公公唤他办差，命他与自己一同乔装改扮，前往沧州青龙寺，寻一个法号唤作慧真的和尚……

尾声

河北沧州，青龙寺后山密林内。

唐寿成和阿敏，这对父女相对而立。

闻听当年旧事，唐寿成愧字当头，双目通红，面白如纸。

阿敏忆起生母，心如刀绞，泪如泉涌。

"闺女……"唐寿成哽咽着喉咙，已说不出话来。

"你不要叫我闺女，哪个是你闺女？"

"我是你的……爹啊！"

"我没有爹！"

"谁不是人生父母养，你又不是石头缝里蹦出来的，怎么会没有爹……"

"我师父就是我的爹。"阿敏咬着牙，浑身发抖。

"师父？他……他把你教成了一个……一个贼！"

"贼？贼怎么了？贼也比你好！起码我和师父的心是干净的，而你……你的心是黑的！"

"阿敏，你给我一个机会……"唐寿成扔了手里的弓，张开两手，向前走了数步，伸手抓起阿敏手里的虎头钩，将刃口抵在了自己的脖子上。

"你这是做什么？"

"闺女，我知道，大错已经铸成，我再做什么也无法挽回。这些年……一言难尽，都是报应。你……若恨我，便给我个痛快。"唐寿成手掌用力一握，钩刃割破虎口，鲜血直流。

阿敏望着眼前的唐寿成，心内一狠，就要结果了他的性命，可脑中偏偏又浮现出了母亲的身影和嘱托：

"阿敏，你答应娘一件事，你应了，娘就起来，和你做游戏。"

"阿敏答应。"

"你记着，长大后，一定不要……不要恨你的爹。"

阿敏几次想动手，却又下不了决心。正犹豫间，唐寿成的瞳孔里蓦地燃起了一团火：

"你舍不得杀我？对不对？你还是记挂着我这个爹的，对不对？"

"你闭嘴！"

"肯定是，不然……你为何不杀了我？闺女……"唐寿成伸手一捞，抓住了阿敏持钩的手。

"闺女，你的腿伤了，在流血，爹带你去医馆。爹以后……哪都不去，什么都不干，爹就守着你！"

"哪个稀罕你守！"阿敏想要抽手，奈何力气没有唐寿成大，几次挣扎都被唐寿成制住。

"阿敏！你听话！爹是为你好，跟爹走，你伤得不轻，爹不会害你的。"

"你放开！"

二人正纠缠之间，密林中猛地蹿出了一道身影扑到唐寿成身后，两手一合勒住了唐寿成的脖子，唐寿成一副心神全在阿敏身上，猝不及防间被抱了个正着。

"师姐快走！我缠着他！"来人正是周骁。

唐寿成向后一仰，后背重重地靠在周骁胸口上，垫着周骁的身体借着惯性重重地砸向地面，周骁发出一声惨呼。唐寿成趁机右手上捞，抓住周骁左手小指，"咔嚓"一声掰断，周骁忍着痛，抱住他不放，一张嘴，咬住了唐寿成的后脖颈，唐寿成痛得青筋暴跳，在地上来回翻滚，旋身一肘顶在周骁肋下，周骁胳膊一松，唐寿成挣脱束缚，扭过身来，单手掐住了周骁的脖子，周骁呼吸受阻，脸色涨得紫红。

"你放开他！"阿敏拾起虎头钩，刚想从后面抢砍唐寿成，却又下不了手。

危难之时，周骁双腿提膝，使了个"兔子蹬鹰"，将唐寿成蹬开，唐寿成正要上前再打，冷不防周骁左手在右袖子里一拽，扯出一条丝巾，迎风一抖，扇起一蓬香粉，唐寿成一口气没憋住，吸了个正着，霎时间只觉天旋地转、手脚无力，软塌塌地趴在地上，没了意识。

周骁爬起身，使劲地捶了捶胸口：

"得亏带了蒙汗药，否则……师姐！你……你手里拿着家伙，怎么不砍他啊？"

"我……我我吓傻了。"

"吓傻了？杀人你都不眨眼，你会害怕？"

"当然会，我也是个女人好不好。"

"这人怎么办，留不留？"周骁扶着膝盖站起身，从阿敏手里拿过一把虎头钩，奔着唐寿成的脖子比画了一下。

"别……"阿敏脱口而出，喝止住了周骁。

"别什么？"

"留他条命。"

"为什么？"

"他……他本来能一箭射死我的，他没下死手，我这叫……投桃报李……"

"啊？"周骁不解地看着阿敏，总觉得她今天的举动分外不合常理。

"啊什么啊？我是师姐，听我的。"阿敏抢过了周骁手里的虎头钩，转身往林子外面走去。

周骁嗫嚅了一下嘴唇，小跑着跟了上去，二人向南走出不远，便寻得一条小溪。姐弟俩坐在溪边，处理好了伤口，包扎妥当，正歇息间，周骁偷眼瞥向阿敏，小声说道：

"师姐，我闯祸了。"

阿敏捧着溪水洗了洗脸，轻声说道：

"没事，偷跑下山不算大罪，师父发怒向来雷声大、雨点小，再说了，咱们想杀的是个鱼肉百姓的狗太监，乃劫富济贫的侠义之举……"

"阿姐，我杀那太监的时候露了脸，被人认出来了。"

"认出来也不怕，咱们做山贼的，本就和官兵势不两立。"

"不是……认出我那人……当年曾见我和四海镖局的人在一起，他们肯定把我当成四海镖局的人了。这把火……怕是很快就要烧到四海镖局的头上……"

283

"四海镖局……"阿敏眉头一皱，心里没由来地泛起一抹酸劲儿。

"对，就是四海镖局。我真是该死，无端惹祸，连累他人。万一骆姑娘因为此事，有个三长两……"

"砰——"阿敏拾起一块石头扔在溪水里，水花溅了周骁一身。

"师姐……"

"骆姑娘，骆姑娘，满脑子的骆姑娘。她是你什么人啊？"

"她……她是我的……"

"是你的什么？什么都不是！你就是单相思，一厢情愿。"阿敏一声冷哼，背过身去。

"师姐，就算是……萍水相逢的陌生人，我也得去报个信儿，让人家早做防范。"

"不许去！"阿敏狠狠地喝道。

"师姐！师姐！我的好师姐！你就让我去吧！"周骁拱着手，绕着阿敏不住地作揖，阿敏就是不理，始终用背对着周骁。

"你就是惦记着那位姑娘，是也不是？"

周骁愣了一愣，软语哀求道："师姐，我早忘了她了。我……只是想着，四海镖局危难将至，我知情不报，有违侠义……"

"好！好！好！你去，你去……"阿敏话刚说了半截，周骁便急不可待地转身跑开。

阿敏听见身后脚步声，连忙回身，对着周骁一瘸一拐、越跑越远的身影大喊：

"你去了就别回来！"

眼瞧着周骁的身影渐渐消失在山路尽头，阿敏嘴一扁，眼泪扑簌簌地往下掉，她抱着膝盖蹲下身，抽泣着骂道：

"小骗子，去你的狗屁侠义……"

卷六

厨子

三皇五帝夏商周，

盖世英雄不到头。

命中有来终须有，

命里无来莫强求。

鱼中暗藏剑一口，

要把王僚一笔勾。

老天爷助我把名留，

手捧鲜鱼就朝上走！

——京剧《刺王僚》

楔子

山路漆黑如墨，不见半点灯火。

周骁深一脚浅一脚地在荒坟古树之间穿行，前方忽然见一大河，烟波浩渺，不知其宽，河边有一道栈桥前伸，桥下泊一小船，船上有白纸灯笼一盏。周骁下意识地上了船，回头看去，只见黑暗之中，无数官兵举着灯火向河边冲来。

有一红衣女子，手持双钩，砍翻数人，奔至河边，跑上栈桥，赫然正是阿敏。

"师姐？师姐！快上船！上船！"周骁急红了眼，抢着竹篙，递到栈桥边，阿敏伸手刚要握住，十几支乱箭飞来，两支贯串了阿敏的小腹，阿敏滚落在地，强撑着爬起身，蓦然一笑，看着船上的周骁喊道："你答应过我的……"

阿敏言罢，两臂抡圆，虎头钩下劈，斩断了固定木栈桥的绳索，栈桥断裂，阿敏连同十几骑刚冲上桥的官兵一起坠入水中。

"师姐——"周骁血气上涌，一声大喊，从梦中惊醒。

"呼——呼呼——"周骁大口地喘着粗气，额头上的冷汗噼啪乱掉。他使劲地敲了敲自己的脑袋，定下心神举目四望。

"这是哪儿……哦！这儿是老瞎子的房子。现如今是……光绪二十五年，我……我……现在叫甲四。"

"啪嗒——"一颗泪珠顺着腮边滚落，甲四站起身，低头一看，适才自己趴在供桌上睡了过去，在梦中大哭了一场，醒来时，泪水已湿透了衣襟。

"师姐……我又梦到你了。"甲四伸手，用衣袖轻轻地擦了擦供桌上刻着"爱妻周门唐阿敏之灵位"的牌位。

"人一老，心里就装不住事，师姐你等着，忙完了手里的活，我过去，好好陪你聊。"甲四抹了抹眼眶，给阿敏又上了一遍香，转过身大踏步地出了屋门。

屋门外，星斗漫天。

壹

天津卫多戏园，巷子深处，咿咿呀呀的胡琴儿拉得正欢。

"得儿里个咙咚咙个儿里个儿咙，行过东来又转西，举目无亲甚惨凄。富贵穷通不由己，也是我时衰命运低。我本是楚国的功臣家住在监利，姓伍名员字子胥。恨平王无道纳儿媳，信用奸贼费无极。杀我的满门遭屈死，一家大小血染衣。闻千岁招贤纳士多仁义，还望千岁把难人提。伍子胥有日得了第，知恩报德不敢移。"

戏园里，台上的老生唱得幽曲婉转、悲切苍凉。路过墙外的甲四忍不住停下了脚步，和着余音儿哼了一句西皮快板：

"含悲忍泪叫贤弟，愚兄言来听端的。杀我满门伤天理，不杀平王气怎息？"

然而，此时哼出这一句的不光只有戏园墙外的甲四，还有一个圆头圆脸的胖厨子，他就坐在戏台之下，两眼圆瞪，双拳紧握，目不转睛地盯着台上的唱念做打。

他神情悲愤、气血翻涌犹如烈火烹油，看那架势，仿佛他才是戏中人。

此人不是别个，正是宾客楼的大厨聂明西。

聂明西是个老实俭朴的汉子，这是他平生第一次进戏园子。不为别的，就为了蹭这儿的人气儿。他必须待在人多的地方，否则他只要一闭眼，脑子里就会浮现出胡掌柜临死前的惨状。

台上的这出戏，名曰《刺王僚》。讲的是春秋末期，楚国大夫伍奢，受费无极谗害，被楚平王所杀，次子伍子胥从楚国逃到吴国，流落街头，正逢吴国公子光（即后来的吴王阖闾）欲杀吴王僚而自立，公子光将伍子胥招为谋臣，伍子胥将刺客专诸推荐给公子光。公子光假意请吴王僚赴宴，专诸扮成厨子，在鱼腹中藏短剑一把，借献鱼之机刺死吴王僚，公子光因此夺得王位。

戏中恩怨纠葛甚多，既有伍子胥的国仇家恨，也有公子光的权谋争斗。但真正让聂明西入神的只有一点，那便是专诸鱼腹藏剑，杀死吴王僚的经过。

聂明西一直想为胡掌柜报仇，但是苦于想不出办法。

台上这出戏，刚好给他指点了一条明路。

害死胡掌柜的仇人，一是窦山青，二是韩鼻涕。他们狼狈为奸，巧取豪夺，占了胡掌柜祖上传下来的老店——宾客楼。聂明酉忍辱负重，寻觅时机报仇。

韩鼻涕出门从来都是前呼后拥，极难靠近，窦山青身边又有个出手极快的刀客宋快，聂明酉想要硬来，成功的概率微乎其微。聂明酉也想过要投毒，但是这二人一个比一个谨小慎微，入口的东西，必让别人先试，投毒之法，也行不通。

然而三天后，窦山青和韩鼻涕的靠山，英租界董事马修要设席宴客，与来宾"相商要事"。窦、韩二人主动请缨，将这差事揽了下来，直接将设宴的地点定在了宾客楼。

马修要请的客人叫托马斯，韩鼻涕叫他"big boss"，聂明酉虽然不懂英文，但从韩鼻涕的口气里，也能猜出这人是个英国"大官"。与大官饮宴，聊的都是隐秘事，绝不可能里三层外三层地站满护卫，席间正是聚齐韩、窦二人，近而杀之的好机会。

聂明酉学的是正宗的粤菜手艺，粤菜源自中原，讲究"食不厌精，脍不厌细"，夏秋尚清淡，冬春求浓郁，最擅烹调"五滋六味"（五滋：香、松、软、肥、浓；六味：酸、甜、苦、辣、咸、鲜）。

诸多名菜之中，聂明酉最擅长的有三道：一曰麒麟鲈鱼；二曰八宝窝全鸭；三曰脆皮乳猪。

鲈鱼和鸭子都太小，藏不下短刀，脆皮乳猪刚刚合适。

专诸藏剑于鱼腹，聂明酉藏短刀于乳猪。聂明酉虽然没读过书，但活学活用也是一个好厨子理应具备的行业素养。

聂明酉有一把购自东洋人的鱼刀，此刀锋长身窄，乃是剖鱼剔刺的利器。东洋人称之为"刺身刀"。

刺身二字，起于日本室町时代（1392—1573），日文读作

sashimi。说白了，就是"刀切生肉"。而中国早在周朝就已有吃生鱼片的记载，古人称其为"脍"。

《诗经·小雅·六月》有言："饮御诸友，炮鳖脍鲤。""脍鲤"就是生鲤鱼。

相比"熟食"，"生味"在制作中，由于缺失烹煮，导致其对口感、水分和鲜味的掌控不得不高度依赖过硬的刀功。

而刀功，顾名思义，一是刀要好，二是功夫要好。一个能做脍的厨子，必须拥有一把得心应手的好刀。

鱼刀（刺身刀）越薄，切出的鱼片越细，聂明酉这把鱼刀，厚不过铜钱，半只手肘长短，平日里这把刀就夹在一本菜谱中，以纸吸水防锈。

设宴当日清晨，宾客楼厨房后院，聂明酉单手伸进一只笤筐，揪出了一只精挑细选的乳猪。

宰杀、放血、煺毛、去内脏，沿乳猪臀部从肚腹处下刀，沿内侧脊骨劈开，除去板油，别去前胸数根肋骨及肩胛。用清水反复冲洗，沥去水分。

紫叩、砂仁、肉蔻、肉桂、丁香、花椒、八角、小茴香、木香、白芷、三奈、良姜、干姜等研磨成粉，混合细盐擦抹在乳猪的腹腔内，腌半个时辰入味。再调腐乳、芝麻酱、白糖、蒜蓉、干葱蓉、洋葱蓉、老酒等涂抹猪腹，再腌半个时辰。

在等待的空闲时间里，四下无人。聂明酉蹲坐在院子当中，左手捞起了一块垒烤炉的青砖，右手攥拳，食指第一节指骨结环凸出拳面外，其余四指紧握，拇指指头紧压食指的第三节指骨，无名指与小指低于拳面，四指略成梯形。

臂伸肘曲，其形如鹤。

"哈——"聂明酉轻轻一吐气，右拳前冲。

"啪——"一声脆响，青砖碎开。

街边，宾客楼的幌子凭空卷起，在空中飘荡。

起风了。

暮色四合，华灯初上。

窦山青和韩鼻涕早早地守在宾客楼的门前，瞧见远处有一西式马车缓缓而来，二人瞬间弯腰屈膝做奴才相，一个碎步小跑赶到马车前牵马，一个赶紧招呼鼓乐班子敲打吹拉，点起门外挂着的鞭炮。

噼里啪啦的鞭炮声稍稍一停，自马车上缓缓走下了三个人，穿长衫、摇折扇、带遮面斗笠的陶玉楼，戴礼帽、提文明棍、留着络腮大胡子的马修，以及一个嘴叼烟斗、高高瘦瘦的中年洋人，如不出窦山青所料的话，此人便是那位从英国远道而来的big boss托马斯。

窦山青向韩鼻涕递了个问询的眼色，韩鼻涕不动声色地微微颔首示意，并用身子挡着自己微微摆动的右手。窦山青会意，赶紧让伙计去厨房催菜。

马修和韩鼻涕从前带路，引着托马斯上了二楼最大的雅间，为了方便谈话，窦山青甚至连宋快都没有带。

今天，所有不相干的客人都已被清走，托马斯包场了宾客楼。

托马斯坐在了雅间的主位，正对着三扇大窗，窗外就是大街，人头攒动，车水马龙，清风徐来，灯火璀璨。

"Nice." 托马斯一挑大拇指，对这里的环境非常满意。

韩鼻涕眼睛笑成了一条缝，主动帮着托马斯脱掉了外罩的风衣，伺候茶水。

众人各分宾主坐定，席间共有五人，分别是托马斯、马修、陶玉楼、韩鼻涕、窦山青。

"我，中国话不多的会，短句的可以，长句的不会。咱们先谈事，后用餐，美味，品尝，必须，心无旁……旁……韩，What word？"托马斯嘬了一口烟斗。

"骛，旁骛，心无旁骛。"韩鼻涕赶紧接了一句。

"对！心无旁骛。"托马斯拊掌而笑。

马修一伸手，从怀里掏出了一个随身的笔记本，翻找了一阵，用钢笔写画一串数字，随后将那页纸撕下来递给了托马斯，托马斯接过来一看，微微地摇了摇头，在纸上涂改了几笔，交还给了马修，马修正要说些什么，托马斯一抬手，制止了马修。

"More can not be less！"

陶玉楼缓缓地打开折扇，放在了自己的腿上，扭头看向了坐在身边的韩鼻涕，韩鼻涕不敢出声，只能偷偷地伸出左手食指，在陶玉楼的扇子上写字：

"洋人说，这个数，只能多不能少。"

过了一会儿，马修和托马斯商议完毕，马修将那页纸扯碎，塞进嘴里，就着茶水咽了下去。托马斯扭过头来，看着韩鼻涕说了很长一段话，让他翻译给陶玉楼。

"托马斯先生说，他负责在英国生产并发货，马修先生的船队负责将货运输到中国，由你负责在天津卫卸船和在中国的运输及销售，在这里，你占三分纯利。第一批货，马修先生已经在北京和保定找好了买家，他希望你能在中国的运输过程中完成好自己的任务，派遣得力的人手保护货物，毕竟河南、河北、山东等地现在都不甚太平。"

陶玉楼思索片刻，一边说一边让韩鼻涕翻译：

"卸货方面，我已找到了合适的人负责，就是他，窦山青，在我的扶持下，他手底下目前掌控着本地最大的帮派势力，兵强马壮，在码头一呼百应。运输方面，咱们销货的面积大、线路长，远远超出了咱们的势力范围。中国有句老话：强龙不压地头蛇。咱们的势力就算能在本地只手遮天，但只要出了天津地界，便再也行不通。毕竟各地有各地的豪强、各地有各地的规矩。要想将货运往大江南北，必须找一种惯会同五湖四海、黑白两道打交道的人。这种人不但武功要好、江湖阅历也要足，更关键的是还要有师承、有旗号，能让江湖上的人都买一份面子。"

"这是什么人？"托马斯问。

"镖师！"陶玉楼答道。

"什么样的镖师？"

"河北地面响当当的老字号四海镖局的镖师。"陶玉楼一指窗外，沉声说道：

"此人就候在酒楼外面，托马斯先生若有心，不妨一见。"

"那咱们的生意……"

"他不知道，我只说您是英国来的洋布商人，想要和他合作，他帮您运酒，你帮他重开四海镖局。"

"镖局？重开？"

"对！他也是痴人，全指着这个念想活着。"

托马斯蹙眉沉思，马修问了一句话，让韩鼻涕帮着翻译：

"马修先生问，他会不会黑咱们的货？"

陶玉楼微微一笑："镖局接镖，镖分明镖暗镖，所谓明镖，便是押镖之前，雇主和镖局当面将镖物清点交接，记录在册，包裹封箱，立下字据，约定一旦丢镖，照价赔付。而暗镖，则是雇主事先隐瞒镖物的情况，镖局对镖物的种类、价值既不知，也不问，更不能私自拆看。通常来讲，暗镖的风险更高，但镖资也更丰厚，且多数不约定赔偿条款。毕竟暗镖的价值高，真遇上杀人越货，镖师能不能活着回来都在两可之间。咱们这批货，就保暗镖。"

"咱们的货里除了鸦片，还有一些走私的洋枪军火。那若是他们不守规矩，拆开偷看……无论看到了什么，都是大麻烦。"托马斯和马修尚未说话，韩鼻涕抢先抛出了疑虑。

"不会！一定不会！你把我这话翻给两位英国老板，就说：在真正的镖行人眼中，规矩大过天，他们宁愿死，也不会去触碰祖师爷定下的规矩，说不偷看就不偷看。"

托马斯和马修对望了一眼，二人轻轻点了点头，马修将手里的笔记本揣入怀中，眼睛看着陶玉楼，手指向了窗外，示意陶玉楼唤那人上来。

陶玉楼站起身，朝着两个洋人拱了拱手，转身"噔噔噔"走下了楼梯。

近年来，除了鸦片，洋枪洋炮成了稀罕物。无论是朝廷还是地方，谁拳头硬谁说了算。那些王爷贝勒、统兵将领、封疆大吏纷纷买枪购炮，装备军营。可大清的军火产量远远不足，这些大主顾捏着银子，买不到东西。需求决定市场，越来越多的洋人开始走私军火，朝廷最开始的态度是严惩不贷，"严禁夷人，毋许擅卖军器，查出加等治罪"。但是惩来惩去，朝廷自己也没落下好。"今始外洋禁购军火，中国官员谨守条，不复采则巡缉弹压均无所恃，而各处土匪反可以偷购军火，是为虎添翼也。"于是乎，朝廷一方面派出专员到香港购买鱼雷火炮等"大件儿火器"，另一方面又像做贼一样从各类军火贩子手中收购枪支弹药等常规装备，亲自下场"买私"。正所谓上行下效，朝廷怎么干，地方上的总督就怎么干。朝廷给自己开了个小口子，地方上的总督就能戳出来一个大窟窿。朝廷从口子里满足了自己的需求后，想把口子堵上的时候才发现这事早已无力回天。在各地总督的默许甚至投资参与下，地方豪强买枪买炮，拥兵割据，愈演愈烈。尽管朝廷大力查缉，但收效甚微。光绪十九年（1893），仅天津一地，军需品进口价值就高达白银九百三十一万两。瑞记、禅臣、捷成、德义、世昌、协利、信丰等大洋行暗里皆兼做军火生意。

长街边，屋檐下，姜伯符负手而立，迎着晚风默默出神，直到听到陶玉楼的脚步声，才缓缓回身。

"陶兄！"

"姜兄久候了！"

"无妨。事情谈得如何？"

"十之八九。"

"当真？"

"当然是真，英国人的船现在在上海，卸完第一批货之后北上，十五天后就到天津，在我的码头继续卸货，而后由你将货运往保定，至少这个数。"陶玉楼伸出左手三根手指，用扇子微微遮住，"再说了，此趟镖，预付五成镖资，足够你招兵买马，重开四海镖局。"

　　姜伯符皱了皱眉头，轻声问道：

　　"运的是什么，竟能出此高价？"

　　"运的什么不能说，英国人定了规矩，这趟货走暗镖。"

　　"暗镖！"姜伯符猛地一瞪眼，吓了陶玉楼一跳。

　　"怎么，姜兄不敢接？"陶玉楼将扇子收起。

　　"四海镖局走南闯北，没有不敢接的镖。"

　　"你放心，不会有事的。之所以要走暗镖，是因为英国人这批货里有很多达官贵人的股份，这些贝子贝勒、皇亲大官做事都很谨慎，人不爱露面，财不爱露白，要不然……我也不会出来牵线搭桥。"

　　陶玉楼是直隶总督府的管家，这一点姜伯符心里是清楚的。

　　"姜兄，富贵险中求，此趟镖既不违反道义，也不曾坏了你的规矩。况且，我记得你曾说过，平生凤愿有二，一是杀那周骁报仇，二是重振四海镖局。此时我不妨问一句不当说的话，姜兄，你今年贵庚啊？"

　　"免贵，五十有七……"

　　"岁月蹉跎，说得难听点儿，这已是土埋半截的年纪了。机不可失，失不再来，错过这次机会，不知还要等到何年何月啊……"

"你别说了，这镖，我接！"姜伯符一咬牙，跟着陶玉楼进门穿堂，走上楼梯，直奔雅间。

姜伯符未及开腔，陶玉楼便抢先说道："诸位，我来介绍一下，这位是姜伯符姜总镖头。"

托马斯站起身，想和姜伯符握个手，手还没伸出去，姜伯符已双手抱拳，于是连忙收回，也学着姜伯符的样子拱了拱手。

"请坐！"

"多谢。"

"陶说你很好，非常多，我的货，你，一个人，去保定，不安全。你给我，领队。我的朋友马修，火枪队，跟着你。"

托马斯虽然词不成句，但姜伯符也大概听懂了他的意思，当下回道：

"这位英国人……贵姓？"

"托马斯，托马斯先生。"韩鼻涕赶紧过来介绍。

"这位……托爷，镖行走镖，火器犀利固然可贵，但镖师的经验更加重要。我想再招募些人手，天津是北方武林重地，拳师云集，寻些做过镖师的好手料来不难。连同您的火枪队一起，稍稍训练数日，讲明规矩，不日即可启程。"

"规矩？什么规矩？"

"自然是走镖的规矩。这一条我要事先说话，上路走镖，沿途行止坐卧、吃喝拉撒都要听我的，就算是您的火枪队，也不能例外。"

"能不能说得具体点。"

"昼寝夜醒、严禁饮酒，不饮外来水、不食外来饭，刀不离身、马不离院、镖不离眼，不宿烟花巷、不宿易主店，等等，林林总总，共三十六项。"

托马斯听得半懂不懂，只能将眼光投向陶玉楼，陶玉楼右手抬起，挑了一下拇指，在韩鼻涕边上耳语了一句，韩鼻涕赶紧上前，对托马斯言道：

"Boss！This person is professional！Good，Very good！"（老板，这个人是专业的，厉害，非常厉害！）

托马斯高兴地点了点头，拉着姜伯符在桌边坐定，眼睛看看窦山青说道：

"姜！朋友，我的，一起喝酒。"

窦山青连忙起身，招呼门外侍应的跑堂小二上菜。

聂明酉此时正在厨房，烤制今晚的重头菜——脆皮乳猪。

如何把乳猪烤得"色如琥珀，又类真金，入口则削状若凌雪，含浆膏润"，绝对是一项秘传的手艺。其诀窍有三：

一是在用密料腌制后，使长铁叉从猪后腿穿至嘴角，用热水烫皮，这水既不能是温水，也不能是沸水，温水温度低，热量浸不到肉内，沸水温度太高，容易烫坏猪皮。过水后，还需用熬好的糖浇身。（想把糖熬好，必须在掌握火候上下功夫，糖变色也称为"滚"。一滚为白色，曰挂霜；二滚为金色，曰拔丝；三滚为黄色，曰琉璃；四滚为红色，曰枣浆。乳猪浇身多用琉璃。）

二是要明炉用炭，将炉内的炭烧红后，把腌制好的乳猪放在炉上烘烤。先烤内胸臀腹，顺次再烤头、尾、腿、蹄。猪颈猪腰皮肉最厚，在烤制中必须多次针刺扫油。

三是要及时"爆皮"，在乳猪皮烤出淡红色的同时，在猪身上刷一遍香油、一遍白酒、一遍蜂蜜，改大火烘烤，在高温下，猪身开始爆皮，始呈金黄偏红色。

这一切的诀窍，都是大厨们在师徒父子之间秘传的奥妙，等闲不得示人，年深日久，这也成了酒楼后厨内不成文的规矩——大厨做菜，他人回避。

而这也正好给了聂明酉藏刀的机会。

"聂师傅，走菜了。"跑堂的小二吆喝了一嗓子。

聂明酉知道，他的机会来了。

吃粤菜的学问深，讲究多，上菜须有先后顺序。

先凉菜，后热菜；先头菜，后热炒；先名菜，后家常菜；先酒菜，后饭菜；滋味上先咸后甜，先浓后淡。

转眼间，八道凉菜便上了桌，依次是：卤水掌翼、豉油鸭、菊花鱼生、白切鸡、如意萝卜、甜冬笋、砂姜猪手、素烧鹅。

又过了一会儿，八道热菜也上了桌，依次是：棋子田鸡、龙虎凤、麒麟鲈鱼、香肉煲、白云凤爪、冬瓜盅、东湖蟹羹、八宝鸭。

与使刀叉的马修不同，托马斯显然是个中国通，他不但能非常熟练地使用筷子，而且对中国的饮食非常了解，尤其对粤菜颇有研究，是个资深的"吃家"，与窦、韩二人一样，托马斯对自己的生命安全问题非常谨慎，为防他人下毒，托马斯在酒菜入口前，必先让聂明酉站在包房门口先尝第一口。不多时，跑堂的小二捧着乳猪上了楼梯，香气穿堂而过，托马斯鼻翼一抖，食指大动。

窦山青见洋主子高兴，连忙邀功道："托马斯先生，这是本店大厨压箱底的手艺，整只烤猪虽然通身一体，外酥里嫩，但不同的部位又有不同的滋味和口感。这肉的拆法是有讲究的，非得烹调它的厨子亲自上手不可，来来来！聂明酉，你快过来，给托马斯先生把乳猪呈上来。"

聂明酉从小二手里接过乳猪，迈步进了雅间，弯腰俯身，双手高举，向桌子方向移动，眼睛定定地看着自己的脚尖，每迈一步，心脏就"咚"地跳一声。

然而，就在聂明酉距离托马斯还有七步的时候，窗外猛地传来了一声炮响：

"砰——"

聂明酉瞳孔一缩，心脏直接提到了嗓子眼。

"What？"托马斯有些诧异。

韩鼻涕慌忙跑到窗边，顺着声音来处一看，只见窗子下面，十几张桌子搭成了一架高台，一支鼓乐班子在街边吹吹打打，四个壮汉，两两一组"舞狮"，一只白狮子，一只黄狮子顺着高台向上爬，台子顶上有一人，头戴娃娃面具，左手持绣球，右手摇蒲扇，引诱两只狮子不断向上爬。舞狮有南北之分，南狮主要流传于广东，北狮则主要流传在河北。自古京、津、冀不分家，北狮在天津也极为盛行。

"托马斯先生，是舞狮，街对面有新酒家开张，找人舞狮子助助兴。咱们无须搭理，他们舞他们的，咱们喝咱们的。"

韩鼻涕一边说着话，一边关上了窗。可他万万不曾想到，他关窗的动作已完完全全地被那个头戴娃娃面具的人所捕捉。

"叮咯咙咚呛咚呛，叮咯咙咚呛咚呛——"

鼓点响了两遍，头戴娃娃面具的人眼睛看着宾客楼的二楼，手上的扇子和绣球一动不动。

两只抢绣球的狮子傻了眼，黄狮子一张口，举狮头的汉子，冲着头顶上喊道：

"虎子！你干吗呢？"

正当时，白狮子也一张口，举狮头的人答道：

"那不是虎子。"

"虎子呢？"

"虎子嫌钱少，没过来，我临时从外面找了个人。喂！喂！哥们儿，你想啥呢？你动一动啊！"

头戴娃娃面具的人闻声，愣了一下，甩动绣球，继续摇扇。

"怎么找了个傻子！"舞黄狮子的汉子骂了一句，眨了眨狮子眼睛，踩着高台继续向上。

贰

雅间内，韩鼻涕一边给托马斯的酒杯里添酒，一边招呼聂明酉将乳猪放在了桌正中。

"明酉，发什么呆啊，把这猪拆开，试一口就下去吧。"窦山青从旁边凑了上来，给托马斯递上了一杯漱口的清汤。

"好。"聂明酉点了点头，上前两步，两手揪着乳猪的脊背左右一分，将那乳猪掰成两半，灯火映下，乳猪腹内寒光一闪，赫然是一把鱼刀。

"啊——"窦山青倒吸了一口冷气，向后刚退半步，聂明酉的左手便抓住了他的肩膀。

"哪里走！"聂明酉右手一捞，攥住鱼刀的刀柄，回身便捅，刀尖直插窦山青小腹，托马斯坐在凳子上来不及起身，双手一推桌面，向后滚倒，疾呼："Help！"

窦山青避无可避，两手腕交叉向下一压，聂明酉一刀捅偏，虽没扎进窦山青的肚子，却也扎穿了他的大腿。

"啊——"窦山青发出一声瘆人的惨嚎，聂明酉血灌瞳仁，拔出刀来，直刺他心口，说时迟那时快，一柄折扇从窦山青腋下穿出，向上一挑，撩开了聂明酉的刀锋，"哗啦"一声张开，向后一拉，将窦山青扯偏了半步。

陶玉楼出手了！

聂明酉一刀扎空，左脚上步横踢，正端在窦山青膝盖外侧，窦山青吃痛，一个踉跄跪在了地上，聂明酉反握鱼刀，来扎后心。

"呼——"那柄扇子回护不及，迎风一甩，在空中打着旋儿直奔聂明酉喉头，这是两败俱伤的打法，聂明酉这一刀在捅进窦山青后心的同时，那扇子的铁扇骨也会直接割开聂明酉的喉咙。

电光石火之间，聂明酉头顶、项稳、拔等、松肩、松腰、松胯、提裆、吊肚，左手回收，食、中二指分开伸直，拇指屈曲，虎口稍闭，无名指、小指自然弯曲，犹如鹤嘴啄食，在扇骨上一点。

"铿——"扇子受力弹开，聂明酉刀势不减，扎向窦山青后心，刀尖距离皮肉已不足半寸。

正当时，一只四脚圆凳椅平地飞来，撞在窦山青胯上，将他撞飞出去，避开了聂明酉这一刀的要害，快刀入肉，仅是捅进了窦山青的肩胛。鱼刀轻薄，没有血槽，聂明酉刚要拔刀，却发现刀身卡在了窦山青的骨缝内。

与此同时，马修拔出了随身的火枪，对准了聂明酉胖大的身子，聂明酉眼角余光发现了马修的动作，弃了刀，横移半步，来抓韩鼻涕，韩鼻涕吓得魂不附体，抓起一张太师椅顶在了身前，聂明酉狞声一笑，左手五指用力分展，第一、二指节微屈，手背屈紧，掌心成"凸"型，是为虎爪。韩鼻涕下抡太师椅，聂明酉闪身躲开，收拳在腰，身向后坐蓄力。右脚向虚踢韩鼻涕裆部。韩鼻涕右脚刚一退，聂明酉的左脚便跟了上来，上身下扑，左掌变爪伏捞韩鼻涕右小腿，右掌变爪叉向韩鼻涕咽喉。

虎擒羊！

"哎呀！"韩鼻涕拳脚稀松，吃不得力，被聂明酉一扑掼倒，聂明酉虎扑得手，就势一揪，将他挡在了自己的身前。马修怕伤了韩鼻涕，不敢开枪，就只一迟疑的工夫，聂明酉已顶着韩鼻涕冲到了马修的身前，拿韩鼻涕当盾牌，"咚"的一下撞进了马修的里怀，马修向后跌倒，枪口向上一抬，手指一抖，"砰"的一声放了一枪。场内众人纷纷矮身，寻找掩体，唯恐手枪走火伤及自身，马修自己也吓了一跳，还没来得及开第二枪，聂明酉的虎爪就已经从侧面搭上了他的手腕。

聂明酉的四指从外侧勾住马修的手腕上部，拇指内顶，卡在他手背小拇指和无名指的筋骨夹缝之中，虎口向上一托的同时将他的手背向内侧推按，使其手腕内卷。伴随着一声关节错位的闷响，马修的手枪"当啷"一声掉在了地上，聂明西飞起一脚将手枪踹出了雅间，沿着楼梯滚落，倒在地上的韩鼻涕两手抱住了聂明西的腿，张口就咬，聂明西右手向下一捞，捏着韩鼻涕的下巴将他的头掰向了左边，正要用力折断他的脖子。

"唰——"伴随着一声风鼓衣袖的脆响，陶玉楼将长衫脱下，拧束成绳，缠上了聂明西的手臂，向反方向一拉，卸掉了聂明西的力，与此同时，姜伯符迅若雷霆，一手抓住马修，一手抓住韩鼻涕，向后一拉，将他们扯到了自己身后。

聂明西两腿蹲四平大马，沉桥坐步，两臂拉住陶玉楼的长衫，上下一翻，扯得粉碎，蹬腿、扣膝、合胯、转腰，两臂分左右平伸，前手立虎爪，后手攥鹤拳，吐气开声：

"哈——"

姜伯符眉毛一挑，轻声赞道：

"虎鹤双形，好南拳！"

虎鹤双形为南拳之一，主要流传于广东、广西等地。其技法既有短桥手的精密善变，亦有长桥手的大开大合、大砍大劈。其虎形刚劲威猛，鹤形柔韧多变，两形相合，刚柔并济。

陶玉楼拾起折扇，插在腰间，两臂缓缓抬起，头端面正手平分，直竖身昂腿护阴，斜立足分丁八步，势如跨马弯弓形。

八卦掌起手式，倚马问路。

"带两位老板先出去，这儿由我挡着！"陶玉楼给了韩鼻涕一个眼神，韩鼻涕爬起身，架起马修和窦山青，拥着托马斯连滚带爬地往门外走。

可刚一拉开雅间的大门，一阵浓烟裹着火舌"呼"的一下蹿了进来，韩鼻涕探头一看，只见楼下不知何时已经烧成了一片火海，跳动着的火苗沿着楼梯和梁柱不断向上爆燃。大堂门口传来了店小二撕心裂肺的号叫：

"走水了——走水了——来人啊——"

"谁也跑不掉。"聂明酉幽幽一笑。

伴随伙计的大喊，漆黑的浓烟冲天而起，街上的行人乱作一团，有的抱头而逃，有的招呼救火，对门酒楼舞狮的也停了下来，两只狮子，一个大头娃娃，站在高台上不知如何是好。

"黄狮子"一眨眼，大声喊道："咱还继续吗？"

"白狮子"摇了摇头，张口答道："还继续嘛啊，救火吧！"

四个舞狮的汉子，扔了狮头狮尾，跳下了高台，张罗着救火，一回头才发现，"大头娃娃"还在上面站着呢。

"那个……你干吗呢？下来啊！"

"大头娃娃"扔了手里的蒲扇和绣球，活动了一下手脚，在高台上助跑了两步，一个大跳跃在半空，伸手一抓，抱住了宾客楼的牌匾，稳住身形，手脚并用地向二楼爬去。

"这人是谁啊？"

"没见过啊！"

"不是你找的人吗？"

"虎子嫌钱少，我寻思上天桥找个人，这人一听咱这趟活儿的地方，二话没说，主动应了我，我瞧他翻了几个跟头，挺利落的，就把他带来了。"

"那他往宾客楼那边瞎爬什么啊？"

"我也不知道啊！"几个舞狮的汉子忘了救火，齐刷刷地仰着头，盯着"大头娃娃"。

宾客楼二楼内，陶玉楼抓起桌上的茶水泼湿了手肘，抬臂捂住了口鼻。

"你不要命了！"

"我早就不想活了，咱们一起，去见胡掌柜吧！"

姜伯符扫视四周，一指窗户，沉声喝道："莫理这疯子！咱们走窗户。"

"那就看你们能不能过了我这关了！"聂明酉一声断喝，抢先出手，两脚跟原地左转成弓步。双手握拳使双峰贯耳，由上分左右，向陶玉楼太阳穴打来，陶玉楼左脚进前、身左转，使推窗望月架开聂明酉双拳，下盘稳如坐轿，上盘扣掰转换，避正打斜，以右推磨式沿圆圈顺时针方向走蹚泥步一圈，在起点处左脚落地扣步，左脚尖指圆心，右手向前下方画弧，右后转身向西进半步，右手向下画弧搂开聂明酉一记鹤啄，按在左肘至肩处，左掌经心窝处向前上方穿出，手心向上，虎口鱼际向外横切聂明酉脖颈。

这一式玉女献书，既是掌法，也是刀法。

聂明酉右脚进步，右手屈腕，拇指屈靠于食指根，其余四指均等分开朝下，扭腰转胯，将周身旋转的力气集中于掌上，由右向左，掌心内旋，将陶玉楼的手刀扇开，此一手名曰排掌，鹤形中也称作千金钩。在扇开陶玉楼手刀的同时，聂明酉的左手呈虎

308

爪，擒捉陶玉楼右手，陶玉楼缩手后退，聂明酉的右手瞬间也变成了虎爪，向陶玉楼脸面抓落。

虎形中的"抓"极有讲究，首先角度要贼，蓄力时，臂、肘、腕要呈"之"字折角，以发出弹抖之力，五指要张开，在抓拿的同时兼顾遮蔽对手视线。五根手指各有其用，拇指抠下颌，食指和无名指抠眼窝，中指沿眉心、鼻梁、鼻尖沿线下抓，小拇指剜腮。这里有个奥秘，唤作"轻戳重挖"，这一点和八极拳中的技法"挖眉"有异曲同工之妙。人的额头是非常坚硬的，在搏斗对抗中，想去戳对方的眼睛，其实是非常难的。一是因为眼睛的面积小，极难命中；二是因为人不是木头，一直在移动，戳偏的概率很高。一旦戳到了额头上，手指头很容易挫伤。古人用词极为严谨，传统武术对攻击对方的招式，在命名的时候，多数不用"戳"字，而用"挖"或"抓"。说白了，就是攻击对方头面的时候，不走直线，搞点对点的硬戳，而是出手略高一线，走弧线向下挖抓，这样既可以扩大攻击的面积，又能有效地保护自己的手指。练虎形的人，有一项专门的练功方法锻炼指力，虽然看着简单，但是难以坚持。具体做法为：取一小坛，注满清水，将坛口涂上香油，用五指抠住坛口将其拎起，左右换手，初时用五斤的坛子，再往后换十斤、十五斤，依次类推。经年累月的锻炼下，五指自然气力通达。同样的一式虎爪擒拿，有人五指一搭，对手便无法挣脱，有人纵使抓到对手，也很轻易地就被挣脱。说到底，无非是练武的人基本功扎不扎实罢了，与这门功夫的强弱无关。

陶玉楼习武多年，知晓这一抓的厉害，赶紧将右手向前探出，将聂明酉的虎爪"上托"，同时右脚抬起，高不过膝，弹踢聂明酉膝盖，左手收至小腹前，护住下盘。聂明酉左手抓空，右手连变鹤啄，磕开陶玉楼右脚，两人你来我往，见招拆招，打得好不热闹。

姜伯符自恃身份，不愿以二欺一，见陶玉楼已将聂明酉缠住，连忙扯下窗帘，卷束成条，这二楼说高不高，说矮不矮，以他和陶玉楼的功夫，自然不在话下，但托马斯、马修和韩鼻涕可就难说了，再加上个身上还插着刀子的窦山青，这四个要是愣跳，不死也得落个残疾。

"快！"姜伯符将窗帘一端系在腰上，示意托马斯等人抓住绳子往外爬。

"咣当——"姜伯符一脚踹开窗户，将窗帘当绳索垂了下去。

楼外，"大头娃娃"正在攀爬，瞧见有窗帘落下，连忙伸手一抓，两脚一蹬，接着这股劲儿蹿上窗台，一个翻滚落在了地上。姜伯符没把屋里的人送下去，反从下面拉上来了一个人，心里一惊，张口呼道：

"你是何人？"

"大头娃娃"顺着声音回头看去，正好将姜伯符的面貌看了个真真切切。

"你是，姜……"

"藏头露尾，谅来也不是好汉。"姜伯符双手一攘，两腿并行如线，一个"贴衫靠"撞了过来，"大头娃娃"来不及反应，下意识地提跟、震脚、扭腰、摆胯，以一记同样的"贴衫靠"撞了回去。

"哼——"两人同时撬鼻，一触即分。

"八极拳，你是谁？"

"我……"

不等"大头娃娃"答话，姜伯符左转体滚右肩，右转体双臂立圆右抢，一个合子手抽了过来。这一式既是八极拳中的技法，也是劈挂拳中的精髓，拳谚有云：八极加劈挂，神鬼都害怕。劈挂掺八极，英雄叹莫及。有人说，这是因为八极拳猛起硬落、贴身短打，劈挂拳指上打下，放长击远。学习两门拳术，能够相互补充缺点，完善搏击技巧。其实这话，对也不对。须知任何一门拳术都是在实战的基础上相互吸收和完善的，相互融合是"你中有我、我中有你"，而非机械简单的"一加一"，八极拳和劈挂拳在形成和发展的过程中都相互吸收了对方的精髓，在老江湖中，将其称为"换艺"。

姜伯符的合手在抢抽的同时，还暗含了提肘、戳喉等变化，两只胳膊如同车轮，上指眉心下打裆，攻击"大头娃娃"整条中线。"大头娃娃"急忙"单羊顶"，抱臂抬肘扛住两下抽打，同时脚下上步，用肘尖去顶姜伯符的心窝，姜伯符斜行半步，"大头娃娃"肘尖顶空，顺势下沉臂膀，步伐蹿动，出撑拳再打。撑拳看似简单，却是易学难精，实乃基本功中的重中之重。必须一拳打出，八面支撑。既要头部顶拔向上，又要两脚沉坠朝下。两肘前拉后顶，用力前四后六，身体以腰和脊柱为轴横向转动，发劲立体浑圆。"大头娃娃"这一记撑拳，端的是："八极三盘内中恒，十字用力站当中。头顶天，脚蹬砖，后手如拽虎尾，前手如推泰山。动如绷弓，发若炸雷，势动神随，疾如闪电，一发即收，无人能敌。"

姜伯符见状，心头一惊，脑中闪电一般蓦然想起了一些陈年旧事，双瞳骤然一亮，怒声骂道：

"狗贼，是你！"

"不，不是我……"

"大头娃娃"听见姜伯符骂他，心里没由来地一慌，手上慢了半分，再无那股疯牛惊象的闯劲儿，姜伯符咬牙一喝，左脚横移成虚步，腰胯斜后坐，上身一闪，左手从上到下回搂，砸挂"大头娃娃"的小肘，右掌从腰间自下而上画弧撑打，直奔"大头娃娃"面门，"大头娃娃"躲闪不及，被这一式冲天掌打了个正着，木质的套头面具被一掌击碎，木屑横飞之后，甲四的面孔赫然出现在了姜伯符的面前。

甲四这几日一直跟着韩鼻涕，韩鼻涕清退了宾客楼所有的散客，甲四无法混入酒楼接近他。正巧对门有新店开张，舞狮队里缺人，去天桥招揽，甲四一听地点是在宾客楼附近，二话没说，直接应了这趟活儿，正好借此伺机蹲守，却不想正遇上宾客楼大火，窗子一开，他看到自己所有的仇人都困在当中，这叫甲四如何忍得。然而他万万没想到，在他冲进来的一瞬间，竟遇到了姜伯符。这些年，姜伯符老了很多，但他们还是一眼就认出了彼此。

"姜……姜师兄……"

"放屁，哪个是你的师兄？"

"我师父郑三山和你师父骆沧海乃是亲师兄弟，按着规矩，

312

你我是同门，我也该叫你一声……师兄……"

"既是同门，为何要害我们！"

"当年之事，我也是一时失手。"

"一时失手，你失手，却让镖局百十口老少命丧黄泉。师父啊！师妹！你们在天上看着，伯符给你们报仇啊——"

姜伯符见了仇人，顾不上看护托马斯等人，解开了腰间的窗帘布，直冲甲四。八极拳出手，讲究以身做盾、舍身无我、硬打硬进无遮拦，行拳进招必须胸怀一股一往无前的气势。甲四见了姜伯符，心中为当年之事愧痛不已，气势上先弱了三分，对拆不到十招，渐落下风。

眼见这边陶玉楼和聂明西、姜伯符和甲四捉对厮杀，托马斯和马修等四人慌了神，趴在窗边往下看，越看越眼晕。

"窦爷，怎么茬儿？要不您先探个路！"韩鼻涕急得直掉眼泪。

"韩爷，你这说的是什么王八蛋话啊！我这身上还插着刀呢，要探路也是你去啊！"窦山青本就恐高，再加上失血过多，刚往下看一眼，小腿肚子就转了筋。

这两人正争执间，托马斯寻来了一只太师椅，将窗帘布系在了椅子背上，那椅子宽大，正好能卡住窗框。

"Go！"托马斯一马当先，拽住窗帘，第一个降了下去。

韩鼻涕刚要跟上，马修飞起一脚，将他踹到一边。

"Shit！"马修骂了一句脏话，第二个拽住窗帘，慢慢地降了出去。

韩鼻涕从地上爬起身，刚抓住窗帘，一旁的窦山青往前一扑，也抱住了窗帘。

"窦爷！这窗帘禁不住两个人，我先下，你再下。"

"凭什么？洋人先走我认了，你凭什么排我前面啊？"窦山青毫不示弱。

"姓窦的，你他娘的别给脸不要脸，要不是我在洋人面前提携你，你连条狗都不如！"

"狗？咱俩都是给洋人当狗的，谁也别瞧不起谁！如今我也搭上了洋人的面儿，今后咱俩谁得宠还不一定呢！"

"姓窦的，你成心跟我呛火是吧，我他妈先弄死你！"韩鼻涕伸腿去踹窦山青，窦山青两手一抱，捞住了韩鼻涕一条腿，韩鼻涕单腿站立，来回乱蹦，两手奔着窦山青头面乱打。窦山青虽然没有练过武，但毕竟街头厮混多年，打架的经验远比韩鼻涕丰富，尽管此刻身上受了伤，但仍然懂得护住要害的道理，将背部拱起，使劲儿把脑袋往韩鼻涕的肚子上顶，韩鼻涕一顿乱打全落在了窦山青背上。

"嘿——"窦山青向前一撞，将韩鼻涕扑倒，压住了他的胯，韩鼻涕一手揪住窦山青的辫子，一手抓住了他后背插着那把刀的刀柄，使劲拔了一下，虽然没拔出来，但却疼得窦山青浑身发抖。

"我掐死你！"窦山青双臂一支，直起上身，横着一滚，撞开了韩鼻涕攥刀柄的手，单腿一胯，骑在了他的身上，两手掐住了他的脖子，韩鼻涕又惊又怕，呼吸渐渐受阻，两手在地上一阵乱摸，无意中攥住了一只滚落在地的酒壶。

"咣当——"韩鼻涕抡起铜制的酒壶砸在了窦山青的眉骨

上，窦山青脑子一蒙，被韩鼻涕掀翻在地。

叁

　　火势越发凶猛，赤红色的火舌不断地舔舐着梁柱，头顶的瓦片哗啦啦地乱掉，到处都是火烧木石的"毕毕剥剥"声。火场内的温度不断升高，黑烟密布，所有人的眼睛都被熏得刺痛不已。

　　窦山青顾不得许多，连滚带爬地爬到了窗边，定睛一看，那条窗帘束成的绳索早已烧断，他叫了一声苦，紧紧地闭上了眼睛，两手扒着窗框，一咬牙直接跳了下去，在落地的一瞬间，他的小腿骨传来了两声脆响。

　　窦山青知道，自己的腿断了，但是命保住了。

　　韩鼻涕被烟火熏得直咳嗽，他趴低了身子，捂住口鼻，手脚并用地来到了窗子前，手扒窗框，刚想学着窦山青跳下去，浓烟中一只大手抓来，揪住他的后颈，向后一拉，将他扯翻在地。

　　聂明西到了！

　　韩鼻涕在倒地的同时，两手抱头，缩在了墙角，聂明西一声虎吼，又来抓他。斜刺里陶玉楼再度杀到，左脚向前进步，双手横掌在腰，身向左转。右掌横劈聂明西面门。聂明西右脚向左脚后方插步，身向右转，避开陶玉楼这一掌，双手握拳，两肘平行一上一下，由后向前，推撞陶玉楼胸口。

315

陶玉楼抽身再退，正当时，一道烧至焦黑的横梁坠落，"咣当"一声砸在了二人之间，陶玉楼本想上前再战，奈何火势汹涌，非血肉之躯所能抵挡。聂明酉两手一抓，揪起了缩在墙角的韩鼻涕，死死盯着他的双眼，豪声笑道：

"跑了一个，抓住一个，倒也不亏！"

"聂……聂大爷！我给你当牛做马，你……你饶我一回！"

"饶你？你害我家掌柜的时候，可曾想过今日吗？"

"我有眼无珠，我……我不是人，你放了我，我的钱都给你！"

"我不要钱！"聂明酉摇了摇头。

"那你要什么？女人？房子？或者……我给你捐个官！"

"命！我要你的命！"聂明酉左手向上一提，韩鼻涕双脚离地的同时，聂明酉右手一攥，食指第一节指骨结环凸出拳面外，其余四指紧握，拇指指头紧压食指的第三节指骨，无名指与小指低于拳面，四指略成梯形，此谓"凤眼拳"！

"哈——"聂明酉吐气开声，右拳直冲，拧转手臂，螺旋发力，精准而刚猛地打在了韩鼻涕的膻中穴上。

此穴位于人体胸部前正中线与两乳头连线的交点处，为任之会，为心之外围，代心行令。遭重击后，轻则内气漫散，胸痹心痛，重则命丧当场。聂明酉这一拳，硬桥硬马、沉实刚劲，将周身力量，汇集于"凤眼"一点，这一点"凤眼"，乃是鹤形中的杀招，初练时，需日日突出骨节，曲肘送拳，蓄劲凿击木桩，并辅以跌打秘药洗练筋骨，而后再换砖石凿击，练至一拳破三砖，是为小成。聂明酉学武二十年，精通此法，一拳至少能破五砖。

"噗——"聂明酉拳中膻中，韩鼻涕一口黑血呕出，胸膛肉眼可及地塌瘪，横尸当场。

火势冲天，四周一片赤红，陶玉楼顾不上给韩鼻涕收尸，扯过姜伯符就往窗口跑。

"放开！"姜伯符打红了眼，一记"掸手"抽开了陶玉楼，埋头钻向黑烟深处，去寻甲四的踪影。

"姜兄，留得青山在不怕没柴烧啊。"

"今日纵然一死，我也必杀此贼！"姜伯符怒气攻心，早已没了理智。

烟火中，前方有身影一闪而过，姜伯符脚下使"吃根埋根"，手上用"毒蛇摆头"，上前就打。

"哪里走！"

那身影听得背后风声，左脚横移半步，左拳成抓护头，右拳变排掌护腰，右脚提起，横撑姜伯符胸腹。

虎鹤双形，虎尾脚！

姜伯符拳到对方身前，才看出这人不是甲四，而是聂明酉。姜伯符与聂明酉素无冤仇，不愿纠缠，收了手往别处搜寻。

可聂明酉却不依不饶，紧随上跟，虎扑而来。

"我不与你打！"姜伯符让了一招。

"你与他们蛇鼠一窝，也不是好人！"聂明酉占了一招的便宜，抢攻不停。

姜伯符也是个烈火性子，一点就着，回口骂道：

"你这肥厮，定是那狗贼同伙！"

陶玉楼见聂明酉和姜伯符招招拼命，急得直跺脚，一咬牙，也加入了战团。姜伯符的八极拳势沉力大，刚猛无匹，硬打硬撼，陶玉楼的八卦掌身法高妙，飘逸灵动，偏门抢攻。两人合力，聂明酉渐渐不敌。陶玉楼久练八卦掌，脚下的步伐就像一只罗盘，进退纵横交错，对四正四隅八个方位的距离和朝向，把控得分毫不差。在他的掌控带动下，三个人的战团，缓缓向窗口偏移。

正当时，姜伯符背对窗口发招，陶玉楼左掌虚晃聂明酉，右掌上挥，挑开了姜伯符和聂明酉的磕碰，回身一脚踹向了姜伯符的胸口，直接将他从窗户踹了出去，姜伯符人在半空，扭腰一转，双脚落地的同时双手下撑前翻，卸掉了力，人稳稳地站在了街上。

"你……"姜伯符气得一捶胸口，刚想冲回火场，陶玉楼的身影也从窗口冲了出来，在半空中一甩手，腰间的铁折扇飞出，将已经烧到炭化酥脆的檐角下撑梁击断，摇摇欲坠的半边檐角瞬间垮塌，将窗口严严实实地堵住。陶玉楼落地下翻，立在街上，赶紧拉住了姜伯符。

"姜兄！水火无情！他们死定了。"

"恨不能手刃此贼，挫骨扬灰！"

"姜兄，你我身上多处烧伤，当心皮肉溃烂，须得尽快医治。"

"可是……"

"此等大火，神仙难逃，你那仇家必定难逃一死，待火势散尽，咱们进去认尸便是。"

"罢了！"姜伯符右脚一震，踏碎了一块青砖，随着陶玉楼离去。

宾客楼内，一片火海，甲四被烟气所迷，头晕目眩地栽倒在地，凭着最后一点儿精神，咬破了舌尖，剧痛之下，他稍稍清醒，伏底了身子四处摸索出路，木质的地板在高温的熏烤下已经鼓胀变形，陶玉楼趁乱逃生，临走前还弄塌屋檐堵住了窗户。聂明酉早存死志，浑不害怕，立身大火之中，拎起桌上的一条猪腿，猛啃数口，提起一壶酒，仰头喝干，抹了抹嘴，在浓烟中，一边咳嗽一边踉踉跄跄地唱道：

"哈哈哈哈，老掌柜你且睁眼望，宾客楼上放火光。胖厨子火攻用得当，这场厮杀非寻常。俺！打头阵引贼入罗网，烧得他片甲不归，无——处——藏——"

聂明酉酒意上蹿，满地乱走，撞开了雅间的门，刚一迈步，那被大火熏烤已久的楼梯便轰然断裂。聂明酉一脚踏空，胖大的身子，直挺挺地向后坠去。甲四眼疾手快，一个飞扑，伸手抓住了聂明酉的胳膊，聂明酉身形胖大，扯得甲四浑身骨头咯咯乱响。

"你别乱晃，我拉……我拉你上来！"

聂明酉甩甩头，瞪眼看了看眉毛头发都烤焦了的甲四，大声笑道：

"我认得你，你是来杀洋人的，好胆色啊！"

"下面是火海一片，掉下去就没命了……"甲四用力上拉聂明酉，脖子上的青筋都暴了起来。

"何止下面，上面就没火吗？你松手吧，我大仇得报，要去见我家掌柜了。"

"你……"甲四唯恐说话泄气,咬着牙只顾往上拉。

聂明酉挣扎不断,高呼放手,双臂乱抢,想要推开甲四,无意中在他胸口一抓,扯断了一截红绳,那红绳上拴着的一只小玉哨随着红绳一绕,缠在了聂明酉的指缝间。聂明酉这一乱动,甲四再也绷不住力,整个人头重脚轻,被聂明酉扯落。聂明酉先落地,甲四后落地,正好砸在了他的身上。

大火点燃了甲四的衣袍,甲四一边脱衣,一边翻滚。正危难之时,东南角上一面墙壁后头突然传来了一阵撞击声。

"咣——"正面大墙被人用木桩撞开了一个窟窿,甲四寻声看去,只见窟窿外头,那四个舞狮的汉子正在喊叫。

"还有活人没?"

甲四绝处逢生,架起聂明酉就往东南方向跑,眼看就要跑到窟窿前面,突然,头顶一根水缸粗细的梁柱燃着大火当头砸下,甲四躲闪不及,两眼一闭,内心呼道:

"师姐、骆姑娘,我来找你们了……"

"啊——"一声大吼平地响,声如洪钟惊雷,正是聂明酉昂身而起,腰马合一,膝弯曲半蹲,两大腿微平,脚尖内扣,五趾抓地,裆部撑圆,两臂平伸,食指上竖、拇指外翻,其余三指收缩曲起。

四平马、三展手,脚踏青砖,寸寸龟裂。

肩背上顶,将燃着大火的梁柱扛起,火苗窜动,烫得聂明酉皮肉嗞嗞作响。

"朋友——"甲四回身来救,聂明酉咧嘴一乐:

"你欠我的,记得出去后,杀了姓窦的。"

聂明酉双臂回收，手撑虎爪，环抱腹前，胸平背圆。在甲四靠近聂明酉的一瞬间，两手上下齐出，在甲四胸膛上一顶，一股大力袭来，甲四倒飞而出，后背直接靠在了墙面的窟窿上。

那四个舞狮的汉子瞧见有人过来，七手八脚地扯住甲四，将他头上脚下地拽了出来。

"里面还有一个……"甲四爬起身，刚要靠近，墙面上陡然裂开了一条大缝。

"要塌了——"舞狮汉子不由分说，拖住甲四，手脚并用地往后躲。

"轰隆隆——轰——"二层高的宾客楼猝然崩塌。

"朋友……我还不知道你叫什么……"甲四颓然地坐在巷子口，看着救火的人群往返泼水，脑子里嗡嗡乱响，眼前一阵阵眩晕。

那四个舞狮的汉子围着甲四，七嘴八舌地嚷嚷：

"这人怎么了？"

"估计是吓神经了！"

"哥们儿，能听见我们说话吗？你应一声！"

"你看看，我就说他神经了吧，赶紧走吧，一会儿再赖上咱。"

"对对对，快走，今儿这狮子舞了一半，还没算钱呢。"

"这人有点不对劲儿啊，咱要不要送医馆啊！"

"送医馆，你掏钱啊？"

"可咱要是不送，他死这儿了，咱是不是得摊上事儿啊！"

"要我说，还是把虎子找回来吧，以后不熟悉的人，千万别乱找。"

"嘛意思？你嘛意思？你要干吗？埋怨我呢是吗？"

"不是埋怨，就是让你以后注意点。你看这人都快黑成炭了，万一他一会儿真咽了气……咱们说不清他究竟是在火场里烧死的，还是咱们救治不及时给耽误死的。要是他家里人揪着咱们要钱，可就麻烦了……"

四个人吵吵闹闹，正争执间，甲四这口气也算缓了过来，他扶着膝盖，站起身，想给这哥儿几个鞠个躬，道个谢。

却不料这哥儿几个瞧见甲四晃晃悠悠地走过来，吓得手脚一慌，撒腿就跑，一边跑一边回头喊。

"我们没钱啊！没钱！"

甲四重伤在身，追了十几步，实在追不上，只能停下脚步，冲着四人离去的方向，双膝跪倒，磕了一个响头。转回身，深一脚浅一脚地消失在了巷子深处。

大火烧了一夜，将宾客楼焚成白地。

火势刚停，姜伯符便迫不及待地钻进了火场，四处搜寻。

"在这儿！"与他同来的陶玉楼一手捂着鼻子，一手用撬棍别开了一根漆黑的梁柱，梁柱底下压着一具焦尸，面目焦黑，不辨五官，四肢关节呈屈曲状，根本无法辨认生前容貌。

姜伯符俯下身，一寸寸地打量，想看清这尸体究竟是不是甲四。

人遇火烧，肌肉遇高热而凝固收缩，血液、体液渗出，胖瘦难辨，骨肉炭化，尸体重量势必减轻，身长也相应缩短。姜伯符看了半天也没瞧出眉目。突然，他眼前一亮，伸手掰开了尸体的手腕，在尸体手边发现了一枚玉哨，他将那玉哨拈在指尖，对着光端详了一阵。

"就是他！"姜伯符眼圈一红，险些落泪。

"是谁？"陶玉楼问。

"周骁！"

"确定吗？"

"这玉哨他从不离身，这尸体必是他。师父！师妹！镖局的老少们，伯符给你们报仇了！"姜伯符膝盖一弯，跪在了地上，一阵哭一阵笑，疯疯癫癫。

陶玉楼走到一边，唤来一个随从，小声问道：

"就这么一具尸体吗？"

"回爷的话，一共扒出来了两具。另一具缺了一根手指头，联系了韩爷的家里人，已经把尸体认走了，着火当天，楼里的人都被清走了，伺候酒局的只有一个店小二和一个厨子，小二在一楼，命大，跑出来了。除了……您几位，就剩那个厨子了。"

陶玉楼盘算了一阵，喃喃自语道："这么看来，是死了甲四，跑了厨子！咱们得赶紧回去，我这就去通报老爷，甲四的通缉可以就此勾销，不再张贴悬赏，同时再抓紧拟出另一个海捕文书，追捕杀人要犯聂明西。"

交代完了事，陶玉楼掏出怀表，看了看时间，缓缓走到姜伯符身旁，探声说道：

"姜兄，大仇得报，本是快事，切莫过于哀恸。"

姜伯符深吸了一口气，拱手答道：

"见笑了！这贼人的尸首……"

"但凭姜兄处置。"

"多谢。"

"陶某还有事，先走一步。"

半个时辰后，大生烟馆，后院账房。

英国人马修和陶玉楼各分宾主，坐在了两张太师椅上。

椅子前面有一方桌，方桌后跪着脑袋裹绷带、腿上打夹板的窦山青。

窦山青深埋着头，大气儿都不敢出一声。

陶玉楼坐在方桌后头，左手持毛笔，右手打算盘，翻看着面前的一沓账簿，马修一脸愤恨，掏出一把左轮手枪，捻起一块软布，来回擦拭。在马修身后站着一个身材高大的金发男子，他的鼻梁很高，微微卷曲的金发在脑后扎成了一个小辫儿，一身笔挺的西服非常得体。他叫哈登，是马修手下洋枪队的队长，马修被聂明酉的刺杀吓怕了，走到哪都要带着他。哈登的中文勉勉强强，必要时也可以顶替死去的韩鼻涕，做个翻译。

"嗯，账目倒还算清楚。"陶玉楼点了点头，合上账本，端起桌子上的茶，呷了一口。

"陶爷……这是咱们手底下所有烟馆的总账，我一个铜子儿都没敢私吞……"窦山青一个响头磕在地上，脑门瞬间见了血。

陶玉楼放下茶杯，点头说道：

"你这个人，虽然能力差些，但好在够老实。只不过，你这次祸闯得不小……"

"陶爷，这不怪我，真不怪我，都是……都是韩鼻涕安排的，我……我就是个听吆喝的力把！那酒楼……也是韩鼻涕选的，我全是按他说的做的，那酒楼的厨子我不认识，都是他……"

"好了！好了！不用多说了，把过错都推到死人身上，这种伎俩不耍也罢，没甚新鲜。实话跟你说吧，托马斯先生现在很生气，不杀你，实在难消他心头之恨。"

"陶爷！陶爷！我的陶爷！您看在我鞍前马后，对您忠心耿耿的分上，我……我……我没功劳也有苦劳啊！再说了，您杀了我不过就像捻死一只蚂蚁，可是……可是谁帮您打理这些生意啊，我……我还有用……"窦山青跪在地上，爬到陶玉楼脚边，不住地求饶。

陶玉楼叹了口气，摇动折扇，轻轻敲了敲窦山青的后脑：

"窦山青啊窦山青，你的脑子是真不开窍啊，你还没明白吗？陶爷我不愿意杀你，决定你生死的不是我……"

此言一出，窦山青愣了一愣，顿时回过味儿来，赶紧掉转方向，爬到马修脚边告饶，马修极不耐烦，一脚将他踹开，将枪顶在了他的太阳穴上。

陶玉楼叹了口气，站起身用折扇一挑，慢慢推开了马修的枪口。

"陶！What do you mean？"

"马修先生问你，这是什么意思。"哈登插话翻译。

陶玉楼拱了拱手，向哈登说道：

"麻烦您告诉马修先生，能否看在陶某的薄面上，再给他一个机会，托马斯先生的船即将到天津卸货，咱们正当用人之际，杀了他，一时间找不到合适的人代替。"

哈登点了点头，在马修耳边耳语了一阵。

马修思索了一阵，站起身来，将左轮手枪里的子弹一一卸掉，放在了方桌上，只留最后一颗。

"哗啦——"马修拨动左轮，将枪口对准了窦山青的脑袋。

"One in six！Good luck and God bless you！"（六分之一的概率，祝你好运，愿上帝保佑你！）

窦山青双眼紧闭，额头上的汗珠顺着脖子哗哗地流。马修的嘴角泛起一抹浅笑，正要扣动扳机。

"唰——"门外一把带鞘的苗刀电射而来，直击马修手腕，马修手腕吃痛，向下一垂，手指勾动扳机。

"砰——"一颗子弹打在了地上，窦山青心脏一紧，险些尿了裤子。

"Fuck！"马修一声怒骂，伸手去抓方桌上的子弹，一道人影追着半空的苗刀疾冲而来，单手一捞抓住刀柄，回身一拉，抽出刀刃，于怀中一抱，扭腰下劈，"哆"的一声砍在了桌上，刃口就贴在马修的手指尖上。马修倒吸了一口冷气，还没喊出声，苗刀已经贴着他的胳膊上挑，抵在了他的喉咙上。

宋快到了！

"咔嗒——"哈登两手在腰间一抹，抽出两把手枪，对准了宋快的脑袋。

"你是谁？"陶玉楼问道。

"脚下跪着这人，姓窦，我收了他一百两银子，保他安全，五两一天，共计二十天。这二十天内，谁想杀他，须先问过我。"宋快说完了话，好像忽然想起来什么，只见他单手伸进怀里，摸索了一阵，掏出一小锭银子，放在了方桌上。

"昨儿个赴宴，你特意交代不让我跟着，我没干活儿，就不能收你的钱，这是退还你的五两。"

"把你的刀从我老板的脖子上拿开，不然我就打爆你的头。"哈登一声大喊。

"五步之内，你的枪未必快过我的刀，不信你可以试试。"宋快虽然衣着褴褛，但眼中却闪着骄傲的光。

陶玉楼盯着宋快手中的刀定定出神，默立半晌，轻声说道：

"你这刀，我看着眼熟。"

"是吗？看您身形，意如飘旗，气似云行，练的是八卦掌吧？"宋快眯眼一瞥，看向了陶玉楼。

陶玉楼负手而立，略一沉吟，扭头对哈登说道：

"哈登先生，这个少年郎的刀或许真的比你快，马修先生的生命非常金贵，咱们赌不起，二位听我一句劝，各自罢手吧。"

陶玉楼左手攥住了哈登持枪的手腕，右手握折扇，缓缓推开了宋快的刀刃。

马修咽了一口唾沫，眼睛稍微向桌子上的子弹一瞥，宋快的瞳孔瞬间一缩，再度瞄上了他的喉咙，马修不敢乱动，缓缓举起了双手。

陶玉楼将哈登的双手缓缓按下，清了清嗓子：

"咳，我说两句。中国有句老话，以和为贵，和气生财。马修先生漂洋过海来到天津，不是为了打打杀杀，而是为了发财赚钱的。我有个主意，咱们这一船货的利，窦山青的那份全部拿出来，当作对托马斯先生和马修先生的赔偿。您看如何？"

哈登将陶玉楼的话翻译给了马修，马修有些犹豫，但又愤愤不平，显然怒气未消。

陶玉楼是察言观色的好手，眼见此事有了转机，连忙继续说道：

"杀，不是不可以！但是杀了他，于事无补，我们还需要再找一个人，帮咱们经营烟馆和码头。新找的人，未必有他忠心，未必有他能干，而且还要给他分一份利润。您现在如果肯留他一命，不但能留下一个忠心能干的伙计，还能多分一份银子，难道真金白银都消不掉一口怒气吗？"

哈登在马修耳旁又耳语了一阵，马修点了点头，将手里的枪揣回兜里，推开宋快，左右开弓，扇了窦山青八个大耳光，扬长而去。

窦山青满嘴是血，仍旧跪在地上，不住地磕头道谢。

陶玉楼弯下腰，将窦山青扶了起来，拍了拍他的肩膀：

"破财免灾，总算是捡回了一条命……"

"多谢陶爷。"窦山青鼻子一酸，眼泪噼里啪啦地往下掉。

"别谢我，谢他吧，洋人吃硬不吃软，马修之所以改变主意，除了贪，还有怕！"

"贪？怕？"

"贪我的钱，怕他的刀。"陶玉楼一指宋快。

"拿人钱财，替人消灾！"宋快收刀入鞘，神色无悲无喜，冷若寒霜。

烟馆外，马修拦了两辆黄包车，上车之前，他猛地回头，向哈登问道：

"Who is faster, you or him? "（你和他究竟谁更快？）

哈登思考了半天，抬头答道：

"A gun is faster than a sword, but he's faster than me. "（枪比刀快，但他比我快。）

马修摇了摇头，没有说话，上了黄包车，直奔英租界。

尾声

天津城外十里，土地庙，庙前聚了一百多老少，清一色衣衫褴褛，面带菜色，正是一群乞丐。

一炷香后，另一群乞丐顶着月色从东边蜂拥而来，足有二三百人。

庙前有一片空地，空地上立着一棵歪脖子老榆树，榆树上坐着一个女人，长发盘在脑后，脸上罩着一只猴戏面具，身着一身洗得发白的破布棉袍，上面补丁摞补丁，密密麻麻。

瞧见人来得差不多了，她一个翻身，飘然落地。

女人身后，一个长脸白胡子的老乞丐走了上来，在女人耳边小声说道：

"四姐，对面的人齐了。"

女人点了点头，左手提起一根短棒，指着对面二百多乞丐，冷声喝道：

"谁是带头的，出来答话！"

话音未落，对方人群从中分开，一个高大壮硕的中年胖子走了出来，上下打量了一下女人，一脸不屑地调笑道：

"你就是那个什么四姐？"

女人一拱手，昂首说道：

"既是道上兄弟，不妨称我一声海四娘。敢问兄弟高姓大名啊？"

中年胖子还未开口，旁边一个乞丐走上前，一挑拇指，大声喝道："这是我们彪爷，大号魏金彪。"

那个名叫海四娘的女人点了点头，指着魏金彪说道：

"你的人，打了我的人，这笔账怎么算？"

魏金彪一皱眉，叉腰喝道：

"是你的人，先过了界，坏了规矩。"

"哦，我倒要问问，什么规矩？"

"外地的花子，想进天津城，得先拜我的码头。"魏金彪一拍胸口。

"怎么个拜法？"

魏金彪上前一步，梗着脖子笑道：

"有文拜，也有武拜，随你来选！"

"文拜什么说法？武拜又是个什么说法？"

"文拜嘛，选人出来，滚钉板、下油锅、刀插大腿三刀六洞，谁先尿了算谁输。"

"武拜呢？"

"武拜嘛。各出一人，生死相斗，白刀子进红刀子出，谁先

330

咽气算谁输。"

海四娘点了点头，笑着说道："我听明白了，文拜是斗狠，武拜是拼命。"

"聪明！你现在带着人掉头回去，我就当没看见。"

"那不成啊，我手底下人要吃饭，得进城。既然来了就得拜，也罢，我选武拜！"

"武拜？成！你们选人出来打吧。

"不用选，就我来吧。"

"你？"魏金彪满脸的不可置信。

"瞧不起女人吗？有胆的，兵对兵将对将，咱俩比画比画。"

"成啊！你赢了，我们撤出天津城，把地盘给你，你要是输了……"

"凭你处置！"

"好——"魏金彪拔了个高音儿，扯开上衣，系在腰间，两手一摆，示意手下后退。

"你是比拳脚，还是用家伙？"海四娘上前一步，和魏金彪相对而立。

"你说了算！"

"我看你腰间插着攮子（短匕首），用上吧，这样快一些。"海四娘倒提短棒，斜指魏金彪喉头。

魏金彪一声冷哼，满脸不屑："爷就这双手，收拾你足够了，小娘们儿，你若是输了，就把面具摘了，让爷香一口，怎么样？"

"可以，来吧！"

"哟，还挺大方，爷来抓你了。"

魏金彪两手一分，上前跃步，左手向海四娘面部虚晃，右手捞抓海四娘前胸，海四娘将持棒的右手负在身后，横移半步，让过魏金彪的虚晃，左手迅疾如风，贴着自己的右肩膀向下画弧，犹如掸尘，又稳又准地抽开了魏金彪的右手，海四娘这一抽，沾衣发力，好似鞭甩，"啪"的一声在魏金彪的小臂上抽出了一道紫红色的瘀痕。魏金彪痛得直搓胳膊，下意识地后退，海四娘趁势上步，右脚刮地先上提，后下踩，正踩在魏金彪的踝骨上，魏金彪脚腕剧痛，主动倒地卸力。

海四娘没有追击，收了攻势，抱着肩膀，冲着魏金彪笑了笑。

魏金彪搓了搓脚踝，站起身来，缓缓地抽出了腰上的攮子，正握柄，来回晃了晃刀尖，瞄着海四娘心窝虚扎了两刀。

海四娘摇了摇头，又晃了晃手里的短棒，幽幽笑道：

"你应该是常打架，但是没练过武，血勇有余，技巧不足。有道是：一寸长一寸强，一寸短一寸险。短刃的用法，不在显，而在藏。"

"乱糟糟说什么胡话，看扎——"

魏金彪一个跃步，靠近海四娘，扎她小腹，海四娘趁魏金彪前脚未落地，手中短棒向上一挑，磕击魏金彪持刀手下侧，在触碰到掌根的一瞬间，向外掤挑，魏金彪手腕被海四娘的棒头带动，向外斜摆的同时，自己的前脚也落了地，身子不自主地向前冲向下沉，海四娘接着这股劲儿前伸短棒，从魏金彪手腕下方穿过，逆时针向内画圆，以魏金彪的腕部上侧为支点，形成了一个杠杆，会同魏金彪身体下沉的力一同下压。

"咔嗒——"魏金彪手腕脱臼，攮子落地，海四娘平地一蹿，闪身落在魏金彪身侧，将另一端棒头在他颈下一绕，魏金彪喉咙被压，仰头向后，海四娘出腿，弹踢他的膝窝，魏金彪应声跪倒。

海四娘左手五指一搭，从后面摸上了他的面门，拇指和食指分别点在了他的左右眼珠上。

"这怎么算？"海四娘问道。

"您赢了！"

"好！刚才你也说了，文斗比狠，武斗拼命。我不要你的命，只取你一对招子，不过分吧？"

"不……不过分。你动手吧，老子但凡喊上一句痛，就是你生的。"

"好！敢说敢当，你也是条汉子。只不过你长得太丑，老娘我可生不出这种儿子。"

眼瞧着当家人被打翻在地，魏金彪手下的乞丐们个个摩拳擦掌，朝着木棒砖石就围了过来。海四娘的人马也不甘示弱，个顶个地往上拥。

魏金彪一摆手，止住手下，大声喊道：

"咱虽是乞丐，但也得言而有信，这位海四娘是依着江湖规矩赢了我，咱得认。"

"咱们行走江湖，都为了一口饭吃，我仗着拳脚赢了你，将你这些老少爷们儿赶出天津城，未免有失仁义。我有个主意，你带着你手底下的人，投到我的手下，大家一个锅里混饭吃如何？"

"这……"

"你要是不同意，那就只能离开天津，我看你的人马里，老弱病残也是不少，出了天津城，你们就得去别的地方抢地盘。到时候可未必能碰到像我这么心慈手软的人！"

"那……你不摘我眼睛了？"

"当然！前番你打了我的人一顿，今日我打了你一顿，一顿还一顿，两清了。你投到我手下就是自己人，自己人不害自己人。"

"好！当家的在上，魏金彪给您叩头了，多谢您给我们留条生路！"魏金彪双膝跪地，上手作揖，朝着海四娘磕了一个响头，他手底下的众乞丐也纷纷跪倒。

海四娘一摆手，让众乞丐起身，朗声喝道：

"虽说咱们做的乞丐，但无规矩不成方圆。既然跟了我，就要守我的规矩，我的规矩不多，仅约法三章：其一，不得做活捻子（偷盗），违者剁手；其二，不得点水发线（向官府告发同行）、挑灯拨火（挑拨内部厮打争斗），违者割舌；其三，不得拍花迷拐、采生折割，违者活埋。都听清了吗？"

"听清了！"

"好！走！咱们进天津！"

卷 七

乞丐

恼恨奸贼太猖狂，
私通北国害忠良，
要拆毁杨家天波府，
俺焦赞一怒去汴梁，
杀死奸贼谢金吾，
王钦若起了万心肠，
他要杨家尽抵命，
保本多亏八贤王，
将俺发配沙门往，
披枷带锁恼恼胸膛！

——京剧《三岔口》

楔子

乞丐，贫困乞物于人者也。亦称乞儿、乞棍、花子、叫花子、乞索儿等。此门行当，古已有之。

乞丐内部人员冗杂，管理混乱，纪律松散，又分数类，其谋生手段各不相同。

一曰文丐，俗称"花搭子"，这伙人走街串巷，靠唱数来宝、砸牛胯骨、打竹板等卖艺手段乞讨；

二曰武丐，俗称"苦讨"，这伙人惯会耍横斗狠，欺赖商家，聚众成群，堵门叫饿，不给钱不走人；

三曰绦丐，俗称"活捻子"，绦，是一种丝络编结成的袋子，即钱包是也。这伙人在行乞的同时，组团扒窃，连偷带抢，兼带销赃，既是丐，也是偷儿。

四曰花丐，俗称"拍花子""拐子"，这伙人在行乞的同时，常常拐卖孩童，采生折割（将人嗓子弄哑，手脚弄断，故意制造伤残，以此博取同情，获取路人施舍）。

海四娘眼里不揉沙子，给手下定了三条规矩，带领人马进天津城。

寻了几个买卖殷实的大商户，讨了些丐捐，算是赚了个开门红。

所谓丐捐，乃是武丐打秋风的一种。即：乞丐头带领帮众成群结队穿街过巷，云集城中，以买卖开张，端午、中秋、春节三节和孔夫子诞辰、祖师爷诞辰两寿的名头，讨要"规金"。

买卖开张、三节可以理解，两寿又是怎么论的呢？

相传春秋战国年间，孔子他老人家在鲁国讲学，正遇上天降暴雨，四十九天没见晴，孔子和他的弟子们全都断了粮，孔子无奈，向乞丐头范丹借了粮食，渡过危难。可这孔子也是个穷人，借完了粮，没法还。范丹说，不要紧，让我的徒弟向你的徒弟慢慢地要吧。自此，读书人天经地义地欠了乞丐的钱，识字的就算读书人，大商户的老板，肯定识字。每到孔子诞辰和范丹诞辰，乞丐们便成群结队地找大商户讨钱，是为"规金"，意思就是说："你得按照祖师们定的规矩给我拿钱。"

海四娘讨"规金"，价钱公道，从不坐地起价。凡是交了"规金"的店铺，均可讨取海四娘墨宝一幅，上书"一应兄弟不许滋扰"八个大字，店家只需将这八个字贴着门边，便再无乞丐上门寻衅，勒索钱财。而且，海四娘只挑大门面讨钱，从不为难小商小户，若遇上绺丐、花丐，只需遣人通告海四娘一声，不日便能将被盗的财物奉还，被拐的孩童，十有五六能送至家中。

如今的五柳大街，人迹罕至，十天前，海四娘在此开了一次法堂，将十几个不尊号令、有违"约法三章"的乞丐，剁手、割舌、活埋。

自那以后，街面上的风气竟肃然一新。

这一日，天朗气清。

魏金彪登门来报，说是城南有一家大买卖开张，有乞丐上门讨赏，钱没要来，还挨了一顿好打。海四娘大怒，问那买卖是何人所开，是何字号。魏金彪虽然是个乞丐，但年幼时也曾当过几年少爷，念过几日私塾，闭眼一回忆，便想起了那买卖门头上的字。

"四姐，那买卖门头，左右刻着一副楹联：信义千秋五岳通达，智勇百炼八极正宗。"

"八极正宗？好大的口气！那买卖挂的是什么匾？"

"四海镖局！"

"点起人马，前头带路。"海四娘拍案而起，怒气当胸。

壹

城南，有一条武馆街。街上最好的宅子被人盘了下来，修缮翻新，开设镖局，名曰：四海。

正午时分，海四娘带着百十人马，浩浩荡荡地从街头、街尾两侧围到了镖局门前，看门的门房吓了一跳，探头看了一眼，连忙钻回去报信。

不多时，镖局的大门开了半扇，从里头拥出来十几个提棒挎刀的镖师。

海四娘倒提着短棒，走上前去，昂首问道：

"找你们管事的，谁是镖头？"

338

"我们镖头不在，你可是来闹事的吗？你们臭乞丐那摊子事，别以为我不懂，实话告诉你们，这镖局是直隶总督府的买卖，想要索讨规金，你们找错地方了！"一个身形瘦高，马脸大胡子的镖师上前一步。

"大胡子，我海四娘既然进了天津，当了这个乞丐头，就得一把尺子量事。我不管谁的买卖，开张了就得捐规金，这是规矩，不能破。不过今日，除了规金，你还得依我两件事。"

"好大的口气，说来听听！"

"一是你打了我的人，得赔汤药钱，二是……"

"二是什么？"

"二是你得把这四海镖局的匾摘了，把对联上'八极正宗'那四个字给我刮下去！"

"为什么？"

"因为……这世上没有人能用这字号了，除了我。"

"我看你是找打！"大胡子挽了个刀花，刚要上前，一旁的同伴赶紧将他抱住：

"见了血，这伙儿乞丐更会赖着不走，到时就麻烦了。"

海四娘闻言，扔了手里的短棒，一指大胡子：

"想让本姑娘见血，你怕是还不够本事。咱们比画比画拳脚，让我看看，你们这个八极正宗，是否货真价实。"

"别拦我。"大胡子挣脱了同伴，跳下了台阶，群丐后撤，让开了一片场子。

大胡子晃了晃脖子，两手自腰间提起，五指并拢，手心屈空，掌背鼓起，腕节里扣。身形上松下灵，头颈上顶，蹲矮马桩，两肱夹紧，腋发暗劲，肘往后拉，身子斜对海四娘，头向左偏转二目直视，左右拳运力朝腹前合拢，右手停于右小腹侧前，左手停于右胸前，牙关紧咬，舌顶上腭，鼻吸气，口徐吐，发"咝咝"气声。

"你这是五形拳中的蛇形，不是八极的架子。"海四娘摇了摇头。

"什么八极六极，能打的就是好架子。"

"我爹说过，五形者，虎豹蛇鹤龙，虎拳练骨，豹拳练力，蛇拳练气，鹤拳练精，龙拳练神。既是强身的练法，也是对敌的打法，最吃功力，须寒暑不辍，方有大成。我看你刚才一吐一吸，气息浅薄，不入丹田（腹式呼吸，横膈膜下沉外撑），当是花哨有余，劲力不足。"

"放你娘的屁！"大胡子恼羞成怒，抢先出手，身体右转一百八十度，想占据偏门，海四娘大开大合，一个"合子手"抽了过来，大胡子扭腰避开，借力收右掌随身体右转上提，掌心后与肩同高，左手虚掩小腹，左腿挺膝伸直，重心移至屈膝半蹲右腿顺势下坐，如大蛇盘踞，蓄力待发。海四娘一抽不中，右脚向内横扫，右臂向外反挥，五指并掌，横削大胡子后脑。

八极拳，摘盔！

大胡子缩回左腿，避开海四娘的扫钩，两掌屈肘内收至腰间，两脚并拢，以膝髋、躯干为轴，螺旋转动，两掌相叠，掌心向上，经左、右胸前向上穿至头顶，一挺腰腹，陡然加速，指尖直插海四娘咽喉。

传统武术中的蛇形拳对指尖力量的要求很高，其最具特色的功力训练称为插沙。即：将河沙或铁砂放置于木桶或陶瓮中，以手指插击，由轻到重，由慢到快，由少到多，锻炼指尖的硬度。海四娘存心和大胡子硬碰硬地试试水，于是不躲不避，两手向上抬，向后抬臂提肘，在手心虚拍到后颈大椎穴的一瞬间沉肩，两手各走左右，沿着脖颈侧面贴身向下画弧，经咽喉过胸膛下掸。

"啪——"海四娘手掌贴身发力，抽打衣裳，发出一声鞭梢振动的脆响，正抽在大胡子插过来的手掌上。

八极拳小架，起手第二式，掸尘。

八极拳讲究"六大开"，顶、抱、掸、提、胯、缠六个力，贯串每一招每一式，是八极拳发力的原则。练拳时需一招一式，一板一眼，掌握发力的技巧；真打时，虽然招式随心而发，随势而变，但发力的技巧却烂熟于胸，怎么打都是这六个力。是故拳谚有云：有招有式都是假，无招无式才是真，无形是我门中宝，贯穿虚实显奥妙。

海四娘这一掸，沉肩是"盖"，横肘是"劈"，甩腕是"抽"，抖指是"掸"，盖劈抽掸同时作用在大胡子的指尖儿，大胡子疼得五官都聚集到了一起，腮帮子乱跳。缩手攥拳，急向后退。

"华而不实！"海四娘抱着双臂，没有追击。

十指连心，大胡子疼得直搓手，眼角都泛起了泪花。

"还打不打？"海四娘往前迈了一步。

大胡子直起身，咬了咬牙，闷声喝道：

"怎么不打，刚才是我一时失手，再看招！"大胡子双手攒指，变蛇头掌为蛇信掌，五指伸直并紧，掌尖向前，手腕挺平，掌指与掌背成直线，改点、插、刁、拿为劈、削、切、扫、拍，改贴身缠斗为放长击远。海四娘微微一笑，知道这大胡子被吓破了胆，不敢切身短打，于是眉毛一挑，暗中思忖：

"你想远打，我偏要贴身。"

心念至此，脚下连动，抢逼大胡子中线，右臂外旋向右上方翻挎发挤转之劲，磕开大胡子扫来的左臂，右膝向里拧裹，向前冲撞，左掌旋腕下落至右肘下方。正当时，大胡子的左臂前刺，五指并拢，来捅海四娘心窝，海四娘右手回搂，在大胡子的左手堪堪贴近衣裳的一瞬间，扭转身体，向内旋腕，勾开他的手，同时左脚再上一步，踩进大胡子两腿之间，左膝向里拧裹，再向前冲撞，大胡子左手被勾开，右手横拍，扇打海四娘耳后，海四娘仍然不退，左手直接"挂耳"（大臂上抬，手掌可轻拍大椎穴，也可五指张开贴在后脑上，小臂横枕于耳朵上侧，护住太阳穴，因为做这个动作的时候，小臂像戴眼镜一样"挂"在耳朵上，故名"挂耳"）。

挂耳之后，手、肘、肩三点形成了一个稳定的三角，像盾牌一样牢牢地护住了脑袋的侧面，大胡子这一拍被挡住后，海四娘冲撞不停，右脚蹬，前脚蹚，落地震脚，后脚跟。用架起的肘尖直接撞上了大胡子的肋下章门穴。这一串连击，唤作"六肘头"，说白了就是十几个攻防变幻的拳势，短小精悍，衔接精密。顶肘抱肘抱中提，提里加顶脚下跟；左耙右提单羊换，提中有挎胯力缠。八极门中有言：学会六肘头，打架不犯愁。

侧腹部第十一根肋骨下方便是章门穴（沉肩提小臂，用肘尖夹紧两侧肋骨，肘尖正对处即是章门）。章门穴属足厥阴肝经，穴近脾脏。肋骨易折，脾易破损，是人体最脆弱的脏器，一旦破裂，大概率当场丧命。海四娘与大胡子素无怨仇，这一顶，收着力，明着撞，暗着推，使其跌出数步以卸去力道。尽管如此，大胡子仍然痛得面如金纸，冷汗直流。

镖局一方的人群，不知是谁喊了一句："一起上！"

乞丐群里，魏金彪也喊了一嗓子："干他娘！"

两伙人马抄着家伙就往一起冲，镖局人少，落在下风，正推搡之间，一骑快马疾奔而来，马上一员骑士，两腿一夹，快马吃痛，扬蹄子撞向乞丐群中。海四娘怕那马撞伤自己的人，脚尖一挑，将短棒捞在手中，迎风掷出打向马头，马上骑士信手一挥，将短棒磕开，与此同时，海四娘已经冲到了马前，一个震脚，就去顶打马颈，骑士爱马，一勒缰绳，止住马蹄，滚鞍落地，海四娘一肘顶空，回身就靠，骑士"咦"了一声，同样震脚开步，和海四娘一撞即分，二人各退三步，同时震右脚迈左脚成四六步，右臂后拉，左臂前撑。

八极拳，托枪式！

来人正是姜伯符。

"总镖头到了！"大胡子喜上眉梢，忍着疼大喊。

海四娘双眼一眯，将眼前这人看了个仔仔细细，霎时间眼眶通红，姜伯符见了海四娘，眉头一皱，好像想起了什么，然而海四娘脸上罩着猴戏面具，姜伯符嗫嚅了数次，却始终张不开口。

海四娘喉咙哽咽，涩声说道："师哥，你……还活着……"

"你……叫我什么？师哥？真的……真的是你？"姜伯符喉咙沙哑，收了拳架，神情恍惚地向前迈了两步。

海四娘伸手摘下了脸上的面具，露出了一张虽饱经风霜，却依旧温柔清丽的脸。

"妹子……你是我的师妹……骆凝！是你吗？你还活着！"

"是我啊，师哥，我是骆凝！我是骆凝！"海四娘手中的面具"啪嗒"一声掉在了地上，姜伯符疾行数步，站在了她身前。

如今的海四娘就是当年的骆凝。

"师哥……你的头发，怎么几乎全白了……"

姜伯符咧着嘴，一边笑一边流泪，扁着嘴叹道：

"年过半百，飘零江湖，头发岂能不白？妹子，你……这是……这些年……"

"说来话长……"

"不急！不急！"姜伯符一把攥住了骆凝的胳膊，这一抓很轻，但却用尽了全身的力气，姜伯符唯恐这是一个梦，梦醒后骆凝就会消失，但纵然是梦，他也不怕，大不了睡上一辈子。眼前失而复回的骆凝，就是他的一切。姜伯符不怕死，他怕孤独，有了骆凝，他便不再孤独，他可以慨然赴死，但他决不允许任何人将骆凝从他的身边带走。

"不急！不急！慢慢说，咱们慢慢说，哥听着，你说多久，哥都听着！"

"师哥……"

"哎，师哥在这儿呢，咱们进去说。"

这对师兄妹相认，聊得火热，浑然忘了两伙人马还在厮打。幸亏骆凝反应快，赶紧止住了手下的乞丐，让魏金彪带着他们暂且散去。

而姜伯符则有些手忙脚乱，不知所措，他呵退了手下的镖师，亲自推开了两扇大门，拉着骆凝走进了院子，一边抹眼泪一边说道：

"妹子你看，这儿的布置，这个院子，我刚买下来，你看看，这儿，这儿，还有这儿，是不是和咱们沧州老宅一个样儿？你看这边，秋千！你最爱的秋千！我记得很清楚，你十岁那年，你缠着我，让我给你做了一个秋千，咱们每次练完了拳，你最喜欢坐在秋千上吃糖糕，师父怕你坏了牙，就坐在门槛上一直唠叨，你就捂着耳朵，让我推你把秋千荡得高高的……"

"师哥，这么多年过去了，你都还记得……"

"记得！当然记得！我就是忘了我，也不会忘了这些。"姜伯符拉着骆凝，将她按在了秋千上，自己席地而坐，抬起头定定地看着骆凝。

"师哥，你看我干什么？是不是我老了，难看了？"

"谁说的！谁说妹子难看，我撕了他的嘴。"

"瞧你这脾气，还和小时候一样。对了，我记得咱们沧州老宅对面的街上有家武馆，馆主的儿子潘大山比你大五岁，小时候我生得胖，被潘大山取笑，给我取了个名叫面球儿，我气得哭鼻子。你跑去找潘大山打架，被打得鼻青脸肿，你不服气，晚上点了鞭炮扔到人家的马棚里。我爹知道后，一顿鞭子，抽得你一个月都没爬起来。"

姜伯符拉着胳膊，歪着脑袋，静静地听着骆凝说些儿时趣事，心中暗道："此时此景，若能是真，我便立刻死了，也欢喜。"

"师哥？你想什么呢？"

"没什么！妹子，你饿不饿，我去给你做饭。"

"呀！可不敢，你听他们都喊你镖头，我怎好劳你大驾。"

"狗屁的镖头，只要我妹子喜欢，我这条命……"

"师哥！不敢乱说。"

"好，好，我不说。"

"我今儿个听说有人挂了咱家四海镖局的招牌，原以为是冒名顶替，特意赶来砸场子。却不想……师哥，你能重开咱家的镖局，我打心眼里高兴。不仅是我，我爹在天上，也一定为他的大徒弟骄傲……"骆凝说着说着，又掉下泪来。

"妹子，走。"姜伯符拉着骆凝走到厨房，把厨子都撵了出去，自己亲自洗手切菜，并搬了一只小板凳放在门边。

"妹子，你就坐这儿，哪都不准去，饭菜一会儿就好，都是你爱吃的。"

"好嘞。"骆凝坐在小板凳上，老老实实地看着姜伯符忙活。

"妹子，咱俩说说话，把这几年发生的事，好好地捋一捋，桩桩件件，一样都不要落。"

贰

光绪元年（1875），沧州，青龙寺。

周骁和阿敏下山，截杀张公公，张公公毙命，却不料中间出了岔子，慧真和尚意外身亡，阿敏重伤，逃离遁走。

唐寿成追拿阿敏，被周骁用蒙汗药迷晕在了密林之中。

周骁露了脸，被娄青云认出。

一灯如豆，青龙寺佛堂。

娄青云与唐寿成相对而坐，蒙汗药的后劲还没散，唐寿成不住地用手指按压着发涨的太阳穴。娄青云端着水碗，一言不发。

佛堂两侧各摆了一张灵床，左面躺着慧真和尚，右面躺着张公公。

"想什么呢？"唐寿成敲了敲桌子，率先打破了沉默。

"师父……"

"别叫我师父，我不过是看在张公公的面子上教了你一套八卦掌，你是学文出身，承的是儒家的道，后来又拜了张公公做干爹，受的是他的业。传道、授业、解惑三样里我顶多占个解惑，当不了你的师父，以后别这么叫了。我年纪长你许多，若你不嫌我官小，大可称我一声叔父。"

"唐……唐叔……"

"好贤侄，咱们这趟差办到现在这个份儿上，算是鸡飞蛋打了。宫里那位老佛……老夫人的脾气，你是知道的，咱们要是回去，五马分尸都是轻的。你叔父我已过中年，土埋半截，活一天赚一天，万万不敢跟你回京城复命送死。想来想去，还是三十六计走为上计，我想……跑路去广东，再躲不了，就坐船去南洋，咱们就此别过吧……"

"唐叔且慢！"

"慢什么慢啊？再慢咱俩就死屁了！"

347

"小侄有一计，可解此困。"

"哦？什么计？"

"偷梁换柱！"

"怎么偷？怎么换？"唐寿成来了兴趣。

"我且问你，老夫人在此之前，可见过这慧真和尚？"

"老夫人久居深宫。老和尚偏处深山，二人应该是没见过。"

"那不就结了，老夫人没见过慧真，不知道他长的是何模样，她对这和尚的丑俊、高矮、胖瘦一概不知。咱们只需另找一个仙风道骨的白胡子老头，剃了光头，披上袈裟，让他高深莫测地随便和老夫人讲些什么，便可交差。"

"你疯了？这可是欺……欺老佛……老夫人之罪，要诛九族的！"

"我没疯，你实言相告，对她说慧真已死，难道就不诛九族了吗？再说了，普天之下莫非王土，率土之滨莫非王臣，你逃又能逃到哪儿去？你刚刚说跑到南洋，你是真不晓得，还是在装糊涂？那些乘船出海的劳工，在海上就得死个十之二三，到了地方，有钱都没地儿花，饿死的、病死的、被打死的，少说也有十之三四，就算你能活下来，你愿意后半辈子都挨饿受苦，最后客死他乡吗？"

"我……当然不想！"娄青云这番诛心之言，明显打动了唐寿成。

"那不就结了，这种骗棍最好找，遍地都是。此事包在我身上，保管万无一失。"

"这可是骗老夫人，寻常骗棍……"

"你放心，上次老夫人看病，在湖南寻的郎中，老夫人不愿暴露身份，在宫外租了间宅子，晚上偷着出来，装作寻常人家。那郎中全然不知。我干爹说过，老夫人有交代，等请回了慧真，就在那间宅子里，乔装改扮与他相见。拐弯抹角，咨以国事。"

"纵使和尚的问题解决了，张公公的死又该怎么办？"唐寿成犯了难。

"这也好办，那刺客一男一女，女的我不认识，男的我却见过。"

"哦？他是谁！"提起周骁，唐寿成不由自主地念起了女儿阿敏，霎时间来了精神。

"此人名叫周骁，多年前我见过他一面，他是四海镖局的人！"

"镖局的人？他是镖师吗？怎么镖师还做刺客？"

"这不重要，我们不必理会。我们只需知道，我干爹的死，冤有了头，债有了主！"

"你的意思是……拿四海镖局交差。"

"没错，你看这是什么？"娄青云从怀里摸出一块腰牌拍在了桌面上。

"这是……调兵的腰牌。"

"不错，凭此牌能就近调兵五百。"

"那四海镖局，在河北境内声名不菲。我也曾有所耳闻，据说镖局内高手不少，加上镖师、趟子手，少说也得百二十人。仅凭五百兵卒贸然围攻，万一有漏网之鱼可该如何是好……"

"不会，我干爹这匣子里有不少珠玉。咱们换成银钱，在黑道上雇佣一批高手刀客，于暗中再围一道网，能抓的抓，不能抓的直接，咔——"娄青云并指如刀，在脖子下面比画了一下。

"能成？"

"肯定能成！到时候就说四海镖局勾结土匪，见财起意，我干爹带着你和我拼死抵抗，干爹为了保护慧真和尚伤重不治而亡。老夫人只想见慧真，干爹死或不死，四海镖局有没有勾结土匪，她才不在意呢！"

"此话在理。"唐寿成想通了关窍，拊掌称赞。

"到时唐叔你办差有功，少不了受赏赐提拔，还望多多照拂小侄。"

"彼此！彼此！"

二人一拍即合，露出了会心的笑。

沧州城外土路，周骁正策马狂奔。

他换马不换人，已经跑了一昼夜，沧州府就在眼前。

多年未见骆凝，周骁的思念不但丝毫未减，反而与日俱增。他无时无刻不在脑海中构想着，他和她久别重逢的场景。他有很多话想对骆凝说，这些年，他讲这些话仿佛得咀嚼推敲，哪句在前，哪句在后，用什么字，遣什么词，甚至连诉说中的每一个眼神，他都对着镜子反复地演练。

他想告诉她，当年那些伤人心的话并非出自本意。

他想告诉她，他对她一见倾心，永生难忘。

他想告诉她，自己学拳有成，已不是当年那个文不成武不就的小白脸。

他想告诉她，他给她惹了大祸，她必须跟自己走，以后或是隐姓埋名，或是浪迹天涯，或是让他以命抵罪，他都毫不犹豫。

嗒嗒的马蹄敲在青石板上，这条通往镖局的路，周骁无数次在梦中往返，纵使多年未到沧州，他依旧熟稔。

前面街口左转，就是镖局，周骁的心通通乱跳。

突然，一阵鞭炮声响过，一队鼓乐班子吹吹打打，好不热闹。

"今日，有人成亲吗？"周骁嘀咕了一句，滚鞍下马，跑到了路口，抬头一看，只见四海镖局门匾之上挂着红绸，门上贴着喜字，门口挤满了前来道喜的宾客。

周骁傻了眼，心中暗暗惊道：

"她嫁人了？嫁给了谁？她那个愣头愣脑的师兄吗？不！不！不是她，不是她！怎么会是她！"

周骁趔趔趄趄地挤开人群，冲到门前，看门的小厮拦住周骁，张口问道：

"这位郎君看着面生啊！"

"我……我是……"

"你是谁啊？可有请柬？"

"没……没……"

"没有请柬，可带了礼金？"

周骁身上的钱都买了马，此刻兜里一个铜板也拿不出来。

"既没有请柬，也没备礼金，分明是来蹭吃蹭喝的泼皮！哥儿几个，给他扔出去！"看门小厮一声吆喝，门内跑出了四五个膀大腰圆的镖师，上手来揪周骁，周骁实在不好在骆凝的家门前

351

打架动手，是故没动拳脚，任凭那几个镖师将他架起来，扔到了台阶底下。

"前门走不通，便走后墙，反正我是个山贼，又不是什么正人君子。"周骁打定主意，拍了拍身上的尘土，绕到四海镖局大宅的后院，两步助跑，在墙上一蹬，两手向上一抓，抓住墙头，带动身体上方，一个跟头，翻过了院墙，脚尖轻点，落地无声。贴着墙根向东走，不多时，便顺着人声密集的方向，摸到了东厢房的墙根儿底下，顺着背阴处的树攀上了房脊。

今儿个是姜伯符和骆凝的大婚之日。姜伯符是个孤儿，自幼在四海镖局长大，于是迎亲接亲拜堂全都设在了宅院之内，把新娘从东厢房接到西厢房就算过门。姜伯符在前厅招呼一些江湖朋友，只待吉时一到，便来后宅接新娘。

骆沧海陪着女儿在东厢房内说话。

"闺女，你娘走得早，爹是个粗野汉子，有顾不到你的地方，爹对不住你……"送女出嫁，骆老镖头很是伤怀。

"爹！我……"骆凝刚要说话，眼角就泛起泪花。

骆沧海见状，连忙话锋一转，笑着说道：

"今儿是你的大喜日子，可不敢哭哭啼啼。爹就是这么一说。你嫁的又不是别人，是伯符那个臭小子，他从小被我拿鞭子抽到大，他要是敢对你不好，老子扒了他的皮！"

骆凝轻轻抹了抹嘴角，转过头去，没有接话。

"怎么，不开心？"

"没有……"

"对爹给你选的夫婿不满意？我跟你说，爹这些年走南闯北，见的小伙子，没有一万，也有八千。还真没有一个能比得上你这个师哥的。论人品，他忠恳厚道、仗义守信，这在镖局上下，都是有口皆碑的；论武功，他的拳脚是我自小亲自调教的，同辈里能和他论高低的，寥寥无几；论相貌，他虽不甚俊俏，但身体结实、高大威猛，选男人，风流倜傥屁用没有，这是小两口居家过日子，又不是逛茶园捧戏子……"

此话一出，骆凝脸色一沉，背过身去，低着头一言不发。

"哎呀！瞧爹这张臭嘴！怎么又提起这茬儿了！"骆沧海"啪"的一下抽了自己一个嘴巴。

"爹，你这是干什么啊！"骆凝赶紧回身，拦住了骆沧海。

"闺女，你跟爹说实话，你心里是不是还惦记着那个姓周的小子？"

"没……没有！"

"真没有？"

"真没有！"

"真没有，就最好不过了。那小白脸子不是什么好人，那年他不辞而别，你连夜去追他，结果人没追到，自己哭哭啼啼地就回来了，不用说，肯定是被那小白脸子气的。把自己关在屋里不出来，不吃不喝好几天，闹了一场大病，差点没……急死你爹我了，要是让我抓到他，我非打折他的狗腿不可。万幸，万幸啊！你这几年总算渐渐有了笑模样。按我说，那小白脸子真不如你这傻师哥，起码伯符这人，心眼不坏……"

"爹！"骆凝一推骆沧海肩膀，不让他接着说下去。过了半晌，骆凝叹了口气，轻声说道：

"师哥哪儿哪儿都好，我从小便尊他、敬他，我当他是我的亲哥哥一般，我拿他当我的亲人……"

"这不就对了吗？咱们本就是一家人啊。"

"可是，爹，我从没想过，师哥有一天会成为我的夫君。这……这不一样……"

"哪里不一样？你还是你，他还是他，我还是我，镖局还是镖局。"骆沧海满脸的惊诧。

"不一样，就是不一样，我说不出来是为什么。我就是觉得……是他就是他，不是他就不是他，纵然有无数个理由，但就是替代不了，我……我很乱，爹，我到现在也想不明白……"

"闺女，不怕乱，成了亲可以慢慢捋嘛。"

正当时，门外有喜婆高喊："吉时将至——"

骆沧海匆忙起身，唤来了门外的丫鬟，交代她好好照顾小姐。

"闺女，爹得出去了，你好好的。"骆沧海整理了一下衣袍的褶皱，推门走了出去。

骆凝深吸了一口气，定定地对着镜子。

一瞬间，她觉得镜中的那个女子，好陌生。

牲酒赛秋社，箫鼓迎新婚。四海镖局在沧州城内亲朋不少，骆凝这场大婚，极为热闹，一群小伙子簇拥着披红挂彩的姜伯符，高声嚷嚷着要见新娘子，连拱带挤，往院门里硬闯。喜婆带着丫鬟，抄起裹着棉布的软木棒子，劈头盖脸地乱打。

众人正哄闹间，吉时到了。

东厢房的门一开，两个贴身丫鬟，扶着遮住了盖头的骆凝，缓缓地走了出来。小伙子们停下了哄闹，齐刷刷地站好，鼓乐班子重新开始了吹打，小伙子们和着乐声，齐声唱道：

"之子于归，宜其室家。桃之夭夭，有蕡其实。之子于归，宜其家室。桃之夭夭，其叶蓁蓁。之子于归，宜其家人。"

"新郎官，愣着干吗，过来啊！"喜婆笑着白了姜伯符一眼。

姜伯符手足无措，立在当场，好似一根木头。旁边的小伙子们看不下去了，连拖带拽地把他扯到了骆凝的身前。

"手！手！姜兄，伸手啊！"同伴拎起姜伯符的胳膊，让他去牵骆凝手中红绸的另一端。

"哦……哦……"姜伯符咽了口唾沫，慌慌张张地伸出手，去抓那红绸。

就在姜伯符的手指触碰到红绸的一瞬间，半空中突然传来了一声断喝：

"且慢！"

众人闻声看去，只见东厢房的房脊之上，一道身影凌空落下，分开人群，冲到了姜伯符的身边，伸手一推，将他推出数步。

周骁到了！

"你是谁啊？"姜伯符的兄弟们吓了一跳，指着周骁的鼻子大骂。

"骆姑娘，你不能嫁给他！"周骁一出声，骆凝便知道他是谁，这声音无数次地出现在她的梦中，她本以为此生再也不会与他相见，她甚至已经说服了自己，就这样遵父母之命媒妁之言，嫁给从小一起长大的师兄。然而，她万万没想到，周骁会如此突然地出现在她的面前。

此时、此地、此情、此景！

骆凝的心都揪在了一起，她不敢掀开盖头，她既不敢看周骁，也不敢看师兄，她恨不得立时死在当场，也好过这般煎熬。

别人不认得周骁，姜伯符却是认识的。

"好小子！你可是活腻了吗？"姜伯符双拳一攥，冲上前来。

周骁不闪不避，长吸了一口气，两手一分，拉了一个托枪式。

"姜伯符！如今的周某，已不是当初那个被你按在地上吃土的窝囊废，这些年，我拼了命地习拳练武，就是为了有朝一日，将你打倒，一雪前耻。"

"一雪前耻？你也配！"姜伯符一个跟提步，蹿上前来，身体左旋，右脚上步屈膝，右拳在向前冲的同时，借助扭腰旋胯的力，平行贯击，拳面向前，虎口在左，贯打周骁耳门和太阳穴。左拳同步沿右胸向下，沉至裆部，右肘后顶。

八极拳，贯耳捶！

情敌见面，分外眼红，姜伯符出手就是杀招。

可此时的周骁，早已不似当年。姜伯符的拳快，周骁的拳也不慢。

"哼——"周骁震脚擤气，带动身体旋转，右腿落地屈膝，左腿蹬直成斜弓箭步，右拳攥紧，微微立肘，从右向左摆，在磕开姜伯符的贯耳捶的同时，五指一张扯住姜伯符肩头，借助顶肘的力，右拳后勒，右肘尖后顶，拳成平拳向后拉，左拳从右腋下向前穿钻，拳面向前，虎口向左，直冲姜伯符心窝。这招叫"撕打"，也叫"霸王硬开弓"。顾名思义，就是连撕带打，边撕边打。

姜伯符缩胸弓腰，回手外钩，刁开周骁的拳头，提肘变"单羊顶"，顺着周骁扯抓的劲，向前冲撞，周骁一撕不成，松手回收，身体向左后转，右脚靠左脚，两脚成并步半蹲，左手向左后挽手，张开五指，在身体左面抡起向右运转推向右腋下，从侧面，推开了姜伯符的肘尖，同时右手由拳变掌，从下向上经过左手上穿出撑起，穿击姜伯符后脑。

天王托塔!

姜伯符单羊顶不变，用一只手探出，做"十字手"勾住周骁穿击而来那只手的肘关节，向内侧一拉，卸掉了周骁的力，两人背对背，交错而过，同时再震脚，转身"贴衫靠"，就在两人即将靠到一起的一瞬间，一道人影闪电般插到了两人中间，一个"两仪顶"，将他们各自顶开。

来人正是骆沧海。

"师父! 他……"

姜伯符今日穿的都是宽袍大袖的长衫，不是练武的短褂，经过这一阵厮打，身上的喜袍褶皱不堪，好几处被周骁扯坏，模样好不狼狈。

骆沧海摆手，止住了徒弟，扭过身来，朝着周骁拱了拱手。周骁见了，连忙后退了数步，拱手躬身。

"郑三山是你什么人?"

"郑三山乃是在下的恩师。"

"难怪，什么人教什么艺，除了拳，你这脾气也学了个十成十。"

周骁抬起头，看了看骆凝，她盖着盖头，周骁瞧不见她的神情，只看到点点泪珠从盖头底下扑簌簌地落下，滴在了她的手上。

骆沧海上前一步，看着周骁，轻声叹道：

"孩子，当年我们救过你，你也帮过我们。按理来说，咱们彼此之间，应该和和气气。可……我也不知道，怎么变成了这个样子。你们小辈之间的事，按理来说，我不该插手。但今日是我女儿和徒弟大婚的日子。你若是肯留下了喝杯喜酒，老夫一万个高兴。但你若是铁了心搅局，别说是你，就是你师父来，我也不惯着他。"

骆沧海面色一冷，惊得周骁冷汗直流，心脏"咚"地一跳，顿时想起了自己来这儿的目的，除了见骆凝，还得"报信"。刚才自己困于感情之中，竟忘了生死大事。

"今天这亲，不能成！"周骁脱口而出。

骆沧海眉毛一拧，咬着牙说道："看来你是成心搅乱！罢了！罢了！我就试试你的斤两，看看郑三山都教了些什么！"

"慢着！小侄这次，不是来打架的。您附耳过来。"

骆沧海看周骁神情不似作伪，将头探了过去。

"说。"

"官府盯上了四海镖局，少不了要找你们麻烦，民不与官斗，您需早做打算。"

"官兵？"

"对！就是那年，你们在茶楼保护的那个张公公，前天，他死了……死在了青龙寺……"

"张公公的死，与我镖局何干！我们与他多年不曾往来，他也再没有雇过我们保护他的安全。再说了，我们镖局一向奉公守法……"

"这其中，有一桩大误会，说来话长！"

骆沧海沉吟了一阵，一指书房，沉声说道：

"无论多长，你都得给我说清楚。"

"师父，这……"姜伯符刚要说话，骆沧海便摇了摇头，示意他不要跟过来。

书房内，门窗紧闭。

骆沧海一声长叹："可是你那个做山贼的师父惹了什么祸，波及了镖局吗？"

周骁踌躇半晌，膝盖一弯，"扑通"一声跪在了地上。

"小侄……小侄万死，是我，是我害了四海镖局。"

"你说什么？"

周骁磕了三个响头，一五一十地将事情经过告知了骆沧海，并反复示警，求他尽快逃离。

"你……该杀！"骆沧海拍案而起，一脚将跪在地上的周骁踹倒，周骁刚要起身，骆沧海又是一脚，蹬在了他的胸口，周骁咳了一口血，委顿在地，骆沧海"仓啷"一声拔出了墙上的宝剑，挥砍周骁。

屋外的骆凝虽没听见周骁和骆沧海的交谈，却听见书房内传来的打斗声，她再也控制不住自己，扯开盖头，推门而入，正赶上骆沧海拔剑。

"爹——"骆凝不明就里，只瞧见一道剑光落下，下意识地一张双臂，挡在了周骁身前。

骆沧海激愤之下，收手不及，眼看就要伤到骆凝，千钧一发之际，姜伯符从屋外冲了进来，用手臂一磕，挂了剑锋。

一来是骆沧海惊见骆凝，有所收力；二来是剑长于刺，不长于砍；三来是姜伯符来得及时，致使这一剑没有伤到骆凝，但姜伯符的右小臂还是划开了一道口子，鲜血直流。

"师哥……"骆凝吓坏了，在书房里翻箱倒柜地去找金疮药。

姜伯符连声劝道："没事的，皮肉伤，皮肉伤。"

骆沧海气血上涌，脑子一阵阵地晕眩，姜伯符扶着师父坐下，闷声说道：

"师父，这小子该杀就杀，你拿剑砍师妹做什么？"

骆沧海看了一眼自己的傻徒弟，既哀其不幸，又怒其不争。

院外的喜婆小步跑到门口，小声念叨：

"骆老爷，吉时快过了……"

骆沧海双目紧闭，哑着嗓子说道：

"这亲，今儿不成了，让宾客们都散了……"

"散了？"喜婆吓了一跳。

"我说散就散！出去！把门带上！"

"师父！"姜伯符也吓了一跳。

骆沧海缓缓睁开眼，一瞬间仿佛老了几十岁。

"伯符……"

"师父你怎么了？"姜伯符瞧出了师父的气色好像哪里不对。

"伯符，你听着，你带着骆凝，现在就走，一刻不要停，去四川，投奔骆凝的舅父，永远别再回来。"

"这……这是为什么啊？"

"不为什么！听话！我就她这一个女儿，就你这一个徒弟，你们要是出了事，我死了都闭不上眼。"

"出了什么事了师父？我不走！我和您一起……大不了一起死，刀山火海，我要是皱一下眉头，就不是您徒弟。"

"啪——"骆沧海一个巴掌抽在了姜伯符的脖颈子上。

"臭小子，你还不明白吗？你死了，我闺女怎么办！"

"师父！我不能扔下您，说不走就不走，说什么都不走！"姜伯符犯了驴脾气，梗着脖子和骆沧海较劲。

就在这对师徒对着瞪眼的时候，镖局门外传来了一阵人马嘶鸣声。数百官兵将镖局团团围住，带头的正是娄青云。

娄青云将调兵腰牌持在掌中，指着镖局大门喝道：

"捉拿贼人，如遇反抗，格杀勿论。"

众兵丁各持刀枪，蜂拥而入，宾客乱作一团。官兵不由分说，张弓搭箭，就是一顿乱射，顷刻间射倒好大一片。镖局里的镖师们，瞧出不对，想要反抗，奈何今日是喜宴，身边没带刀枪，又喝了不少酒，刚凭着赤手空拳打倒几人，就被后面拥上来的士兵持长枪乱捅，不多时，便死了好几十人。

书房外，惨叫哭嚎此起彼伏。周骁爬起身，扛起地上的方桌堵在门上。

密集的箭雨穿过窗棂钉在了桌子上，周骁放声喊道：

"官兵来了，还不快走。"

骆沧海双目通红，内心翻江倒海。他舍不得祖师爷的基业……

周骁见箭雨稍息，将两把椅子摞起，抵在墙角，一指头顶，沉声喝道："走屋檐！"

骆沧海还在犹豫。

"别犹豫了，官兵不会听你解释的。等逃出去后，不用你动手，我自己抹脖子抵罪！"

姜伯符一听"抵罪"二字，一股怒火烧上四肢百骸，站起身一个"虎蹲"，揪住了周骁：

"我就知道，定是你使了坏，暗害镖局！"

"你放开我！"周骁最恨姜伯符，一攥拳头，俩人又打在了一起。

"哎呀！"骆沧海一拳捶在自己胸口上，仰头痛呼：

"师父！徒弟对不起你啊……咳咳——咳——"

"师父！"姜伯符弃了周骁，跑到骆沧海身前，骆凝泪流满面，抱着面色惨白的骆沧海，哀声问道：

"爹！这到底是怎么了……"

"咣当——"书房的门被踹开了，十几个官兵冲了进来，周骁一马当先，夺了一柄单刀，砍翻数人。

"去帮他……"骆沧海一指周骁。

"师父……"

"去啊！"骆沧海使劲推了姜伯符一把，姜伯符虽然老大不乐意，但不敢违抗师父的命令，也夺了一把单刀，和周骁一左一右守在门口。

"走，凝儿，上屋顶。"骆沧海强打精神，站起身，抡起一张方凳，向上掷去，将屋顶瓦片砸塌了一片，带着骆凝上了屋脊。

"爹，伯符和……还在下面。"

"他俩的功夫比你要好，你去后院，看好马，我们一会儿就来会合！"

"好！"

"伯符！走！"骆沧海在屋顶大喊。

姜伯符闻言，抽身便走，周骁对四海镖局心中有愧，硬生生地又撑了一会儿，才虚晃一刀，踩着墙边的椅子，跃上了房梁。

骆沧海站在屋顶，两眼一扫，大概看了一下官兵的进攻方向，脱下外衣当作旗子，左右扇动。原本在院内乱哄哄的镖师看见屋顶有人"打旗语"，顿时镇定下来，按着旗语指令，左右结阵，各倚地势，在亭台花木间与官兵周旋。

与此同时，姜伯符和周骁也一前一后地爬上了屋檐，娄青云带人刚冲进后院，一抬头就看见了在屋顶"排兵布阵"的骆沧海，以及站在他身边的周骁。

"好贼，果然在这儿。"

周骁见了娄青云，怒从心头起，恶向胆边生，睁开眉下眼，咬碎口中牙。跃下房檐，在地上拾起一杆大枪，就来杀他。娄青云一边指挥官兵拦住周骁，一边命令弓箭手向房檐上攒射，骆沧海小腹中了一箭，仰面栽倒，姜伯符扶着师父蹿下屋檐，向马棚狂奔。

众镖师失了指挥，进退失控，没抵抗多久，就被数倍于己、强弓硬矢的官兵分割包围，抓的抓，杀的杀。

周骁冲了三次，都没能突破包围。他气力渐渐不支，心中明白，今日想杀娄青云多半无望。

"留得青山在，不愁没柴烧。"周骁虚晃一枪，扎倒两人，拿枪杆当撑杆，越过一堵矮墙，扯翻一名骑兵，夺了他的马，引着追击的官兵向北跑去。

适才周骁听得后院有马蹄声奔向西南，知道骆沧海他们已经突围脱身，他有意走反方向，引走部分追兵。

"生擒一人，赏银百两！"周骁身后传来了娄青云的怒吼，重赏之下，必有勇夫，一百多官兵追在周骁马后，逼近城门。

"关城门！关城门！"娄青云大吼。

周骁在马上一摸，捞起了鞍子上挂着的弓和箭，一箭一个，射倒了城门守卒，蹿出了城门。娄青云紧追不舍，马蹄声声如雷，卷起好大一片烟尘。前方不远，是一片密林，周骁有信心在这里将娄青云甩掉。

另一边，骆沧海带着姜伯符和骆凝，连同十几个镖师也冲出了沧州府东城门，马不停蹄地奔逃，从正午跑到了黄昏，从黄昏跑到了黑夜。追击的官兵越甩越远，自前方出现了一条小河，河边的密林里突然蹿出了四十多个黑衣蒙脸的骑士，带头的有两人，一个是唐寿成，另一个形貌枯瘦，脸庞黝黑，两腮无肉，五官宛若刀劈斧凿，两腿控马，双手抱着肩膀，怀中抱着一柄修长的苗刀。

骆沧海一见这架势，便知道这是冲着自己来的。

"你们是……官兵？"姜伯符问道。

怀抱苗刀那人摇了摇头，沉声说道：

"不，我是个刀客，旁边这位爷，出价八百两，要你们的命。我和我的兄弟收了钱，来送你们一程！"

骆沧海眯了眯眼，盯着刀客手里的苗刀，冷声说道：

"江湖上，用苗刀的不多，高手更是寥寥无几，能出八百两高价请来的人，肯定不是泛泛之辈，你……可是姓宋名听？"

"骆老镖头好见识，我就是宋听！"

言罢，宋听两腿一夹，坐下快马吃痛，扬蹄飞奔，直奔骆沧海，在距离骆沧海身前三步之时，宋听松身一跃，在半空中猝然出刀，刀如匹练，寒光四射，骆沧海腹部中箭，提不得气，只得滚鞍躲避。

"唰——"宋听一刀劈下，直接砍断了骆沧海坐骑的马头。

宋听一出手，镖局众人也和其余刀手厮打在了一起。姜伯符抽出腰间挂着的铁鞭杆，磕开了宋听的刀，抖擞精神，搬拦裹劈、勾挂点剁、滚绞压戳、砸掠挑窝，和宋听战在了一处。骆凝一边护着骆沧海，一边和拥上来的刀手周旋。

唐寿成闭着眼，坐在马上一动不动，忽而一阵风来，吹动了马颈上的铃铛，发出一串脆响，唐寿成双目陡张。

张弓搭箭，弓开如满月，箭去似流星

"嗖——"一名镖师应声而倒。

唐寿成微微一笑，一抹箭囊，再搭一箭，又射死一名镖师。

"都下马！以马为盾！"骆沧海捂着伤口大喊。

镖师们听令，纷纷下马，奈何唐寿成射术太高，趁着镖师们滚鞍的空当，又射死了五六人。

姜伯符听得弓弦一声声地响，镖局的手足一个个倒下，心里慌得厉害。与宋听的拆招越发急切，渐渐乱了节奏，落到下风。为扭转局势，姜伯符觑准机会，左脚为轴向左转体，右脚跺并于左脚内侧，两膝深屈成蹲步，同时左手握鞭杆，手腕内旋，抢鞭下劈于体左前方，下砸宋听膝盖，右手扶左小臂，鞭与膝平。

苗刀修长，不适宜与铁鞭杆硬磕碰，宋听抱刀抽腿，向姜伯符右侧后退，姜伯符一击得手，不回身只换手，右手顺着左小臂向前一抹，攥住鞭杆，右膝屈，左脚插于右脚后，脚掌着地，上体右倾，右臂伸直，向左抢转，右手持鞭由后经上向前劈，左臂内绕立圆，再扶右手腕。宋听躲了一步，还没来得及反攻，姜伯符又一招再来，宋听只能再退。姜伯符左手沿着右臂向前一抹，攥住鞭杆，依此法向前，换手又劈一鞭。

宋听暗道了一句："好连击。"

有几个镖师带着人冲向唐寿成，想要先结果了他，奈何唐寿成人在马上，进退倏忽，你来我退，你退我追，移动中连连放箭，镖局的镖师要么被宋听带来的刀手围攻砍死，要么被唐寿成的弓箭射杀。转瞬间，只剩骆沧海和骆凝两个人还在支应。

宋听的刀，不慌不忙，牵扯住姜伯符，却不与他搏命，攻少守多，消耗他的耐性。

姜伯符年少气盛，最受不得这种打法，心一急，开始以命换命，招数越用越凶，宋听瞧见姜伯符鞭杆刺来，体向左转度，左脚跟着地，右脚向前上步，双手持刀外拨，将刀刃担在肩上，贴着鞭杆外旋，同时刀柄向外，用力前戳击，力达柄端，宋听手快，姜伯符躲闪不及，被一下点在了胸口。姜伯符悍不畏死，宁伤不退，两脚掌踝地，猛拧腰，向右后翻身，将鞭身中段紧贴腹部，鞭把从身后向前弧形上挑，搅开宋听的刀柄，右手臂外旋翻腕，将鞭梢从身后向前甩劈，砸打宋听后脑。

宋听一提肩，双手挥刀，缠头裹脑，格开鞭杆，借腰马的力度向上撩刀，姜伯符向左闪身，宋听的刀撩到头顶，变为下劈，姜伯符一咬牙，反握鞭杆，直戳宋听咽喉。

姜伯符这是要以命换命，宋听的刀在砍到他脖子的同时，自己的喉咙也将破个窟窿。姜伯符的嘴角泛起了一抹笑，宋听见他笑，自己也笑了一声。

“唰——”刀下劈，鞭前刺，刀劈一半，宋听猛然换力，在刀刃与地面平行的瞬间，换劈为刺，苗刀刀长，足有五尺，而姜伯符的鞭杆长度只有“九把露一肘”（约四尺）。

宋听以长破短，在姜伯符的鞭杆碰到自己之前，先一步扎穿了姜伯符的肩头，刀尖入肉，用力一剜，姜伯符痛不可当，鲜血霎时间染红了半边衣袍。

“当啷——”姜伯符的鞭杆失手落地，宋听向后抽刀，再刺姜伯符小腹。骆凝撞开两个刀手，从侧面来攻宋听，鞭杆下劈，砸打宋听持刀的前手。

“嗖——”弓弦响动，一只羽箭射来，贯穿了骆凝的小腿，骆凝一个踉跄，跪倒在地。

宋听苗刀缠腰，回手砍向骆凝。

"慢！"唐寿成一摆手，止住了宋听。

"唐爷，你这是何意？"宋听收住手，将刀刃架在了骆凝的脖子上。

"就剩三个活口了，还全受了重伤，都带回沧州吧。娄青云有交代，饵要是都死了，就钓不到鱼了。"

宋听收刀入鞘，面无表情地说道："你掏钱，你说了算。"

十几个刀手拥上前来，将骆沧海、骆凝和姜伯符捆了个结结实实。

沧州府死牢，戒备森严。

其大墙高逾三层，宽逾五步，站满了兵丁，四道闸门洞开。唐寿成和娄青云并肩而立，纵目远眺。

"贤侄，三只饵，全押在牢里，你说的鱼，怎么还没上钩啊？"

"唐叔，你不要急，那只鱼太过油滑，几次从我手中溜走。这一次，他绝对逃不掉。"

"你凭什么这么有信心？他的功夫，不比你差。"

"功夫？哼！"娄青云一声冷笑，向前一指。

前方不远处，城墙上有两三处点位立着一个奇形怪状的东西，上面盖着红布。

"唐叔，您掌眼！"娄青云三击掌，让士卒掀开了所有的红布。

红布底下赫然是四门冲天炮。唐寿成走到近处，定睛一看，只见那大炮前侈后敛，形如仰钟，载以四轮。身上还刻有铭文——大清康熙二十九年景山内御制。

"这炮是从哪……"

"保定军械库里拉出来的，一共四门，炮口就对着牢门口，谁来劫狱，我就轰谁。功夫？武艺？全是狗屁！就是大罗神仙，也扛不住这玩意儿。四面大门，一一虚掩，张网以待，鱼一进门，即刻封门，炮火齐发！"

叁

三更天，细雨如丝，牢房内。

姜伯符失血过多，昏迷不醒。

骆沧海伤口化脓，高烧不退。

骆凝捧着一只瓷碗伸过栅栏，去接那半空中飘落的雨丝，接了好久，才蓄了不到半碗。娄青云背着手站在栅栏外面，一下子抓住了骆凝的胳膊，夺下了瓷碗，扔在地上摔得粉碎。

"可惜了这样一个标致的姑娘！"娄青云另一只手穿过栅栏，拂开了骆凝额前的乱发，骆凝瞪着娄青云，猛地一低头，咬在了娄青云的手背上。

"哎呀——"娄青云吃痛，一掌打在了骆凝的额头上，骆凝仰头栽倒。娄青云站起身，看着手背上流血不止的牙印儿，狞声笑道：

"杀头的时候，第一个先砍你。"

娄青云一声冷哼，转身离开。

骆凝伸着两手，在手心接了一点水。"师哥！你喝一点。"骆凝早已哭哑了嗓子，哭干了眼泪，她现在顾不得伤怀、顾不得悲切，她只想保住父亲和师哥的命。

姜伯符此时昏迷不醒，不能吞咽，骆凝喂的水，只在他的唇边打转儿。

"师哥，师哥，爹！爹！"

眼见姜伯符一直不醒，骆凝转过身来，轻轻摇了摇骆沧海。听见女儿呼唤，骆沧海强打精神，缓缓地摇了摇头。骆凝撕下一截衣裙，伸到栅栏外面淋湿，敷在骆沧海的额头。

"爹，你再喝几口水……"

骆沧海咬着后槽牙，提起一口气，刚刚将头凑到骆凝的手边，牢房外骤然传来了一阵尖锐的哨声。

是响箭！

"有人劫牢——"狱卒撕心裂肺地喊叫，打破了夜晚的宁静。

"杀——"一阵喊杀声响起，牢外乱作一团。

骆沧海趴在地上听了一阵。

"至少二百骑！这……究竟是什么人？"

没等骆沧海想明白，一柄大刀"唰"的一下劈断了牢门的锁链，身披道袍、乱发虬髯的郑三山钻进漆黑的牢房，大声喊道："骆沧海，你还有气儿吗？"

郑三山本就貌丑，此刻一身血污，更添狰狞。

"咳——咳咳——"骆沧海猛咳数声，强撑着身子坐了起来。

郑三山跑了过来，伸手要搭骆沧海的脉，骆凝第一次见他，吓了一跳，下意识地一拳打了过去，郑三山劈手一架，将她推开。

"自己……自己人。"骆沧海叫住了骆凝。

郑三山摸了摸骆沧海的脉，皱眉说道："好家伙，就剩半条命了。"

原来，当日周骁在青龙寺和阿敏分开，孤身前往沧州报信，阿敏担心周骁出事，顾不得被师父责罚，连夜赶回山寨，将事情始末原原本本地告知郑三山。

郑三山担心徒弟出事，点起了山寨人马，直奔沧州。

可惜，郑三山终究是晚了一步，到了沧州城外一打探，才知道四海镖局已于昨日被官府给剿了，周骁虽已脱身，但骆沧海、骆凝以及姜伯符被押进了死牢。郑三山和骆沧海这对师兄弟，虽然争斗了半辈子，但终究手足情深，郑三山没有丝毫犹豫，直接决定了今晚要趁夜劫牢。

就在此时，手持双钩的阿敏也冲进了牢房："师父！官兵势大，弟兄们顶不了多久，快走！"

阿敏说话间，双目一抬，恰好将烛光下的骆凝看了个真切。阿敏心里蓦然一酸，挤了个白眼，扁着嘴嘟囔道："你就是骆沧海的闺女吧？生得果然比我俊俏，难怪我那傻师弟对你念念不忘。"

"好了，阿敏，十万火急，没时间吃干醋了。要我说，你们也别争，一个做大，一个做小，看谁能先给我生个徒孙！啊呀！

你掐我干什么！"郑三山拂开阿敏，弯下身子背起骆沧海。骆沧海本就虚弱，听得郑三山此言，气得浑身发抖，张着两手去掐郑三山的脖子："姓郑的，你……乱放什么狗屁……"

郑三山背着骆沧海，骆凝架起姜伯符，阿敏开路，一双虎头钩连杀了十几个狱卒，和三山会的人马合兵一处，向死牢的闸门冲去。

"落闸！"城头上忽地竖起一杆大旗，左右各挥三下，城头站起了无数的伏兵，控制闸门的绞盘发出了一阵令人牙酸的响声，四面闸门缓缓下落。

"不好！是陷阱！冲东门！"郑三山一声大吼，带头向东冲去。

"开炮！"娄青云一声令下，四门冲天炮同时击发，城墙下无遮无拦，郑三山等人就是活靶子。伴随着震耳欲聋的炮声，三山会的人马成片地倒下。

"散开！散开！"郑三山扯着嗓子大喊，喊声被炮声盖住，所有人都在抱头乱跑，没人能听见他的号令。

"三山……放下我，走吧……"骆沧海趴在郑三山的肩头，不住地挣扎。

"走个屁！我可不能让你死，不跟你争点儿啥，我活着也没甚意思。咱们兄弟打闹归打闹，还轮不到外人欺负咱！"

"三山……"

"别他娘的磨叽了，振作点！"郑三山拾起一杆长枪，助跑、垫步、展臂、蹬地、扭腰、摆胯、抖肩发力，力贯枪尖，长枪飞上城墙，扎穿了一名炮手的胸膛。

众人有样学样，也将武器向城头上的炮手掷去，趁此良机，郑三山引着骆凝和阿敏又向东闸门近了一截。

然而，城墙上的伏兵是俯攻，郑三山等人是仰攻，没过多久就被一阵箭雨压了下来，城头的炮又响了起来。

这时，在城头督战的唐寿成突然一眼看见了郑三山身边的阿敏。

"阿敏？快！快！停炮！停炮！"唐寿成发了疯一般，喝止炮手停下来。

娄青云吓了一跳，大声喊道：

"唐叔，你干什么？"

"把炮停下来！"唐寿成一把揪住了娄青云的领子。

"为什么？"

"不……不为什么！我让你停，你就停！"

"不准停！"娄青云挣开了唐寿成的手，将他推开，示意炮手继续开炮。

数枚炮弹炸在了郑三山身边，其中一炮距离阿敏脚边不足十步，巨大的冲击力，将阿敏直接掀翻，阿敏呕了一口血，又爬起来接着跑，这一幕被唐寿成看见，急得他眦眦目裂。

"混蛋！"唐寿成蓦地张弓搭箭，一箭射死了一名炮手。

"唐寿成！你疯了！"娄青云大喊。

"我就是疯了！"唐寿成再发一箭，又射死了一名炮手。

"拿下唐寿成！"娄青云高举腰牌，城头上的伏兵拥上前，来捉唐寿成，唐寿成一边拔腿飞奔，一边放箭，将靠近冲天炮的士兵一一射倒。

"女儿！女儿！爹在这呢！快走！"唐寿成一边发箭，一边大喊，阿敏一抬头，正看见唐寿成在城头左冲右突，牵制火炮，心中霎时间百感交集。

闸门在眼前下坠，逃生的高度已容不下直立行走，郑三山一推骆沧海，将他推到闸门外，两腿扎马，擤鼻震脚上顶，用肩膀扛住了闸门。

"快！快快！"郑三山不住地催促，招呼手下人马通过闸门。背着姜伯符的骆凝腿上本就有伤，厮杀了这一阵，早已手脚酸软，在距离城门不足十步的时候，眼前一黑，栽倒在地。阿敏回身来救，想架起骆凝先走，骆凝意识虽然涣散，但仍旧记挂着深度昏迷的姜伯符。

"救我……救我师哥！"

"他伤得太重，活不成了。"阿敏舍了姜伯符，拽着阿敏向外跑。

"不！不！师哥不走，我也不走！"骆凝也是个犟脾气，抱住了姜伯符的胳膊。

"你这女子，脑子如此蠢笨，白瞎了一副好脸蛋。"阿敏虽然嘴上骂得凶，但手底下却不含糊，一手架一个，踉踉跄跄地往闸门底下冲。

那闸门足有五六百斤，郑三山全凭血肉之躯硬撑，渐渐不支，浑身骨骼噼啪作响，血流冲脑，脸色涨红，额头上青筋暴起。

"阿敏……快一点儿……师父撑……撑不住了……"

阿敏急得眼眶通红，但拽着两个重伤之人，怎么也跑不快。

千钧一发之际，骆沧海不知从哪里提起了一股劲儿，从地上爬起来，蹿到郑三山身边，和他一起用肩膀顶住了闸门。

"凝儿别怕，有……有爹呢，啊——"

骆沧海拼了老命地发力，两道鼻血顺着下巴哗啦啦地往下淌。有了他的加入，下落的闸门又缓了一缓，阿敏趁着这个机会，将骆凝和姜伯符拖了出来。

"三山，你先松手……"骆沧海的眼角开始渗血。

郑三山腰背已经弓成了一道弧线，犹自笑骂道：

"你先走吧，你流鼻血了……姓骆的，多年独居，没有女人，你怕是有点上火啊……"

"滚——"。

"你让我滚，我……我偏不滚……"

骆沧海强提一口气，看着郑三山喝道："下辈子，我还当你师哥，一定……一定打得你满地找牙！"

"啊——"骆沧海一声大吼，猛地一震脚，竟将那闸门向上顶起了数寸，借着这一松的空当，骆沧海飞起一脚踹在了郑三山的屁股上，郑三山猝不及防，被踹出了门外。

"轰隆——"闸门轰然落地，将已经脱力的骆沧海砸了个骨断筋折。

"大师兄！"郑三山爬起身，手脚并用爬到了闸门下，去拉骆沧海的腿，三山会的弟兄跑上来，拖着郑三山就跑。

"放开我！放开我！"

"当家的，快走！快走！"

"爹！"骆凝一声大叫，也跟着往城下跑，阿敏一个手刀，打在了她的后颈上，将她打晕，扔在马背上，随后跑到郑三山身边，抓住他的手腕，沉声说道：

"师父！你要是扔在这儿了，我怎么办？"

郑三山看了看阿敏，暂定心神，朝着骆沧海磕了个头，转身上马，带头向北突围。没等跑出去多远，正随着郑三山逃窜的阿敏突然勒住了缰绳。

"阿敏？"郑三山发觉了异样。

"师父，我还有件事，前方不远，有一处义庄，你们在前面等我。"言罢，阿敏一勒缰绳，不理郑三山的召唤，打马回头。

墙头之上，唐寿成犹在酣战，越来越多的兵丁拥了过来，墙宽不足，躲闪的空间越来越窄，箭囊中剩下的箭支也越来越少。娄青云面沉如水，狞声喝道：

"姓唐的，我不曾亏待于你，你为何坏我大事？"

唐寿成无暇分辩，射空了箭，夺过一柄单刀，左冲右突。他自己知道，方才在众目睽睽之下射杀了许多朝廷官兵，这是板上钉钉的死罪，此时不跑，早晚挨刀。

"拿下他！"

在娄青云的督战下，越来越多的官兵加入围攻唐寿成的战团，唐寿成渐渐不支，身披多创。

正危难间，墙下一骑快马奔至，马上骑士扬手一甩，一只飞虎爪扯着铁链搭上了墙头。

阿敏到了！

唐寿成擒住一名士卒，抹了他的脖子，用他的尸体当盾牌在人群中砸开了一处缺口，抓住锁链，向墙下攀去，转眼间已下到了墙高的三分之二处，娄青云追上前来，一刀砍断了锁链，唐寿成伸脚在墙上一蹬，半空中翻了一个跟头，轻巧地落在了地上，阿敏打马过来，来拉唐寿成，二人骑一马，越跑越远。

娄青云心中恼恨不已，分开人群，从怀里掏出了一个小纸卷，蹲在地上，蘸着人血写了一行字："五百两，杀唐。"而后，娄青云走到墙角，在鸽笼里取出一只信鸽，将纸卷塞在了信鸽脚上的小竹筒里，喃喃自语道：

"小宝贝儿，快点飞，去给宋听带个信！"

"呼啦——"信鸽振翅而起，直冲云霄。

沧州城北五里，有一间荒废许久的义庄，阿敏带着唐寿成跑了没多久，就到了地方。

"阿敏，你能来救爹，爹就是死了也……也无憾了……"

"滚！"阿敏抽出虎头钩，抵在了唐寿成的喉咙上。

"啊？闺女！"

"我不想见到你，今天的事，你我两清了。"

"别啊，闺女，爹就你这么一个亲人了……"

"滚不滚？"阿敏倒转虎头钩，抵在了自己的脖子上。

"好！好！爹滚！爹滚！"唐寿成神色一黯，高举双手，一步一回头，缓缓离去。

郑三山等人的马就拴在门外，义庄里突然传来了骆凝的吵闹声。

阿敏皱着眉头推开了义庄的大门，正看见骆凝两手掐着一个三山会喽啰的脖子，不住地喊叫。阿敏见状，来了火气，上前一抓一带，顶开了骆凝。

"大小姐，你又在发什么脾气？"

"你……你们害了我师兄！"

"什么？"阿敏一皱眉头，回头看着那个喽啰问道：

"小三子，怎么回事？"

"敏姐，真的不怪我，老当家让我背着他，他软成了一摊泥，根本没法自己骑马，我把他用绳子绑在后背上，和我同乘一匹，可是……那绳子不知什么时候断了，我光顾着逃命，没注意到她那个师兄什么时候落了马……夜里又黑，伸手不见五指……"

"你胡说，分明是你们这些贼！贼！你们这些贼害了他！"骆凝气得俏脸通红。

小三子苦着脸，哀声解释道："骆大小姐，您那个师兄人事不省，出气儿多，进气儿少，一动也不动，就是不落马，也活不成了……"

"你胡说！你胡说！我这就去找他！"骆凝抬脚要出门，几个三山会的人想来阻拦，骆凝一拉拳架就要开打，阿敏叉腰喊道：

"让她走，谁也别拦着，好心当成驴肝肺的东西，还当自己是大小姐呢！这是三山会，不是你家的镖局！"

骆凝闻听此言，心如刀绞。咬了咬牙，一抹眼泪，冲出了义庄。

阿敏一声冷哼，扭头看着坐在地上的郑三山，埋怨道：

"师父，你也不管管！"

郑三山笑着摇了摇头，缓缓站起身，左右扫视了一圈，走到一口棺材前，抬手一掀，掀开了棺材盖子，伸手在棺材里一捞，将一具腐朽干枯的尸体拎了出来，扔在地上。

"师父……你干什么？"阿敏跟了上去，一脸疑惑地看向了郑三山。

"阿敏……一转眼，你都这么高了。"郑三山回过头，伸手摸了摸阿敏的脑袋。

"师父！"

"噗——"郑三山猛地呕了一口血，仰头栽倒，靠着棺材坐在了地上。

"这口棺材，是我的了……"

阿敏上前一扶，伸手在他后面一摸才发现，郑三山的后背不知何时中了火炮，皮肉翻卷，鲜血横流。娄青云这四门炮，填装的是依照明代制法熔铸的炮弹，《明会典·工部》载：嘉靖四年造"毒火飞"，炮弹由生铁熔铸，弹内先装"废铁碎瓷船钉"，再装"砒硫毒药五两"，点火后"将飞打于二百步外，暴碎伤人"。

"啊——啊——啊啊——"阿敏突然不会说话了，她瞪着两眼，抱着郑三山不停地大叫。

"不怕……不怕……阿敏不怕！"

"老当家！老当家！"三山会的喽啰们拥了过来，齐刷刷地跪在了郑三山的身前。

郑三山拍了拍阿敏的脑袋，有气无力地说道：

"阿敏，银票……银票……"

阿敏伸手入怀掏出了一沓银票，递到了郑三山的怀里。

郑三山颤颤巍巍地将银票塞进了小三子的手里，摆了摆手：

"给弟兄们分了，山……山高水长，十八年后，咱们爷们儿……江湖再会！都走……都走……官兵咬得紧，别都扔在这儿……"

小三子等人眼含热泪，跪在地上，每人磕了三个响头，各自离去。

此时，原本已于昨日脱身的周骁，不放心骆凝，又偷偷地沿着原路向沧州城摸来，于路边正遇上小三子等人。周骁从小三子处得知郑三山和阿敏下山劫狱，郑三山重伤不治，就在前方义庄。

这消息惊得周骁三魂出窍、七魄无主，他狠命地抽打着快马，直奔义庄。

尾声

义庄内，郑三山早已不复昔日的意气风发，他的生命犹如风中之烛，随时可能熄灭。他靠在阿敏肩头，不住地喘息。

"阿敏……好孩子……"

"师父！我在呢。"

"你……你也走……"

"我不走，师父在哪儿，我就在哪儿。"

"傻……傻孩子，你孝顺，不像你……师弟那个小王八蛋，别说养老了……送终我都指望不上他……"

郑三山话音未落，义庄大门"咣当"一声被人从外踹开，一脸惨白的周骁，踉踉跄跄，连滚带爬地扑到了郑三山的身前。

"师父！"

"说曹操……曹操到，耳朵灵，小王八蛋，你是……你是属兔子的吗……"

"我是畜生啊！师父！我是畜生！是我害了您！都是我惹的祸，我错了！我错了！我不该，我不该啊！我错了……"周骁跪在地上，两手左右开弓，抽了自己十几个大嘴巴，嘴角破裂，鲜血直流。郑三山靠着阿敏，坐起身，伸手拉住了周骁的手腕，眼睛一眯，定定地望着周骁，沉声说道：

"好徒弟，我问你，入我门以来，你……你可曾残害良善、霸凌弱小……"

"徒弟不曾！"

"你可曾欺师灭祖，背信弃义……"

"徒弟不曾！"

"你可曾贪生怕死，出卖手足……"

"徒弟也不曾！"

郑三山闻言，拊掌大笑：

"既然大节不亏，我徒弟何错之有。你记着……我是你师父，我当年吃……吃了你的饼，受了你的拜，说是你，就是你，你便是……将天捅了个窟窿，师父也给你顶……顶上……我不图你出将入相，光大师门，只要你为人坦荡，事不亏心，师父纵然是死，也无愧……"

言罢，郑三山咧嘴一笑，溘然长辞。

"师……师父……"周骁心神激荡，猛咳了一口血，栽倒在地。

待到周骁醒来，阿敏已经给凉透了的郑三山整整齐齐地梳好了头发，整理好了衣袍，郑三山四平八稳地躺在了棺材里，身上还盖着三山会的大旗。周骁和阿敏跪在棺材前面一拜再拜。

"师姐……"

周骁抹了抹眼泪，刚要说话，阿敏突然扭过身去，小声说道：

"你的骆姑娘去寻他师兄了，向……向南走了……"

"我……"

"不用说了，快去追吧。"

周骁脑中瞬间闪过了近日来发生的一幕幕，心中不禁翻江倒海：

"只为我一己私情，竟害了这许多人命，害了师父，害了山寨，害了镖局，也害了她。我跟着师父学武、下山去杀张公公，都是为了在江湖上博取虚名，以掩盖我那深入骨髓的自卑，我若能早些明白，也许骆姑娘早已嫁给了她的师兄，相夫教子，喜乐一身，可正因为我的执念，让这一切再也回不去了……此时，我又还有何面目出现在她的身前呢？"心念至此，周骁缓缓地摇了摇头，轻声叹道：

"不追了！"

"不追了？"阿敏猛地转过身来，看向了周骁。

"不是气话？"

"不是气话！"

"那你……以后……"

"师姐！我累了，我不想再走江湖了，我想带着师父，咱们一起找个地方种田打鱼，做个普通人……天大地大，咱们去哪好呢？"

阿敏心直口快，脱口说道："那敢情好！"

说完这话，阿敏脸一红，又扭过头去。

此时义庄上空，星斗漫天，冷月无声。

卷八

刀客

为人受得苦中苦,

脱去了褴衫换紫袍。

有朝一日时运到,

拔剑要斩海底蛟。

休道我白日梦颠倒,

项刻就要上青霄。

身上破衣俱脱掉,

赤身露体逞英豪。

耀武扬威往上跑,

你丞相降罪我承招。

将身来在东廊道,

看奸贼把我怎样开销!

——京剧《击鼓骂曹》

壹

　　唐寿成在城外义庄，虽被阿敏驱赶，却并未走远。他蹲在不远处的树下，定定地望着义庄的屋檐，回忆起这半生的起落，不禁五味杂陈。

　　他少年时高中探花，立志高官厚禄，却不想险些命丧党争；中年后，无亲无故孑然一身，心中悲苦。好不容易见到了女儿阿敏，为了救她，不惜杀官兵、犯死罪，舍弃官身，四处逃窜，可阿敏又恨他早年抛妻弃子，不愿与他相认。

　　万般皆是命，半点不由人。

　　唐寿成愁肠百结，指着自己的影子哼道：

　　"手摸胸膛想一想，你膝前还有什么人？膝下无儿多不幸，门中绝了后代根。倘若一朝身亡故，谁是披麻戴孝人？唐寿成啊唐寿成，谁能为你哭半声？岂不活活地痛坏了这年迈的人。"

　　唐寿成正哼得起劲儿，冷不防身边猛然出现了宋听的身影。

　　"唐爷，好雅兴！好嗓子！"

　　唐寿成闻声回头，上身微弓，缓缓将手中的单刀横在了身前。

　　"宋听！你来做什么？"

　　"娄爷定了价，取你人头，赏银五百。"

"你来得倒快。"

"地上都是马蹄印，我以替雇主杀人为生，追踪是最基础的本事。"

"只有你一个人吗？"

"人越少，越好分钱。"宋听双手握住苗刀，向左一横，甩掉了刀鞘。

"那就看你有没有这个本事了！"唐寿成扭腕一挑，单刀刀尖刮地，卷起一捧沙土扬向宋听，宋听上提刀，用刀身遮在眼前，迎着月光一晃，映出一道寒芒，折射唐寿成瞳孔。

武，是搏命的手段，无所不用，既斗力，也斗智。

杀人不是打擂，没有重来的机会，两人一出手，均展示出了极为丰富的搏杀经验。

"仓啷——"唐寿成的招法简洁迅速，不带丝毫花哨，一记斜劈，削砍宋听脖颈，宋听挥刀上架，上步前蹿，贴着唐寿成的刀刃横切唐寿成手腕。唐寿成转身外挑，刀走弧线，下撩宋听小腿，宋听竖起苗刀下探，格开了唐寿成的刀刃。

两刀交错，一触即分。

二人瞬间回身，宋听双手握刀，跃步直刺唐寿成小腹，唐寿成步伐急转，闪身向左让开，上劈刀砍宋听前手。

短见长，脚下忙。唐寿成的单刀短于宋听的苗刀，必须倚仗步法贴身。

宋听久历厮杀，深懂以长击短的道理，后退半步，拉开距离，觑准唐寿成的刀，来得高，往上挑，来得矮，往下斩，不高不矮左右撩，让唐寿成无法近身。

有道是：一寸长一寸强，硬劈硬进人难防。宋听的苗刀，一狠二毒三要命，见空就砍不留情，出刀之力，发于根，顺于中，达于梢。匹练般的刀光觑准唐寿成身上要害，实实虚虚，指上打下。苗刀虽长，却不厚。这里是有讲究的，如果想要劈砍得力，刀背必须厚重，刀背一厚，重量必增，挥动时速度必然受限。但倘若，一味追求轻薄，则不坚挺，影响突刺。而苗刀为了解决这个矛盾，一方面采用薄刀身，保证刀身刚性，另一方面将刀脊打造成圆背，起挺筋作用，在减重的前提下，保证了劈砍有力，使其"快马轻刀，轻重得宜"。对敌时"刚在他力前，柔乘他力后。彼忙我静待，知拍任君斗"（拍：节奏之意）。

唐寿成长于弓箭拳脚，对刀法并不精专，斗了几十招后，渐落下风。为扭转败局，唐寿成佯装不敌，拖刀后走，宋听扬刀来追，唐寿成耳朵一抖，凭脚步声估算距离。

"唰——"唐寿成骤然回身，两脚蹍地，身体回转，单刀绕头云旋一周，拨开宋听的刀尖，顺势绕于左肩背后，刀刃向后，刀尖向下。宋听一刀刺偏，在惯性的带动下，身体继续前蹿了半步，直接和唐寿成贴上了身。

高手相争，就在毫厘之间。

苗刀长，回转不便，在贴身的一瞬间，唐寿成左掌使"如封似闭"，发力前撑，顶住了宋听的手肘，让他无法运转长刀，同时左脚向前落一步，抬右脚向右外摆，单刀由后向前横削宋听脖颈，宋听低头躲过，唐寿成反手挥刀，再次削来。

说时迟，那时快，宋听不动肘，只翻手，将苗刀竖起，挡住了唐寿成的刀，顺势下压，用刀身锁住了唐寿成的单刀。

"铿——"宋听右手攥住刀柄，左手向下一拔，从刀柄中竟又拔出了一把不足五尺的短刀，正握在虎口中，向上一捅，直接扎穿了唐寿成的左手小臂，唐寿成万万没想到，宋听还有一把刀，正要抽身，右手的单刀又和宋听的苗刀别在了一起，宋听一招得手，攥着手里的短刀直插唐寿成咽喉，唐寿成向后猛退，直到背部贴在了一堵断墙之上。

"噗噗噗——"宋听握着短刀乱捅，扎了唐寿成五刀。

唐寿成手一松，单刀落地，宋听的苗刀绕着腰腿一扫，砍中了唐寿成的小腿，唐寿成趁机跪倒在地，用脚尖别住苗刀的刀背，膝盖下压刀身，想将刀身从侧面用"杠杆"折断，宋听爱惜自己的刀，不敢硬撬，匆忙松手弃了苗刀，同时反握短刀，自右上向左下斜劈，一道刀口瞬间贯串了唐寿成的眉骨、眼眶、鼻梁和颧骨，刀锋所至，唐寿成双目一痛，眼前一片漆黑。

"啊——"唐寿成虽然双目无法视物，但并没有影响他的动作，在双目受损的一瞬间，他向前一滚，抓住了苗刀的刀柄，扭腰回身，脸朝上，刀捧身前向上扎。

"扑哧——"苗刀贯穿了宋听的小腹，唐寿成想拔刀，却没拔出来。宋听飞起一脚踹在了唐寿成的肩膀上，将他踢出老远，飞速地从怀里掏出一只号炮，举过头顶，点燃了引线

号炮冲天而起，在空中炸出一团烟花。

唐寿成眼眶中流血不止，他知道，自己的眼睛算是废了。

但强敌还在身边，他不敢大意，他双手在地上一阵摸索，捞起了自己的单刀，左右乱劈。

就算唐寿成已经瞎了，以宋听现在的伤势也未必能将他杀

死，最可能发生的情况就是两个人同归于尽。

宋听缓缓拔出了自己小腹上的苗刀，用力捂住了伤口。今时不同往日，宋听这几年攒了不少钱，他已经讨了个老婆，他还想生个孩子延续香火。钱可以不赚，但命不可以丢。

所以宋听放了号炮，给娄青云传完了信，自己挂着刀，用最快的速度离开了现场。

义庄内，周骁和阿敏也听到了这声号炮，二人出来查探，正遇上双眼已瞎，满身鲜血的唐寿成凭着记忆中的方向摸回到了义庄门外。

"闺女！闺女！快跑！快跑！官兵来了！"唐寿成扯着嗓子大喊。

阿敏瞧见他这模样，心里又是急又是气，说不清道不明。

"师弟，后院有架马车，你套上，拉上师父……还有他，咱们走！"

周骁闻言，跑到后院套好了车，拉上了郑三山的棺材和唐寿成，一甩鞭子，抽打着拉车的马。阿敏独骑一匹，从旁跟上。

刚跑出去没多远，后方的追兵便咬了上来。

阿敏一勒缰绳，看着周骁说道：

"东南方有河，河边有船，是我们来时早早备下的后路，你带着他和师父上船走，我去引着追兵兜一圈，甩了他们和你会合。日出前若是我能赶回来，你就跟我去种地打鱼，不问江湖，我……我给你做老婆，我若赶不回来……你就不要等了……好好葬了师父，帮我看顾好这个瞎子，他……他是我……他是我的……爹。"

390

"师姐……"周骁伸手去拉阿敏，阿敏一夹马腹，闪开了数步。

"我才不要做你师姐，我要做你老婆。周骁，我对你有情，很久了，而且是那种……男女之情！我说的话……就当你答应了！"

声犹在耳，阿敏已打马远去，转眼不见了踪影。周骁不是傻子，这些年，阿敏的心思他怎能不知，无非是因为心里装着骆凝，对阿敏一直装傻充愣罢了。

周骁赶着马车向东南，不多时，便听见大河水声。

此河烟波浩渺，不知其宽，河边有一道栈桥前伸，桥下泊一小船，船上有白纸灯笼一盏。灯笼上绘着三山会的徽记。周骁停下马车，将棺椁推到船上，扶着已昏迷过去的唐寿成一起上了船。

周骁在船上，等了很久也不见阿敏的身影。回头看去，只见黑暗之中，无数官兵举着灯火向河边冲来。

一人骑快马，持双钩，砍翻数人，奔至河边，跑上栈桥，赫然正是阿敏。

"呼——"一杆长枪迎风飞来，落在了阿敏马前，快马扬蹄，躲闪不及，被绊了个正着，马匹倒地，阿敏一个前滚翻落在地上，拔腿飞奔。

"师姐？师姐！快上船！上船！"周骁急红了眼，抢着竹篙，递到栈桥边，阿敏伸手刚要握住，十几支乱箭飞来，两支贯穿了阿敏的小腹，阿敏滚落在地，强撑着爬起身，蓦然一笑，看着船上的周骁喊道："记得你答应过我的事……"

阿敏言罢，两臂抡圆，虎头钩下劈，斩断了固定木栈桥的绳索，栈桥断裂，阿敏连同十几骑刚冲上桥的官兵一起坠入水中。

三天后，青龙寺后山，周骁跪坐在两座新坟的前面，喝得烂醉。

左面的坟里埋的是郑三山。

右面的坟是一座合葬墓，立的碑上刻着：夫周公讳骁 妻唐氏讳阿敏合葬之墓。

半梦半醒间，周骁仿佛穿越回了数天之前，那日，他和阿敏偷溜下山，闲游青龙寺。阿敏扮作富家小姐，周骁扮作随从小厮，两人一前一后，错开半步，周骁撑着伞，阿敏提着裙角，在小雨中游逛。

"我的师姐哟，好好的青石路你不走，便去踩那泥坑水洼，你看看我这裤腿，溅得全是泥点子。"

"我乐意，好不容易溜出山寨，我想怎么走怎么走！这地儿风景不错，我甚是喜欢，等劫了这笔钱，我就攒下，留着日后在这后山立个宅子。"

"成啊！师姐既然想立宅子，我那份也一并奉上。"

声犹在耳，佳人已逝。

周骁手捧黄泥，给坟上添了把土，喃喃自语道：

"师姐，青龙寺后山到了，打今儿起，这坟就是咱俩的宅子，等我把你爹伺候走了，我就回来陪你。"

自此后，周骁离开沧州，带着唐寿成流落天津。

也是从那天起，世上再无周骁，只有甲四。

而骆凝在沧州城外转了一年，也没寻到姜伯符的踪迹。最后她流落街头，以讨饭果腹。然而，这天下的乞丐都有帮派，骆凝无意中踩到了别人的地头，其他的乞丐来打她，她便打回去，骆凝不是绣花裹脚的娇小姐，早年间她也是走过南闯过北的女镖师，打来打去，骆凝便有了名头，最后竟靠着拳头打成了一伙儿乞丐的当家人。为防官府缉拿，她不敢暴露姓名，取了"四海镖局"的"四海"二字，化名海四娘，终日戴着一只猴戏面具，掩藏面目。

姜伯符那晚失足落马，被一个路过的樵夫所救，全赖命硬，挺了过来，将养了三个月，才能下床。四海镖局和三山会的事传遍了沧州，有人亲眼看见，有一个女的被官兵射死在了栈桥边。姜伯符始终不相信那就是骆凝，他这么多年来一直也在寻找骆凝，然而人海茫茫，找来找去，始终没有半点音信，就这样，姜伯符最后的希望也逐渐消磨殆尽。

然而，二十多年后，就在天津城。

姜伯符历尽坎坷，重开镖局，有一群叫花子来门口闹事，带头的赫然正是骆凝。

这对师兄妹做梦也不敢想，彼此真的还活着，而且还是在这种场景下再次相见。

镖局厨房内，热油炸鱼的焦香散逸开来，姜伯符含着眼泪听骆凝诉说着多年的辛酸。

"妹子，先吃饭！"姜伯符搬来一张方桌，拎出两坛好酒，兄妹二人就在厨房里吃喝开来。

二人久别重逢，喜不自胜，饮酒间又是哭又是笑，好不热闹。

"妹子，咱们家的镖局又开起来了，你莫要再做这乞丐头儿了，回家来当镖头吧。"

"师哥，我自然是想回来的，只不过我手下不少兄弟，这些年来也算患难与共，他们很多都是苦人儿，我若不在，我怕他们受人欺负，缺衣少穿，吃不上饭……"

"这个你不用担心，师哥这里有一条门路。"

"什么门路？"

"天津本地有个地头蛇，唤作窦山青，他管着码头，上上下下装货卸货都是他说了算。近来码头来船不少，缺少搬运的力把，供吃住，一天给二十个铜板，你手下那些人要是不怕干活，吃得了辛苦，我愿意出面作保，给他们求个饭碗。"

"师哥你放心，做乞丐的，还怕吃辛苦吗？只要有一口饱饭，有片瓦遮头，足矣。"

"妹子放心，就包在我身上。"

眼见骆凝酒足饭饱，姜伯符拉着她在宅子内转了一圈，这里的布置和沧州老家并无二致，骆凝的房间还和以往一样，里面的桌椅床柜都是姜伯符按着记忆画出图样，找巧手木匠一点一点还原出来的。

书房里，供着骆沧海的画像和灵位，骆凝推走了姜伯符，自己把自己关在了书房内，看着墙上的画像，呆呆地坐了一宿。

翌日清晨，姜伯符带着骆凝去找窦山青。

天津江湖的人都知道，给四海镖局投钱的东家是直隶总督府，窦山青不敢驳了姜伯符的面子，二话没说，就把骆凝手下的叫花子全收了，明天起，分批送到码头上干搬运。

在回镖局的路上，骆凝背着手低着头，走在姜伯符前面。突然，骆凝回过头来，定定地看向了他。

"怎么了？"姜伯符吓了一跳。

"师哥，我想说……从小到大，我只是拿你当亲哥哥。其实这话在咱们成亲那天，我就想……"

姜伯符若无其事地点了点头，拍了拍骆凝的肩膀：

"妹子，咱们都已是这般年纪了。年轻时，我确实对你……情有所钟，这份心意，哪怕到了现在也没有一点改变。但是……经历了这么多事，我已不敢奢求能和你终成眷恋。兄妹也好，夫妻也罢，只要能这么守着你，师哥就心满意足了。"

"师哥……其实你……"

"我是个孤儿，从小由师父带大。你们是我唯一的亲人，师父已经没了，我原以为你已经……现在你又回来了，师兄心里……还是那句话，只要能守着你，我怎样都行。其实这些年里，每一天我都过得很煎熬，若不是为了报仇，绝不会活到现在……"

姜伯符微微扬起了脖子，翻了翻眼皮，不愿让骆凝看到自己眼角的水雾。

"师妹你放心，娄青云那个狗官我早晚找到他，还有那个周……他……"

姜伯符话说了一半，止住了话头，略一踌躇，便下定了不能告诉骆凝周骁曾出现在天津的决心。

骆凝听见一个"周"字，瞳孔一缩，姜伯符不着痕迹地把话圆了回来："他就是跑到天边，我也要把他抓回来。"

骆凝嗫嚅了一下嘴唇，没有说话，转过头向镖局走去。姜伯符坠在后头，暗自思忖道：

"妹子，对不起，不是师哥有意瞒你，我……我已经见到了周骁，他……他已经活活烧死在了宾客楼。他罪有应得，这消息万万不能被你知道，否则，你肯定又要为那狗贼伤心难过。"

贰

数日以来，骆凝在镖局，和姜伯符一起训练镖师，为即将上路押镖做准备。近年来，火器日盛，搅乱了人们习拳练武的心。很多武师练拳不愿吃苦，只学些浅薄的招数，以图人前显耀，却不再寒暑不辍地打熬筋骨。诸如那日败在骆凝手中的大胡子之徒越来越多，很难再寻到几十年前那般水准的练武人。

姜伯符看在眼里，急在心里，在天津凑不够人手，就去保定招人，临行前将镖局托给骆凝看管。

清晨，日上三竿。

骆凝手拎藤条，闯进镖师起居的院子，只要瞧见还有人在床上打瞌睡，抬手就是一顿乱抽。

"冬练劲，夏练筋。练功容易守功难。起来！都给我起来！功夫是镖师的命！练时多流汗，遇事少流血！似你们这般怠懒，早晚是要丢命的！起来！穿上衣服！起来！到院子里跑！"

骆凝黑着脸，将一群懒鬼从被窝里揪出来，踹到院子里绕圈跑，其间也有人耍性子，但都因打不过骆凝而屈服。

　　"跑！跑热了身子，开始踢腿，上身不能动，支撑腿要蹬直。宁练筋长三分，不练肉厚一寸！"

　　"大胡子！踢腿的时候，把你的手臂伸直了，不要缩胸弯腰手下坠。"

　　"踢完腿的，去打桩，练捭掌。记住：肩肘松沉意注掌，气通三关达四梢！"

　　骆凝这边正在操练，墙头上忽然有人招手，骆凝定睛一看，来人不是别个，正是魏金彪。

　　"继续练，不准停！"骆凝将藤条放在一边，走到门边，招呼魏金彪过来。

　　"有门不走，爬墙干什么？"

　　"四姐，这事须得避着旁人……"

　　"什么事，还偷偷摸摸的！"

　　"您过来！来！来！"魏金彪将骆凝拉到后巷的角落里，躲在一棵大树后。

　　"你要说什么啊？"

　　"四姐，我们在码头当搬运，卸了一条英国人的船。落地的货，说是棉布，但其实根本不是。"

　　骆凝神色一冷，揪住了魏金彪的领子：

　　"你们是不是又犯了老毛病了！我是让你们去当力把，不是去当偷儿，说！是不是偷拿主家的东西了！"

　　"没有！没有！是卸货的时候，有个箱子散了。您猜里面是

397

什么？"

"是什么？"

"火枪！除了火枪，还有……大烟膏！"魏金彪凑到了骆凝的耳边，小声说道。

"大烟膏？"

"哎哟喂，四姐，您小点儿声！您还不知道吧，这货就搁在仓库里，窦山青派了不少人看管。"

"那些鸦片要运到哪去？"

"这我可不知道。"

"近来，我们四海镖局接了一趟镖，托镖的人正是这个窦山青，难道就是这批鸦片？"

"这我就更不知道了。弟兄们只晓得，您最恨鸦片，这才让我找个机会溜出来，给您报个信儿。"

骆凝沉吟了一阵，大脑飞速运转："此事师哥到底知不知情？或者说，这里边有没有他的参与？万一……不可能！师哥和我从小一起长大，我爹曾立下规矩，四海镖局不得押运鸦片烟，违者断手脚、逐出师门。师哥最听我爹的话，料来不会做出这事，也许他也是受人蒙骗。"

"四姐？海四姐？"魏金彪见骆凝半天不说话，有些着急。

"金彪，告诉弟兄们，不要慌、不要乱。该怎么干活怎么干活。我师哥去了保定，要明天一早才能回来。今天晚上，我找个机会摸进码头仓库，查探查探。对了，那些东西堆在哪里？"

"庚字三号库，要不要叫几个兄弟一起……"

"人多手杂，反不如我单枪匹马方便。你赶紧回去，别让管码头的窦山青起疑。"

"好嘞。"魏金彪点了点头，鬼头鬼脑地四下望了望，闪身钻进了巷子深处。

骆凝回到镖局，给姜伯符留了一封书信，于三更天换了一身夜行衣。今夜浓云密布，冷风低吼，不出五更，必有大雨。骆凝趁着夜色翻过了码头的高墙，直奔庚字三号库摸去。

四更天，雷雨轰鸣，海河码头注定难以平静。

码头边，灯火通明，一艘货轮靠泊，船舱内，陶玉楼坐在一张方桌后，左手打算盘，右手写账目。哈登和窦山青并肩立在岸边的屋檐下，宋快站在窦山青身后三步远。屋檐外，几百名工人正冒着大雨卸货。洋枪队来了几十人，把守在船边，窦山青手下的青皮打手也来了八九十号，各操斧头镐把，来往巡逻。

"快快快！动作快一点，卸船后，赶紧搬到库里，裹好油布，别把水渗到货箱子里，快快快！"窦山青扯着大嗓门，不停地吆喝。

而此时，甲四摸着窦山青的轨迹，也潜入了码头。

"窦爷！窦爷！"码头看门的小厮撑着一把雨伞，小跑过来。

"什么事啊？忙着呢！"

"门口来一人，送了一封信，说是让转交给……"

"大晚上的送信，给谁的啊？"

"说是给一个姓……姓宋的兄弟！"

窦山青扭过头，看向了宋快，宋快走上前，伸手接过了信，信封上写着四个字——宋快亲启。

宋快皱了皱眉头，撕开信封，从里面抽出了一张便笺。便笺上写着一剂药方：熟地黄、山药各一钱，天麻、钩藤、山茱萸、茯苓、葛根各半钱，罗布麻、地龙、牡丹皮各半钱，全蝎粉、炙甘草各一两。水煎温服，每日一剂。码头东门，即刻取药。

　　最后八个字与前文的笔迹不同。

　　见了这药方，宋快脑门上瞬间冒了一层冷汗。这方子是宋快给为了老爹看病，三天前刚在药铺里开出来的，大夫说中药治本、西药治标，标本兼治，才能痊愈。宋快西医也找，中医也找，从窦山青这里领来的钱，基本全送进了药铺。可老宋因为宋快偷刀离家的事大发雷霆，宋快不愿回家与他争吵，每次都趁他出摊卖肉的当口偷溜回家，将药放在桌上。这几日，窦山青赶着卸货，宋快怕来不及抓药，特意将这张新开的方子压在了药罐底下。而此时，这张药方竟然神奇地被人送到了他的手中，只有一个解释，这个人去过他的家，既然去过他的家，肯定知道他有个重病的爹。

　　"码头东门，即刻取药……"宋快反复咀嚼着这八个字。

　　"怎么了？"窦山青发觉了宋快的不对劲。

　　"没……没什么！"宋快将药方折好，揣进了怀里。

　　他不知道对方是谁，不敢声张，唯恐对方害了老宋。

　　"有事？"

　　"哦……好几天没去药铺了，药铺的伙计担心我爹的病，把药给我送来了，我去东门接一下。"宋快没骗过人，第一次说谎，有些底气不足，幸好窦山青全部心思都在货上，并没有起疑，以为他只是牵挂老爹。

"好，快去吧，等忙完了今晚，我让你休息半个月，好好陪陪老爷子！"

"多谢！"宋快一拱手，撑起一把伞，冲进了雨幕中。

码头东门，一片漆黑，身披蓑衣的甲四正坐在墙头。

前段时间，他在烟馆埋伏窦山青，被宋快阻拦。宋快的刀，他破不了。

想杀窦山青，必须引开宋快。宋快毕竟是个年轻人，江湖阅历不足，甲四跟踪了他几日，便摸清了他的情况。宋快的刀虽快，但却有个致命的弱点——屠户老宋。趁着宋快家里没人，甲四溜进去，偷走了这张药方。

瞧见宋快跑来，甲四一个空翻落在地上，掉头钻进了一间空仓库。宋快惦记着老爹，从后尾随。

两人一个跑一个追，前方转弯处人影一闪，风声扑面，宋快双手抽刀，迎风一斩。

"唰——"人影断作两截，轻飘飘地落在了地上。

宋快低头一看，自己出刀砍中的乃是一个披着蓑衣的稻草人。

"不好！是调虎离山！"宋快猛地想通了关窍，拔腿回返。

码头边，一个带着草帽的力把扛着木箱走跳板，从船上下来，将至岸边的时候，突然脚底一滑，大头朝下地栽了下来，肩膀上的木箱，砸在跳板上，滚落在地，箱子外的油布散开，漫天雨水瞬间打湿了箱子。

"去你娘的！毛手毛脚，打湿了箱子里的货，扒了你龟孙的皮也赔不起！还不快盖起来！"屋檐下的窦山青见了这一幕，忍不住火气，抄起一条木棍，冲到岸边，分开人群，举棍乱打。

混乱中，那力把缓缓抬起了头，草帽下赫然是一张窦山青无比熟悉的脸。

"甲甲甲……甲四！"窦山青发出了一声尖叫，他本以为甲四已烧死在了宾客楼，可万万没想到他又离奇地出现在了眼前。

"鬼啊！"窦山青扭头就跑。

"扑哧——"窦山青胸口一凉，低头一看，一把短刀从后向前，扎穿了他的胸膛。甲四贴在他的背后，狞声笑道：

"这回，谁也救不了你。"

"杀人了——啊——"周围卸货的力把们吓得六神无主，乱糟糟地喊了一阵，四散奔逃。远处看场子的青皮打手想冲上前来维持秩序，却被乱跑的人群挡住。

正在屋檐下抽烟的哈登听见叫嚷，拔出手枪，仗着离得近，拨开人群钻进去一看，只见窦山青直挺挺地躺在地上，已经毙命，而杀人者并不在旁边。哈登眼珠一转，便想明白了关窍。

凶手混在了扛包的力把中间！

"都别动，蹲下！"哈登大声喝止住力把们，让他们不要乱跑。

可见了死人，有几个能不跑的？

"砰——砰"哈登朝天放了两枪，力把们更怕了，跑得越来越快，哈登吹响了哨子，招呼船边的洋枪队围过来，堵住力把们的去路。

"砰砰砰——"洋枪队放了十几枪，打死了六七个力把，稍稍控制住了惊逃的人群。哈登刚松了口气，脑后便刮过一道劲风。哈登一低头，一柄短刀贴着他的后颈掠了过去。

甲四到了！

对于学武有成的拳师来讲，五步之内，枪不如刀。

这个距离内，甲四不需要比枪快，只要比持枪的哈登快，就足够了。

"Fuck！"哈登急忙转身举枪，刚要扣动扳机，却发现手指已不听使唤，定睛一看，自己持枪的手已被一刀斩断。

"啊——"钻心的痛楚从手腕传来，哈登捂着喷血不止的小臂滚落在雨中。

洋枪队的人隔着一堆力把，瞧见队长受了伤，拔枪就射，仓促间又伤了不少人。力把中间，不少都是骆凝手底下的乞丐，洋枪队这两轮枪打下来，好几个"丐帮"帮众无端丢了性命。魏金彪看在眼中，怒在心头，跳出人堆，发了一声喊："洋人打死了咱兄弟，报仇啊！"听见魏金彪吆喝，一群力把抄起了干活的撬棍、木杠，一拥而上，同洋枪队和窦山青手下的青皮打手混战在了一起。

"哪里走？"甲四扑上去，按住了哈登的脑袋，对着他的脖子乱捅。

此时，船舱内的陶玉楼听见枪响，快步蹿上甲板，发现码头上已乱成了一锅粥，沉声喝道：

"都停手！"

话音未落，他的目光就和已将哈登捅死的甲四对在了一起。

"你……你是……"

甲四摘了草帽，扔在地上，缓缓起身，抬手指了指陶玉楼，微微一勾手指，转身就跑。

"今日，必杀你！"陶玉楼纵身一跃，跳下船舷，拔腿追来。

庚字三号仓库，库门大开，一个个木箱从左到右，从下到上，层层叠叠，码放得整整齐齐。

托马斯和马修在仓库内转了一圈，马修将手里检验完毕的烟土放回，拍着箱盖，指着仓库外面骂道：

"What a fuckin' bad day！"（真他妈个倒霉的天气！）

"Fortunately，today is the last shipment。"（幸好今天是最后一批货了。）托马斯嘬了一口雪茄，拍了拍马修的肩膀。

"God bless us to be rich!"（上帝保佑我们发财！）两个人相视一笑。

"杀人了——杀人了——"大雨中，几十个力把跑到了仓库门前，奔走报信。

马修和托马斯一皱眉头，想跟过去看看，刚一出门，就被赶来的陶玉楼拦住：

"别乱走，咱们一分散，对手正好各个击破，他乔装改扮，混在力把中间，已经杀了我们两个人。"

马修和托马斯虽然没听懂陶玉楼在说什么，但还是按他的指示，缓缓退回了仓库。陶玉楼眯着眼，扫视了一圈，指着库内的力把，冷声喝道：

"手都举起来，全都出去！把门带上！快！"

力把们知道陶玉楼是大老板，不敢不听，纷纷举起了手，退出了仓库，并关上了仓库的门。

"陶！What about our goods？"（我们的货怎么办？）托马斯刚一开口，陶玉楼猛地一摆手，将手指放在了自己的唇边。

"嘘——"

"What？"

"嘘——"

按理说，此刻仓库内只有陶玉楼、托马斯、马修三个人，但是陶玉楼却隐隐地听到了第四个人的呼吸。

"唰啦——"陶玉楼张开了折扇，向上一抛，折扇打着旋儿在空中画弧，割断了门口吊着的一盏灯笼，在灯笼下落至陶玉楼肩高的一瞬间，陶玉楼扭腰摆胯，一个"蝎子摆尾"，将灯笼踢向了仓库的东北角，灯笼的烛火迎着风猛地一亮，随后骤然熄灭。

然而，就在烛火暴燃的一瞬间，明黄色的火光清晰地映出了一个缩在仓库横梁上的身影，那身影身着夜行衣，脸上以黑纱遮面。

这身影不是别人，正是白天听了魏金彪的消息，前来仓库查探的骆凝。

"哪里走——"陶玉楼一脚蹬在墙上，借力上跳，伸手一捞，挂住了横梁，两手向下一撑，团身提腿，站在了横梁上。

马修和托马斯抬起头，也瞧见了横梁上的骆凝，掏出手枪向上瞄，骆凝一边后退，躲避陶玉楼，一边以铜钱做暗器，打灭了仓库内的灯火。漆黑之中，两个英国人不敢乱开枪，背靠背地站在一起，支着耳朵去听横梁上打斗的声响。

陶玉楼的八卦掌，擅长左旋右转、偏门抢攻。横梁短窄，行如一线，不但不利于陶玉楼施展手段，反而对骆凝硬开硬打抢中线的八极拳臂助良多。

仓库内没有半点烛火，伸手不见五指，两人贴身缠斗，寸打寸开，沾衣发力，腿不过裆，脚不离地。陶玉楼虽然心里着急，手上却不敢冒进，双掌变幻，时而行走如龙，时而动转若猴，时而换势似鹰，推托带领，搬扣劈进，穿闪截拦，沾连粘随，贴着骆凝招法中的空隙出手，不容她脱身。

骆凝此番前来，只为查探，不为打架。她在梁上蹲了许久，眼睁睁地看着两个英国人打开了十几口木箱，从里面掏出鸦片，细细检查，除了鸦片，箱子里还藏有不少的长枪短炮。骆凝只想着尽快赶回镖局，将这些事原原本本地告诉师兄。奈何和陶玉楼交手后，越打越心惊，在这般有利于自己的条件下，陶玉楼还能进退得当，见缝插针，足见他的功夫要远高于自己。

"啪嗒——"陶玉楼使双抱掌"狮子滚球"，两手心上下相对，缠住了骆凝的右拳，向左粘缠，身体微左转，拉扯骆凝重心，骆凝顺劲儿上步，"搓提"陶玉楼前小腿，陶玉楼抬起脚尖，抽身后退，骆凝重心前倾，擤气震脚，一脚跺在了横梁上。

木质腐朽的横梁"咔嚓"一声从中断开，陶、骆二人同时从半空中跌落下来。两人各自迅速起身，摆好了迎敌的架势，可仓库内不见一丝光亮，彼此又都看不到对方，只能抖动耳朵，依靠声音判断位置，"瞎子摸象"一般在黑暗中搜寻。

叁

五里之外，四海镖局，姜伯符顶着大雨，提前从保定府赶回来了。

"妹子！哥回来了！"姜伯符瞥见骆凝的房里亮着灯，以为她没睡。

"妹子？"姜伯符敲了敲门，里面无人应声。

"吱呀——"姜伯符轻轻一推，房门便开了，姜伯符走进去一看，骆凝并不在房内，桌上有一张对折的字条。

姜伯符打开字条，只见上面写着：

"有人来报，言说窦山青其人，欲借兄之手，运贩鸦片，狼子野心。小妹今晚去往海河码头庚字三号仓库查证，明早便归，兄勿念。"

"妹子……"姜伯符心脏一揪，顾不上拿伞，揣上字条，直接冲进了大雨里。

今晚，大雨中的天津城，除了姜伯符之外，还有另一人在街上狂奔，这个人跑得很慢，没跑多远，便要扶着膝盖喘息一阵，他脸庞黝黑，两腮无肉，五官宛若刀劈斧凿，宽大的额上生满了抬头纹，裹着油星儿的胡楂儿早已随着时光流逝，变得灰白焦枯。

他是老宋，天津城内一个卖肉的屠夫。

今日黄昏时分，他又去酒馆打酒，喝了个烂醉。

可是，在进家门的一瞬间，他突然惊醒，一脸警觉。

家里进贼了！

每次出门，老宋都会在门槛下撒一层香灰，这是他多年养成的习惯。此时此刻，香灰上赫然引着一串脚印。

这脚印很大，看尺码，既不是老宋自己的，也不是儿子宋快的。老宋的枕头底下藏着家里所有的银钱，老宋掀开枕头，发现银钱一分没少。

香灰的痕迹一直延伸到灶台边，老宋蹑手蹑脚地走了过去，一低头便发现，药罐子的位置变了！药罐子底下压着的那张药方不见了！

没有人会放着银钱不拿，而去偷一个屠户的药方。

既然不是求财，便是寻仇。可寻仇为什么不杀人，却要偷药方呢？药方说到底就是一张纸，没了再开就是。

唯一的解释，是这东西有别的用处。

"有人要拿这东西，要挟我儿子！"老宋眼一亮，联系起了宋快偷偷带刀离家，而后便赚了大量银钱的事，他瞬间想通了关窍。

可儿子到底去了哪儿呢？他敲开了宋快经常买药的那家西药铺子的门。铺子的老板说，宋快曾说过，最近要去码头，嘱托他定时将药送到家里。

码头！码头！老宋回到家，从肉案上拎起了一把臂长的剔骨尖刀，用布包好，抱在怀里，顶着大雨向码头跑去。

宋快是老宋的亲儿子，老宋绝不允许他出半点闪失。

前方不远，就是码头。

突然，昏暗的长街上忽然亮起了一点灯火。

正是唐瞎子提着一盏煤油灯，站在了街心！唐瞎子今天没有带他那杆"仙人指路"的布幡，却在背后背了一张长弓，腰下悬了一只箭囊。

老宋眯了眯眼，停下了脚步。

"你是……唐寿成？"

"唐寿成这三个字，很久没人叫了。反倒是你，这么多年过去，还能记得我。你是真的老了，跑了没几步就喘成这个样子。"

屠户老宋，就是当年砍瞎了唐寿成眼睛的刀客宋听。

"是你……要害我的儿子吗？"宋听解开布包，将剔骨尖刀攥在了手里。

"哦，那个少年是你儿子？老天不长眼啊，你这种人也能生出儿子！"

"你是怎么找到我的？"

"我女婿和你儿子结了梁子，向我露了一式刀法，我一猜就知道是你的传承。我女婿跟着你儿子，我跟着我女婿，你儿子给你送药，我就找到了你。"

"瞎子也能跟踪？"

"我眼瞎了，鼻子却灵，隔着这么远，我都能闻到你身上的药味儿。"

"我就算重病在身，也杀得了你，想活命，别挡我。"

"老瞎子我早就不想活了。都说女婿半个儿，我死前能帮一把就是一把，不然到了底下，没法见闺女。"

"二十年前，我能砍瞎你，今天我一样能砍死你！"

"未必，当年我手中无弓，而今日……"

唐寿成微微一笑，摘弓、拉弦、搭箭、听声、辨位。

"嗖——"第一支羽箭穿过雨幕，电射而来。

宋听一个后仰，避开羽箭，宋听滚倒在地，强提一口气，倒提剔骨尖刀向前蹿。

只要贴上身，弓箭便失效。

唐寿成第一箭射空，一边侧着耳朵去听宋听的脚步，一边将第二箭搭上了弦。宋听急中生智，脱下一只鞋，向左边扔去，在鞋子腾空飞起，砸在树上的同时，自己猛地定住身形，趴在了地上。

"嗖——"羽箭贯穿了宋听的鞋，钉在了街边的树上。

宋听借着这个机会，一个虎扑继续前蹿，唐寿成还剩最后一支箭，宋听在扑的同时，已脱下了另一只鞋，在距离唐寿成不足五步远的时候，宋听向左甩手扔鞋，鞋子"啪"的一声打在了街边的树上，而宋听则如一只狸猫一般从右侧向唐寿成扑去。

唐寿成耳朵一抖，向左张弓。宋听喜上眉梢，五步远，顷刻可至，唐寿成完全没有时间再次搭箭。

就在此时，唐寿成原本向左张弓的前臂蓦地一移，对准了右侧。宋听暗道了一声不好，当机立断放弃前扑，甩手一掷，将手中剔骨尖刀扔出。

"嗖——"唐寿成松开弓弦，羽箭贯穿了宋听的咽喉。宋听的剔骨尖刀也插进了唐寿成的小腹。

"扑通——"宋听倒地，登时毙命。

唐寿成膝盖一弯，跪倒在了雨水中，他捂着小腹哈哈一笑，咳着血骂道：

"都说了……我鼻子灵，你还跟我玩儿扔鞋……咳咳……我前两箭是在诈你呢！就是为了引着你靠近……一身药味，靠得越近，我闻得越准……咳咳咳……闺女，爹……爹来了……"

唐寿成脖子一歪，再没了呼吸。

海河码头，正在搜寻甲四的宋快突然一阵莫名地心慌，他收住了脚步，用手摸了摸胸膛。

"怎么突然跳得这么快！不会是我爹出了什么事吧？"

就在宋快喃喃自语之际，甲四踩着积水，一步一步地从黑暗中走了出来。

"你……"宋快向四周望了望，发现此处乃一片堆放矿砂的场地，大雨之中，再无旁人。

甲四扔了手里的刀，弯腰从一旁的矿砂堆里挖了两下，拎出了一个长条包裹，放在地上拆开，从中拎起了两把寒光四射的虎头钩：

"窦山青我已经杀了，你我往日无怨，近日无仇，你最好就此离去。"

宋快攥紧了手中的苗刀，抬起头，看着甲四说道：

"我爹曾经是个刀客，我现在也做了刀客，刀客收了钱，就得替雇主卖命。窦山青出钱，让我保他，今天是最后一天保期。你明天杀他我不管，今天杀他，就是坏了我的规矩。"

"虎头钩是我师父亲传的武艺，但我每次见它，都会忆起一位故人。因此，我多年来弃之不用。我不擅长使刀，比刀法，我赢不了你，但我若持钩在手，你必败无疑！"

"手下败将，也敢言勇？"

"武是杀人技，年轻人，你刀法虽好，却没见过血，没搏过命，一线之差，天壤之隔。"

"你怎么知道我没杀过人？"

"武以眼为尊，眼为心之苗。你的眼神不够狠，也不够贼！"

"这么说，你杀过人了？"

"我若说自己年轻时做过杀人越货的土匪，你信不信？"

"杀——"宋快少年艺成，自傲如火，哪里受得了甲四这般指摘，后腿蹬直，挺腰送胯，发腰马力的同时，两手下按，刀身高下劈。甲四闪身向左，外抡虎头钩，挑开刀锋。宋快脚掌在地上一踮，调转角度，再进一步，左劈一次上挑，甲四抡钩遮挡，侧身闪开，宋快招式不变，踮动脚掌，调转角度，再前进第三步，右劈上挑。

辛酉刀法，挑剑式！

此式，看似刀身劈砍锋锐无匹，其实奥妙全在脚上，乃用步法的速度带动刀锋，脚步先行，借势发力，用前冲的惯性压制对手。甲四左臂屈肘将虎头钩向右胸前搂抱，手心转向里，钩月向下，在挑开宋快刀锋的同时反臂上撩，借势向前上步，震脚下劈左钩，将钩身藏于左腿侧，右臂伸直，持钩横削宋快头颈，宋快便仆步下蹲，避开削砍，右手正握刀柄，左手反握刀柄，用左肘尖儿顶着刀背，扭腰横推，攻击甲四小腹。甲四一削不中，走弧线回钩，两手一立，用钩月抵住了宋快的刀。

宋快仗着年少，血气充盈，发力一顶，甲四右脚后撤，落地震脚，侧对宋快成马步，左臂前顶骤然伸直，右臂后拉沉腰坐胯，瞬间将头从面对宋快转正了侧对宋快。

钩法中叫"拨云望日"，摔法中叫"虎变脸儿"，扔了虎头钩，正是八极拳中的"通背式"。说白了，就是通过扭转颈部，以转头带动上体的运转，将后背的力灌注到手上。宋快的刀锋突遇大力，手腕被震得一麻。甲四一招得手，右脚上步落地，带动身体旋转，两钩顺着转身之势，由下向上抡起，两臂前伸，翘腕将两钩头向左上一掤，两臂伸直，右钩在前，左钩在后。

输招不输势，持刀不硬拼。

"唰——"宋快虚晃一刀，小步后退，重心压后，刀势借力后摆，躲过甲四钩拿，后腿蹬地借力，顺势上步下劈。

辛酉刀法，丁字回杀！

甲四见刀劈来，不闪不避，左手腕一翻，倒窝虎头钩，扛在肩上，两腿快成了一条线向宋快怀里硬撞，宋快想退，向后抽刀，甲四的左手腕向上一挺，用钩钻别住了宋快持刀的后手，同时右手回钩，用钩月卡住了苗刀的护手。苗刀为双手持，后手控制方向精度，前手控制刀势力度，宋快后手被制，准头一偏，本来想砍甲四的脖子，结果却砍到了甲四的肩膀，而甲四的肩膀上又架着虎头钩，这一刀正砍在虎头钩的钩身上，被钩头一卷牢牢锁住。宋快一身本事，全在刀上，刀一被锁，顿时手忙脚乱。

"呼——"宋快飞起一脚，卷踢甲四左腿内侧，甲四膝盖内翻，用粗壮有力的大腿前侧挡住了这一脚，趁着宋快踢人的腿未及落地，甲四脚跟刮地，搓着宋快的脚趾，踹在了他支撑腿的前胫骨上。

"咔嚓——"宋快的小腿应声断裂，向前扑倒，甲四双钩一错，夺下了宋快的苗刀。

宋快倒地后刚想起身，甲四的虎头钩已经钩上了他的脖颈，只需稍稍用力，便能割开他的咽喉。郑三山传下来的虎头钩，技法丰富，有劈、推、撩、扫、掤、点、截、挑、拨、带、架、挂、扎、切、摆、栽等诸多用法，对敌时最擅夺人兵器。

"我输了……"宋快双眼紧闭，引颈待戮。甲四拾起苗刀，将它插在了地上。

"你的腿踢得太高了，练时可以，战时不可以。练时踢得高是为了练习柔韧性和爆发力，而在对敌中起腿，须得：手从脚边起，侧身步轻移，进时擦地皮，退时先提膝。这些东西，光听师父说是没有用的，没挨过打，是学不会的。"

甲四冷冷一笑，揪住宋快后颈，一个手刀把他打晕，拖到了一棵大树底下。

庚字三号仓库，骆凝和陶玉楼在黑暗之中交了三次手，各自挨了不少拳脚，陶玉楼的八卦掌绕圆打点，骆凝一记"白蛇吐信"，贴身戳来，陶玉楼右脚摆步，左脚扣步，右脚再摆步，用步法带动身体右转一圈，右手先向身后插，插抓骆凝肋下，左手随转，经面前划至右肘下，闪开骆凝的戳击。

二人一触即分，各自退开，隐没在黑暗中。

陶玉楼灵光一闪，左手摘下了挂在腰间的折扇，将折扇慢慢张开，向左前方一甩。

"呼——"折扇带着风声飞到半空，骆凝听在耳中，以为是陶玉楼来攻，飞身一拳砸了过去，待到拳锋触到折扇，骆凝才知道上了当。

"当啷——"陶玉楼将一柄银锭扣在手中，对着折扇上方的瓦片打去，在仓库的屋顶上开了一个洞，仓库外的光混着雨水照了进来，正好照出了骆凝的身影。

持枪的托马斯和马修慌忙开枪。

"砰砰——砰——砰——"

一阵乱枪响过，骆凝再次消失在了黑暗中，陶玉楼从木箱后探出头来，借着微光一看，方才骆凝闪过的地上，有数滴鲜血。

骆凝中枪了。

陶玉楼打破屋顶"借光"的主意，启发了马修和托马斯，这两个英国人换好了子弹，举起左轮手枪，对准了仓库的棚顶，又是一顿乱射。

"砰砰砰——砰——"一处瓦片破裂，骆凝的身影再度浮现。

"陶！Watch your back！"（当心你后面！）马修一声大叫。

陶玉楼听不懂洋文，下意识地愣住了。待到他听到脑后风声的时候，骆凝已经扑到了他的背后。陶玉楼来不及转身，提踵、下翻、起腿、后躺，向上踢。骆凝两手在头顶一撑，架住了陶玉楼的脚，陶玉楼落地，使乌龙绞柱起身，骆凝以右脚为支撑，身体右转，左脚向前进步，双手从上向下扯住陶玉楼肩膀向下拉，而后双掌掌根相并，同时向前推击，顶打陶玉楼小腹。

八极拳，托肚。

陶玉楼双手下探，右手向右胯侧画弧，拨开骆凝双掌，左手经右肩下沉，把骆凝的肩膀向左推。

八卦掌，闭门谢客。

骆凝一击不中，又被陶玉楼的步法缠住，连忙使"撕打"，揪住陶玉楼大臂，和他缠在了一起。托马斯和马修不敢乱开枪，举着手枪左右乱瞄。

骆、陶两人正纠缠间，陶玉楼的长衫袖口被撕掉了一截，骆凝遮脸的黑巾也被扯掉。

"你是……"骆凝的脸，陶玉楼似乎在哪儿见过。

骆凝一低头，赫然瞧见陶玉楼的手背上有一个牙印儿形状的疤痕。她瞬间想起，多年前在沧州大牢的一幕。

那时，姜伯符失血过多，昏迷不醒。骆沧海伤口化脓，高烧不退。

骆凝捧着一只瓷碗伸过栅栏，去接那半空中飘落的雨丝，接了好久，才蓄了不到半碗。娄青云背着手站在栅栏外面，一下子抓住了骆凝的胳膊，夺下了瓷碗，扔在地上摔得粉碎。

"可惜了这样一个标致的姑娘！"娄青云另一只手穿过栅栏，拂开了骆凝额前的乱发，骆凝瞪着娄青云，猛地一低头，咬在了娄青云的手背上。

"哎呀——"娄青云吃痛，一掌打在了骆凝的额头上，骆凝仰头栽倒。娄青云站起身，看着手背上流血不止的牙印儿，狞声笑道：

"杀头的时候，第一个先砍你。"

"是你！"骆凝看着陶玉楼手上的牙印儿，浑身一抖。正失神之际，陶玉楼两臂一撑，左手上托骆凝肘尖，右手在自己胸口一抹，扯开了长衫的扣子，步法急退，使了个"脱衣献袍"的手法，挣脱了骆凝的抓拿，骆凝只觉五指一空，手上只剩了一件长衫。

"恶贼，休走！"骆凝怒火冲脑，顾不得躲藏，扔了长衫，就来追他。

"Fire！"托马斯一声大喊，和马修一起，双枪并发，骆凝躲闪不及，胸口又中三枪，倒在了血泊之中。

肆

大雨如注，码头上乱作一团，乞丐们抱成团，各持武器和码头的青皮们捉对砍杀，贴身肉搏中，洋枪队早就失去了火器犀利的优势，被木杠和撬棍砸得头破血流。

甲四提着一双虎头钩，穿过人群，在码头上奔行，一座仓库一座仓库地搜，他眼睁睁地看着马修坐着马车进了码头，没理由找不到。

"砰——砰砰——"东边一座仓库里传出了枪声。甲四闻声而至，一推门才发现，这门被人从里面堵住了。甲四后退了半步，前冲震脚，一个"贴衫靠"撞碎了大门。在破门的瞬间，陶玉楼向后闪身，再次藏身到了黑暗中。

甲四在闯进仓库内的一瞬间，看到了自己做梦都不敢相信的一幕。

马修和托马斯一人一把枪，对准了一个女人的胸口。

那个女人的面貌无数次地出现在甲四的脑海中，尽管已经过去多年，甲四还是第一眼就认出了她。

"骆……"

"砰——砰砰——"骆凝胸口连中三枪。

"不！"甲四一声怒吼，左手劈钩，捞住了马修的脖子，向后一扯，撕开了他的脖颈，托马斯掉转枪口，对准甲四扣动扳机。

"咔嗒——"手枪里发出了一声撞针的空响。

子弹打空了！

"唰——"甲四的虎头钩迎面劈来，直接砍断了托马斯的颈椎。

"骆姑娘！"甲四扔了双钩，扑到骆凝身边，将她抱起。

"周……骁……你你……"骆凝的嘴不断张阖，却吐不出一句完整的话。

"我活着……我还活着……"周骁攥着骆凝的手，轻轻地放在了自己的嘴边。

"我……我好……好想你……"一滴泪珠，顺着骆凝的腮边滚落。

"骆姑娘，我……我对不起你！"周骁已泣不成声。

"下辈子……下……再遇见，你若真心……真心喜欢我，一定……一定要勇敢地……勇敢地告诉……告诉我，不要骗我，更不要骗……骗你自己。有一个秘密……"骆凝紧紧拉着周骁的手，将他向自己的耳边拽。

"娄……是陶……楼！"

"你说什么？"骆凝的话有气无力，周骁根本听不清楚。

"她是在说，娄青云就是陶玉楼，陶玉楼就是娄——青——云——"一声狞笑从周骁的背后传来，周骁刚一回头，一只尖头的撬棍从上插来，贴着锁骨扎进了周骁的右胸。

"你……"

"周骁啊周骁！这么多年过去了，你终究还是落在了我的手里！你杀死汤普森后，衙门里的画师画了你的图像，张榜捉拿，我一看那图像便知是你……你这张脸，我到死都不会忘，你就是改了一万个名字，我也认得你。若不是当年你杀了我干爹，我也不会混成这个人不人鬼不鬼的样子。今日，新仇旧恨，咱们一起报！"

陶玉楼飞起一脚，踹翻了甲四，抬手掀掉了头上的斗笠，露出了一张疤痕密布、没有鼻子的脸，在原本该是鼻子的位置，只剩了两个漆黑的孔洞。饶是甲四这等心智坚韧的汉子，也不禁倒吸了一口冷气。

"怎么？吓到了？认不出来了？没读过书吗？这叫劓刑。当年我为了完成老佛爷的差事，寻了个街头骗子扮作慧真和尚，去给老佛爷解惑。我本来想着老佛爷最多是问问水旱灾害、运势寿数，这类问题随你怎么说，都能圆过去。可我万万没想到，老佛爷扮作寻常妇人，在宫外租了个宅子，借着求经祈福的引子，于闲聊中问他，洋人火器犀利，何法可破？老骗子信口胡诌，说外洋所恃者枪炮，吾有避枪炮之术乃能胜之，持吾佛咒可召请先朝名将护身，诚心祷祝，即能枪炮不入，刀箭不伤。老佛爷大喜，向骗子求了一道佛咒暗地里找人一试，结果根本不奏效，老佛爷大怒，要杀那骗子，可那骗子早已卷了财物逃之夭夭。而我……得到消息的时候，已经晚了，宫里的侍卫直接把我扔进了死牢，三天一小打，五天一大打，割了我的鼻子，昼夜折磨。将我和反对老佛爷听政的反臣乱党关在一处，等着秋后问斩。多亏有人劫牢，救那些个大官儿，捎带着把我带了出来……否则我早就成了刀下鬼。这些年，我隐姓埋名，卖身为奴，受尽了苦楚，这一切厄运的起源，就在青龙寺，就在你身上！"

甲四攥着撬棍，一点点地往外拔，哑着嗓子骂道：

"你自己没骨气，一心给官宦当鹰犬，怪得了谁？"

"我是鹰犬？哈哈哈哈，我要是鹰犬，你就是一条丧家犬！"

陶玉楼一掌打来，甲四想举手格挡，却抬不起胳膊，陶玉楼一掌打实，换劈为抓，捏着甲四胸前的伤，将他顶在了墙上。甲四痛得大叫，抡起另一只胳膊，甩砸陶玉楼太阳穴，陶玉楼身右转，右掌外旋回收，下压甲四手腕，甲四瞬间曲肘，化劈为顶，撞向陶玉楼胸口，陶玉楼的手贴着甲四的小臂摸向他肘尖，向上一托，化掉了甲四的力，同时左手加力，使劲按压甲四伤口，甲四痛入骨髓，伤口越撕越大，鲜血横流。

"我记得当年在青龙寺，你不是很能打吗？你的本事呢？哈哈哈哈，自我从唐寿成手里学到这套八卦掌以来，二十年昼夜苦练，从未间断，为的不是别的，就是为了今天报仇雪恨，你毁了我的人生，你毁了我……"

甲四扬起脖子，一个头槌撞向了陶玉楼，陶玉楼左脚蹬在了甲四的膝盖上，右腿猛然提膝。

"咣当——"陶玉楼的膝盖撞上了甲四的下巴，破了他的头槌。

"扑通——"甲四扑倒在地，陶玉楼举起一只木箱，直接砸在了甲四的后背上。

"周骁，你看看你自己的德行，你这一辈子都是个失败者！失败者！起来啊！你不是很能打吗！来啊，用你的八极拳，打我啊！"

甲四在地上蠕动了一阵，撑着胳膊，立起上身，咧嘴笑道：

"唐寿成真是不会看人，竟然会教你功夫？难怪成了瞎子！好好的功夫，落在了你身上，真是暴殄天物……哈哈哈哈，我猜你这一辈子都没人收你做徒弟吧？是不是连唐寿成也没有收你？哈哈哈哈，自古文武传承，师徒父子，既要传艺，更要树人。想把一门功夫传下去，必须把一个门派的门风立起来。你虽然阴差阳错学了拳脚招法，却没有师门愿意收下你……哈哈哈哈，你才是一条丧家犬。"

"你放屁！这世道，谁的拳头硬，谁的心狠，谁就是赢家，成王败寇，谁管你有没有师父，有没有门派！"陶玉楼拾起了地上的虎头钩，一步一步地向甲四走来。

甲四用力地爬到了骆凝的身边，抓住了骆凝的手，看着陶玉楼笑道：

"能和骆凝死在一起，我此生不枉……陶玉楼，不，娄青云，我在下面等你！"

陶玉楼一声冷哼，抬起了手里的虎头钩，幽幽笑道：

"等我？凭什么！你活着的时候，尚且斗不过我，死了又能奈我何？"

"娄青云！我做鬼也不会放过你！"甲四一声大吼，闭上了眼睛。

"哪个是娄青云？"话音响处，风雨之中，一个威武昂扬的身影大步而来。

姜伯符到了。

姜伯符一进到仓库内，就看到了气息全无的骆凝，眼睛向上一瞥，正看到攥着骆凝手的甲四。

"妹子——"姜伯符愣在了当场。

"姜师兄，这个人你认不认得？"甲四流了太多的血，他虚弱地抬起手，指了指陶玉楼。

"周骁？你还没死！"

"杀了他……他就是娄青云。他不死，我闭不上眼。"

"什么？"适才姜伯符刚到码头，便看到了青皮和乞丐之间的火并，他心里念着骆凝，顾不上插手，在码头里四处乱找，正着急间，耳边忽然听见有人喊"娄青云"三个字，姜伯符奔着声音来处追索，闯进了庚字三号仓库。

陶玉楼缓缓扭过头去，让姜伯符看清自己的面貌。姜伯符睐着眼辨认了半天，也没认出他来。

"怎么？不敢认了吗？"陶玉楼突然换了一嘴凤阳口音，姜伯符听了，浑身一震，双拳陡然攥紧。

"哈哈哈哈，姜兄，咱们见了这么多面，你都没有认出来我吗？是年头太久，还是……这不怪你。别说我终日遮着面孔，便是我与你面对面相见，看着我这张脸，你也不敢相认啊！其实咱们第一次见，我就认出了你，本想着让你和这个甲四，不，周骁，想让你们两个同归于尽。宾客楼一场大火，我本也以为周骁已经死了。我曾经也想过要下手除掉你，但是英国人这批货催得急，现在这世面，很不太平，这批货很多人都眼红，一旦货上了路，怕是少不了腥风血雨，你争我夺。说实话，仓促之间我实在找不到能担此大任的人。没有办法，我只能哄着你来替我跑一趟。本来你要是一直这么傻，蒙在鼓里替我卖命，我可能要晚些才杀你。可是……都是命吧……阴差阳错，让你知道了这么多。今儿个，你就得死在这儿！"

"是你害了我妹子？"

"你又没亲眼看到，万一是他杀的呢？"陶玉楼指了指甲四。

"他虽十恶不赦，却绝不可能害我妹子！"

"这时候你的脑子又灵光起来了，哈哈哈哈，没错，是我杀的！"

姜伯符点了点头，两腿沉腰坐马，右手成拳，从小腹经头面自右向左划过，落至丹田部停住，拳面向前，虎口向上，左手在右拳向左前划过时，从左前方捋回，再从右小臂下前穿横撑，立在身前。

八极拳，拉弓式。

"好，那就练练吧。"陶玉楼不会用钩，拿着也是累赘，于是随手一扔，插在了一只木箱上。

"呼——"陶玉楼长出了一口气，两手分别从两侧向上抬起，手心向上，提至面前，再向下按到两胯之侧，身体下蹲左转两手从体前抄起，掌心向圆心，上迈右步。

八卦掌，右推磨。

"来！"陶玉楼率先抢攻，右脚进一步，右掌向姜伯符两眼中间穿击，姜伯符左脚抓地，身体前移，重心移至左腿，落地震脚，踉动身体，右脚再上步，右手肘内旋抱头，砸开了姜伯符的右掌，同时借助惯性冲撞，在进身的同时，将已经举起的右臂向后一折，凸出肘尖，向前方顶击。

顶心肘！

陶玉楼见姜伯符来势汹汹，左手回收下按外勾，连拍带抽，左脚进一步，上下身齐发力，推开姜伯符的顶肘，右手并指斜向上戳，直奔姜伯符后腰，此一招唤作"老翁摸鱼"。

八卦掌打法讲究三字诀"抽、戳、砍"，为了练手上的功夫，陶玉楼打了十几年的黄泥（黄泥练掌，是八卦掌的特色练法，主要为了练手上的"渗劲儿"）。

陶玉楼步法急转，抢姜伯符偏门，姜伯符左脚原地不动，做反背冲天捶，右脚向右前方上一步，脚掌落地屈膝成弓步，右拳自下抢起，向右斜上方贯击，拳面向前，虎口在上。与此同时，姜伯符的左手掌自然而然地从右肩窝处下按，掌心向下，虎口朝里准确无误地磕开了陶玉楼的戳击。古人教拳，一招一式一板一眼，看似机械死板，实则暗含了无数的技击经验。什么情况，需要怎么应对，如何攻守，在什么角度需防备对手的什么招式，桩桩件件都已经"包"在了套路里。陶玉楼脚下步伐再变，如鬼魅一般闪到了姜伯符的左侧，姜伯符撤身再打，陶玉楼两腿一弯，内侧腿沿弧向前迈出，脚尖向前外摆，外侧腿擦里腿脚踝内侧前行，脚尖微扣，又闪到了他的后侧，姜伯符回身一拳，还未击实，陶玉楼脚趾抓地，两腿交替绕行，右闪到了姜伯符的侧后。

姜伯符的八极拳，大开大合，冲撞有力，陶玉楼不与他硬撼，不断依仗身法，偏门抢攻。

甲四靠在墙上，看着场内战局，朦朦胧胧中，将陶玉楼的身影和二虎爷重叠在了一起。当初二虎爷拼着一死，给甲四演练了八卦掌的诀窍，此时不用，更待何时！

"姜师兄！八卦掌以身法称绝，尽管变化多端，都不离一掰一扣。"

姜伯符浸淫拳术半生，甲四一出声，他便看破了关窍。

陶玉楼眉头一皱，左脚向左移动小半步，使懒龙卧枕，右手并指向前打出，左掌顺时针画弧按在右肘处，护住肋下。姜伯符一个单羊顶，就要硬撞。

甲四在旁看得分明，及时叫道："沉肩坠肘伸前掌，二目须冲虎口瞧。后肘先叠肘掩心，手再翻塌向前跟。"

姜伯符双眼一亮，急忙变单羊顶为朝阳手，自内向外抽打！果然，陶玉楼的右手是虚招，藏在右肘下的左手才是实招，就在姜伯符抢小臂外抽的一瞬间，陶玉楼的左手已化作立掌，直推姜伯符胸口。

"步既转兮手亦随，后掌穿出前掌回。去来来去无二致，便如弩箭离弦飞。"甲四出声再次叫破陶玉楼招法，陶玉楼一连数掌，无论虚实，皆被姜伯符化开。

"先撕了你的嘴！"陶玉楼舍了姜伯符，回身来抓甲四，姜伯符从后上步，一个猛虎硬爬山，扑向了陶玉楼后背，陶玉楼不敢大意，慌忙回身应对。

"穿时指掌贴肘行，后肩改作前肩行。"当局者迷旁观者清，陶玉楼纷繁复杂的招法，落在甲四眼中，瞬间虚实分明，甲四心中暗自祷祝道：

"二虎爷，您在天上睁睁眼，看这狗贼是怎么死的！"

正当时，陶玉楼一式虚招被姜伯符看破，想要变招，却晚了半拍，姜伯符勾手挂住了陶玉楼的左掌，右手一托，按住了他的右臂，震脚撸气，合身一靠，又准又狠地撞在了陶玉楼的胸口处。

姜伯符一身横练功夫，从小练到大，比起周骁这种半路出家，不知高出多少。陶玉楼被一招靠中，整个人向后飞去。陶玉楼仗着身法，脚下连步，刚刚站稳，姜伯符的下一靠已经冲到了身前。

不招不架，就是一下，犯了招架，十下八下。

八极拳也是搏命的功夫，乘胜追击乃是本能。

陶玉楼被打出了火气，左脚进一小步，右脚进一大步，成右弓步，双手斜向上劈，攻击姜伯符头颈，姜伯符左脚原地不动，右脚跟进成跪膝步，同时左掌变拳，架在头前，右掌也变拳，向前下方打去，冲打陶玉楼膝盖。陶玉楼右脚蹬地后跃，姜伯符起身上拔，换冲天掌，追打陶玉楼颈下。陶玉楼左脚先落地，右臂顺势收于腹前，横肘翻腕前推，同时左手上挑，戳击姜伯符肋下。

黄牛试角！

"姜师兄，掌使一面不为功，至少仍须两面通。一横一直三角手，使人如在我怀中。"

此言一出，姜伯符登时会意，陶玉楼这招左右两手用的是不同方向的力，一手直，一手横，以斜取正，以正取斜，看似是抽戳，实则是大扑大盖的摔法。

果不其然，陶玉楼手戳到一半，顿时变抓，一手揪住姜伯符肩头，一手扳住姜伯符后腰，扭腰勾腿，就来扑摔。姜伯符既然会意，便有破法。

"倒下吧！"姜伯符一声大吼，身体右转后坐，左脚五趾抓实，右脚脚尖点地，同时掌心向下右手后抽，叉开了陶玉楼抱腰的手，左掌前穿，立掌直劈陶玉楼额头。陶玉楼歪头一闪，重心吃偏，姜伯符化掌为指，向下一抓，揪住了陶玉楼的脖颈，右脚向身体右后一探，脚掌落地，脚跟下跺，右腿正卡在陶玉楼膝盖正前方，陶玉楼下盘被"吃住了根"，头重脚轻，姜伯符扭腰一拽，陶玉楼脸朝下趴在了地上。

生死相搏，最忌后背对人。陶玉楼还没来得及变招，姜伯符借着身体下车的惯性，用膝盖一跪，直接跪断了陶玉楼的脊椎。

陶玉楼清晰地听到自己的后背传来一声骨骼断裂的脆响，随后下身便没了知觉。

"啊——啊——"陶玉楼趴在地上，使劲儿地想要挪动双腿，却无论怎么用力，下半身仍旧一动不动。

"我杀……我杀了你！"陶玉楼伸长了右臂，想去抓箱子上插着的虎头钩，姜伯符伸出五指捏住他的小臂，向上一提，跺脚一踩，踹断了他的一只胳膊。

"姜师兄……你好身手……欠你的，下辈子还你……"甲四强提最后一口气，向姜伯符挑了一下大拇指，随后脖子一歪，停止了呼吸。

姜伯符瞧见甲四咽气，呆呆地愣了一会儿。

"下辈子，我不想见你！"姜伯符一口唾沫啐在了甲四的脸上，抬手拔出了虎头钩，"扑哧"一声将陶玉楼的左手钉在了地上。陶玉楼脊椎受损，左臂折断，右手又被钉在了地上，整个人不断扭动，撕心裂肺地大叫。

姜伯符对陶玉楼的惨叫充耳不闻，他迈步走到了骆凝身边，一个手指头一个手指头地掰开了甲四牵着骆凝的手。从怀里掏出一只手帕，细细地擦了擦骆凝的手，仿佛甲四的手是这世上最脏的东西。

"妹子，师哥哪儿也不去，你我好不容易才能再会，咱们一起去见师父！"姜伯符将骆凝的尸体放平，仔仔细细地帮她整理好衣服，掏出了随身带着的火镰，扒下了已死去多时的马修身上的西服当作引火之物。这仓库里到处都是铺着干草的木箱，姜伯符左点一把火，右点一把火，没过多久，整间仓库就全部笼罩在一片火海之中。姜伯符极为厌弃地拎起甲四的尸体，扔在了仓库的角落，自己缓缓坐下，慢慢躺在了骆凝的身旁。

"妹子，师哥来了……"姜伯符闭上眼，嘴角泛起了一抹微笑。

火海之中，唯余陶玉楼的惨叫伴随着浓烟冲天而起，久久不散。

尾声

码头大火，三日不绝，烧毁仓库十六间，货损无数。

姜伯符、骆凝、甲四、托马斯、马修、陶玉楼皆化为焦灰。

唯有窦山青和哈登的尸首得以收敛。唐寿成和宋听横死街头，经官府查证，这二人，一个早年间在沧州大牢射杀官兵，至今在逃；一个曾经专门收钱杀人，身上背着几十条人命。又因为这两人和己亥年天字第一号的杀人贼匪甲四扯上了关系，直隶总督一怒之下，将二人尸体枭首，挂在城门示众。

然而，宋听的脑袋挂了不到三天，一个手持苗刀的少年单枪匹马前来抢夺，被乱箭射死在了城门底下。

据当铺"瑞昌荣"大朝奉马德魁称，那少年正是屠户老宋的独子宋快。宋快为给父亲治病，子承父业，做了刀客，收取窦山青的银子，保他性命。但终究没斗过甲四，害得窦山青折戟沉沙，殒命码头。窦山青死后，宋快本想带着老爹逃命跑路，却发现自己爹的脑袋被挂了城门上。宋快遭此打击，热血上涌，提了刀直奔城门……

天津城此一番争斗，死了洋人。朝廷震怒，刑部派来了专人查探。

三个月后，刑部发了结案文书，将罪过扣到了八个人头上。

分别是：车夫甲四、木匠田器、镖师姜伯符、厨子聂明酉、屠户宋听、探花唐寿成、刀客宋快、乞丐骆凝。

其中甲四、田器、聂明酉已分别签发了海捕文书，如今三人皆已身亡，那海捕文书虽然不必继续执行，但仍须将这三人的名姓记录在册。

此案送交京城后，入库归档。由于这八个人的案件彼此牵连、关联密切，负责抄写的文吏索性将八人的名字归入了同一卷宗，按照案发年份拟了一个题目，唤作《己亥八贼》。

图书在版编目（CIP）数据

虎痴山 / 潘永坊著. -- 成都：四川文艺出版社，
2021.10
ISBN 978-7-5411-6113-1

Ⅰ.①虎… Ⅱ.①潘… Ⅲ.①长篇小说-中国-当代
Ⅳ.①I247.5

中国版本图书馆 CIP 数据核字（2021）第 186076 号

虎痴山
HU CHI SHAN

潘永坊 著

出品人	张庆宁
责任编辑	蒋葵佳
封面设计	叶 茂
责任校对	程 蕊
责任印制	蒋 溢

出版发行　四川文艺出版社（成都市槐树街 2 号）

网　址　www.scwys.com

电　话　028-86259287（发行部）　028-86259303（编辑部）

传　真　028-86259306

邮政编码　成都市槐树街 2 号四川文艺出版社邮购部　610031

排　版　四川胜翔数码印务设计有限公司

印　刷　成都勤德印务有限公司

成品尺寸　145mm×210mm

开　本　32 开

印　张　13.75

字　数　300 千

版　次　2021 年 10 月第一版

印　次　2021 年 10 月第一次印刷

书　号　ISBN 978-7-5411-6113-1

定　价　58.00 元